永夜君王

山雨欲来风满楼

烟雨江南 著

长江出版社
CHANGJIANG PRESS

永·夜·君·王

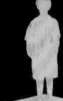

晨曦启明和永夜深黯，
分别是黎明和永夜的极致，
一个是无尽的光，一个是永恒的暗。

目录

MU LU

第一章　抢猎风波　1
第二章　只身反击　15
第三章　危机四伏　24
第四章　不再孤单　38
第五章　晨曦启明　53
第六章　龙争虎斗　69
第七章　一举成名　87
第八章　不说再见　99
第九章　禁忌交易　113
第十章　劫道伏击　127
第十一章　安抵断河　137
第十二章　棋布错峙　149
第十三章　激战不休　162
第十四章　无声较量　180
第十五章　宋氏古卷　189
第十六章　末路绝杀　198
第十七章　如何善后　208
第十八章　接管人选　218
第十九章　终要别离　228
第二十章　山雨欲来　237
番外　道是无情亦有情　250

第一章　抢猎风波

一年一度的天玄春狩正式拉开序幕，各家猎队都开始行动起来。

进山的第二天傍晚，殷琪琪的队伍在一片山坡缓地前停下来露营。

这里已深入天玄山脉腹地，现在营地里只剩下九个人组成的殷家猎队。其余一部分随从带着补给物资，作为后勤人员前往预定地点设立补给点；另一部分则前往士族游猎区，作为独立的参加人员进入猎场。

其他门阀世家的部署也差不多，都分为中军、后勤、斥候，俨然是一个个小型的军旅部队。

此刻，千夜正在自己的帐篷里整理装备。他的鹰击丢失了，从殷琪琪手里拿到的这把是经高手重新调校改装过的全新加强版。

加强版的原力阵列有两档可以自由切换，其中一档的威力是正常射击的一半，射程缩减到六百米，但是能够节约原力，增强续航能力。毕竟很多目标根本架不住它的袭击，多余的威力就浪费了。

另外它还强化了射程，极限射程增加到一千两百米。同时，其内部附加的原力阵列更加高级，添加了许多五级原力枪以上才会使用的设计，可以容纳更加狂暴的原力。对于五级的千夜来说，这把加强版鹰击发挥出的威力会更胜以往。

帐篷外面传来季元嘉的声音，他走了进来，看到千夜正把一个四象瞄准镜往鹰击上安装，问道："你今晚就要出发？"

千夜点了点头，是他主动向殷琪琪提出离开主队独自行动的。以他的山地作战经验

和超远程狙击能力，只有灵活机动的战位才能发挥出最大的威力。

季元嘉在他对面坐下，把一个装着军用兴奋剂的盒子放到桌上，说："那你自己可要小心了，在主队到达黑色圈之前，最好不要误入其他家族的猎区。"

在春狩规则中，进入别家猎区等同于入侵，会立时引来对方的攻击。以千夜的射程，猛兽很难对他构成威胁，但如果被其他猎队盯上就十分危险了。能够入选门阀世家猎队的护卫实力普遍都是六七级，绝非一般同级战兵可比，如季元嘉这种随时可以点燃第八个节点，但为了春狩一直压着没有升级的人不知道还有多少。

黑色圈代表猎场的最高危区域，是黑暗种族战士的出没之地，也是千夜和殷琪琪的猎队预定的最终会合的区域。在这里，各家的猎区多半会有重叠，不但会频发抢夺猎物的冲突，而且会出现击伤甚至击杀对方非核心队员，断绝后勤补给等状况。

千夜可是从黄泉训练营中走出来的，对同类有着足够的警戒心。他笑了笑，答道："我会小心的。"

"我得到一个消息，这两天宋七公子那边在打听你的身份背景。"季元嘉又说。

千夜手上一顿，蓦然抬头，看到季元嘉皱起了眉。

"我们和宋阀之间的猎区只隔着一个赵阀，大概深入到六级区域就会有交叉，你千万要小心。"显然季元嘉觉得这事儿可能还会有后遗症。

十七军团上尉任命书后面所附的那个档案本来就是假的，千夜从顾立羽设下的绝杀局中脱身之后，季元嘉虽然嘴上没说什么，但还是猜到了他有秘密，后来又帮他补过一次材料，包括出生行省等证明。尽管一切看似齐全，可真要追根究底，难保不会露出马脚。

况且"千晓夜"这件事儿原本只是做做表面功夫，目的是为了搪塞殷家长辈。与此事无关的路人，一般不会去关注殷琪琪的新宠，即便有人看出不妥也不会声张，毕竟这关乎的不仅仅是殷琪琪的脸面。可能连殷琪琪自己都没有想到，会引出宋子宁这样的变数。不论外界对这位宋七公子风评如何，他都不会如他所表现的那般温和无害。

他们简单地聊了几句，季元嘉便离开了。然后千夜又继续挑选近战装备，除了双生花，他额外选了一张原力弩弓。这把仅半米来长的弩弓异常精巧，三十米内的威力堪比三级枪械，是杀人于无声的利器。

他还往背包里装了整整五十支弩箭，一把大口径火药狙击枪和一百发狙击弹。至于其他野外装备则没有带太多，食物也只准备了两天的分量。

入夜之后，千夜离开殷家营地，向天玄山脉深处走去。在这绵延数千公里的大山中，出没着数不清的各类猛兽，甚至偶尔还会出现一些异域凶兽。

不眠不休地前进了一天一夜后，他估摸着自己已经把门阀世家的队伍远远甩到了后面。至于那些独行的士族，应该也没几人能够如此深入。

他登上一座山峰，观察了一下周围的环境，同时在地图上做了标记，然后把部分弹药和装备埋藏起来，将此处作为一个小小的补给点，便开始横向搜索了。

森林中突然响起一阵急骤的蹄声，只见一头高达两米的甲牛兽埋头向他冲来。它的体型和蛮牛相似，但是从额头到背脊都披着硬甲，个别强悍的还生着巨大的骨刺。因此，它身上的硬甲是制作主力军团级甲胄的上佳材料。

这种甲牛兽并不多见，一般四五级战兵都难以应付，但是在天玄山深处，却属于很常见的猛兽。

千夜一个后退让过正面冲击，然后发力前冲，和身往甲牛兽身上狠狠一撞，竟然把它撞得站立不稳，侧翻在地。

"轰"的一声，双生花轰向它脖子下方的薄弱部位。它抽搐了几下，便不动了。

尸体上随即飞出一点微光，直冲天际，被高空处盘旋的一艘浮空艇截获。随后又有一点原力光芒射向远方，被另一艘浮空艇上的原力阵列截获。讯息经过强化后，又一次射向远方。

就这样层层接力，最终被传送到卫国公别院的一间巨大的殿堂里。

大堂里铺设着巨型原力阵列，由数以百计的黑晶供给能源。原力阵列中射出光芒，在空中幻化出一个虚拟的排行榜，榜单上现出各大门阀世家以及独行士族的名单，并且时时上下滚动着，排名不断在发生变化。

只见饮马殷氏后面的数字跳动了一下，增加了二十五点。殷家排名因此小小上升一位，暂居第三十六位。

甲牛兽是五级猛兽，击杀它会得到二十五分。越是高级的猎物，所得的分数就越多，而猎杀黑暗种族战士的得分又会翻上一倍。

此时卫国公正站在大堂中观看榜单，见上下变动十分迅速，不禁捻须微笑，满意地点了点头。每年的春狩他都要亲自施展出浑天万妙诀，为整个天玄山狩猎场内的所有生灵种下标记，如此才能演化出这般迅捷、公平的计分榜单。

谁杀的猎物，分数便会计算到谁身上，最是公平不过了。若是想动手脚，就要拥有

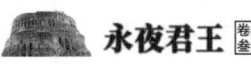

能够瞒得过卫国公的修为。放眼天下，可以做到的又有几人？！何况真有此等修为的强者，谁会做这种无聊的事儿呢？春狩是帝国上层极为隆重的社交活动之一，向来为万众瞩目，一旦作弊被揭发出来，可是很严重的丑闻。

虽然要准备一个月之久，但是浑天万妙诀一出，即可覆盖方圆数千里，由此可见卫国公的修为实在深不可测。簇拥着卫国公的众人哪里会放过此等时机，当下谀辞如潮，滔滔不绝。

众人马屁功夫了得，句句拍得恰到好处，卫国公怡然接受了。这浑天万妙诀确实是当世罕见的几种古法之一，与林熙棠大帅的大衍天机诀齐名，因此众人的马屁并不算太离谱。

目前榜单靠前的大部分都是士族子弟，这很正常，因为真正的门阀世家都在向天玄山深处进发，还没有开始狩猎。而独行的士族子弟往往不会那么深入，他们的主猎区在相对外围的区域，所以已经猎得分数了。

卫国公的视线落在殷家上面，恰好看到榜单上的分数一跳，排名提升了，当下微笑道："殷琪琪这孩子倒是不错！"

当下就有人接话："据说殷琪琪在殷家继承人大考中已经领先了，她又是年轻一代中唯一一个在升为战将前便练就了水月流云诀的，目前看来赢面很大啊。"

又有一人说道："听说她早就有了婚约，是个士族子弟。如果她真的坐上了家主之位，倒是有些可惜。"

卫国公徐徐点头，道："确实如此。"

立刻有人揣摩上意，说："其实不妨让殷家退了这门婚事，或者直接换个女孩子履行婚约。殷琪琪的才貌武功无一不是上上之选，若是日后能够执掌殷家，倒是和国公爷的小公子很是般配。"

卫国公抚须不语，显然有些动心了。

若是殷琪琪成为家主，那么他的小公子就得入赘殷家。但殷家是上品世家，也不算失了脸面。这种一家之主和国公嫡幼子的联姻，不同于一般的家族成员通婚，两姓之间的联系将会变得异常紧密。如殷家这等世家，和门阀之间最大的差距是缺乏顶级武力，最近二十年来表现得尤为明显，帝国新晋元帅中也只有林熙棠一人出身于世家。而他刚好可以填补殷家在顶级武力上的空白，这正是互利之举。

他正思索着，殷家的分数又跳了一下，这次是三十六分。殷家因此升了两名，排到了第三十四位。他略感惊讶，问道："琪琪已经跑到那么远的地方了？"

他曾踏遍整个狩猎区施展浑天万妙诀，自然知道六级猛兽都分布在哪些区域。按照正常的行程，殷琪琪要明天才能抵达那个位置，现在居然提前了十多个小时，这可不寻常。要知道在战场上，大军失期固然不行，但到得太早也未必是好事儿，可能会扰乱整体的行军布阵和后勤辅助。

当下就有人皱眉道："她是轻装前进，还是有一支以速度见长的队伍？这未免有些冒进了。"

每个门阀世家只允许九人组队，这样他们收获的猎物才会有成绩。其中随从分为两部分，一部分是后勤补给，有严格的路线和定点限制，相当于军队的中转站，从定点到猎队的运输都要靠猎队自己完成。另一部分是独立参加狩猎的随从，他们其实担当着斥候的角色，负责传递其他猎队的方位、人员、战况等消息，后期各家进入黑色圈之后，在同一区域内抢夺战绩才会发挥作用。

由此可见，九人猎队不仅攻击力要强，还得担起提供补给、传递消息等职能，所以队伍的组成显得格外重要。一般来说，一个猎队要有合理而均衡的职业搭配，才能齐心戮力，在长达十五天的猎场实战中走到最后。

春狩对世家子弟的考验，正是体现在整体的谋划调度上。到了中后期，更会直接演变成各个家族之间的对抗。虽然各家的核心子弟受到了保护，比如殷琪琪若是遇上赵君弘，彼此之间不会下死手，可是对猎队中的其他成员就不会客气了，重伤出局是常有的事情。就算杀了对方，事后也不过是赔偿了事。

春狩真正精彩刺激之处，是在中后期。殷琪琪前期若是过于冒进，职业搭配上剑走偏锋，必然会后劲不足，是以她的举动在众人看来毫无用处。

众人刚议论完殷家猎队，就发现燕云赵氏的分数节节攀升，很快便占据了榜首。于是又有人不以为然道："赵家老二如此急躁，未免有失大将之风啊！"

另一人却说："赵君弘可是赵家四公子之一，虽然心高气傲，但确实有真本事。放眼整个帝国，这一代年轻人中又有几人能比得上他？他这般做法是中军直进，堂堂正正，实有王者之风。"

又有人笑道："呵呵，王者之风？赵家人向来目空一切，要我说这赵君弘和他老子简直没什么两样。"

听到这里，卫国公也不禁有些莞尔。

赵阀血脉特殊，历代人才辈出，赵家人也都养成了清高孤傲、目下无尘的性子，所以在门阀世家中相对孤立，少有盟友，附庸者多为一些小家族。

此时千夜刚刚从一头巨型黑虎身旁站起，正皱眉看着右肩上新鲜的划痕。

几道爪印差点儿洞穿他的肩甲，连中间夹着的一层乌金丝都被划开了。所幸他身上穿的是殷家为行猎者统一定制的武士服，肩、胸、腹等要害部位都做过特殊加固，否则怕是早已受伤了。

这头黑虎极为凶悍，是六级猛兽，也是在此次春狩中位居前列的危险猎物。他为了尽快摸清猎物的实力，两次战斗都选择了近战。不料这头黑虎攻击强悍不说，还十分有灵性，实在难缠，他用了双生花才把它干掉。

这头黑虎一出现，他就知道自己已经进入了高级区域，也就是预定的狩猎区域。

他并不急于掠取战绩，而是穿梭于丛林间，在石缝里找到好几种药草，又去捉了一条剧毒的银背蛇，挤出毒液，与药草汁一层层混在一起和成药泥，最后把弩箭全部插入药泥之中，浸泡了一整晚。这样一来，弩箭便成了见血封喉的毒箭。

春狩禁止用毒，但是像他这样就地取材自己制作毒药的却不在限制之内。他准备用这些毒箭对付几种体型巨大的七级猛兽，比如被羽地龙、弯齿巨象、森蚺等。

第二天在平淡中度过，他只猎杀了几头五级猛兽，且没有留下一丝痕迹。经过这段时间的活动，他已经熟悉了这里的地貌、植被和一些猛兽的习性，能充分发挥远程狙击的长处，不再把自己置于危险之中。

算算时间，那些门阀世家的队伍应该快到这一带了。他准备先观察一下他们的行事风格，然后再确定是继续在这一带狩猎，还是冒险深入下去。再往里面走，就会到达危险的黑色圈，那里有黑暗种族战士出没。

此时排行榜的第一名依然被赵家牢牢占据着，宋阀慢慢升入前十，魏家排在第九。至于殷家，则刚刚进了前二十。

殷家的排名有些低，若是以猎物所得的点数来推测他们所在的区域，这点儿收获显得有些奇怪。卫国公随即派了亲卫去打探殷琪琪的情况，结果传回来的消息让他很是无奈。据说琪琪小姐打到几头猎物之后，就忙着举办烧烤大会，仿佛参加的不是春狩而是野餐会一般。

第三天很快到来了，天玄山深处忽然响起一声长长的嘶吼，整个大地都在隐隐震动。

一头足有七米高的弯齿巨象发狂般地奔腾而过，声势震天，沿途不知撞倒了多少棵大树。巨象身后是一路追踪而来的千夜，他颇有耐心，为了防止巨象垂死一击，始终和巨象保持着一段距离。

若是仔细观察，可以看到巨象耳后钉着两支弩箭，剧毒已经让这头凶兽发了狂。千夜对自己配制的复合毒素很有信心，巨象跑得越快就死得越快，再过一刻钟它便会毒发身亡。

他把大口径火药狙击枪取了下来，准备在巨象垂死时了结它。这把枪威力虽然不小，可是面对巨象那厚如城墙般的身躯时，却无法对其造成致命的伤害，只能近距离瞄准某个要害部位进行攒射。

他正跑着，突然神色一凛，望向山坡另一边。那里有一队人马疾奔而来，中间那名贵胄公子正是赵君弘。他们也看到了狂奔的巨象，赵君弘手一伸，随从立即递过来一把通体银白的老式火枪式样的原力枪。他抬枪瞄准巨象，枪身上的纹路迅速点亮。

"等一下！"千夜叫道。

巨象早已发狂，根本没有在意前方出现的这群人，依旧埋头狂奔。赵君弘从容地瞄准它，对千夜的叫喊充耳不闻，稳稳扣下了扳机！

银枪发出一声清越悦耳的鸣叫，枪口喷出银色原力火焰。

巨象突然哀鸣一声，一头冲进夺目的银色光团之中，庞大的象躯在惯性的作用下又冲出数十米，这才栽倒在地。

这一枪声势不大，可威力却极大，甚至完全压倒了千夜的加强版鹰击。看来这是一把经过大师强化改装的特殊五级枪械。

看着巨象尸体上的一点微光飞向天空，千夜的脸色十分难看。这头巨象本是他囊中之物，结果却被赵君弘截了和。他沉声说道："这头巨象是我的猎物！"

赵君弘径直走向巨象的尸体，说："你说是就是吗？"

千夜冷冷地说："它已经中毒发狂，用不了多久就会死掉。堂堂赵二公子，不至于连这点儿猎物也要抢吧？"

赵君弘漫不经心地说："抢？什么叫抢？我看到了，那就是我的。"

千夜笑了笑，说："呵呵，是吗？多谢指教。"

说完，他转身就走。他知道和赵君弘这种人没有道理可讲，两人身份上的差距，也没有讲道理的可能。

"等一下。"赵君弘叫住了他。

他还没回头,就觉察到强烈至极的危险。他立刻闪电般伏向地面,随即一道灼热的火流从背上掠过,那是原力弹飞掠的轨迹!

他四肢发力,如炮弹般弹了出去,落地后忽然横移数米。一连串诡异的战术动作之后,又一记原力弹从身旁闪过。他连忙全速直线奔跑,刹那间把距离拉开到原力枪的射程之外。

一名赵阀护卫愕然站在原地,枪口还有未散的原力阵列光芒。

这名护卫本就长于枪械,没料到偷袭竟然落空了。千夜的背后仿佛长着眼睛似的,如果说第一次避开有侥幸的成分,那么后面的闪避动作几乎称得上完美。

赵君弘的脸色立刻沉了下来,"哼"了一声,骂道:"废物!"

他倒不介意属下出手伤人,但是开了枪却还让人给跑了,实在是太打脸了。

见千夜已经消失在远方,护卫犹豫着问:"少爷,要追吗?"

赵君弘更生气了,反问道:"你说呢?"

旁边一名护卫连忙出来打圆场:"那小子虽然等级不高,可是反应非常迅捷,应该是山林作战经验极为丰富的老手。就算我们追上去,多半也没有结果。依仆下看,还是专心猎取积分为好。"

赵君弘没有回答,而是在脑海中回想了一遍那人骤然遇袭后的反应。细细想来,对方的闪避动作诡异莫测,对危机的判断极为准确,战术使用也恰到好处,哪怕是他自己出手,也不见得能锁定对方。在复杂的山林地形下,这样一个对手无疑非常难缠。想到这里,他的脸色更难看了,不过很快又恢复正常,问道:"那小子是谁家的?"

"看服饰是殷家猎队的人。"一名护卫答道,随即犹豫了一下,说,"这人好像是琪琪小姐的女伴,晚宴上似乎见过……"

说到这里他有些混乱,刚才那小子绝对不会是个女人。

赵君弘想了想,在夜宴上确实看到殷琪琪身边有一个和她服饰相同的少女,但是当时完全没有注意对方的长相。他哂笑道:"琪琪那丫头,不知道又在玩什么把戏!继续向前!"

他很快就把这件事儿抛在脑后了,区区一个五级战兵而已,他还不会将其放在眼里。如果对方够聪明,下次就该远远避开他的狩猎范围。反正在他赵二公子的名单上,不能杀的只有门阀世家的那些嫡系子弟。既然这个小子莫名跑进他的地盘，那么杀了也就杀了。

他将猎队散开，身边只留下两名护卫。整个队伍曲线前进，打算把行进途中遇到的所有猎物一网打尽。

枪械不时轰鸣，一头头甲牛兽、黑虎、地龙、棘刺暴熊应声倒下，赵阀的分数也快速上升，和对手间的差距逐渐拉大。赵阀不愧是顶级门阀，装备上佳，人人用的都是充装原力实体弹，这样可以大幅降低原力消耗，从而延长战力。

一记轰鸣响起之后，远处突然传来一声惨叫。

赵君弘双眉一扬，身边的护卫立刻前去查看情况，片刻后回来汇报道："阿江看到附近有一个士族鬼鬼祟祟的，便一枪杀了他。"

赵君弘"哦"了一声，说："让他收拾干净，别留下痕迹。一次春狩而已，杀太多人会影响赵阀的名声。"

"是！阿江已经在收拾了，一会儿就好。"

赵君弘点了点头，继续前行。他指着远方一处依山面水的山坡，说："今天在那里宿营。"

一名护卫立刻飞奔而出，前往他指定的地点进行勘察，提前做好布置，其他人则继续向前。离天黑还有一点儿时间，他们决定把宿营地周围几十里的猛兽凶物全都灭了，再回去休息。

密林里，那个名叫阿江的护卫正哼着小曲，将一具尸体踢入刚刚挖好的坑里。

"一个士族小子而已，看到我居然不赶紧逃跑，真是活该找死！"他愉快地想着。

不远处，千夜从瞄准镜中看着阿江的笑脸，扣下了扳机。

鹰击发出轰鸣的一瞬，阿江脸上露出骇然之色，竭尽全力闪避开来。像他这种七级高手，对危险已经有非常敏锐的直觉。然而千夜离得太近了，才两百米的距离，鹰击正好可以发挥出全部威力。

阿江勉强侧了侧身体，胸前炸开一团儿暗红色火光，护甲霎时粉碎了！他惨叫一声，仰天倒地。不过他并未就此失去行动能力，竟然还能强忍住痛苦，一个翻身连滚带爬，闪到了大树后面。

就在这时，千夜迅速冲来，一个飞跃从侧面掠过，手中的原力弩弓光芒闪烁，一支

山雨欲来风满楼

钢芯弩箭在原力阵列和弓弦的双重推动下,如疾电般射出,贯入阿江的后腰。

不过这一箭只射进去了三分之一,千夜不由暗叫可惜。赵阀果然非同凡响,一个护卫身上的战甲比殷家定制的武士服的防御强度竟然整整高出两个等级,难怪鹰击全力一击也只轰出了不轻不重的伤。

阿江也知此时是生死关头,猛然咬牙,抓出一把针剂全部刺入自己的大腿,然后狂叫一声,向森林深处逃去,速度不减反增。

千夜摇了摇头,收起鹰击和原力弩弓。这是他第一次面对门阀护卫,对方实力果然不俗。他知道这次是自己运气好,事先潜伏在两百米处,否则想要不被觉察地接近到这个距离,恐怕得大费周折。

不过对方受了伤,又中了他配制的毒,就算没有性命之忧,这次春狩也废了。每家猎队只有九人,中途退场是不能替补的。

千夜迅速离开这里,然后在林中一路小跑,向着赵君弘预定的宿营地点奔去。这些日子血气翻腾得厉害,刚才的冲突已经彻底把他的火气点燃了。再加上先后遇到宋子宁和魏破天的郁闷一直无处发泄,早就让他窝了一肚子火,现在正好可以陪赵二公子好好玩一玩儿。

不远处的赵君弘听到枪响,皱眉问道:"鹰击?我们没有配备鹰击吧?"

"是阿江所在的方向,可能又是哪个胆大的士族小子。其他世家看到阿江,知道您在这里狩猎,多半会避开。您放心,阿江会解决的。"

赵君弘点了点头,望向前方。那是一片松针林遍布的区域,地势复杂,他明显感觉到那里有黑暗原力残留的气息。

他嘴角浮起一抹笑意,说:"终于找到这些黑血杂种了,我们过去看看!"

护卫们开始进入戒备状态。黑暗战士可比猛兽要危险得多,在历年的天玄山春狩中,总会出现几个高等级的黑暗战士。

赵阀的另一侧是宋阀的猎区,此刻宋子宁轻衫大袖,宛如郊游般悠然走着。直到现在,他还没有走进六级野兽出没的区域。他身边的叶慕蓝心中焦急万分,却又不能表现出来。

这次春狩宋子宁把指挥权交给了叶慕蓝,自己只带了一个亲随,选人、组队、调度等全由叶慕蓝来安排，所以叶慕蓝很想好好表现一番。宋阀成绩越好，她的功劳就越大。然而所有人都听她调遣，可唯有宋子宁，她既指挥不动，也不敢指挥。

春天的山区一片生机勃勃，草木欣欣向荣，野花竞相开放。除了猛兽，还不时有各种小动物出没。宋子宁是第一次来到天玄山脉，他似乎把春狩当成了采风，每天只顾着欣赏美景，一路走走停停，对周遭的一切充满了好奇。天黑宿营后，他便开始挑灯作画。光是笔墨纸砚，就需要派一个护卫单独背着。

叶慕蓝心内焦急，却又不敢催促。她虽然一路带着队伍在周边行猎，但一来要给宋子宁留下足够的护卫，二来区域等级低，猎物所获积分不高，所以宋阀这两天的排名竟下滑了一名。

宋子宁安慰她，等进入六级区域后，宋家的实力就会慢慢显现。进入前三应该没有太大的问题，就算进不了前三，前五也可以接受。

叶慕蓝微笑着点头称是，等出了宋子宁的营帐，她把护卫们叫过来，冷冷吩咐道："营地周围可能不安全，你们分成两班，轮流出去巡逻，把周围所有的猎物都清理干净，不得影响少爷休息，听懂了没有？"

护卫们当然听懂了，这是要他们连夜猎杀猎物，以弥补由于宋子宁的不作为而造成的积分差距。

叶慕蓝自己也全副武装，向营地后方走去。直到周围无人了，她才突然爆发，重重砍倒一头剑齿野猪！发泄过后，她胸中的怒火得以平息，恨恨地自语道："第五也可以接受？呵呵，哈哈！"

要知道此次春狩可是由她全权指挥！宋家老祖宗偏心，配给宋子宁的卫队可是中上等的水准，丝毫不比赵君弘带来的人差。如此实力都争不过赵阀，背后肯定少不了闲言碎语。若是进不了前三，背后的非议恐怕会铺天盖地而来，宋家老祖宗对她也必然会有意见。

临近天明，她才披着一身露水回到自己的营帐，倒头就睡下了。距离预定的出发时间只剩下两个小时，她需要抓紧时间休息，今天还有一天的狩猎呢。

宋子宁营帐内的灯光亮了一整晚。

他看着铺在桌上的空白宣纸发了一晚上的呆，直到黎明时分才开始动笔，一气呵成，画了九个人像。

最左边的是如今的千伇，其余则是一个小男孩一点一点成长为少年，慢慢褪去所有青涩和稚气的模样。尽管最左边的人像和最右边的人像只有三分相似。

"究竟发生了什么？"

宋子宁把手覆在纸上，只见原力光芒闪烁，一阵雾气从桌面扫过，画纸彻底消失了，只留下一堆浅灰色的灰尘。

他抬起头，直视帐顶上方垂挂下来的原力灯，那灼目的光芒似乎对他丝毫没有影响。明亮的黄色光晕中仿佛浮现出一个小小的倔强的身影，正是千夜。

自从离开黄泉训练营，他便再也没有见过千夜，再次得到千夜的消息，竟是从红蝎的阵亡战报上！

当时他回归家族时日尚短，正卷入云谲波诡的继承人风波之中，自顾不暇。直到大半年前，他才有余力去打听往事，却发现背后黑幕重重，如同无尽永夜不见光明。然而在晚宴上，他一见到殷琪琪身边那个人，就仿佛看到千夜站在自己面前。哪怕身高和体型完全不同，容貌和气质仅有三分相似。

可还是有什么地方不对！

昨晚他的亲随送来了那个人的背景资料。千晓夜，其实名叫千夜，出生于帝国南疆百市行省，父母是行商，十二年前来到永夜大陆，后来在一次袭击事件中双双遇难。千夜先后被一名军官和一名猎人收养过，后来加入猎人公会，目前被殷家招揽过来执行任务。

这一切看似合情合理，可是在他眼中却不太正常。

天快亮了，上层大陆四季轮换，昼夜分明，远方山顶上已经出现一抹绯色霞光。一夜未睡的他走出营帐，伸了个懒腰。旁边一座营帐里，叶慕蓝正和衣而眠，她头发有些凌乱，显然晚上累得不轻。

他见了，嘴角露出一抹含义不明的微笑，可是眼睛里却毫无笑意。

山林另一边不时响起兽吼，以及一声声比兽吼还要响亮的男人的咆哮。

魏破天正与一头铁甲棕熊战在一处。这是一头足有上千公斤重的大家伙，一掌拍下来，纵是五级战士也无法与之正面抗衡。此刻魏破天周身笼罩着一层黄色光芒，正凭着千重山，和它贴身肉搏。

他每出一拳，拳头上就会现出璀璨的光芒，拳拳沉重如山，揍得皮糙肉厚的棕熊狂吼不已。突然他大吼一声，和身扑了上去，一双铁臂环抱住熊头，越箍越紧！

棕熊垂死挣扎，拼命抓挠着他的身体。只见千重山的光芒时明时暗，魏家精制的战甲被片片剖开，他身体上有了一道道深浅不一的血痕！

魏家护卫中有七级高手，却只能心急如焚地在外围干站着，谁也不敢贸然上去帮忙。之前他们想要插手就挨了他一顿臭骂，此时一人一兽已战到危急关头，绝不敢让他分心！

魏破天发出一声惊天动地的咆哮，双手蓦然发力，棕熊的颈骨"咔嚓"一声断了，终于倒地。

他松了手，只觉得心满意足，"嘿嘿"傻笑了两声，刚想摆个姿势展示一下帝国中校的雄风，不料牵动了伤处，一股剧痛顿时袭来，他不由得哀号一声。

护卫们赶紧一拥而上，治伤的治伤，喂水的喂水，忙得一塌糊涂。等消去千重山之后，他才哇哇大叫起来，如同走进了屠宰场一般。

此战之后，他必须休息一两天。只可惜魏家刚刚冲进前三，这样一来成绩必定会再次滑落，不过这暂时不是他能考虑的事儿了。

殷琪琪这时也进入了六级区域，她再怎么不务正业，也比宋子宁要走得快一些。她的队伍人员搭配合理，补给充分，所以看好她的大有人在。

又一天过去了，说起来，各家猎队中心情最不好的，反而是排名遥遥领先的赵君弘。

阿江挣扎着回到宿营地，直到现在仍然昏迷不醒。

赵君弘的护卫中虽然也有精通战地救护的人，但是对千夜特别配制的复合毒素却毫无办法。通用的解毒剂暂时保住了阿江的性命，但是想要彻底祛除毒素，恢复实力，却不是一两天的事儿，且战地上也缺乏专业的工具。

赵君弘听完汇报，皱眉问道："所以接下来的狩猎，他参加不了了？"

"是的，必须立刻把他送回去！如果得不到妥善处理，就会有生命危险。"

赵君弘的脸色越发阴沉了，点了点头，说："安排基地里的人送他去卫国公别院。"

护卫应声出去了。

赵君弘的心情十分糟糕，这样一来,他的猎队便少了一个人手,狩猎的效率定会下降。

他并不担心其他世家，唯一可以视为对手的只有宋子宁和殷琪琪，其他人他都没有放在心上。

宋子宁这个人他完全看不透，且宋家护卫实力强劲，不容小觑。而殷琪琪最近两年

个人武力进展十分迅猛，由于她正在参加继承人大考，所以猎队成员全是她的嫡系。不像他和宋子宁带的是家族护卫，里面虽然也有亲信，却不全是自己人。到了混战阶段，这点儿差别很有可能会影响最后的结果。

照目前的情况来看，虽然气氛有些紧张，但分数上的差距在短时间内难以拉开，还不至于威胁赵阀领先的地位。

第二章　只身反击

虽然是深夜，但天玄山中仍然不时响起枪声和轰鸣的爆炸声，众人正在抓紧时间收割猎物。特别是在外围活动的那些士族子弟，更是争分夺秒。五级以下的猎物数量有限，用不了几天便会被收割一大半儿，到时候他们就要冒险进入高级区域，会发生什么谁都说不清楚，所以前几天的战绩便显得格外重要。

千夜躺在一根粗大的树枝上，嘴里咬着一片草叶，望着夜幕上占据了小半个天穹的巨大的圆月。据说月亮上也有一个广袤的世界，只是不知有谁去过。

他胸中仍然燃烧着一股熊熊火焰，只要这股火焰没有熄灭，他就无法安眠。他反复思索着对付赵君弘的方法，一条条列出，又一条条否定了。即使赵君弘暂时损失了人手，也依然有着顶级实力，不是单枪匹马的他能够抗衡的。

他闭上眼睛，努力去感受春季的秦陆与永夜大陆上完全不同的夜风。风微暖，夹杂着草木的清香，偶尔也有猛兽的腥气，仿佛在提醒人们这个生气勃勃的世界并非看上去那么无害。

他一点点回想起跟踪观察赵君弘大半天的收获，忽然一个差点儿忽略掉的细节在眼前浮现，如同雷电划亮了深沉的夜幕。

他随即翻身而起，迅速行进，开始勘察周围的地形。他的动作迅如鬼魅，一跃就是十余米。仅仅用了一个晚上，他就踏遍了其他人可能需要三四天才能走过的区域。

清晨，赵君弘从睡梦中醒来，用过早餐后，又开始了一天的狩猎。

千夜坐在山顶的一堆乱石中，居高临下地俯视着整个谷地。近千米之外，赵君弘一

行人正缓步走来。几名护卫远远散开，各自相距数十米，沿着谷地前进。这里是一窝地龙的老巢，捕杀它们后得分定然不错。

千夜收敛了气息，身上披着伪装物。一眼望去，他与乱石堆中的其他石头没有任何区别。

谷地中突然响起一声炸雷般的嘶吼，随后大地震动，一头七级地龙带着数头五六级地龙从巢穴中奔出，直扑赵君弘。这种地龙形似蜥蜴，只不过体型大了上百倍，从头到尾足有十余米长，行动如风，力大无穷，且一身的鳞皮坚硬无比。

赵君弘从容举枪，半蹲于地，等地龙冲进百米内，枪口处方才银光骤闪！

地龙忽然发出一声悲鸣，剧痛让它发了狂，竟拼命冲向赵君弘。然而银枪又连射两枪，分别打在它的额头和背部！

千夜暗中推算着赵君弘的射程、速度和原力强度，发现那把威力极为可怕的银枪果然是连射型的原力枪。

此时护卫们也纷纷开火，体型小一些的地龙不断中枪，两头五级地龙当场倒地，而六七级地龙的生命力却极为顽强，它们掉头就跑，速度丝毫不减。

赵君弘连发三枪，脸色略显苍白。他缓口气的工夫，那头垂死的七级地龙已逃到百米之外。这已超出了他的极限射程，于是他起步急追，看那迅捷的身法，显然这头地龙跑不了多远就会被追上。

然而他刚刚起步，远处便传来一记轰鸣，如春日惊雷滚滚响起。那是鹰击的声线！

只见一道暗红色光芒以不可思议的速度从千米之外飞来，准确无误地轰在飞奔的地龙身上！

一点微光从尸体中飞出，直冲天际，片刻后卫国公别院内的排行榜上，殷家的分数大跳了一下，排名进入前十。

卫国公正在品茶，看到榜单后点点头，说："那丫头终于肯干点儿正事了。"

不过他身边的总管神色有异，凑了过来，轻声说："刚刚传来消息，这个时候琪琪小姐好像还没有起床。"

卫国公差点儿一口茶喷出去，转头去看时钟，镏金指针已经指向九点，这个时候居然还在睡觉？这可是春狩，不是春游！

他脸色一沉，问道："这分数是怎么回事儿？"

"回国公爷,殷家猎队里有一个护卫已经深入六级以上的区域,这应该是他的成果。"

卫国公听说是护卫,顿时失了兴趣,摆摆手没再说什么。

赵君弘停下脚步,望向原力弹射来的方向,从牙缝里挤出几个字:"是那个小子!"

千夜索性现身,架好鹰击,装弹、蓄能、瞄准一气呵成,从容指向另一头重伤的六级地龙,一枪将其击毙。然后他收枪站起,转身离去了。

赵君弘极为愤怒,顾不上剩下那几头地龙,厉喝道:"追!把他给我杀了!"

数名护卫立刻全速向山头冲去,转眼间便掠过千米距离。然而速度最快的一人刚刚站上山顶,便发出一声惊呼!原来千夜蹲在两百米外,枪口微微移动,正朝他瞄准!

他的反应不可谓不快,即刻判断出千夜枪口的移动轨迹,连忙一个侧步闪到右边。谁知落脚处却传来异样的感觉,他还来不及做出反应,脚下突然发生猛烈的爆炸,一股庞然大力把他掀了起来。天旋地转之际,他心中闪过一个念头:"糟糕!"

鹰击再次鸣响,这一次的暗红色原力弹格外粗大。在重型弹头和精准射击的双重加成下,他的胸甲瞬间破碎了,整个人被轰得飞出十余米远,就此滚下了山坡。

另外几名护卫也到了山顶,谁知迎接他们的竟是一阵声势浩大的爆炸声。而千夜一跃而起,飞速倒退,直接掠入丛林,从容远去了。

赵君弘脸色铁青,他完全没有想到,一名小小的护卫居然敢和他作对!虽然没有超出春狩的规则,且到了后期各家必定会有一场混战,但那也应该是猎队之间的对抗和战斗。而有资格挑战他本人的,整个猎场不过寥寥数人,其中绝对不包括这个实力才五级的小子!

最让他难以接受的是,受到如此冒犯,他们竟然没能把人截住,他此刻的感觉就像是当众吃了一记耳光!

如此丢人的事儿肯定无法隐瞒,他知道每个门阀世家的猎队附近,都有一名高手暗中跟随着。一方面观察春狩的过程,防止有人作弊,另一方面也可以在必要时出手保护核心子弟。毕竟像赵君弘、宋子宁、魏破天、殷琪琪这种人,如果出了意外大家都不好交代,所以整个过程想必都已被人看在了眼里。

他缓步登上千夜之前藏身的山顶。

旁边一名护卫劝道:"少爷,还是小心为好。那小子异常狡猾,说不定有陷阱。"

"哼!他都偷袭成功了,不抓紧时间逃走,难道留下来找死吗?"

他话音未落，忽然视野中红光一闪，那小子居然没走，又从千余米之外射来一枪！

他反应极快，瞬间伏在乱石堆中，而那名护卫则立刻扑到他身上，牢牢护住了他。

这一枪并没有瞄准他们，而是射到了旁边的一块巨石上。那巨石猛然发生惊天动地的爆炸，喷洒出大量带着腐臭的毒液，溅得到处都是。

这毒液威力一般，只能腐蚀一些普通的织物，根本奈何不了赵阀精制的战甲。可是它一接触到空气就会散发出奇臭无比的气味，恶心人的功力倒是一流。经此一吓，那名护卫不敢立刻起身，生怕这片山头上还布置了其他陷阱。

赵君弘被压在飞扬的尘土里，鼻中满是恶臭，几乎要晕过去。他怒喝一声："让我起来，一群废物！"

另外几名护卫从坡下狂奔而来，一边四处搜索，一边叫道："少爷，先让我等检查一下，那小子说不定还在附近……"

话音未落，远方又响起数记枪鸣，是大口径火药狙击枪的声音。

赵君弘觉得有些奇怪，这种狙击枪威力太差，以这个距离根本不可能打穿他们的战甲。他忽然灵光一闪，立刻想到那几头垂死的地龙。

他猛地推开护卫，跃上一块大石头向山谷中望去。果然在巢穴边缘，三头五六级地龙已经倒地不起，最后一点微光正飞向空中的浮空艇。不必问也知道，这分数肯定不可能加到赵阀名下。

他气得差点儿吐血！

护卫们从发现这处地龙巢穴到做好完备的布置，花了大半天时间，结果却被千夜占了便宜。眼看着数百分就这样丢了，光这一役，赵阀和殷家之间的分差便会缩小三四百分，叫他如何不恼！

"那个该死的小子！"赵君弘突然一把抓住身边护卫的衣领，怒道，"去追！不管用什么方法，都要把他找出来杀掉！明天这个时候，我要看到他的脑袋！"

护卫神色一肃，沉声说道："是，少爷！"

他环顾四周，确定了千夜最后一次开枪的方位，然后追了过去。他的特长是山地作战，之前勘察地龙巢穴的工作大部分是由他完成的，对周边地形已相当熟悉。那个不知死活的小子才五级，能够用鹰击连开三枪已经不可思议，现在应该是正虚弱的时候。只要寻踪觅迹，牢牢盯住对方逃跑的路线，迟早会落到他手里。

赵君弘显然也想到了这一层，才让护卫一路紧追下去。他在原地站了一会儿，突然问道:"那小子叫什么名字?"

一个护卫想了想,说:"好像是姓千,叫千晓夜,殷家猎队里只有他是五级。"

赵君弘的脸色更加阴沉了,赵阀、宋阀和其他上品世家的猎队中就没有一个人是五级的!

追踪的护卫在森林中不疾不徐地前进,他深知和千夜这种野外机动能力强悍的战士周旋,耐心非常重要。而他最大的长处就是原力深厚,所以一定要把优势彻底发挥出来。

半小时之后,他忽然在枯枝下发现了一具尸体。

血族!

他心头一凛,这里已与黑色圈的外围接壤,看来这一带有血族活动。不过他对付血族的经验十分丰富,哪怕是在黑暗种族占据明显优势的山林中,也毫不畏惧。

他继续向前追击,又过了半个小时,发现千夜的行踪越来越清晰,显然对方的原力几近枯竭,已经很难消除痕迹。

他奔上一个制高点,果然看到千夜就在千米之外,正从一处峡谷中穿过。千夜似乎有所察觉,猛然回头,发现了跟在身后的他,立即加快速度从峡口消失了。他也连忙加速,不过并没有跟着穿过峡谷,而是从侧方登上山脊。当他站上高处时,发现面前居然是一个颇为空旷的高坡,上面有丛丛绿树,还有数十根天然形成的石柱,而千夜早已消失无踪了。

他不相信千夜这么快就能逃出自己的视野,就算中途折返森林也会留下痕迹。他眯起眼睛,视线扫过面前每一个可疑的角落。

在一丛高过人腰的野草中,他忽然看到一个奇怪的黑点。还没等他细看,黑点已骤然绽放出血光!随即他如同被大锤击中,身不由己地向后飞出,耳中灌满了轰鸣,说不出的难受。

他心中只有一个想法:"这小子怎么还能使用鹰击?"

千夜伏在原处,将另一发原力弹填入鹰击,稳稳加持了重型弹头的能力,同时开启精准射击,瞄准镜准确无误地指向护卫落地之处。

他知道,那名护卫多半会认为自己已无法使用鹰击,所以对方最明智的选择就是使用兴奋剂,然后立刻逃跑,等到达安全的地方再治疗伤势。

他发出的第一枪并没有附加特殊能力,因此护卫受的伤应该不重。七级战兵外加赵

阀战甲的防御力,实力可不比六级地龙差多少。

果然,只见那名护卫一下子从地上弹起,身体刚好掠过十字准星。千夜的手指压到临界位置,轻轻一用力,鹰击便立刻发出惊雷般的轰鸣,原力弹稳稳命中护卫的后心!

空中弹出数块破碎的甲衣,护卫惨叫一声,被轰飞了。他的生命力实在顽强,在这种情况下都能逃跑,向前俯冲的身体一下子又跳了起来,转眼就消失在森林深处。

直到这时,千夜才感觉到体内空乏,他从隐藏之处站起,缓缓走进密林。至于那名护卫,先后中了两枪鹰击,最后一枪还附着了两个能力,即使不死也会重伤。就算能活着逃回去,也需要很长一段时间来养伤,只能退出本次春狩了。

片刻之后,千夜在密林中捕杀了一条森蚺,喝了点蛇血补充能量。这在缺乏食物的野外生存中是很常见的一幕,就算被暗中监察的强者发现了,也不会产生其他怀疑。

他休息了片刻,又向赵阀猎队的方向潜去。

天色已晚,赵阀设下营地进行休整。经过下午那场混乱,赵君弘已经没有心情继续狩猎了,他十分焦躁,在营帐中来回踱步。

原本他对这次春狩充满信心,甚至不太关注分数,因为没有太大的挑战性,他更想见识的是宋子宁和殷琪琪的家族秘传。可是春狩开始没多久,他便遭遇了挫败,仅仅是因为千晓夜,一个微不足道的五级护卫!不知为何,他有一种不好的直觉,竟然对追杀千晓夜的那名护卫没了信心。

突然,附近响起一声轰鸣!他差点儿跳了起来,又是鹰击!

一名在溪边取水的护卫惨叫一声,身上血光绽放,整个人被打得飞了起来,重重坠地。还好他几个翻滚之后找了个地方躲避,才幸免于难。

千米之外的山坡上,千夜现身向赵君弘挥了挥手,然后转身消失了。

许久之后赵君弘才反应过来,咆哮道:"用狙击对狙击!谁去宰了这个小子?"

吼声一落,竟无人应答。他这才想起,自己并没有携带狙击型的原力枪,目前最远的射程也只能达到三百米。他无比烦躁,用力挥了挥手,喝道:"睡觉!"

然而这一晚他们注定无法安睡,千夜时不时用火药狙击枪向营地射上一两枪。其他人都没事儿,赵君弘却格外倒霉,被飞溅的金属片划伤了手指。虽然只是一个微不足道的小伤口,却让他大发雷霆。

新的一天终于到来了,赵君弘阴沉着脸继续狩猎,心里打定主意,只要千夜敢出现,他就亲自出马灭掉这小子！至于身份、地位等已全然不在他的考虑范围之内，不杀掉这个胆大包天的小子，他哪儿还有颜面留在这里！

他和余下的护卫们组成反狙击的阵形，继续前进。结果鹰击再次轰鸣，这次是从一千两百米的极限射程上射来的，目标不是人，而是一个被他打得只剩下一口气的七级狼人。看着微光飞上高空，他发出一声响彻山峦的怒吼，全速向千夜发起射击的方向追去。

这一追就是大半天，跑到最后，他甚至都弄不清方向了，再也找不到一点儿千夜的痕迹，也没有一个护卫跟上他。

追不到千夜，他便把怒火发泄在周围的猎物上。

此时他已身处于高危黑暗圈中，在这个区域，黑暗种族战士开始成队出现。他们可不是没有智慧的野兽，当然不会单独行动。这正是春狩的危险之处，当黑暗种族结队出现时，独行的士族很难有对抗的能力。所以聪明的独行者大多游走于六级猛兽出没的区域，不敢涉足黑暗圈。要知道猎杀六级猛兽获得的分数并不少，但危险程度却远远低于黑暗圈。没有特殊的原因，独行者根本不会深入。此处是门阀世家的专属领地，战绩的差距和家族的荣耀在这里才开始有了本质的区别。

赵君弘并非一般的猎人，当五个黑暗种族战士出现在他面前时，他第一时间出枪，枪口银光喷吐两次，就把两个狼人轰飞了。随即他收枪出刀，大步奔向剩余那三个狼人。

一番血战之后，三个狼人遍体鳞伤，而他身上也多了几道抓痕，有两记甚至洞穿了背后的战甲，留下长长的血口。他正准备终结这三个狼人的性命，山峦上空又响起鹰击的声音！

他愣了愣，只见一个狼人突然飞了出去，等他反应过来时，第二个狼人也被轰飞了。他终于醒悟过来，立刻挥刀斩杀了最后一个狼人。

五个六级狼人，加在一起有三百多分。他们基本上都是死在他手上，身为赵阀四公子之一的他的确战力惊人。可是现在竟然又被千夜捡了便宜，他的胸口如同压了一块大石头，说不出的难受。

他大步向前，冲着空旷无人的密林高声咆哮道："千晓夜，你出来！我赵君弘就在这里，敢不敢像个男人一样打一架？"

群山之中一片寂静，只有他的吼声不断回荡着。

千夜身边也倒着两个狼人，听到"千晓夜"这个见鬼的名字，他的脸色黑了，充耳不闻地给自己注射了兴奋剂。恢复少许原力后，他静静地盘膝而坐，开始修炼。

春狩中门阀世家的核心子弟都会受到特殊保护，这是需要遵守的游戏规则。

凭这位赵阀二公子的实力，如果直接向他开枪，除非击中头部要害，否则很难对其造成真正的伤害。况且千夜若是真对他起了杀心，卫国公安排的监察强者必定会出面干预。

赵君弘大吼大叫了一阵儿，自己也觉得没意思，于是漫无目的地沿着山脊向前走着。突然他瞳孔一缩，看到千夜竟大摇大摆地出现在千米之外。

千夜这是摆明了要继续找碴儿。只要有猎物，仗着拥有超远射程的鹰击以及精湛绝伦的狙击技术，他就会插上一脚。过往的战绩也表明，他总能从赵君弘手中抢走猎物。

赵君弘有些茫然，不知如何是好。追又追不上，抢也抢不过，一时半会儿竟摆脱不掉这个阴魂不散的家伙。关键是以他赵二公子的身份，还不能跑路。就算他放下身段拔腿跑了，多半也用不掉千夜。到时候恐怕还会被人议论：堂堂赵二公子，一个七级战兵，居然被一个五级护卫给打跑了。如此一来，他今后该如何自处？

从这天起，关注春狩排名的众人发现榜单开始出现异常。

首先是冲势格外凶猛的魏家突然萎靡不振，排名一路下滑，被孔家和南宫家反超。据说是因为魏世子孤身直进，独自放倒了一头七级铁甲棕熊，结果受了不轻的伤，这两天不得不待在营地里养伤。

魏破天的队伍配置很极端，战术也只有一种，那就是他顶着千重山冲在最前方，把攻击统统挡住，护卫们则火力全开。这种模式确实简单高效，可是他一不小心玩过了头，重伤不起，那支攻击和防御配置畸形的队伍立刻露出了短板。

虽然魏破天的行为很符合他一贯的脑袋不转弯儿的形象，然而却没什么人笑话他，反而连卫国公这等大人物都对他颇为赞赏。能够以六级实力徒手放翻七级铁甲棕熊，说明他的千重山已经相当有火候了。

相传千重山原本是达到战将级别的人才能炼至有成的功法，而魏破天却从点燃第一个节点开始便同步练出了千重山的第一重光芒，之后进展神速，充分证明了他的天赋和潜力。尤其是最近半年，他居然连晋两级，非但丝毫没有根基不稳之象，反而气势沉凝，隐隐得了千重山的几分真意。从他的身上，甚至可以看到成为元帅的希望。

和魏破天相比，南宫婉云和孔雅年虽然表现不错，可是从他们的身份背景和实力来看，只能给个中规中矩的评价。

宋阀始终不温不火地在第五和第六名的位置上晃着，宋子宁果然如外界传闻一般，对杂学的兴趣要大于政务和武功。

殷琪琪依旧不务正业，整日游山玩水。不过殷家的分数却在稳步攀升，排名不但进入前十，而且冲势不止。

最让人感到意外的是赵阀，从第四天开始，每天的得分直线下降。再这样下去，第一名的位置怕是不保了。

就这样，赵阀的分数一天比一天少。要知道现在春狩的时间已然过半，各门阀世家也都进入黑暗种族的活动区域，分数理应井喷才对。终于在第七天，赵阀让出了第一名的位置，被南宫家取代了。

排名一发生变化，整个卫国公别院顿时沸腾了，众人议论纷纷，猜测肯定发生了什么意外，才让赵阀的排名下滑得如此之快。于是，殷家猎队中一个实力只有五级的超远程狙击手出现在众人的视野中。而季元嘉之前刻意透漏给宋子宁的关于千夜的履历，也被众人拿到手，然后评头论足了一番。当然那天参加过夜宴的人，竟都忽略了曾经昙花一现的殷琪琪的女伴。

在众人眼中，千夜只是一介平民，靠着一点儿军中所学和猎人的技能在底层大陆混口饭吃，出任务时终于有幸攀上了殷家这棵大树。这原本是个再普通不过的幸运小子得到世家赏识的故事。不过知道千夜依靠鹰击的超远射程抢了赵阀一半的猎物，居然还能安然无恙地活到现在之后，众人的口风便变了。现在故事的版本变成了殷琪琪慧眼识人，从永夜大陆发掘出了人才。

认真说起来，这种事儿主要还是靠运气。然而帝国向来只认结果不看过程，所以运气也是实力的一部分。

众人知道千夜和赵君弘之间的纠葛后，不禁哑然失笑。大多数人笑的是赵君弘配置不当，队伍中居然连一个射程远点儿的人都没有。不过，谁知道殷家这次会带一个射程达到一千米的狙击手呢？众所周知，超远程狙击手只有在战场上才能发挥最大的作用，各大门阀世家虽然不缺这种人才，但多半不会拿来做护卫。

况且春狩虽然是模拟实战，但毕竟不是真正的战场。一个猎队只有九人，就算全都完好无损地进入最后的混战阶段，也不适合配备一个超远程狙击手。要知道无论在哪里，狙击手这种威胁性极大的战士，都会成为第一个被干掉的目标。

第三章　危机四伏

随着补给人员的到来，天玄山脉深处的门阀世家猎队也陆陆续续地得到了最新的消息。忽然之间，许多队伍都有了动作，除了赵阀。

看着站在远方山顶上的千夜，此时的赵君弘已经不生气了。

他身边只剩下三名护卫，九人中已有三人重伤出局，还有两人在临时宿营地养伤。他从不正眼看一下五级以下的武器，可未曾想到一把军队制式的大路货会把他逼入这样难堪的境地。无论如何他都不会承认，鹰击之所以这样厉害，是因为使用它的人。

他不再追杀千夜，千夜也不再下手对付他的护卫，双方似乎达成了某种默契。只不过其中的无奈和苦涩，恐怕只有他自己才知道。

千夜仍在光明正大地和他们抢猎物。他原本以为自己有四个人，最多也就是被千夜抢掉一小半积分。可是他又错了，四把射程不到两百米的短枪，加在一起也抢不过一把射程达到一千两百米的鹰击。千夜驱动枪械的能力超乎他的想象，鹰击的声线不时在群山中回荡着。

这个晚上，很多猎队包括一些士族独行者，都在谈论同一个话题。

"什么，我们已经是第一了？"南宫婉云有些难以置信。

沂水南宫家的这位大小姐外表温婉可人，就连休息时都会特意换上裙子。不过单看她如今取得的成绩，就知道在她甜美的外表下，其实有着巾帼不让须眉的才干。

她沉吟片刻，毅然说道："放缓节奏，明天开始注意防御，在营地周围加设陷阱，另外还要盯紧我们的补给路线！"

站在她身边的一个身材高大的年轻人若有所思，问道："姐，你的意思是说，孔家？"

"对！孔雅年那个家伙肯定不甘心落在我们后面。谅他也没有那个胆量直接开战，他最喜欢背后捅刀子，多半要抄了我们的补给队伍。"

年轻人皱眉道："那我们岂不是要天天防着他？"

南宫婉云也有些头疼，说："难道你有其他办法？"

年轻人忽然说："不如我们先去把他的补给给抄了，这样就可以立于不败之地了！"

南宫婉云双眼一亮，赞道："好！事不宜迟，跟紧他们，找到地点即刻动手！嗯，殷家离我们的猎区也不远，或许可以考虑把他们的老窝给端了……"

"这事儿可行！殷家那个狙击手现在正死缠着赵阀……"

南宫婉云遽然一惊，忙道："算了，先不要惹殷家！"

"为什么？"年轻人不解地问。

南宫婉云瞪了他一眼，说："这还不简单！那个姓千的小子既然能缠死赵阀，对付我们还不是小菜一碟！万一殷琪琪让他过来对付我们，那可怎么办？"

年轻人恍然大悟，随即灵机一动，说道："如果让他缠上其他人呢，比如魏家？哦，魏家太远了，赵阀旁边就是宋阀！"

南宫婉云皱眉道："这虽然是个好主意，但是怎么才能办到呢？殷琪琪那个女人总是不按常理出牌，也许我们可以从这方面着手……"

森林的另一个方向，一座由几个帐篷构成的临时营地里，一名面容阴沉的年轻人正拿着地图，在灯下仔细查看着。

这个年轻人就是孔家的孔雅年。在孔家年轻一代的子弟中，他多谋善断，一直是佼佼者。与魏破天相比，他只有一个缺点，那就是修炼天分一般。正因如此，他才会来到天玄山。而前往帝苑参加春狩的则是他一哥。那个和魏破天一样四肢发达、头脑简单的家伙，虽然天分也不如魏破天，可是却比他要高出不少。

他面前的地图上已经标注了各个世家最新的活动区域，以及依附于孔家的士族子弟当前所在的方位。

旁边一人献计道："少爷，这是个大好的机会，要不我们去抄了南宫婉云的后路？没了补给，看她怎么度过这最后几天！"

孔雅年摇了摇头，说："就凭南宫家的实力，能够保住第一名的位置吗？不用我们动手,多的是人对付他们。你不觉得这个千晓夜很有意思吗?"

那人茫然问道:"少爷难道想招揽他?他是殷家的人,恐怕有些难度。"

孔雅年"哼"了一声,说:"区区一个五级货色,也值得我拉拢他?我的意思是……干掉他!"

"干掉他?为什么?"

"这个小子把赵阀缠得如此凄惨,想必赵君弘已经恨透了他。如果我们出手把他干掉了,岂不是可以卖赵二公子一个人情?"

那人仍然有些不解:"可是这样一来,不是又让赵阀拿了第一?"

"拿就拿了,以我们孔家的实力,正常情况下怎么可能拿到第一?反正不是我们的东西,何必贪心!"

那人恍然大悟。

孔雅年手一挥,说:"你也擅长远程射击,就由你带两个人过去,同时向那些士族传递消息,让他们也想想办法干掉那个小子,至少要把他驱赶出赵阀的猎区。"

"少爷高见!"那人立刻点了两个长于追踪伏击的护卫,匆匆向着赵阀的猎区奔去。

而其他世家也都存着同样的想法,那就是干掉殷家那个落单的超远程狙击手。他们倒不全是为了向赵君弘示好,而是担心千夜离开赵阀后,会对自己构成威胁。虽然他的实力只有五级,但是狙击和山地行猎技术都异常精湛,否则赵阀不会奈何不了他。

各家带的狙击手都不多,射程能达到千米以上的则一个也没有。一旦他们的狙击手在野战中被千夜踢出局,那么赵阀的困境将会在他们身上重现。况且春狩接近尾声时,本来就是猎队团战,各家都会采用各种方法打击对自己威胁最大的成员,现在不过是趁他落单提前动手而已。

赵君弘坐在临时的营帐中,一边整理装备,一边听护卫报告最新的情报。

听到护卫说发现好几家猎队动向异常,有人越过猎区向这边行来时,他神色冷然,一言不发。听到有独行的士族也在朝这个方向聚拢时,他终于开口,极为不屑地说:"一群蝇营狗苟之辈。"

护卫见他的脸上没有一丝喜色,不敢多说什么,连忙退了出去。

宋阀营地中,叶慕蓝看着摆在面前的情报,眼中不可抑制地燃起怒火。她怎会不知这个千晓夜是谁!前几天看到殷家猎队的资料时,她就立刻明白了殷琪琪在耍什么把戏。

那个男人当初对她可是下过死手的，让她接连好几天从噩梦中惊醒！

然而她清楚地知道，无论是为了顾家，还是为了宋殷两家的关系，这种事都不能从她的口中宣扬出去，因此一直没有把真相告诉宋子宁。碰巧这一次千夜不知死活地招惹了赵阀，正好给她创造了绝佳的机会。

她在主帐外调整了一下情绪，然后轻手轻脚地走了进去，把各家情报和殷家猎队的资料摊开，放到宋子宁面前。

宋子宁拿过来翻了翻，脸色渐渐变了。他一向温和，如今脸上却露出一丝恼怒，估计没有男人能够忍受这样的愚弄！

叶慕蓝从侧后方轻轻搂住宋子宁，以略带忧愤的声音说："子宁，杀掉殷家这个狙击手，是一举两得的事情。"

她感觉到宋子宁身体一僵，于是把声音放得柔和一些，说："一个超远程狙击手对积分的影响太大了，眼下他还没有和殷家猎队会合，正是消灭他的最佳时机。"

见宋子宁不说话，她继续说道："还有……除掉他，可以向赵二公子示好。"

宋子宁这才有了点儿反应，问道："为什么？"

叶慕蓝轻声说道："赵家的人向来眼高于顶，虽然在四大门阀中，我们两家算是走得近的，却远不如白家和张家联系紧密。赵君弘是赵家四公子之一，也是年轻一代的核心人物。如果我们帮他脱困，他必然会对我们心存感激。结交赵君弘，可以与赵阀拉近关系。"

宋子宁皱眉道："可是赵君弘在四公子中并不出众，赵家这一代最有希望登顶的是赵君度和赵若曦。哦，对了，还有旁支的赵雨樱。"

叶慕蓝有些无奈地叹了口气，说："子宁，赵君度和赵若曦几乎不搭理外人，上次你大哥就碰了个冷脸。凡事总要一步一步来，赵君弘毕竟是他们的二哥。"

然而，她并没有注意到宋子宁低垂的双目中有讥诮之色一闪而过。示好？要向一个人示好，首先得了解对方的喜好。赵君弘性情高傲，自诩行事光明磊落，可不是用这种手段就能讨好的。

"也好，你带人去吧，让宋戈跟着。"宋子宁神情有点儿怏怏地说道，"我那幅山林图还剩一小半儿，正好收尾。"

叶慕蓝一愣，随即心中飞快地盘算起来，自己带队也好，免得宋子宁见到那小子后又出什么意外，或者中途遇到殷琪琪只会一味避让。宋戈是宋子宁的亲随，各家子弟对他都比较熟悉，有他出面足以显示立场。

她柔顺地答应了，从宋子宁的营帐中走出来后，立即领着五名护卫远去了。

片刻之后，宋子宁施施然从营帐中走出，看着前方正沿着山脊奔行的众人，眼底一片冰冷。他站了一会儿，叫来两名护卫，架起案几，铺上笔墨纸砚，沉吟了一番，一幅水墨山林图在笔下渐渐显现。

他看着这幅画，觉得十分满意，轻声自语道："千夜，真的是你吗？"

他叹了口气，再次凝神提笔，慢慢在纸上点了几笔。画卷上立刻多了几片飘飘欲坠的落叶，原本静谧安详的月下山林，忽然间变得秋意瑟瑟，寒意浸人。

此时正是午后，阳光怡人，天色却突然变得灰白起来，仿佛被迷雾遮蔽了一般。

两名护卫身形晃了晃，缓缓倒了下去，他们的呼吸沉稳悠长，不知是睡着了，还是昏迷了。宋子宁将他们拖进营帐，然后从容地换上一身士族常见的青灰色武士服，外面裹了一件带着挡风面罩的斗篷。他走到营地边缘，身影就此消失了，仿佛化入雾气之中。

那幅画依然静静地待在案几上，画纸无风自动，一眼望去，上面的几片落叶竟好似活了一般，在秋风中回旋飞舞着。

这是宋阀的上古秘法——三千飘叶诀。大道三千，红尘为障，飘叶流花，皆是法门。据说此秘法修炼有成时，一叶可以知秋，一叶可以障目，然而数百年来宋阀之中竟无人修成。

殷家猎队依旧十分悠闲，殷琪琪和几名护卫围着烤肉架席地而坐，营地里浓香满溢。

季元嘉带着一名护卫从不远处的杂树林里走出来，神色有点儿凝重。

殷琪琪看到他，伸手递过去一个大盘子，问道："有什么新情况？"

季元嘉把盘子放到一边，说："小姐，叫千夜回来吧，再这样下去真的会得罪赵阀。"

"让他继续玩下去好了，赵阀不会那么小气。"殷琪琪毫不在意，只是切着烤肉，一片片往嘴里送，"千夜突然盯上赵阀，肯定是与他们发生了冲突，否则以他的性格不会这么干。规则内的游戏而已，赵君弘有什么话可说！"

季元嘉苦笑道："赵二公子的护卫损失了一半，已经够了。千夜的优势在于超远程狙击，一旦被堵住，他会吃大亏的。"

殷琪琪呆了一下，霍然站了起来，说："原来如此，我说那几家怎么突然开始越境了，这些趁火打劫的家伙！"

旁边一名护卫连忙把最新收到的各家猎队的情报递给季元嘉，季元嘉匆匆看了看，急促地说："我刚才发现有些士族已经穿过了我们的猎区。"

他上午在周边巡游时已感觉到有些不安，以他对千夜战力的了解，那些士族还不足为患，但是加上各个世家猎队就不一样了。

这时又有一名护卫奔了过来，跟殷琪琪耳语了几句。她顿时脸色一变，咬牙骂道："宋阀也过来了！叶慕蓝这个贱人！"

季元嘉闻言脸色大变，小的世家猎队也就罢了，就算堵住了千夜，也不一定能留下他。宋阀可不一样，他们的战力绝不是千夜能够抗衡的。

越是这种时候，殷琪琪反而越冷静，挥手吩咐道："你们先去收拾装备。"

等护卫们都行动起来之后，她思索了一会儿，才说："元嘉，你和老萧各带一组人沿猎区边界前进。不管是越境的还是路过的，全部给我打出去，尤其是孔家那几个带头的！"

她又向一名已经整装完毕的护卫一指，说："你速去魏家猎区，把这边的情况告诉魏世子。"

她沉思片刻，又说："我从中路进去！"

季元嘉吃惊地问："小姐，您要直接进入赵阀的猎区？"

"没错！"殷琪琪脱口而出，直接穿越赵阀猎区的确是最近的路线，但也最有可能和赵阀正面交锋。

"可是……"

不等季元嘉说完，护卫们也纷纷表示反对。

殷琪琪耸了耸肩，说："我在名单上，你们怕什么？再说你们谁跟得上我的速度？"

门阀世家的核心子弟身边都有卫国公安排的高手保护，就算与猎队成员分开了，那名监察者也会跟着她。

布置完一切后，她从营帐里提出一把巨大的原力枪，枪口大得能够塞下小孩的拳头。她把这把狰狞的大枪背在身后，然后匆匆奔入密林。

此刻森林另一头不断响起魏破天的吼声："都快点儿，别磨磨蹭蹭的！要是耽误了时间，老子打断你们的腿！"

他一马当先地狂奔着，所过之处，树木低垂的枝叶纷纷被撞断，花草也倒了一地。

他身后的魏家护卫拉成长长的一列，已经陆续有人掉队，只有两三名亲随还能气定神闲地紧跟着他。他却不管不顾，全速奔向赵阀的猎区。

殷家派去报信的护卫还在路上，等他赶到魏家营地时，早已人去楼空了。

魏破天一拿到最新的情报，当即大叫一声，跳了起来，连武器和补给都来不及收拾，拔腿就往赵阀的猎区狂奔。他满脑子只有一个念头，如果去迟了，恐怕就只能看到千夜的尸体了！可是魏家猎区离赵阀最远，前面的路程似乎没有尽头。他突然发出一声郁闷至极的咆哮，居然把原力枪扔到一边，扯下一件件沉重的战甲，穿着里衣狂奔起来。

护卫们大吃一惊，一边忙着收捡东西，一边叫道："世子，小心啊！"

魏破天不耐烦地说："老子是魏家世子，哪个不开眼的家伙敢对老子下死手！"

众护卫纷纷把求助的目光投向魏怀，他是少数几个紧追着魏破天还不显得吃力的亲随之一。但这个沉稳内敛的青年只是笑了笑，一边追着魏破天，一边发出几个简单的指令，让猎队护卫们分组前进。

千夜依旧跟着赵君弘，但是已有一段时间未出手了。他有些犹豫，不知道要不要就此收手。算算积分，赵阀这几天损失惨重，再纠缠下去似乎没有太大的意义。而且不知为何，他总有一种不安的预感。

他向远处的赵君弘深深看了一眼，然后转身离开了。

赵君弘站在山脊上，看着千夜的身影穿过一片紫色花田，直到消失在稀疏的杂木林中，才淡淡说道："你倒是挺狡猾的，不过，现在已经晚了！"

他向身边一名护卫吩咐道："你跟上去，不用动手。如果那个小子快死了，你就把他给我带回来。我要活的，明白了吗？"

"放心，少爷。"护卫露出狼一样凶狠的狞笑，向千夜追去。

这时另一名护卫从山脚下奔了上来，跟赵君弘耳语了几句。赵君弘露出诧异的表情："宋阀？"

千夜正在林间穿行，忽然停下脚步，视线缓缓扫过四周。

夜色降临，密林中一片漆黑。月光无法穿透浓密的树冠，只能在林间的草地上投下道道银色光柱。周围一片清冷、沉寂，就连野兽和虫鸣的声音都没有，静得有些可怕。

他隐隐感觉到了危险，只是无法确定来源。是强大的黑暗种族，还是赵阀招来的盟友？在这个区域，两者皆有可能。

那个赵阀护卫跟了他一路，行动极为诡异。期间他几次尝试回身追击，对方却一反常态，丝毫没有应战的意思，只是迂回着与他远远拉开距离。等他继续前行时，才又不慌不忙地跟了上来。

这一切让他越发警觉了，他收起鹰击，把双生花握在手里，毕竟双生花更适合近战。只听"咔咔"两声，他将两把军用制式短刀推入双生花的卡槽里，然后弓身加速，极速奔跑起来。

他刚冲出森林，准备朝不远处的一片乱石堆跑去。此时一种极度危险的气息蓦然向他袭来，他完全顾不上思考，唯有拼尽全力向前奔行。

才跑出一百米，视野中突然闪过一道微弱的光芒。那是原力弹的光芒，且距离就在六七百米之外，这正是狙击对手的最佳距离！

他只觉得一阵耳鸣，脑海中盘旋着阵阵低沉奇异的尖啸。所有血气刹那间从心脏中迸发出来，就连金色和紫色血气也离开了能力符文，疯狂地游走起来。

在死亡之手的触摸下，他的血族视界发挥到极致。时间仿佛突然变慢了，他缓缓转头，瞳孔中泛起血色，于是夜幕下的世界骤然变得明亮起来，那颗呼啸而来的原力弹也清清楚楚地映在他眼中。

这颗原力弹飞到半途时，只见另一个方向上又有光芒闪动，居然不止一名狙击手！与此同时，他还看到了一个个正在起身的人影！

他计算出两颗原力弹飞来的路线，横跨一步，身体猛然一侧，这两颗威力巨大的原力弹竟贴着身体掠过了！一道散逸的原力气息如火舌一般燎过他的左臂，在武士服上留下一抹焦黑，但是却无法穿透里层的防御丝网。

远方打出其中一枪的叶慕蓝张大了嘴，根本不敢相信自己的眼睛。对方竟然用简单的移位轻易避开了原力弹，而且还是两颗？！这种能力，应该出现在战将身上才对！

她愣了一会儿，才肯接受这个不可思议的现实。然而就是这一会儿的工夫，千夜竟摘下鹰击，随手就是一枪，然后借助鹰击的巨大后坐力在空中飞退，转身跑远了。

她眼睁睁看着那颗原力弹跨过数百米的距离，精准无误地飞向自己的眉心。没想到千夜将近两米长的鹰击当作手枪使用，竟能有如此准头！

此刻她已来不及躲避，不过她反应不慢，只听"噗"的一声轻响，薄薄的白霜从她周身迸发出来。她将手中结了一层霜的狙击原力枪直接抛出，掷向射来的原力弹。

轰鸣声中,她的五级狙击枪四分五裂,连同激射的霜粒一起被击得粉碎,不过千夜的原力弹也被撞离了原本的轨道。

"追!"她咬牙喝道。

隐匿在周围的数名护卫立刻响应,循着千夜逃走的方向紧追而去。而她则从一名护卫手里抢下一把狙击枪,换了条路线,直接抄向前路。

千夜不断加速,依托地形做出各种变幻莫测的回避动作,原力弹不时呼啸着从他身边飞过。再跨越一百多米的距离,就是崎岖的乱石区了,只要跑到那里,就会拥有更多的屏障。

他的速度越来越快,然而就在这时,乱石区边缘突然现出三个身影,是孔家的护卫!

他的心一沉,看来想要自己性命的人实在不少。不过越是在这种危急的时刻,他就越是悍勇无畏,体内血气已然沸腾,黎明原力也激荡而起!一波波潮汐拍岸而起,层层叠加的力量正在耐心等待着穿云裂石的一刻。

夜幕下忽然响起一声清越的长啸,他的速度骤然加快,几乎变成一道淡淡的虚影。他竟正面冲向拦截自己的对手,直接和身硬撞了上去!

只听"砰"的一声闷响传来,一名严阵以待的孔家六级护卫居然被撞飞了,一直升到十余米的高空才开始坠落!然而落地之后,却再也爬不起来。

千夜强行冲破了包围圈儿,继续向前疾奔。

另一名孔家护卫反应过来,抬手就是一枪。千夜背后立刻绽放出原力光芒,结结实实地挨了这一记,背部的战甲碎成好几块,碎片霎时四处纷飞。但是借着原力轰击的力量,他再次加速,迅速脱离了护卫的射击范围。

他脸色一变,猛地喷出一口鲜血!吐过血之后,他反而觉得轻松了一些。体内血气已经变得和黎明原力一样,可以心随意动了。血脉潜伏能力在中枪之时被激发了,而受伤吐出的肺腑之血,也丝毫没有鲜血之力的气息。

他腰侧的护甲突然裂开,一道长长的刀口露了出来,这是撞飞那名孔家护卫后留下的伤。不过他手里多了一个背包,是碰撞发生的一刹那,他从对方身上顺手扯下来的。

他越过乱石区,冲入一处以阔叶林为主的密林,他已无路可走,只能向着天玄山脉深处奔去。虽然暂时脱离了困境,但是他的心情却越来越沉重了,他完全可以想象得到自己接下来的遭遇。

既然已经出现两个门阀世家的截杀队伍,那么自然还会有其他人加入。无论是赵阀招来的盟友，还是想趁机削弱殷家的其他猎队，这些人显然已经联手了。他们有数量、装备和实力上的优势，只要不间断地跟踪下去，拉起一张包抄合围的大网，那么迟早会把猎物逼入绝地。

毋庸置疑，千夜将会面临前所未有的危局。超远程狙击手一旦被压缩活动区域，失去机动能力，就和普通战士没什么区别，而那些门阀世家的护卫实力等级都在他之上。

这一刻他变得无比冷静，脱离最危险的区域后，他一直匀速前进，同时观察着周围的地形，开始选择战场。此时他只有一个念头，既然要战死在这里，那么就拉更多的人垫背吧！

他很快就选定了一片区域，这里峰谷交叠，杂木丛生，到处都是乱石洞穴。而且还生活着成群的角狼，这些平均等级达到六级的猛兽一旦成群，任谁都要畏惧三分。

眼下追猎他的人已经超过二十个了，不少闻讯而来的士族战士也悄悄埋伏在附近。

一名世家护卫正在林间疾行，忽然从树上垂下一根细细的深黑色丝索，一下子套在他的脖颈上，将他庞大的身躯提了起来。

他口中"嗬嗬"叫着，双眼凸出，双腿徒劳地踢动着。丝索深深勒入他的脖颈，将他一直拉进树冠中。那里站着一个英俊、瘦削的黑衣男子，血红的双眸满含笑意地盯着他。

他惊骇欲绝，完全没有想到会在这里遇到一名上位血族！

血爵士猛然扑了过来，片刻之后，他换上护卫的衣服，检查完装备，耸了耸肩说："这些人类世家拥有的资源真丰富，区区一个护卫都能配发这么好的装备，简直和我们圣血之族差不多了！"

他从树上跃下，不急不忙地向着千夜逃离的方向追去。经过多天的观察和潜伏，再结合之前得到的情报，他大致了解了春狩的形势。只要跟着这个正被围杀的人类，多半就能找到想要解决的那个人。

千夜坐在一棵茂密大树的树冠里，缓缓调整呼吸后，他草草给腰间的伤口止了血，将其牢牢扎紧。又整理了一下装备，给双生花和鹰击都装填了原力实体弹，然后从顺来的背包中找出食物，慢慢吃了起来。

他靠在树干上，微微合起双眼，眼前晃动的都是叶慕蓝的身影。夜视瞳术让他看清了狙击者的脸，而最初拦截他的那批人身上穿的也都是宋阀的服饰。

他的心脏猛地抽搐了一下，像是被一双无形的手攥紧了。他轻轻吐了口气，冷静地回想着刚才发生的一切。其实这些他都不怕，在他看来，最大的威胁反而来自宋子宁——这位深谙他战斗方式的昔日同窗。他清楚记得宋子宁在黄泉训练营时的辉煌纪录和行事风格，可直到现在，他也没有捕捉到宋子宁的踪迹。

完全觉察不到的威胁才最危险，或许下一刻死亡之刃就会从黑暗中浮现。宋阀的猎队都来了，那么宋子宁，你究竟在哪里呢？

这时附近突然传来轻微的响动，他立刻收敛气息，从枝叶的缝隙中，他看到一名独行的士族战士正小心翼翼地前进着。

忽然，士族战士停下脚步，一滴水珠几乎贴着他的鼻尖落下，然后在靴尖摔碎。他皱了皱眉，弯下腰，伸手在靴尖上擦了一下，仔细一看，指尖上竟是一抹鲜红的血迹！

他悄悄握紧手中的枪，正准备抬头向树上望去，脑后却袭来一阵劲风！

敢于进入这片区域的士族战士自然有所倚仗，他不仅是六级高手，而且有着丰富的前线战斗经验，当下不假思索地挥肘后击！

身后传来沉闷的声响，他感觉手肘像是撞到了一截枯木上，迸发出的原力全被冲散了。这一下虽然结结实实地击中了对方，却没能给对方造成伤害。

他不由得又惊又惧，心想：这是何等可怕的防御！然而刚刚闪过这个念头，一只手便搭上了他的肩膀。千夜将右手中的短刀送入他的腰肋，狂烈的原力透刀而出，凌厉无比的冲力一下子击溃了他的原力防御！

"三十轮兵伐诀！你是兵王？！"他显然见多识广，声音中透着深深的惊惧。

作为独立生存的士族，他很清楚兵王意味着什么。难怪对方只有五级，却能把赵阀纠缠得如此狼狈！可是一切都迟了，他不求活命，连忙拼死反击，想给对方造成重创。他催动仅剩的原力，挥动手肘，一下又一下地轰击在对方腰侧！

"砰砰砰"，一声声闷响在林间回荡着。千夜丝毫不为所动，仿佛被轰击的身体根本不是自己的，只是将一轮轮原力潮汐带起的汹涌浪涛，狠狠送入士族战士体内。

士族战士的反击渐渐无力，插在他腰肋上的短刀承受不住三十轮兵伐诀的侵袭，竟碎成片片铁屑。

千夜将他推倒在地，稍稍平复了一下呼吸，然后从他的尸体上翻出了兴奋剂和原力弹，还意外地收获了两颗原力手雷。

他在尸体周围布置了一番，随即向旁边的丛林奔去。

十分钟过后，两名世家护卫出现在这里，看到地上的尸体，他们大吃一惊。当下一人负责警戒,一人奔过来检查尸体。

"吴友闳!"负责检查尸体的护卫惊叫道。他正准备把尸体抱起来,突然眼前强光一闪,便什么也不知道了。

两颗原力手雷同时爆炸,威力极为可怕,根本不是六级战士能够承受的,连十米开外负责警戒的那名护卫也未能幸免。

林间一块空地上,再次被堵住前路的千夜不退反进,向着宋阀两名护卫冲去。这两名护卫平端着原力枪,神色极为紧张,枪口随着千夜不断移动。

千夜的动作时快时慢,飘忽不定,每每都能以微小的幅度摆脱他们。两名护卫汗出如浆,他们都是狙击手,也精通反狙击的技能,但是千夜的表现已远远超出他的等级。

正在这时,叶慕蓝奔了过来,冲着两名护卫尖叫道:"开枪!"

两名护卫下意识地扣下了扳机!

千夜身上随即绽放出两团血光,不过都没有命中要害。在巨大的推力下,他向后飞去,可是后退的姿态却异常平稳,双生花分别指向两名护卫,然后同时发出轰鸣!

"噗",仿佛花朵吐蕊一般的声音传来,妖异的双色花在夜幕下勾勒出美丽的轮廓,摇曳着并蒂盛开了。两名护卫仰天倒地,惨叫不止,显然受伤不轻。

叶慕蓝平举着狙击枪,枪口光芒一闪,轰鸣声中,千夜身上又喷出一团血雾。只见他武士服夹层中的金丝一片焦黑,无力地卷曲起来,肩背处露出一个大洞。

叶慕蓝猛一咬牙,扔下狙击枪,拔出手枪,再次向千夜扑去。

此刻她的心中充满恐惧,真正上了战场,她才知道这个男人有多么危险,比格斗场上不知危险了多少倍。倘若让他活着走了出去,那么她这一生恐怕都得在提心吊胆中度过。她的耳边清晰地响起千夜在西昌城铜雀台说过的那句话:"你们能防得了我多久呢?一个月,一年,还是十年?"

现在她终于意识到,千夜说的每一句话都是认真的,这个贱民连赵君弘都敢往死里得罪,区区宋阀七公子未婚妻的身份,又有什么大不了的!她心里只有一个念头,那就是哪怕牺牲掉所有的护卫,顶着回去受责骂的压力,也要把这个危险的男人除掉!

当她冲到距离千夜三十米之地时,却见千夜正单手平举着鹰击,瞄准了她。那只略显秀气的手稳如磐石,竟丝毫也不晃动。

她张开嘴,骤然发出一声尖叫,还没来得及闪避,血色光芒便在她的胸腹间炸开了。

千夜也被巨大的反作用力推着贴地滑行，即使拥有血族般强悍的体质，他也尝到了苦头，手腕和手肘处的骨骼受到重创，右臂略微移动一下就剧痛不已。

他腾身而起，抛下鹰击，径直向叶慕蓝扑去。虽然鹰击威力不错，但没有任何能力加成的袭击根本杀不了叶慕蓝。他不知道自己能否活得过下一刻，于是下定了决心，绝不放过这个阴毒的女人。

果然，叶慕蓝已挣扎着爬了起来。她的外衣全部破碎，露出贴身的护甲。这是一层如同紧身衣般的黑色软甲，要害部位覆盖了几块深棕色甲片，显然做了额外的加固。此刻甲片早被轰得四分五裂，但黑色底层却只是破了几个洞，微微露出雪白的肌肤，可见这层护甲的防御力着实很强。

千夜觉得极为头疼，以他的经验来看，这身护甲的防御力堪比魏破天的千重山。他立即扔掉手中的短刀，制式军刀根本承载不了他狂暴的原力，只怕还没划开护甲就已碎裂了。

他和身扑到叶慕蓝身上，将她重重砸回原地，然后伸手去掐她的喉咙。他的右手难以发力，在她的拼死反抗之下，想要一举扼杀她并不容易。

叶慕蓝的身体拼命扭动着，想把千夜掀下去。她的近身格斗技术虽然不弱，但千夜的战技却远在她之上，他突然两腿张开，一下子将她死死制住，左手一分一分地向她的喉咙靠近。

她剧烈喘息着，双眼中流露出恐惧和哀求的神色，看上去楚楚可怜。她故意装出一副柔弱无比的模样，希望千夜能生出一点儿恻隐之心，放她一马。然而千夜眼中全是寒意，好像什么也看不到。

两人僵持了几分钟，一道若有若无的目光不知从何处扫了过来，片刻之后又移开了。显然，叶慕蓝的名字还没有资格列在安全名单上。

千夜心中一片冰冷，之前他被围猎时，始终没有感觉到监察者的存在。此时监察者突然出现，是否意味着那几个带队的门阀世家子弟已到了附近？

他闷哼一声，血线从唇角垂落。他再次催动兵伐诀，全然不顾内脏开始出现的损伤。狂烈的潮汐一轮轮叠加着，转眼就冲破了三十轮大关！叶慕蓝的六级原力连同能刺入对手血脉的深霜能力被牢牢压制住，已经无法动弹。他左手继续收力，只差最后一步了。

就在这时，林中闪电般冲来一个身影，从侧面撞在他身上，两人一起飞了出去。

一名宋阀护卫在紧要关头及时赶到，救了叶慕蓝一命。不过他救得了叶慕蓝，却救不了自己。千夜一把抓住他握枪的手，双手运力，生生将那把原力手枪掰断了。

他几乎不敢相信自己的眼睛！千夜明明只有五级，可是喷薄出的原力却如狂涛怒潮，将他的原力屏障拍得摇摇欲坠，冲击力简直无法想象。只听"轰"的一声，他的防御被攻破了，千夜的原力顷刻间冲进他体内。他惊骇欲绝，叫道："兵王！不，不止……"

他的嘶喊声戛然而止，倒在地上，已然没了生机。

千夜挣扎着站了起来，看到叶慕蓝已逃到百米之外。这名护卫救了她，她不但没有和他一起联手攻击，反而掉头就跑，看来已被彻底吓破了胆。

千夜摇了摇头，心中略有遗憾，捡起双生花和鹰击，踉跄着走入密林。

又有两名宋阀护卫赶到了，不过他们远远站在一旁，竟没有扑过来。他没有多余的精力去思考这两名护卫为何不肯上前，在极短的时间里，他已多次把兵伐诀推向三十轮，内脏早就出现损伤。接下来的一个小时，他根本不知道自己是怎么度过的。他的意识有些模糊，只记得自己战斗，逃跑，再战斗，再逃跑……如此循环往复，好像永无休止。

他遇到了很多人，其中有士族战士，也有世家护卫。让他感到遗憾的是，各家的主事者都没有过来，宋子宁也一直没有出现。

他瘫倒在一棵大树下，剧烈地喘着气，每一次呼吸，咽喉里都像是有一团火在上下滚动着。全身更是如同浸入熔浆一般，没有一处不疼。好在他的恢复能力不错，伤口也没有大量出血。但他体内的黎明原力已完全枯竭，再也压制不住血气涌动了。

他苦笑了一下，事已至此，费力去保住身为半个血族的秘密，又有什么意义呢？

似乎受到他这种想法的影响，体内所有血气都安静下来。他困倦至极，仿佛被抽去了全身的筋骨，身体一软，只想沉沉睡去。

"子宁呢？他为什么还不出现？现在不正是杀掉我的最好时机吗？也对，他根本就不用动手，我……就快死了。"他的意识渐渐模糊，眼前闪过大片白光。

这一刻，他忽然有种说不出的孤独感。这些年来他一直形单影只，就算曾经有人靠近过他，也是转眼便离开了。

他眼前仿佛浮现出一个又一个场景：垃圾场那个曾为幼年的他挡住大雨的身影，转身后就再也没有回来；伸手握住他，并给予他姓氏的林帅；还有红蝎的长官们，遗弃之地的赵公子、余仁彦……他们如同黑暗中的微光，虽不璀璨，却照亮了他原本看不到未来的世界。

现在，一切都要结束了。

"如果还有下一世，千万不要一个人……"

第四章　不再孤单

恍惚中，千夜感觉到似乎有东西在靠近自己，随即他的大腿上像是有尖刺钉入，接着便是撕裂般的疼痛。

他神志恍惚，翻身和那个东西厮杀起来，完全是出于本能的反应。他不断地反击着，用指甲，用牙齿，用头……能用的都用上了。

不知过了多久，他的意识渐渐回归了，这才看清自己正伏在一头成年角狼身上。

他有些难以相信，刚才自己竟是在和角狼搏斗？他低头看了看，见身上全是角狼爪牙留下的伤痕，这才确信自己依靠本能干掉了这头猛兽。可是时间过去这么久了，那些追兵呢？他们早该追上来了啊！

这时林中响起脚步声，一个世家护卫打扮的男人走了出来。

千夜瞳孔骤缩，对方虽然穿着世家护卫的衣服，可是那苍白的脸、青色的眼影和血色瞳孔，无一不在昭示着其血族的身份。而且对方并未刻意收敛气息，他感觉到了极为浓郁纯正的鲜血之力！如此纯正的血气，只属于有爵位的上位血族。

千夜惊讶地问："这里怎么会出现血爵士？"

血爵士也感到有些意外，不过随即毫不在意地耸耸肩，说："人生总会出现意外，不是吗？如果没有一千两百年前的那场意外，也就不会有今天的大秦帝国了。"

他一边说着，一边向千夜走去。他双手中各拖着一具尸体，看服色应该是孔家护卫。

他将两名护卫扔到千夜脚边，说："这就是你要等的人吧？"

千夜现在连站起来的力气都没有，看了他们一眼，问道："追我的应该不止他们吧？"

血爵士笑道:"当然。不过不知怎的,那帮人突然打起来了。"

"打起来了?"千夜有些意外。

他侧耳倾听,远方隐隐传来枪声。如此密集的枪声,根本不像在狩猎,竟像爆发了小型战斗。不过此时他已自顾不暇,哪里管得了这么多,他又问道:"你出现在这里,不会是为了救我吧?"

血爵士笑得很真诚,他向千夜微微躬身行了见面礼,说:"我叫丹尼·哈顿,原本我只是接了一单酬劳很丰厚的任务,要在春狩猎场里暗杀一个名叫殷琪琪的女人。但是现在,猜猜我看到了什么?双生花!"

他扬起双臂,用歌咏般的夸张音调说道:"双生花是尊贵的罗斯侯爵阁下的成名武器,是代代传承的圣物!它们居然在你手里,你就是罗斯侯爵想要追杀的那个人,对吗?"

"是我。"

"这就对了。对于一个能够为我带来罗斯侯爵高贵血脉的人,我将永远保持尊敬。"

千夜奇道:"你已经是纯正的血族了,难道还能再次被初拥?"

丹尼摇了摇手指,说:"看来你对永夜的贵族不太了解,罗斯侯爵虽然不能给我初拥,但是可以将他的圣血赐予我。侯爵的血脉力量十分强横,只要我能承受住短暂的适应期,那么侯爵的血脉就会压制住我原本的血脉,将我变成侯爵的半个后裔。"

千夜点头道:"那么现在,你要动手了吗?"

"动手?当然不了!"丹尼挑着眉毛,说,"你活着,远比一具尸体要有用得多。只要有你,我就能把殷琪琪给引出来。"

千夜若有所思地问道:"究竟是谁想杀琪琪?"

丹尼夸张地叹了口气,说:"还能有谁?除了她的兄弟姐妹,有谁会如此憎恶她呢?在这一点上,永夜的贵族和帝国的世家倒是极为相似。也许,这就是文明和进步吧!"

千夜压在身后的手悄悄在树干上划出几个符号,那是殷家专用的密语。只要殷琪琪或季元嘉看到这些符号,就会知道丹尼刚才透露的信息。

丹尼拿起鹰击看了看,将它扔在地上,然后俯身把千夜拉了起来,拖着他向不远处的山峰走去。他并没有刻意掩饰痕迹,稍微有点儿经验的猎人,都能发现他留下的痕迹。

不远处的一个缓坡上,两拨人马正在对峙。

一方是孔雅年、宋阀和其他几个小世家的护卫,外加十余名士族战士。另一方人数

要少得多，只有寥寥三四个人。然而在气势上，人少的一方却占了上风。

孔雅年对面站着的居然是魏破天。此刻的他要多狼狈就有多狼狈，身上的衣服破烂不堪，连贴身短裤都露了出来。他古铜色的肌肤上有着无数道划痕，这种伤出现在拥有千重山秘传的他身上，简直不可思议。

他身后跟着三个护卫，魏怀还算气定神闲，其他两名护卫则脸色惨白，形象全无，而且气息虚弱，几乎丧失了战力。

尽管如此，魏破天看上去依然龙精虎猛。他收起往昔的轻浮和夸张，面若寒霜，不怒自威，大喝道："孔雅年，你胆子变大了是不是？竟敢挡住我的去路！"

孔雅年的脸色有些难看，不过他仍然保持着大家风范，故作优雅地说："魏兄，你这话就有些欠妥了。我淮阳孔氏和远东魏氏一向井水不犯河水，且不说我本就站在这里，就算魏兄想叫我让路，也不应出言不逊吧？也许我们可以商量商量……"

魏破天脸色一沉，说道："谁有空和你商量！孔雅年，我老实告诉你，想拍赵君弘的马屁，那是你的事儿！但是因此把老子得罪了，你也没什么好果子吃！你，现在马上给我滚出这片区域！"

孔雅年城府再深，此刻脸上也挂不住了，当下语气阴沉地叫道："魏兄……"

魏破天突然舌绽春雷，怒喝道："谁是你的魏兄！魏兄也是你叫的吗？孔雅年，别给脸不要脸，滚一边去！"

孔雅年眼角抽动，一时气得说不出话来。他素来讲究风雅，自诩运筹帷幄，决算千里，实在不适应魏破天这种泼皮骂街的风格。

这时一名士族战士站了出来，劝道："两位公子，为了殷家猎队的一个护卫，何必如此呢？要不看在我的面子上……"

他话还没说完，突然一道劲风扑面袭来！他大吃一惊，急忙闪退，这才堪堪让过了魏破天兜头盖脸扇来的一记大耳光！

魏破天啐了一口，冷冷说道："你算个什么东西！让我看在你的面子上，你受得起吗？"

士族战士脸色阵青阵红，再也不敢说话了。

魏破天的目光扫过在场所有人，回头对三名护卫说："你们帮我把这些家伙都记下来，看看究竟是谁想和老子作对。等过了今天，我一定会一家家上门收拾他们！"

众人都有些慌了，他们虽然乐于抱赵阀和孔家的大腿，可是现在大腿还未抱上，却得罪了魏家，这笔买卖实在不划算。当下就有很多人打定主意要置身事外，现在可是几大门阀世家起了冲突，要知道神仙打架，哪儿有他们这些小鬼掺和的份儿？

魏破天又转头盯住孔雅年，一字一句地说道："孔雅年，我魏破天今天就算丢了这条性命，也要把小夜带走！如果他有个三长两短，今后我和你不死不休！你自己好好掂量掂量，赵君弘还不是赵阀世子，以后也不会是，而我魏破天，岂是那么好惹的！"

孔雅年的怒火忽然消了大半，他神情严肃，沉吟不语。事到如今，他自然已看出那个殷家护卫和魏破天的关系不简单，否则魏破天不会摆出一副破釜沉舟的架势。他一向攻于权谋，怎会轻易得罪魏家世子，于是立刻萌生了几分退意。只是众目睽睽之下，他既没有合适的台阶可以下，又不想放弃这个可以卖魏破天人情的大好机会，苦思了许久，竟没有良策。

就在这时，叶慕蓝从两名宋阀护卫身后走了出来。她换了一身衣袍，整理过仪容，又恢复了一贯清高冷傲的模样。她上前几步，冷冷地对魏破天说："魏世子，远东魏家再怎么威风，也不能如此欺负人吧？孔少不愿意和你对骂，你也别得寸进尺。那个小子今天死定了！怎么，你也要和我宋阀作对吗？"

魏破天看了她一眼，忽然哈哈大笑，然后一口痰吐在地上，喝道："你算哪门子的宋阀？一个贱货罢了！"

叶慕蓝大怒："我是宋子宁的未婚妻！你敢这么欺负我？"

魏破天讥笑道："未婚妻而已，也不知道宋子宁怎么会瞎了狗眼，看上你这么一个货色！"

"你！"叶慕蓝再也按捺不住，对身后的护卫喝道，"给我上，先把他制住，回头让子宁去和魏家理论！"

那两名护卫却如钉子一般站在原地，没有一个敢上前动手。魏破天可是正式册封的博望侯世子，真要论起身份，眼下他的地位最高，连赵君弘都不如他。

魏破天忽然狞笑一声，大步向叶慕蓝走去。

叶慕蓝吓了一跳，忍不住退了一步，强作镇定道："你……你想干什么？"

魏破天凑到她面前，用只有两人能听到的声音，阴恻恻地说："你还真把自己当回事儿了！只要我把宋子嫣给娶了，别说是未婚妻了，就算你进了宋家的门，我也能让宋阀把你给休了！到那时，老子一定把你叶家满门杀个干干净净！"

叶慕蓝顿时脸色大变，身体不禁微微颤抖起来。

这话乍听之下有些荒诞，可绝非空口白话。宋子嫣是宋家三女，一向为阀主喜爱。以魏破天的身份，若是真的去求娶她，那么宋阀高层必然大喜过望。魏家在四大门阀中向来保持中立，一旦有所倾侧，那时就是十个叶家，也会被轻易地牺牲掉。虽然叶慕蓝不相信魏破天会如此草率地决定此等大事，但是对她来说，哪怕只有万分之一的可能，也会变成百分之百的万劫不复。

魏破天见众人站在原地不动，顿时心头火起。他左手握住右腕，拳头转了几圈儿，正准备动手。这时旁边的小径上忽然传来一阵急骤的脚步声，季元嘉带着数名殷家护卫满身血污地出现了。

魏破天认得季元嘉，当下一怔，问道："你怎么来了？琪琪那疯丫头呢？"

季元嘉答道："小姐去接应千夜了。我刚从边界过来，正好遇到孔家的运输队，顺手端了他们三个补给基地。"

"什么？！"孔雅年脸色大变，喝道，"我明明留了人的！怎么……"

季元嘉面无表情地回答："孔少，您再不回去重新调配补给，可就要弹尽粮绝了。到时排名掉出前十，休要怪我。"

"你……好，很好……"孔雅年咬牙切齿，一时不知说什么好。

什么叫"正好遇到，顺手端掉"，他敢肯定季元嘉就是冲着孔家去的。最大的一处中转站里除了运输队，他还特意派了两名护卫过去，本想设个陷阱，干掉那些趁乱来偷袭的人。没想到殷家居然倾巢而出，而季元嘉也是个狠角色，一个人也没放过。

魏破天哈哈大笑起来，用力拍了拍季元嘉的肩，说："很好，是个男人！等打完这一仗，我找你去喝酒！"

季元嘉微笑道："魏世子抬爱了，喝完酒，我会把你背回去的。"

魏破天怪叫一声，上下打量了季元嘉一番，说："你倒是能吹牛，和琪琪一样！"

随后他看了看季元嘉等人背的武器，猛地抢过一个大家伙，说："这个宝贝好！"

说完，他把那架超大口径的重机枪直接往地上一杵，枪口对准了孔雅年等人。

孔雅年吓了一跳，虽说重机枪对他们这个等级来说算不上威胁，可是距离如此之近，一旦被打中，多少还是会受点儿小伤。

"魏兄……"

孔雅年话还没说完，魏破天已经扣下了扳机！

丹尼来到一座视野颇为开阔的小山丘上，将千夜扔下。

千夜挣扎着翻了个身，靠到旁边一块石头上。这样一个简单的动作就已让他气喘吁吁了，如果不倚靠着，可能连坐稳都有些困难。

"丹尼，你还是杀掉我吧，殷琪琪是不会来的。"

丹尼微笑着摇了摇头，说："从我得到的情报来看，她对你很是另眼相看啊！你可是她的小情人呢！"

千夜讥笑道："我只能说，你的情报来源真不怎么样。你难道没有去查一查，殷家三小姐有过多少小情人吗？"

丹尼一怔，这确实是他没有想过的。

他皱着眉来回踱步，一时有些犹豫不决。这笔悬赏确实丰厚，但若是殷琪琪不来，那么他的风险就太大了。这里时时都有战将级别的强者在监视着，虽然雇用他的那人信誓旦旦地保证，跟着殷琪琪的那位强者不会干涉他，但是这种事情谁又说得准呢？

他有自信能够在战将级别的强者手下逃生，但概率并不是百分之百。尤其是他精通的是暗杀，可这个区域已然变成混战之地，无法从容地埋伏、偷袭对手了。千夜的话确实让他萌生了退意，然而心中贪婪的火焰却熊熊燃烧着。

千夜又挪了挪身体，似乎想调整到更舒适的角度。可他这么一动，胸腹间的伤口再次破裂，立刻涌出鲜血。他的血格外鲜艳，里面好像有柔和的光泽在流转着。

丹尼猛然回头，死死盯着他，双眼中现出疯狂的血色。

远方丛林中响起一连串轰鸣声，重机枪拼命喷吐着火舌，数百发弹链飞速缩短，弹壳四溅如雨！

一众护卫和士族战士被打得狼狈不堪，其实重机枪的子弹奈何不了他们这些六七级的高手，但为首的宋阀和孔家都没有还击，其余人也只能一味闪避、退让。

魏家这边根本没几人有战力，一旦混战起来，魏破天必然会吃亏。可是如果真的动起手来，监察者肯定会出来干涉。是以哪怕孔雅年心里极不情愿，也不敢与之交战。他"哼"了一声，催动原力设下屏障，将射来的枪弹全部挡下，然后转身离开了。离开之前，他狠狠瞪了季元嘉一眼。季元嘉却神态从容地还以微笑，手中半尺小剑发出一声轻吟，原力光芒吞吐不定。

孔雅年不由得感慨，如此人才怎么没能归于自己麾下。他大为头疼，如今他身边只

第四章　不再孤单

剩下三名护卫，补给线也被端掉了。若是返回基地去拿补给，且不说一来一回路途遥远，光是浪费的时间，就让人心疼。他忽然心生歹念：既然来不及取补给，那么就去抢别人的！补给点多得是！

魏破天一口气射完了整箱子弹，见孔雅年和叶慕蓝那个装腔作势的女人已作鸟兽散，心头无比畅快。他把重机枪一扔，伸手从季元嘉腰间拔出一把短刀，然后朝魏家和殷家的护卫一指，说："你们去盯着那些家伙，驱逐他们离开这片区域。谁敢阳奉阴违，立刻记下名字，等春狩结束后老子去找他们算账！"

"魏世子，你……"季元嘉见他把"仗势欺人"四个字演绎得如此正大光明，不由面露苦笑。

魏破天不耐烦地大手一挥，说："行了，就这么定了！"

说完，他执刀在手，大步奔向天玄山脉深处。从后面望去，他步伐沉凝，一种舍我其谁的气概似乎正在慢慢生成。但他衣衫破烂，竟露出了半边白花花的屁股，顿时破坏了所有气势。

季元嘉张了张嘴，转念一想还是不提醒他为妙，若是一时口快，说不定反被他记恨。魏、殷两家的护卫面面相觑，魏怀轻咳了一声，随即坚定地移开目光，显然在场的都是聪明人。

季元嘉微微沉吟道："魏世子，其实不简单啊。"

森林深处，殷琪琪短发飞扬，正疾速前行。

就在这时，南宫婉云率领着护卫从前方走来，笑问道："姐姐这是要去哪儿啊？"

不过她的笑容转眼间凝固了，只见殷琪琪一言不发，直接摘下背后狰狞的巨枪，"轰"的一声，一团巨大的原力光芒轰了过来！

南宫婉云尖叫一声，急忙扑倒在地。她可不敢硬接这么大的原力弹，这哪里是子弹，分明就是炮弹！

猛烈的爆炸将她推出数米远，等她站起身来，殷琪琪已经远去了。看着殷琪琪离去的背影，她的脸色阴晴不定。

一名护卫问道："小姐，要不要追上去？"

她猛一咬牙，说："算了！这个女人已经疯了，我们还是不要招惹她为好，走吧！"

于是南宫家的队伍换了个方向，继续狩猎去了。

丹尼张嘴发出无意识的低吼，他的目光落在千夜的伤口上，再也挪不开了。

千夜好像并未察觉到异样，他现在连抬手都感到乏力。

丹尼的意志力着实惊人，居然还能保持理智，他低声说道："也许把你变成血奴是个好主意！不，为什么不给你初拥呢？说不定我能创造出一个非常厉害的后裔。"

千夜看着他，失笑道："给我初拥？罗斯侯爵会杀了你的。"

丹尼向千夜伸出手，说："说不定罗斯侯爵会把你发展为他的后裔，这或许是你唯一的活命机会。"

千夜苦笑道："我好像不能反抗。"

"确实如此。"

丹尼单膝跪下，俯身向前，正准备有所行动。就在这时，一阵微风吹起，和煦而又惬意的感觉扑面而来，如同情人的手指慢慢抚过肌肤。落叶纷飞，自空中汇聚成旋涡，恍若盛大庆典上舞娘们飞转的裙裾。

千夜心中一凛，此处全是灌木丛，如今又是春天，哪儿来的这些落叶？

此刻丹尼全部心思都在千夜身上，一片落叶刚好从他眼前飘过，他下意识地伸出手，想把碍事儿的落叶拨开。然而那片飘动的落叶竟然是个幻影！

他遽然一惊，随即觉得心口一凉，麻木感迅速蔓延全身。前所未有的冰冷和黑暗瞬间淹没了他的意识，带走了他所有的力量。

"是你。"

千夜看着丹尼身后徐徐浮现的身影，那人仿佛是从落英缤纷的林岸边走出来的。落叶夹杂着一些浅粉色花瓣，从虚空中无穷无尽地飘下来，如同温柔的轻纱随风浮动着，让人不由得怀疑自己正置身于梦境之中。

"是我。"宋子宁微笑着，缓缓将长剑从丹尼背后拔出。

"其实这样也不错，死在你手里，总比死在血族手上好。"千夜平静地说。

气氛突然凝固了，宋子宁无奈地摇了摇头。他拔剑的手法十分特别，一边抽出一边旋转，只见微弱的原力光芒在剑身上炸裂开来，如同烟花一般美丽。

落叶与花瓣依旧在他周围飞舞，很快便将四周的血迹清理得干干净净，一切仿佛从未发生过一样，就连丹尼的尸体也化为了齑粉。

他把原力剑扔到一边，然后抬了抬手。落叶和花瓣飞到千夜上方，明灭不定，忽隐忽现，最后竟消散成蒙蒙轻雾，轻轻没入千夜的肌肤。

千夜浑身如同浸在熔岩中的灼痛感顿时减轻了许多，他仰起头好奇地看着漫天花叶，有些吃力地抬起手，想去接住一片花瓣。不料花瓣竟穿过他的掌心，继续飘向地面。

"这就是你的能力吧，很厉害。"

战将之上即可让原力显形，宋子宁才七级，竟能控制丈许方圆的原力外放，眼前的一花一叶，都意味着原力精细入微的变化。千夜只见过季元嘉的剑术有封锁空间的威力，但也仅限于剑身经过的范围而已。

宋子宁笑了，温和地说："这是三千飘叶诀，不过是些幻象和粗浅的障眼法而已。"

他突然怔了怔，目光落在千夜胸腹间那道最深的伤口上，说："你的伤口有些奇怪，不介意我看看吧？"

千夜面露苦笑，虽然觉得有些不妥，但现在实在疲累至极，于是便放弃了掩饰和挣扎。宋子宁的原力进入他体内后，原本安静地蜷缩在心脏中的血气突然开始窜动，连金色血气的屏障也晃了晃。

宋子宁伸手蘸了一点儿鲜血，空中几片落叶随即聚拢过来，在指尖蓦然形成一团小型原力风暴。他脸色微变："鲜血之力！血族？也不对……"

"我确实被咬过，但没有被初拥，也不是血奴。不知道为什么会变成这个样子。"千夜坦然说道。

宋子宁点了点头，皱眉思索片刻后，叹了口气，似笑非笑地说："千夜，你啊，还是那么会惹麻烦。"

他取出一个做工精致的水晶盒，盒内分为四格，其中一半已经空了，另外两格中各装了一片枯叶。内盖上镌刻着两行小字：一叶可以知秋，一叶可以障目。

他拈出一片枯叶，挑了几滴千夜的鲜血滴在上面，一松手，枯叶随风而起，在半空中忽然化作万千光点，纷落如雨！

倾世浮华，半生流离。千夜感觉整个世界似乎被什么东西撞击了一下，放眼望去时，天地好像都不同了。宛若梦境般的美丽背后，有大威严，也有大恐怖，仿佛世界终于被掀开了真实不虚的一角。

光雨有若流星，只是刹那辉煌，便归于沉寂。千夜的血滴氤氲成雾，最后凝结成三道血气，一道暗红，一道诡紫，还有一道则是金色虚影。

宋子宁的脸色忽然变得苍白起来，气息明显虚弱了很多。他看着那道暗红色的普通血气，伸手一捞，将其捏在手中。暗红色血气疯狂地挣扎起来，拼命向四周分裂出数根细丝，但最终徒劳无功地幻灭了。紫色血气似有感应，几乎同时幻灭了。

他若有所思地说："你看，这道暗红色血气就是鲜血之力的来源，也是我们判定对方是不是血族的标准。正常情况下，它应该凝结出一个氏族符号，以辨别是谁家的后裔。"

他弹了弹手指，暗红色血气疯狂挣扎的幻象再次出现，这次它分裂出的数根细丝缠绕在一起，最后化作一个月下城堡的符号。

千夜吐出一口气，只觉得后背全是冷汗，他现在才意识到自己在杜老的检验下能够过关是多么侥幸。

宋子宁看着最后那道金色虚影，说："你没被初拥，所以血气里没有氏族符号，但鲜血之力还是存在的，没有被人发现是因为这个……哦，这算什么，血气还是能力？"

他伸出手去，点了点虚影，金色血气随即散开，化成无数若有若无的光点，浮在空中，久久不散。

千夜不确定地说："是血气吧？"

宋子宁答道："不管它是什么，有效果就好。你和普通人不一样，这一点迟早会被看出来。殷琪琪能带你来参加天玄春狩，说明殷家对你做过天赋检测，不过由于你体质特殊，普通的方法根本无效。现在看来，除了大衍天机诀和帝室那几种有数的秘法，你都不必担心，至少在天玄猎场，没人有那种能力。"

"但是这次春狩你太过引人注意，与其反复被刺探打听，不如主动透露一点能够给他们看的东西。"宋子宁的手从空中划过，那一片金色光点依然载沉载浮，"你看，这很有可能会被认为是一种天赋。"

千夜双眼一亮，这或许是比血脉潜伏更好的解决方法。别人找不出他的秘密，就会加倍关注他，与其百般提防，倒不如主动出击。

"有哪种天赋和它相似呢？"

宋子宁突然坏笑道："连你自己都不知道，被别人看出来时的反应才逼真呀！"

千夜愕然不语，宋子宁心中显然已有定计，却不打算告诉他。不过宋阀七公子的这个表情实在有些破坏他温文尔雅的世家子弟的风范，倒是和黄泉同窗时的脾性有些像。

这时，两人周围无穷无尽地飘下来的落叶突然乱了，离地倒飞，形成一波小小的乱流。

宋子宁一怔："救你的人马上就要到了。"

他跪下来，仔细检查了一下千夜胸腹间的伤口，说："你的体质变化确实很大，这处旧伤外表看着浅了许多。记住，千万不要告诉任何人这是旧伤！"

千夜神色微变，张了张嘴，一时千头万绪，竟不知从何说起。

宋子宁的目光扫过他脖子上那条银色项链，淡淡说道："博望侯世子绝不是个傻子！我先走了。"

说完，他身影一阵模糊，瞬间便消失了。漫天的落叶和花瓣顿时无影无踪，仿佛根本不曾存在过一样。

千夜心中有些乱，无数前尘往事争先恐后地冒了出来。

此时不远处的杂木林中一片嘈杂，其中一个女声十分耳熟，好像是殷琪琪。随后一声巨响传来，一团巨大的火球在林间缓缓升起，十余棵大树轰鸣着倒下了。一个人影被爆炸的余波推着，从森林中飞了出来，直接栽倒在地。

这是一名世家护卫，他半身焦黑，躺在地上一动也不动，显然已凶多吉少。

殷琪琪走了过来，她面若寒霜，手中提着一管和自己身高差不多的原力枪。看那粗大的枪管，称其为手炮倒是更合适一些。

她看到半坐在山坡上的千夜，终于露出笑容，问道："你还没死吗？"

千夜苦笑道："快了。"

殷琪琪叹了口气，说："让你逞能，我又不想拿第一！"

千夜摇头说道："赵阀想杀我，我只是反击而已，顺带着帮你弄点儿分数。"

殷琪琪脸上的笑容一下子僵住了，扬起手中那把恐怖的原力枪，佯怒道："你真不会说话！早知道这样，我就不该过来救你，让你自生自灭才是！嗯，要不我干脆给你一枪得了，不然实在咽不下这口气！"

还没等千夜回答，杂木林方向又响起一阵急骤的奔跑声，有人正快速接近这里。

殷琪琪脸色一凛，立刻回身蹲跪着，向着声音的来处就是一枪！

一团火球从枪口飞出，随即化作猛烈的爆炸。爆炸中心顿时传出一阵鬼哭狼嚎，有人顶着满身燃火冲了出来。他身上的土黄色原力光芒闪动，终于把火扑灭了，可是却留下一大片烟熏火燎的痕迹。看到殷琪琪，他当即怒吼道："殷琪琪，你想干什么？是要打一架吗？"

这人竟然是魏破天！

殷琪琪连忙用手掩口，显然非常惊讶。

"你来干什么？"她质问道，把自己派人去魏家营地报信的事儿忘得一干二净。

魏破天脱口而出："我当然是来……救人！"

殷琪琪回头看看千夜，又看看魏破天，终于察觉到有些不对劲儿，问道："你们以前就认识？"

魏破天面不改色地说："很久以前一起喝过酒，有点儿小交情。"

殷琪琪饶有兴味地追问道："小交情？什么样的小交情能让你急成这样？"

魏破天被问得恼了，当即脸色一沉，吼道："都什么时候了，你还在说这些有的没的！殷琪琪，你这是把千夜当成靶子吗？自己天天只知道烤肉！你要是不想干正事儿，就别耽误我了，把千夜给我！"

殷琪琪脸色一变，看了看千夜，罕见地忍下这口气，说："魏破天，今天我不和你计较！等春狩结束，我一定好好教教你该怎么跟我说话。"

她不再理会魏破天，直接向千夜走去。

魏破天挠了挠头，这才发现情况好像和自己想的有点儿出入。看样子她也是刚突破重围抵达这里，那杆堪比手炮的大枪，已经很久没见她动用过了。

殷琪琪大步走到千夜身边，"哼"了一声，说："你惹的事儿，居然害得我挨骂！你给我站起来，别在这儿装死，装死也没用！"

说着，她一把抓住千夜的手臂，想把他提起来。可是稍一用力，她忽然僵住了，呼吸变得沉重起来。

千夜苦笑道："不是装死，是真的快死了。"

殷琪琪一言不发，单膝跪下，将手放在他胸口，拼命向他输入原力，直到他苍白如纸的脸上泛起血色，气息稳定了一些，方才停下。这时她已脸色苍白，鼻尖冒汗了。

魏破天在旁边急得团团转儿，却束手无策。他的千重山在治疗伤势方面毫无用处，殷家的水月流云诀却有疗伤的奇效。

"拿着！"殷琪琪喝道，将那把巨型原力枪朝他扔了过来。

他下意识地接住它，随即两眼一翻，吼道："我凭什么要听一个女人的话！"

殷琪琪瞪了他一眼，怒道："再婆婆妈妈，回去打你个十次八次的！"

她伸手把千夜扶起来，背着他当先离去了。

魏破天捧着她的武器跟在后面，就像个小跟班。他心里颇不服气，嘟嘟囔囔道："你现在可打不破我的千重山！"

"那就先让千夜砸破你的龟壳,我再打!"

"这可胜之不武!"

"你不是要当击破长空的男人吗?怎么连女孩子的挑战都不敢接?"

魏破天张了张口,很想反问一句"你也算是女孩子吗",不过话到嘴边,却生生咽了下去。

千夜身上伤痕累累,满是血污和泥土,但是殷琪琪就这么背着他,丝毫不以为意。

魏破天闷头跟在后面,几次想要开口换他来背,但最终却没有说出口。他觉得就算说了,殷琪琪也不会同意的。

一路上虽有人跟踪他们,不过或许是看到魏、殷两家结伴而行,知道已失去最后的机会。所以那些围猎者连面都没露,就陆续离开了。

一行人刚刚走出一片密林,殷琪琪突然止步,刹那间杀气骤起。

魏破天埋头狂奔,未曾想殷琪琪会停下来,差点儿一头撞上去。他抬头望去,顿时双眼一瞪,怒气冲冲地一个大步走到殷琪琪和千夜前面,土黄色原力光芒迸发。

正前方的空地上,宋子宁正好整以暇地站在那里,一副轻衫大袖的悠闲模样,他身后则是叶慕蓝和两名护卫。

突然林中传来一记清越的枪声,如金石相击般悦耳,余音袅袅不绝。这个极为特别的枪声对在场大多数人来说,都再熟悉不过了。千夜脸色微变,尝试着动了动,不顾殷琪琪的阻止,挣扎着下了地。

赵君弘一边用纯白方巾擦拭着他那把著名的"银翼幻想",一边从林中慢慢走出。他的步伐似缓实快,仅仅走出两步,就站在了众人中间。他抬头看着宋子宁,沉默不语,气氛莫名地有点儿诡异。

宋子宁笑意殷殷,开口说道:"真巧,你们继续,我换个方向。"

说完,他居然真的转身,向着相反的方向扬长而去了。叶慕蓝和两名护卫面面相觑,只得连忙跟上他。

直到宋子宁的背影完全消失了,赵君弘才转身扫了一眼仍在戒备中的殷琪琪和魏破天,淡淡说道:"不用这么紧张,我只是来和他说几句话。"

千夜勉强站直身体,静静望着他。

他把银翼幻想背到身后,看着千夜说:"你是第一个把我逼得这么狼狈的人。不过既然你现在受了重伤,我就给你些时间,等你恢复之后,我们再好好比一场!"

千夜闻言颇为意外，问道："比什么？要不我换把射程近一点儿的枪和你比一下？"

赵君弘脸色微僵，干咳了几声，说："这个……狙杀原本就不是我擅长的！哼！赵家也有精于狙杀的大师，等我回去学习个半年，再跟你比。"

千夜没有想到赵二公子竟会如此坦然地承认自己的不足，当下不好意思再讽刺他，问道："那你想比什么？"

赵君弘说："春狩结束后，便是格斗擂台赛，这可不是虚拟格斗。怎么样，你敢来参加吗？"

千夜笑道："有什么不敢的！"

这时殷琪琪插话道："赵君弘，你可是七级，小夜才五级，你居然好意思说这种话！要不我去找个战将过来，和你好好打一场，怎么样？"

赵君弘冷冷瞥了殷琪琪一眼，说："殷琪琪，你以为我会占他的便宜吗？到时候我自然会用五级原力。当然，你要是不服尽管上场，我会让你好好领教一下赵氏秘传！"

千夜有点儿站不稳了，半靠在殷琪琪肩上，虚弱地笑了笑，说："如果你只用五级原力，那就不用打了，我对必然会赢的战斗没有兴趣。"

赵君弘脸一沉，寒声说道："你倒是信心满满，希望在擂台上，你真有嘴上说的那么厉害！"

说完，他连招呼都不打，就拂袖而去了。

千夜摇了摇头，说："没想到赵二公子是这样的人。"

"赵家的人都……"殷琪琪一时语塞，似乎找不到合适的措辞，随即咬牙道，"不管怎样，赵君弘比宋子宁那个小人强多了！"

千夜微微一愣，看到魏破天也是一脸赞同地连连点头，顿时觉得自己还是不要说话为好。

密林深处，叶慕蓝正跟着宋子宁疾行。她想来想去还是不甘心，不由拉了拉宋子宁的衣袖，低声问道："子宁，我们为什么要走？"

宋子宁淡淡答道："君弘兄不想我们留在那里，当然要给他个面子。"

叶慕蓝自然也看出了赵君弘的意图，但仍有些着急地说："子宁！那个千夜已经恨上了我们，如若不趁现在杀掉他，将来必定后患无穷！"

她心中十分慌乱，尽管她不愿承认，但魏破天的威胁确实给她留下了很深的阴影。

她想不通那个粗鄙的平民小子凭什么能得到这么多的庇护,她有一种不好的预感:他活得越好,她的麻烦就越大。

宋子宁目光闪烁,声音中听不出喜怒:"不用着急,离狩猎结束还有好几天。"

叶慕蓝明白她现在能紧紧抓住的只有宋子宁了,于是尽量用温柔和顺的语气回应道:"嗯。"

第五章　晨曦启明

　　傍晚时分，殷琪琪终于背着千夜回到了殷家营地，长于战地医护的殷家护卫们花了大半夜时间，才把千夜全身的伤口处理好。

　　魏破天围着千夜的营帐转了数圈儿，几次想找他说话，可殷琪琪就是不给两人单独说话的机会，气得魏破天真想和她打上一场。

　　千夜不理会这两人，自顾自地闭目养神。实际上，他还没准备好和魏破天叙旧。在永夜大陆的时候，总有一种这辈子可能再也无法见到故人的失落。然而现在连续遇到他们，他内心深处竟有一种惶恐，难以预测那些不堪回首的过往中究竟隐藏着怎样的真相。

　　春狩又回到正轨，各大门阀世家的队伍都已进入最危险的黑色圈，榜单上的积分也开始迅猛增长。因为千夜，实力最强的赵、宋、孔等几家的护卫伤亡过半，此消彼长之下，那些没有插手的小世家猎队的积分和名次反而飞速提升，甚至开始超越门阀世家。不过这个局面并没有持续多久，因为宋、殷两家发生了摩擦。

　　虽然千夜伤势很重，但殷琪琪并没有让他退出。既然殷家猎队愿意带着这么一个负累，其他猎队自然不会有异议，毕竟这样势必会影响猎队的效率。

　　千夜在营帐里躺了两天，终于可以起身走动了。临近黄昏时，他从殷家的备用武器中选了一把六百米射程的狙击枪，然后开始保养一个个零件。

　　突然帐外传来极为尖锐的啸叫，那是利器划破空气的声音，来势汹汹，锐不可当。他还没来得及从原地跳起来，只听"轰"的一声，头顶的帐篷被掀了，所有东西全在奔腾的原力狂潮中翻滚着飞了出去。

"噗"，盈盈秋水在他身前交织成一道雨帘，牢牢挡住了无数道扑面而来的火光。季元嘉的半尺短剑与一柄丈许长的青铜色方棱扁头矛枪眨眼间连击了无数次，当两人最终分开时，季元嘉握剑的手分明有鲜血汩汩流下。

那柄矛枪竟然握在宋子宁手中！

"宋子宁！你干什么？"殷琪琪的叫声从远处传来，一早出去狩猎的殷家猎队恰好赶了回来。

"如你所见，偷营而已。"宋子宁一脸无辜地说。

殷琪琪满脸怒气，虽然猎队之间互相偷营的情况并不少见，但她无论如何也咽不下这口气。

宋子宁继续说道："没想到你留下季元嘉守营，倒也不怕影响积分。"

季元嘉算是殷家猎队中数一数二的高手，他不下猎场肯定损失不小。

殷琪琪怒视了宋子宁一眼，吼道："宋子宁，你竟敢动我的人！"

宋子宁微笑不语。

殷琪琪突然冷静下来，寒声说道："七表哥，老祖宗并不是只偏袒你一人。"

宋子宁转头向左边看去，只见魏破天和两名护卫从树后匆匆而来，原来离殷家营地只有几百米远的魏家也被惊动了。宋子宁不再多说什么，微笑着退去了。

千夜极为头疼，以他对宋子宁的了解，知道这是在故意激怒殷琪琪，可是却想不出内中原因。

季元嘉注意到千夜神情有异，有点儿担心地问："千夜，你的伤没事儿吧？"

千夜摇了摇头，看着自己还带着血迹的右手，说："只是划破了一层皮而已。"

他卷起衣袖，手臂上果然裂开了一道浅口。他随即解释道："宋七公子用的是宋阀著名的战技——烽火传薪枪，传火于薪，前薪尽而火又传于后薪。一旦施展开来，除非全力压制，否则必会中枪。"

说完，他便和护卫一起收拾地上散落的物品去了。

殷琪琪看着他忙碌的背影，轻声对季元嘉说："在千夜的事情上，我是不是做错了？"

季元嘉答道："小姐当初发布任务时，就是这样决定的吧。"

千夜本来就是一颗摆在明面上的棋子，压根谈不上对错！至于这次春狩把宋子宁给得罪了，却是个让人哭笑不得的意外。

殷琪琪露出少女般迷茫的表情。

季元嘉轻声说道:"小姐,你一直没告诉千夜,为什么会调动60师去救他吧?"

殷琪琪答应过余英男,无论千夜遇到什么危险,都要为他挡一次。当初做出前往东陵山区营救千夜的决定时,她确实想到过余英男的嘱托,但更多的是出于被人操纵和设计了的愤怒。在土城堡没有找到千夜,她的心情一度十分复杂。直到看到千夜平安归来,脸上才有了笑意。她还没想出个所以然来,就又出事儿了。

魏破天冲进宋阀的营地,与宋子宁大打出手。隔着一道不算太高的山脊,可以看见蒙蒙青光和星辰般璀璨的光彩纠缠在一起,映亮了月色下的山林。直到魏破天和宋子宁身边的监察者全都现身,才把两人分开。

殷琪琪席地而坐,双手抱膝,把头搁在膝盖上,注视着山那边明灭不定的原力光芒,轻轻叹了口气说:"这么短的时间,破天的通明碎空拳就有点儿样子了,看来我们得更加努力了。"

十天前魏破天和她交手时,通明的拳意有了,碎空却不知在何处。可今天看去,点点星辰闪烁,至少达到了原力外放的境界。

千夜此时已经睡下了,他不是没留意到外面的声音,但一听说魏破天竟然去挑战宋子宁,心中不由得涌起一阵无力感,于是决定好好休息,等伤养好了,揍人才更有力气。

不过出乎意料的是,第二天得意扬扬的魏世子就活蹦乱跳地出现了,让人不得不赞叹千重山秘法的强大。反倒是当时正在宋子宁帐中的叶慕蓝被波及了,受了不轻的伤。

宋、魏、殷三家乱战之后,各个猎队不知道下一刻哪家又会成为目标,于是互相试探、攻击,内斗终于被摆到第一位,演变成一场混战。

除了被魏破天闯入营地那次,宋子宁就再没吃过亏。如此混乱的局面下,他倒是如鱼得水,也不怎么狩猎,只是在猎场范围内不断游走,遇到机会就偷袭,从不管对方是谁。他的运气似乎特别好,偷袭从未失过手,就连孔雅年也被他重伤了。

说起来孔雅年也是流年不利,他本来在营帐中休息,宋阀的猎队潜到其营地附近后,一改往日长驱直入的攻击风格,竟先向营地里扔了好几颗原力手雷。结果四颗手雷中有三颗正好扔到了他的营帐周围,其中一颗还直接滚了进去。

一看见手雷滚进来,他立刻从另一侧冲了出去。哪知正好一头撞入另外三颗原力手雷的爆炸区域,当场被炸成重伤,连监察者都来不及现身救援。

他只能自认倒霉,毕竟宋子宁既没有露面也没有动手,不过是指挥护卫扔了几颗手雷而已,谁叫孔家营地的守卫这么松松垮垮呢!

第五章 晨曦启明

千夜恢复行动能力后，就加入了殷家猎队，他虽然还不能近身格斗，但已经可以使用狙击枪了。此刻的殷家无论是从护卫的实力，还是从物资准备上来说，都是最强的，因此分数扶摇直上，迅速越过一个个世家，转眼就冲进了前五。

魏破天发现魏家在排行榜上的位置有些不妙，当下大呼小叫，焦急万分。他找到殷琪琪，以一种极低的姿态要求她兑现结盟的承诺。于是，殷琪琪把季元嘉和两名护卫分给了他。季元嘉等人每每把猎物打个半死，再驱赶到他面前让他补刀。这可以算是公然作弊了，不过监察者们对此等无赖的行径均视而不见，没人去从严执法，最后也就不了了之了。

如此，又闹哄哄地过了数日，天玄春狩终于落下帷幕。

最终排在第一位的仍是赵阀，主要是赵君弘的功劳。他抱着银翼幻想，孤身直入天玄山脉深处。数日之内，凭一己之力重新把赵阀推上了顶点，猎杀的黑暗种族，仅六级以上的就有十六名。

宋子宁那边最热闹，过半的世家都被他袭击过，且结果十分凄惨。然而宋阀最终的排名却是第五，和他辉煌的战绩颇为不符。

不过没有人敢嘲笑宋阀，被光顾过的世家早就不吭声了，没被袭击过的则暗中庆幸自己的好运。在一系列令人眼花缭乱的攻击中，宋子宁展现出来的实际上是让人惊叹的军事才华。许多观战的大佬，包括卫国公在内都是眼前一亮。

出乎众人意料的是，魏家最终排在第二。能够取得这个名次，关键在于南宫家、孔家这种强劲的对手都后续乏力，另外还有殷琪琪的大力支援。而季元嘉再次证明了自己是个不可多得的人才，无论是争抢猎物还是打击对手，他可都是一把好手。

殷家则稳步攀升，排在了第三位。

南宫家排在第四，南宫婉云先是被宋子宁偷袭，人手直接少了一半。随后又被殷琪琪和魏破天联手攻击，最后两天根本没捞到什么分数。

帝国历1231年的天玄春狩，注定会在记事历上留下不同寻常的一笔。

此次春狩重伤和死亡数字偏高，连保护名单上的核心子弟都受了不轻的伤。同时，这一届春狩的局势最混乱，排行榜跌宕起伏，宛若一幕幕大戏。

猎场实战结束后，有三天的休整期，对于本届天玄春狩的参加者们来说，格外需要这段休养生息的时间。

千夜随着猎队回到小城般的春狩大营，又住进分配给殷家的别院里。

春狩是帝国重要的社交活动，曾经混战成一团儿的世家子弟们，出了猎场似乎很快就把之前的不快抛到了脑后，开始互相走动。殷琪琪也忙碌起来，或许是因为有大把正事儿要做，她再没出过让千夜穿女装出去见人的馊主意。

后花园里有一棵枝繁叶茂的百年古树，巨大的伞形树冠几乎遮蔽了四分之一的空间。千夜十分喜欢这棵古树，经常爬上树顶看着天空，一坐就是大半天。

一天，殷琪琪忙完后凑了过来，问他在看什么。

他指了指天空，说："看天。"

"天有什么好看的？"殷琪琪感到很奇怪。

千夜笑道："在永夜大陆，天空可不是这个样子，阳光也没有这么温暖和长久。"

殷琪琪扑哧一笑，道："你难道打算改行当诗人？"

千夜哈哈大笑，道："这么没前途的职业，可不适合我！"

殷琪琪一只手搭上他的肩膀，很爷们儿地劝道："美人儿，这么笑很不淑女啊！"

千夜轻声说道："那要怎样笑才对，是这样吗？"

他忽然露出一个如水晶般纯净的笑容，恍若亲切的邻家大男孩，气质上的巨大变化让殷琪琪看呆了。他一把勾住殷琪琪的脖子，就要向她亲去。

殷琪琪发出一声尖叫，下意识地伸手推开他："你干什么？"

千夜手上一用力，殷琪琪只觉得自己的后背像是被巨兽撞了一下，身不由己地向千夜怀中扑去。

眼看离千夜的脸越来越近，慌乱中殷琪琪只好闭上眼睛，静静等待那一刻来临。她感觉到千夜温热的呼吸，可是预料中的事情却没有发生。

千夜屈指弹了一下她的小嘴，笑道："如果没胆儿，就别开这种玩笑，你玩不起。"

她睁开眼睛，看到千夜那张漂亮的脸蛋离自己很近，只要稍稍前倾，两人就会亲吻到一起。可是这该死的家伙却保持住这段距离，不再有所动作。

突然，她意识到自己的姿势好像不太对劲儿。究竟是哪里出了问题？

她立刻发现了问题所在：原来她居然无意识地嘟起了嘴！她在干什么，难不成竟期待着这一吻？！

她有些恼怒，用力推开千夜，故作镇定地说："不知道是谁玩不起！今晚到我房里来！"

第五章 晨曦启明

千夜笑道:"今晚可不行,我要想事情。"

"想什么?"殷琪琪更加好奇了。

"未来,或者怎么打败赵君弘。"

殷琪琪默然片刻,说:"你真的想打败他?"

"为什么不呢?"

殷琪琪认真地说:"你好像变了。"

千夜长吁一口气,说:"好像是吧。"

"为什么?"

千夜云淡风轻地说:"或许是因为在生死之间又走了一个来回吧,想到了很多平时没有好好想过的事情。"

殷琪琪又沉默了,片刻后才问:"你以为我不会救你?"

千夜坦然地说:"我没有想过这个。"

是没有想过自己会来,还是根本就没有期待?那种茫然的感觉又在殷琪琪心中弥漫开来。她想起季元嘉问过她为什么不告诉千夜,可是,为什么要告诉千夜呢?

余英男已经顺利回到军队,正按部就班地走向她想要的未来。而千夜本来就只是个过客而已,他注定会离开自己。底层大陆的人,没有过去和未来,他们只活在当下。

见她突然发愣,千夜伸手摸了摸她的头,笑道:"你不是来了吗?还想那么多干吗!"

她"啪"一下打掉千夜的手,怒道:"你是在摸小狗吗?"

看到千夜忍俊不禁的模样,真想一脚把他踹下去。她定了定神,很快就恢复如常,说:"好了,说正事儿!卫国公的大总管想见你,人马上就到,你准备一下吧。"

"为什么要见我?"千夜皱了皱眉,卫国公大总管居然点名要见一个才五级的世家护卫,摆明了有麻烦。

"每次春狩实战结束后,卫国公都会挑选一些表现特别突出的人给予额外的奖励,以往入选的大多是士族。"

千夜明白了她的意思,春狩的目的除了发扬帝国的武风,还要发掘人才。作为天玄春狩的主办者,卫国公有正当的理由接触他看中的人,就算不能把他们全部招揽麾下,送出一点儿好处换个爱惜人才的美名也不算赔本。只不过猎队成员多半已是各个门阀世家的从属,因此表达善意的目标自然就转向那些士族了。

"奖励一般是武具或药剂,所以需要检验使用者的天赋血脉和原力,才能材尽其用。"

殷琪琪耸耸肩说，"其实都是借口啦，无非是想看看对方的潜力和秘技罢了。"

修炼者的天赋和所习的功法、秘技等原本都是私密之事，没有谁会轻易地将这些泄露出去。选择适当的奖励，确实是能够安抚被检测者的上好的理由。现在想来，和宋子宁久别重逢后的第一次见面，他们只谈论了一件事，那就是他的身体情况。显然宋子宁熟知世家大族的行事规则，早就预见了实战结束后他会遇到的麻烦。想到这里，他心头一暖。

殷琪琪看着千夜如同黑曜石般黝黑明亮的眼睛，莫名地有点儿心虚。虽然她确实担心千夜经历那场血战之后会留下暗伤，但是查伤的目的，也包括想检测一下他的天赋血脉。

千夜毫不在意地说："我换身衣服，这就过去。"

片刻之后，千夜随着殷琪琪来到正厅。上首端坐着一个老人，相貌清癯，脸色蜡黄，皮肤似乎贴在骨头上，瘦削得如同一具干尸。在殷家别院检查过千夜身体的杜老站在一旁作陪。

"这位是温大总管。"殷琪琪介绍道。

千夜不卑不亢地行了个礼："温总管！"

温总管点了点头，用尖细的声音说："听说这孩子是个平民，礼仪倒是不差，琪琪你也算有心了。"

殷琪琪笑道："那几位老师可花了我不少钱呢！"

温总管挤出一个难看的笑容，说："你们殷家怎么会把这点儿小钱放在眼里！"

殷琪琪向杜老使了个眼色，然后落落大方地在右侧坐下，妩媚一笑，说道："温总管您说笑了。仰仗父亲叔伯们的辛苦努力，饮马殷氏才有幸威名不坠。温总管最近身体可好？我这里有些永夜大陆的特产，乡野俗物虽不值钱，但也是我的一点儿小小心意。"

杜老当即拿出一个巴掌大的盒子，递了过去。

温总管眼皮低垂，轻轻推开盒盖，往里面瞟了一眼，只见盒内密密麻麻地插着一排最上等的黑晶。这哪儿是永夜大陆的特产！

他眼皮微微跳了跳，不动声色地把盒盖扣上，干枯的大手轻轻往盒子上一放，盒子瞬间消失不见了。他脸上露出一丝不易察觉的笑容，说："琪琪小姐有心了！我这身子骨儿确实一年不如一年，每逢阴雨天就咳嗽不止，也不知还能服侍国公爷几年。"

杜老捻须微笑道:"温兄啊,我见你功力精湛,更甚以往,怕是用不了几年,就要再上一层楼了吧?到时候做兄弟的可就被你甩得更远了。"

温总管摆了摆手,叹息一声,说:"到了我这把年纪,想要更进一步,简直难如登天,我已经不存这个心思了。好了,国公爷那边还等着我回消息,抓紧时间给这孩子看看吧。"

他向千夜招了招手,说:"你站过来一些。"

千夜走到他面前站定,他左手屈指不断轻弹,一缕缕无形的阴冷气息如针般射出,击打在千夜全身各处。

千夜当即打了个寒战,不但体内的黎明原力如产生共鸣一般波澜迭起,而且连早就缩进心脏的三色血气都有些不受控制,甚至连血脉潜伏也险些压制不住了。

不过他看上去十分镇定,他早已想过应对之策,现在便是检验实效的时候。他心念微动,金色血气果然如臂使指般起了反应,从盘踞的符文中游出,随即又窜出心脏,以头尾相随之势,环绕着心脏懒洋洋地巡游起来。

金色血气一出,其余血气立刻老老实实地停止躁动,就连紫色血气也如临大敌,乖乖盘踞在符文中。

温总管一轮指劲射出,见千夜面不改色,不觉有些动容,点头道:"这个孩子的原力根基竟然扎实到如此地步,实在罕见,难怪能越级击败一众对手!"

只见他左手五指的指尖泛起幽幽蓝色光芒,隐隐透出蓝芒的指劲再次射出,如根根透明的细针向千夜刺去。这些外放的原力气息如有实质,带着无与伦比的阴寒,又锋锐至极。它们轻而易举地进入千夜的身体,沿着他全身的血脉和经络上下游走着。

这下千夜再也控制不住体内原力,耳边仿佛响起一声轻雷,所有原力全部爆发,体内顿时狂潮澎湃!

金色血气在惊涛骇浪中丝毫不受影响,恒定地绕着心脏一圈圈游走。偶尔遇到温总管的蓝芒,便仿佛看到了可口的食物,立时扑了过去,"咔嚓"几下将其吞掉,一如平时吞噬普通血气那样。

此时千夜双目紧闭,全身剧震,周身泛起淡淡的原力光芒。只见绯色薄雾之中,点点金芒浮浮沉沉,明灭不定。

温总管脸色凝重,不由自主地微微倾身向前,似是要站起来。他盯着那点点金芒,目光没有丝毫偏移。杜老则苦苦思索着,像是想到了什么,神色大动。

温总管忽然收手，长叹一声。

千夜闷哼一声，身上的原力光芒渐渐消失了，鼻中流下两道血线。

温总管看着他，指了指下首的椅子，格外温和地说："坐下休息一会儿。咱家这门功夫，承受者会受些小伤，不过不碍事儿，一个晚上便能恢复如初。你体质特殊，几个时辰就好了。"

千夜点了点头，在一旁坐下了。

杜老抚须沉吟了一番，郑重地问："温兄，如果我刚才没有看错的话，这是……"

温总管点了点头，说："没错，这是晨曦启明，黎明原力中最顶尖的三种天赋之一！"

晨曦启明！晨曦载曜，且出启明，万物煌煌。

杜老遽然动容，面露惋惜之色，叹了口气，说："这孩子，唉，可惜了！太可惜了！"

殷琪琪目光灼灼，大感兴趣地盯着千夜，如果不是温总管在场，她恐怕就要失态了。

千夜突然想起宋子宁当时的表情，那个家伙肯定了解晨曦启明的异象，竟然胆大包天地让他冒充拥有这种顶级天赋。他虽然猜到释放出金色血气，会出现类似于天赋能力的表象，但没想到居然是最顶级的那种，所以不由得吃了一惊。

千夜的反应很自然，温总管并未看出有何不妥，慢悠悠地说："这孩子虽然过了打基础的最佳年纪，但若是从现在开始转修合适的功法，再辅以足够的珍稀灵药，还是有可能在晋阶战将之后，再进一步的。"

不过这种话也只是说说罢了，就算殷家财力雄厚，不缺药剂，可谁又知道哪种功法才能弥补这种传说级的天赋被耽搁的时间呢？

温总管站起身来，说："时候不早了，咱家也该走了，制作原力阵列的鲁大师还在等着咱家呢！"

殷琪琪和杜老当即起身，颇为恭敬地把他送了出去。

千夜一直坐着不动，似乎还没缓过来。温总管倒也不以为忤，临出门前还分外和气地拍了拍他的肩膀。

见温总管的背影已消失在院门外，千夜的脸色立刻沉了下来，眼底闪过一丝凌厉的杀气。

恐怕温总管也没有料到，千夜的体质比他想象中还要特殊。他和杜老说话的工夫，千夜便在黎明原力和金色血气的双重作用下，散去了体内所有如针的阴气。

温总管的原力极为阴寒，故而会对身体造成一些刺激，但是阴气的数量与被检测者

的原力相比不过九牛一毛，过一段时间就会被消融。然而温总管发出的那些指劲中，却有一道并未进入血脉，而是悄无声息地刺进了千夜的心脏！

千夜原本不会发现这个祸患，可他的心脏是血脉潜伏的大本营，普通血气和紫色血气都深藏于此。这缕阴寒的原力贸然闯入后，简直如同游鱼误入鲨群的领地，勾引得血气不断地从深海浮出水面。

血气突如其来的躁动让他发现，心脏中不知何时多了一个不速之客。他很难相信这是失误或者巧合，无论哪种鉴定术，都只是针对血脉和原力节点的，绝不可能进入肺腑，否则如温总管这种杀伤力极强的阴寒的原力，早不知误伤了多少人。何况心脏外的金色血气一直在巡游，并不时吞噬着血脉中的阴气，若非有意为之，那缕阴气绝不会突入心脏。

他的右手慢慢抓紧座椅扶手，考虑许久后，决定冒险一试，总不能让这道阴气就此留在心脏中，谁知道它何时会爆发出来破坏生机。

那缕已经潜伏在心脏中的阴寒之气突然感觉到极度的危险，于是开始窜动起来。而失去压制的血气如同嗅到了满是血腥的游鱼，迅速合围上去。

那缕阴气蒙上一层紫意，最先赶到的紫色血气直接扑了上去，把它撕成两段！所有血气都沸腾起来，它们蜂拥而上，转眼间就把它撕碎，分食得干干净净。

紫色血气好像并不满足，又掉头扑向一道普通的血气。但是这一次普通血气却没有束手待毙，一道格外粗壮的普通血气从侧方冲来，把紫色血气撞到了一边。两道血气随即纠缠着，居然在千夜的心脏里大战起来！

千夜脸色苍白，冷汗滚滚而下，终于闷哼一声，从椅子上摔了下去。

厅外走廊上的殷家护卫听到异响探头进来，不由得吓了一跳，连忙奔进来扶起他。

此时战斗已分出胜负，最粗壮的那道普通血气敌不过紫色血气，差点儿被绞杀了。而紫色血气虽有损伤，但仍勉强吞下了最细的一道普通血气，才就此罢手，缩回自己的符文中。

"我没事儿，坐一会儿就好。"千夜虚弱地说。

这时殷琪琪送完温总管回来，而被殷家护卫匆忙叫过来的季元嘉也正好赶到了。两人见千夜气息微弱，脸色苍白如纸，都吃了一惊。

殷琪琪抓住千夜的手，着急地问："你没事儿吧？不是说只会受点儿小伤吗？"

千夜推开她的手，抬头看了看季元嘉，说："已经没事儿了。"

季元嘉立刻会意，遣走两名护卫，然后走到门口吩咐了几句，确保不会有人靠近这里，才放心地走了回来。

"温总管在我心脏里留下了一道阴气。"千夜直截了当地说。

殷琪琪吃了一惊："为什么？"

心脏的重要性毋庸置疑，这种地方若是受了伤，要么即刻死亡，要么生机被破坏，慢慢萎靡不振。后天擂台赛就要开始了，如果那道阴气在千夜格斗时爆发出来，恐怕他会死得不明不白。

殷琪琪脸上掠过一道阴影，仔细询问过细节之后，说："听起来确实是温总管的绝技'阴极针'，可他为什么要这么做？"

三人的脸色都不太好看。此次春狩意外太多，先是出现一个血爵士，然后是卫国公的大总管，接下来不知还会有什么。而温总管的事儿比血爵士严重多了，这样一个人物，绝非普通人能够随意驱使的，他背后之人究竟是谁？动机又是什么？

千夜突然问道："我此次春狩杀的人里面，是否有温总管的门人和亲友？"

寻私仇确实是最有可能的理由。温总管是深受卫国公信任的近侍，如果连他都能被人买通，出手暗算他人，简直就是天玄春狩的一桩大丑闻！如果只是利益驱使，那么幕后之人不但要拿出连温总管都会动心的利益，还要有一定的身份地位，否则搭不上温总管这条线。那么，谁家会有这样大的手笔？

"有可能是赵阀或宋阀。"殷琪琪说，"温总管可看不上中下品世家！上品世家里，孔雅年的确有护卫死在你手上，但是为了这个花大价钱去杀你，除非他疯了。"

春狩每年都会举行，各家都会有护卫折进去，仅仅为了这种事儿动用人脉，委托温总管去杀一名世家护卫，说出去没几个人会信。

殷琪琪在厅里走来走去，片刻后说道："不，或许是我那几个兄弟姐妹干的好事儿！"

这件事儿实在不合常理，她怎么也想不通，只好吩咐千夜先回去好好休息。

晚饭后，整个卫国公别院都沉浸在一片轻松悠闲的气氛中。有的院落传出丝竹歌舞之声，酒香混合着花香四溢开来，似乎有人在举办一场小型宴会。

在夜色的掩护下，一道若有若无的身影悄然接近殷家院落靠近林间小径一侧的围墙，然后选了个僻静的角落，一跃而入。

殷琪琪今晚受邀出去参加一个宴会，本就没留多少人的内院一片寂静，只有一队护卫来回巡察着。

第五章 晨曦启明

黑影极为迅速地走了一圈儿，没有惊动任何人。说来也奇怪，期间黑影和殷家巡夜的护卫几乎擦身而过，可护卫们竟对黑影视而不见。区区数米的距离，就算花园里树荫浓密，没什么灯光，但是对于六七级的高手来说，也不至于看不清东西。

　　夜风习习，偶尔有落叶飘下。那些护卫的目光一旦掠过黑影所在的位置，就有一片落叶飞过，恰好挡住他们的视线。就这样，他们一无所觉地径直走了过去。最后，黑影竟向着千夜的住所走去。

　　突然，有人向这边走来，看那高大的身影，正是魏家世子魏破天。

　　他独自一人跨入内院大门，转过一面照壁，来到殷琪琪亲随的住处。

　　正准备加快脚步，忽然眼前一花，视线好像有些模糊，周遭的景物若隐若现。他"咦"了一声，揉了揉眼睛，却没有发现任何异常。他顿时觉得有些古怪，可一时又说不出哪里不对，或许是光线太暗了吧！

　　他一向是身体的反应快过大脑，当下周身光芒闪动，下意识地催动了千重山。土黄色光芒迸射开来，在深沉的夜色中显得格外明亮。

　　千重山一出，原本飘动在他眼前的几片落叶一阵扭曲，接着便化为虚无了。一向后知后觉的他这才恍然大悟："他奶奶的，我就说怎么总觉得不对劲儿呢！这个季节，哪儿来的这么多见鬼的落叶！"

　　此时眼前的景物渐渐清晰了，他立刻看到千夜的窗前站着一个人，而且这个身影他并不陌生。

　　宋子宁？！

　　他和宋子宁同为帝国上层的贵胄子弟，却没什么来往，只能算互相认识而已。这位宋阀七公子温文尔雅，长袖善舞，倒是不令人讨厌。虽然和殷琪琪关系很差，但他也不傻，知道其中多半有宋阀内斗的原因，所以对宋子宁并没有成见。哪知这次天玄春狩，先是宋子宁的手下试图强抢千夜，后来宋阀猎队又在猎场上追杀千夜，他对宋子宁的印象顿时跌落到谷底。

　　虽然他之后偷营成功，一拳砸伤了叶慕蓝，算是稍稍解了气，但看到宋子宁竟然鬼鬼祟祟地出现在这里，脑海中登时冒出四个字：非奸即盗！

　　"腾腾腾"，他甩开大步，直接冲了过去，高声叫道："有淫贼！"

　　宋子宁吃了一惊，完全没想到有人竟能发现他的行迹，待看清是魏破天后，连忙叫道："等等……"

他话未说完，魏大世子便一拳招呼了过来。

他皱了皱眉，一边伸手按住拳锋，一边频频后退。他的秘法仍在运转着，方圆丈许之地仿佛是另外一个世界，只见落叶飘飘，飞花盘旋，宛若秋日。魏破天那石破天惊的一拳被限制在这片区域内，不得寸进。

魏破天知道宋子宁不想惊动外人，冷笑道："一个淫贼，还藏头露尾的干什么？！"

宋子宁被连叫两声淫贼，脸色顿时不太好看，叫道："魏世子……"

"老子认识你吗？"魏破天狞笑道。

宋子宁终于明白过来，眼前这个时常犯蠢，奸猾起来却又比谁都精明的家伙，是打定主意要装作不认识他，把他当贼抓了。

此时落叶如雨，簌簌而下，几乎遮蔽了视线。魏破天只觉得五感都被浓重的秋意压制住了，每一拳击出，就如同在泥泞中穿行一般吃力，唯有千重山光芒映照到的地方，才会轻松一些。他不由得缩了缩脖子，说："这年头淫贼怎么这么厉害！难道我魏大世子今晚会输？"

宋子宁闻言不禁心头火起，他一心二用，既要应付魏破天，又要控制环境，不让动静儿外传，貌似占了上风，实则越来越吃力。魏破天拳力极重，虽然没能穿透他的秘法，可他硬接一记也不免气血翻腾，这样下去，恐怕支持不了多久。

他眯了眯眼睛，寒声问道："魏世子，你当真要闹下去？"

魏破天哈哈大笑，道："乖乖束手就擒吧！"

宋子宁一言不发，他的身形本就飘忽不定，此刻更是连移动的轨迹都看不到了，上一刻在这里浮现，下一刻便隐到了另一边。但凡他的身影停留过的地方，都有一片落叶亮起，光芒闪动，轮廓越来越清晰，宛若突然有了实体。

凉风乍起，寒意逼人，这些落叶恍如从无形的枝头脱落下来，晃晃悠悠地向魏破天飞去。落叶看似逐风而舞，实则速度快得惊人，一眨眼就落到了千重山的光幕上。

魏破天心生警兆，大吼一声，拼命催动千重山，周身的原力光芒中居然有一座山峰隐隐浮现。蓦地，附着在千重山上的落叶一一滑落，发出一记记让人头皮发麻的尖锐的摩擦声，仿佛有利器用力刮擦着金属表面。

土黄色光幕上顿时出现三四道黑色划痕，宋子宁的身形不断闪烁，更多的落叶飞了起来，魏破天骇然大叫道："淫贼！不要啊……"

"轰"的一声，一道强劲的拳风从两人中间穿过，刹那间天地一片清净。

两人同时转头看去，只见房门不知何时打开了，千夜正静静看着他们，脸色说不出的古怪。内院门口也响起人声和脚步声，显然魏大世子那中气十足又凄惨无比的叫声已响彻云霄。

魏破天抓了抓头，指着宋子宁，理直气壮地说："小夜，这个淫贼在你房外偷窥！"

千夜脸一黑，垂在身侧的右拳动了动，有一种想揍人的冲动。

季元嘉最先赶到，看清楚来人后，尴尬地站在一旁，一言不发。

千夜压住火气，转头望向宋子宁。

宋子宁一改往日温和的形象，眼神中竟带着几分戾气。他冲千夜点点头，然后跃上围墙，冷冷丢下一句话："魏世子，咱们擂台上见。"

魏破天得意扬扬地说："见就见，谁怕谁！"

他随即转身，朝季元嘉和魏、殷两家的护卫挥挥手说："没事了，你们自己去玩吧！我找小夜……呃，练习下格斗，明天要比赛了！"

说完，便拉着千夜来到格斗场上。他再三检查了一下周围的环境，确定没有问题后，才得意地说："防止有人偷听，尤其是那种鬼鬼祟祟又会隐身的家伙！"

一听到"鬼鬼祟祟"这四个字，千夜不由得想起刚才尴尬的场面。他可是看得清清楚楚，魏、殷两家的护卫得知有"淫贼"闯入，盯着自己的目光顿时有些异样。他目光一闪，说："既然要练格斗，那就先打一场吧！"

魏破天面对挑战一向勇往直前，当即应道："好！"

一只拳头迎面而来，耳边潮音如雷，之后又是三击破防！

片刻后，魏世子哼哼唧唧地从地上爬了起来。千夜甩了甩右腕，觉得心情舒畅了许多。

见千夜笑了，魏破天忽然激动起来，大步过去给他一个熊抱，说："小夜！我原本以为你已经死了，没想到你没事儿，真是太好了！"

千夜用力拍拍他的肩膀，说："我也没想到还能再见到你！"

魏破天忽然压低声音，说："你是不是变成血族了？"

千夜心中一跳，答道："我确实被血族弄伤过，当时以为自己会变成血奴，不过不知为何血毒始终没有发作。"

"应该是你天赋特殊的缘故吧！"魏破天解释道，"我听说卫国公的大总管给你检查天赋，担心那老头儿看出什么不妥，所以才来问问情况。"

千夜有点儿感动："我也不知道是怎么回事儿，反正后来血毒好像凭空消失了。"

魏破天咧开大嘴，连声说道："这就好，这就好！那天在暗血城，白将军说你的血液中有鲜血之力的气息，我还以为……"

千夜眼皮微微一跳："白龙甲？"

"是的。不过白将军人不错，说你既然已在阵亡名单上，就不用追查了。"

千夜背上顿时出了一层冷汗。

魏破天突然肃容说道："千夜，我还有件事儿要和你说！"

千夜心中有些不安，他好像猜到了什么，有一种想逃避的感觉。

魏破天正色说道："就算你没有黑暗之血的问题，暂时也不要回红蝎。"

千夜只觉脑中"轰"的一声，竟有些耳鸣，他苦笑着问："为什么？"

"当年你出事之后，我只看到一个简单的讣告，就想多了解一点儿。"魏破天慢慢握拳，神情有些悲伤，好像又回到初闻噩耗之时，"但奇怪的是，帝国军报中根本就找不到关于那场战斗的记录，就算已归入高等保密级档案，也应该有标识才对。后来过了几个月，就连那个讣告也查不到了。要知道那一战红蝎军团损失了三分之一的红蝎战士，伤亡如此惨重，怎么可能没有一点儿消息，甚至连个像样的军中葬礼都没有举办！"

千夜只觉得有一只无形的手扼住了自己的咽喉，一时竟有些喘不过气来。

魏破天接着说："当时我找过很多人，可是那场战斗就像从人们的记忆中消失了似的，就连红蝎军团都绝口不提。"

千夜心中不知是何滋味，他亲身经历了那场战斗，知道其中黑幕重重。能让红蝎军团一声不吭就把苦果咽下去的，就是放眼整个帝国，也没有几人。

"我得到世子之位后，才有了一些权限，打听到一个消息……"魏破天犹豫了一下，说，"不过至今无法查证其真伪。"

"说吧。"千夜慢慢平静下来。

"那场战斗最初的命令是从林帅那里发出来的，事后林帅专门派人到红蝎军团拿走了所有资料。战斗档案最后被归类为零级密档，而进入元帅府的零级档案……"魏破天苦笑道，"就算有朝一日我能成为元帅，也无法轻易拿到。所以，你就不要回去了……"

千夜沉默了一会儿，说："你是说林熙棠元帅策划了这件事儿？"

"很有可能……"

"绝不可能！"魏破天的话没有说完，就被千夜打断了，"义……林帅不是这种人！不管为了什么，他都不可能牺牲这么多的红蝎战士！"

魏破天神色肃然，平日里的浮滑一扫而空，他轻轻拍了拍千夜的肩膀，不再多说什么。

千夜心中一片茫然，他绝不相信那个男人会做出这种事情！记忆之中，林熙棠绝不是那种会为了利益出卖手下的人，如果对方真的如此绝情，就不会被拖入西疆叛乱的沼泽中。

是林熙棠带他离开了垃圾场，他得到的不仅是新的生命，还有生活的目标。即使在被黑暗之血污染的最难熬的那段日子，他仍然抓住每一丝微弱的希望努力活下去。他的拼搏和坚持，都是为了不辜负林熙棠的期望，为了有朝一日能够自豪地站到林熙棠面前。但是如果魏破天的猜测是对的，那么他过往所有的坚守和挣扎都将变得毫无意义！

魏破天伸手握住千夜的臂膀，劝道："小夜，忘掉过往，你已经回不去了！"

千夜没想到一向粗犷豪爽的魏破天会这么说，不禁呆住了。他的思绪一片混乱，过了一会儿才问："我是唯一的生还者吧？"

"事实上，在所有人眼中，你早就阵亡了。"

这个晚上，千夜完全无法入眠，最后索性起来修炼，熟习金色血气在体内独立运行的状态。既然温总管认为他身体的异常表现是来自于晨曦启明，那么就好好利用这个误会。

第六章　龙争虎斗

第二天一早，格斗擂台赛在卫国公别院后面的演武场举行。巨大的演武场被划分为数十块场地，比赛可以同时进行。

报名参赛的有数百人，其中绝大多数是士族子弟。前面三轮是车轮淘汰赛，一天内必须打完，这就意味着每个参赛者都要战胜好几个对手。如殷琪琪这样的世家子弟，到第四轮才上阵。而赵君弘和宋子宁则直接进入第五轮，并且可以自行选择与自己对阵的对手。

和以世家组队为主的猎场实战不同，格斗赛才是士族子弟们真正能够出人头地的舞台。单论格斗赛的最高奖励是一把量身定制的五级原力枪，就足以让人疯狂了，这或许是一个士族家族所能得到的最强的武器！尤其是在一些有特殊天赋的人手中，一把能够充分发挥其天赋能力的五级原力枪，威力可能还要大于普通的六级原力枪。

赵君弘那把标志性的银翼幻想就是定制版五级枪，由此可知，格斗赛的大奖有多么诱人。

除了那些丰厚的奖励，格斗赛也是士族子弟的登天梯。卫国公和他的贵宾们都会到场观战，这可比猎场实战更能直观地展现个人武力和天赋，表现突出的参赛者会受到世家大族的热情招揽。因此每个士族子弟都无比重视，定会倾力而为。

千夜一到赛场，就感受到了那种战意高昂的气氛。演武场一侧，参赛者们排成一条长龙，正在领取号码牌。前面三轮完全靠抽签来决定对战的顺序，或许两个强大的战士第一轮就会被分到一组，这种情况屡见不鲜。当然，也没人会对此提出异议。在大秦帝国,运气同样是实力的一部分。如果有一颗想要登顶的强者之心,那么就得有碾压一切对手的勇气。

千夜领到了属于自己的号码牌:163号。

演武场一侧升起一面巨大的虚拟光幕,上面显示了所有格斗场的状况。千夜找到自己的号码,然后走向第二十号格斗场。

他的对手是一个光头大汉。那人长着一双奇异的蓝灰色眼睛,留着一把浓密的大胡子,身材十分魁梧,几乎比他大了两三圈儿,光是一条手臂就比他的大腿还粗。

大汉露出不怀好意的笑容,上下打量了他一番,说:"玩枪的小子,听说你用一把鹰击玩残了赵二公子的队伍,确实让人惊叹。不过这里是擂台,需要用拳头来战斗,你的枪可派不上用场了。"

大汉活动着双手,关节不断发出"噼噼啪啪"的响声,恶狠狠地说:"我一直很讨厌狙击手,你知道为什么吗?因为我觉得他们都是些没种的胆小鬼,只敢躲在阴暗的角落里,用子弹远远地解决对手。他们只需要有动动手指的力量就可以了,所以一个个都长得跟个娘们儿似的!对,就像你这样!"

千夜双目低垂,双腿微微分开与肩平齐,这是军中格斗术最基本的站姿。他一句话也没说,就像完全没有听到大汉在说什么。

"小子,你最好早点儿认输,免得我收不住手,一拳砸烂了你那张漂亮的脸蛋!"

千夜依旧安静地站着,宛若一尊雕像。

这时,演武场上空响起阵阵低沉苍凉的号角声,这是格斗赛正式开始的标志。

千夜双眼骤开,周身气势乍起,转眼间就汹涌如狂涛怒潮!

光头大汉正要出拳,却突然呆住了,大张着嘴巴,一动也不动!他眼前仿佛出现一道遮天蔽日的原力巨浪,正势不可当地朝他当头拍下!好在他战斗经验丰富,瞬间回过神儿来,发出一声怪叫,拳速加快,向千夜当头砸下!

然而他为千夜的气势所慑,先机已失,这一拳并未达到预期的效果。他见千夜深谙军中格斗术,于是便提前准备好反击的招式。谁知千夜吐气开声,运力出拳,居然结结实实地和他对了一拳!

他脸上一阵扭曲,各种复杂的表情交织在一起,说不清是惊是惧,是喜还是忧。而他的手臂则"咔嚓"一声扭曲得不成样子。

没想到千夜竟然能以摧枯拉朽之势击溃对手。两名卫国公的私军卫士走过来,把大汉抬了下去。

千夜看了看，四周激战正酣。

敢于参加这种车轮战的士族子弟大多实力不俗，因此势均力敌的战斗相当多。许多格斗场上都已见血，相比之下，倒在千夜手下的光头大汉还算是伤得轻的，只不过输得实在难看，估计以后会被人嘲笑很久。

千夜慢慢走到一边，正想找地方休息，突然传来几记掌声，有人赞道："打得不错！"

他抬头望去，见赵君弘站在场边，也不知来了多久。他微微一笑，道："谢谢赵二公子夸奖。"

赵君弘又说："我等着你，如果你能赢了我，那么我春狩所得的奖品就归你了。"

千夜笑了笑，真诚地说："那就先谢谢赵二公子的慷慨了。"

赵君弘淡淡说道："等你有那个本事跟我对战再说吧。"

一批批战士不断走上格斗场，有人沮丧地离场了，有人则再也站不起来了。这里，并不比永夜大陆黑流城的血腥格斗仁慈多少。

第一轮格斗全部结束后，千夜终于迎来了第二个对手，一位长相颇为甜美可人的士族少女。她那双水汪汪的美目含情脉脉地注视着千夜，让人心中不由得生出千种婉转和疼惜。

"你很好看！"她忽然说。

"谢谢。"千夜淡淡回道。

"我叫谢语淼，一会儿让一下我可好？"

"不好。"

听到千夜冰冷的回答，她的眼眶顿时红了，像是受了天大的委屈。她怯生生地站在那里，低头摆弄着衣角，看样子竟不像是来战斗的，倒似养在深闺里的豆蔻少女。

号角声再次响起，千夜气势一提，转眼间便奔腾如海。他几步来到谢语淼面前，一拳向她当胸击去。

谢语淼好像受了惊吓，毫不闪避，竟然挺起胸脯迎向千夜的拳锋。

千夜低喝一声，非但没有收手，反而骤然加速，以风雷之势直接袭在谢语淼身上！

谢语淼没有想到对面这个漂亮的少年居然真的下此狠手，勉强抬手格挡，却被千夜一拳袭中。千夜的原力如同狂潮，直接拍散了她的防御。她当即倒飞出去，委顿在地，再也爬不起来。

第六章　龙争虎斗

第三轮时，千夜遇到一个相貌平平的青年。他是一名六级士族战士，手里握着一把帝国军队制式短刀。

千夜也拔出一把相同式样的短刀，两人同时扑向对方，然后交错而过！

千夜微微一怔，低头看了看，自己左臂外侧竟多了一道长长的伤口！不过他手中短刀的刀锋上也滴着血，士族青年的上衣裂开半尺长的豁口，胸腹间也现出一道伤口。

千夜微微皱眉，手臂上的伤口虽然不深，可伤处微麻，竟然没有多少痛感。这种反常让他极为警觉，立刻推动原力在伤口周围转了一圈儿，果然发现有外来的原力气息纠缠于此，降低了伤口自愈的速度，并且极难将之驱除。

这竟然是类似于叶慕蓝的深霜和温总管的阴极针的特殊原力，看来对方是个劲敌！

两人同时前冲，又战在一起。这一次双方短兵相接，拳风中夹杂着锋刃的寒光，战况极为激烈。片刻后两人骤然分开，紧盯着对方，丝毫不敢放松，他们都知道自己遇上了大敌。

千夜身上多了数道伤口，他尽量利用各种技巧减少受创的面积，但由于士族青年的特殊原力，伤口一直无法自行合拢。不过对方也好不到哪里去，身上的伤口只比千夜少了一条。

这一轮战罢，千夜已发现士族青年的临战经验极为丰富，格斗风格和自己十分相似，简洁有效，一点儿多余的动作都没有。这是典型的杀人术，配上他那影响伤口愈合的原力，简直找不到一丝破绽！

两人环绕着对方转了几圈儿，突然又战在一处！这一次是在比拼速度，第一个照面便互相斩出数刀。之后他们开始比拼格斗技巧，有时双刀交击发出连绵不断的金属碰撞声，有时连续数十个回合也听不到一点儿声音。

士族青年有着敏锐的战斗直觉，以及只有战场老兵才会使用的一些小伎俩。千夜几次三番想要诱他进入陷阱，可是故意露出的破绽全被他看穿了。而他想要诱骗千夜上当，就更加不可能了。

下一个回合来临之时，双方不约而同地采用了同一种战术，以伤换伤。

两人的动作愈发凶狠，每一次出手都会在对方身上增加一道伤口。这是一场消耗战，就看谁能挺到最后。

过了一会儿，士族青年骇然发现千夜身上的伤口虽多，血流得却相当缓慢。反观自己，一旦运用原力过猛，伤口就会不断飙出鲜血。他的原力会影响伤口愈合，所以才敢打消耗战。不料对手体质特殊，根本没有发挥多大的作用。又一个回合过后，他的身体晃了晃，终于一头栽倒在地上，晕死了过去。

千夜急促地喘息着，全身上下的伤口又麻又痛，士族青年的原力依然在伤口处肆虐。战斗中，他虽然抓紧每一次恢复的机会去消解这些原力，但是后来完全没有空隙，只能硬挺下去。众目睽睽之下，他怕被人看出异常，还牢牢压制住了血气，幸好终于坚持到了战斗结束。

他缓了口气，慢慢走向场边。一只手伸了过来，他抬起头，眼前呈现的是宋子宁那如同春日暖阳般温暖的笑容。赵君弘站在两步之外，也正看着他。

宋子宁伸到一半的手顿了顿，千夜身上的伤口多得让他无从下手。他小心避开外臂上最长的那道伤口，托住千夜的肘臂，说："还好，今天这是最后一场了。"

他微微一怔，看到千夜伤口上残留的原力，摇了摇头，抬手一拂，纠缠不去的原力登时消散了。

千夜立时感到轻松了许多，苦笑道："如此厉害的家伙并不多，没想到我这么倒霉。"

宋子宁轻笑道："那个家伙才是真的倒霉！如果没有遇到你，他至少可以进入第六轮。"

千夜点了点头，春狩果然藏龙卧虎，以此人的天赋和实力，足以进入帝国排名前十的精英军团，不知为何仍是一名自由战士。

突然有人叫了千夜一声，只见殷琪琪穿过人群匆匆而来，她身后还跟着一名精通战地救治的殷家护卫。

看到宋子宁扶着千夜，她顿觉十分惊讶。她已听说了堂堂宋七公子昨晚爬墙的事儿，事后宋子宁还派人送来礼盒，说是给千夜赔礼，只是被她叫人给扔了回去。

在她看来，千夜连赵君弘都不假辞色，哪儿会理会宋子宁是什么身份！所以千夜肯让宋子宁扶着自己，实在太奇怪了，除非……千夜又伤得不能动了？一想到这里，她立刻冲到千夜面前，抓住他上下打量了一番，所幸他伤得不算严重，只是伤口的数量很吓人罢了。

她"哼"了一声，说："叫你逞能！明天还想不想上场了？"

她身后的殷家护卫放下背包，连忙上前去给千夜处理伤口。

宋子宁神色未变，站在旁边看着，温和地说："没关系，大部分是外伤。我那里有肌体修复液，小夜过去泡一个小时就没事儿了。"

第六章 龙争虎斗

殷琪琪狐疑地看看宋子宁，又转头看看千夜，说："谁知道你打的什么主意，把东西拿过来就好！"

宋子宁笑道："你那边有容器？"

殷琪琪一愣，这才想起肌体修复液需要特殊的容器来盛载，否则药剂很容易挥发。出门在外，一般人不会带着这种既占地方又用不了几次的东西，也就是宋阀财大气粗，完全不在意人力和成本。无奈之下，她只得答应了。

突然，千夜意识到自己的疏忽。他和宋阀表面上的关系应该极差才对，毕竟他和叶慕蓝已经结下了死仇。可他本就不擅长伪装，此时发现不妥，也不知该如何应对。

片刻之后，号角声响起，第三轮对战结束了。大多数人都受了伤，共有六十四人进入下一轮比赛。胜出者可以拿到两百个帝国金币，之后每晋阶一轮，奖金便会相应增加。这对许多士族子弟来说，倒也不无小补。

宋阀别院比殷家院落要大一些，内院正房是两层小楼，后面是一弯月牙状的小湖，小小的空间竟也设计出了曲径通幽的韵味。

千夜没去泡肌体修复液，他的身体恢复能力很强，这种程度的伤势完全可以自愈，不比肌体修复液的效果差。他担心的，反而是被人看出自己的恢复速度不同寻常，所以这肌体修复液倒成了相当好的挡箭牌。

此刻他坐在二楼横空临水的露台上，看着宋子宁动作娴熟地为自己煮茶。他还是第一次见识到这种悠闲、复杂的贵族消遣，殷琪琪除了写字，其他爱好似乎都不怎么符合贵族的身份。

宋子宁分完茶后，举杯说道："以茶代酒！"

千夜笑了起来，想起在黄泉训练营时与大伙儿拼酒的情景。没想到多年后还有机会坐到一起，与故交烹茶闲话。

宋子宁显然也陷入回忆之中，叹息道："千夜，你是不是喝酒输给了琪琪？终于看到你穿裙子的模样了啊！"

千夜大怒，吼道："没有！总比输了被绑在柱子上示众要好！"

两人一愣，对视了一眼，然后同时大笑起来，分别多年的陌生和疏离就此一扫而空。少年时代的记忆最是珍贵，那些共同拥有的过往，对于每个人来说都有着不同的意义。

春日的山风愈加和暖，从水面上轻柔地吹过来，带着沁人心脾的花香。

千夜转了转手上的薄胎瓷杯，午后的阳光下，这个轻巧的小玩意儿分外精致，如同琉璃一样熠熠生辉，亦如周围的景物和摆设，美则美矣，却和他的世界有些格格不入。

宋子宁又为千夜倒了一杯茶，说："我听说卫国公的大总管为你鉴定了天赋，一切还顺利吗？"

"温总管说是晨曦启明。"千夜哭笑不得地说，"你当初不会打的就是这个主意吧？这可是三大顶级天赋之一！"

宋子宁脱去那层温润如玉的外壳，露出几分怠懒和疏狂，若无其事地说："你只用一把鹰击就抢了赵君弘那么多积分，并且还能从围杀中脱险。如果不是拥有顶级天赋，必然会让人心生怀疑。"

千夜皱眉道："可温总管想杀我，应该不是因为这个天赋吧？"

宋子宁陡然坐直了身体，沉声问道："这是怎么回事儿？"

千夜把事情的经过叙述了一遍，宋子宁反复询问了几处细节，确认温总管没有看到他胸前的旧伤后，便陷入沉思之中。

这时千夜想到一个没有告诉殷琪琪的细节，很是困惑地说："温总管留下的那道阴气似乎夹杂着一丝黑暗原力！卫国公身边的近侍怎么可能和黑暗种族有关？"

"战将之上每个人的修炼模式都大不相同，再加上各种秘法的影响，血脉和原力会变得十分复杂，所以原力属性中有黑暗原力的成分与原力属性堕入黑暗是有区别的。"

千夜心中微微一动，这岂不意味着如果自己成为战将，那么就可以去寻找使用鲜血之力的方法了？

宋子宁又缓缓说道："温总管为人乖僻，我倒不觉得此事是因为私仇。就算身份再高的人，也有能够打动他的利益，麻烦极有可能是来自琪琪。"

"琪琪那几个兄弟姐妹有这么大的能力？"

宋子宁突然笑了起来："或许真有可能是走了宋阀的门路。"

千夜吃了一惊，宋子宁的神情不像是在开玩笑。

"琪琪的母族虽然是宋阀的旁支，但综合实力颇为靠前，可他们这一代却没人入选宋阀继承人的序列，所以就和我的二哥结盟了。"宋子宁晒然道，"如果琪琪真能成为殷家家主，打破的可不仅仅是一个家族的平衡。因此，不仅是殷家那些与她争位之人，就连宋阀中也有人不想让她坐上家主之位。"

千夜略一思索就听明白了，随即想到一件事，又问："听说你和琪琪关系不太好，难道也是因为这个？"

宋子宁朝千夜眨了眨眼睛，说："岂止是关系不好，这次春狩过后，可以算得上是彻底决裂了！"

千夜顿时有些愕然，不禁"啊"了一声。

宋子宁轻笑道："你没发现叶慕蓝不在吗？她两天前就动身回宋家领罚去了。"

千夜见好友似乎有点儿幸灾乐祸，心中颇感意外。毕竟在他看来，宋子宁对叶慕蓝相当纵容。而他与宋子宁相认后，一直头疼该怎么解决与叶慕蓝的敌对关系。

"春狩一结束，你的那位琪琪小姐就写信回去告了我一状。"宋子宁知道千夜不太清楚各个门阀世家之间复杂的关系，于是耐心解释道，"我的曾祖母是琪琪的外曾祖母，琪琪身份特殊，老祖宗再怎么偏袒我，也不能太过分，而她的母系和盟友也会出来说话。况且这次春狩我只拿到第五，还损失了一半的高级护卫，而叶慕蓝是总指挥，自然会因此受到惩罚。估计我回去后，也免不了要听取长老们一番训诫。至于是否会被正式记上一过，就要看琪琪究竟花了多大的力气去告我的状了。"

千夜见他竟把颇为严重的一件事情说得如此轻松，只得苦笑道："虽然我不了解你们世族的内部情况，但是记过这种事儿，会影响你的继承人考核吧？"

不料宋子宁哈哈一笑，道："其实也没那么严重，像我这种排名处于中游的继承人，哪儿有成为阀主的可能？记过也就是再跌个一两位而已。"

千夜皱眉道："可是……你为什么要纵容叶慕蓝呢？她的行为会影响你的风评吧？"

宋子宁一手支头，一手拨了拨绘着雨过天晴之景的杯身，漫不经心地说："这样不是挺好嘛。连我都吃了一个过失，叶慕蓝肯定也不好过。就算宋家看重脸面和信誉，像这种事情再出现一两次，宋家也不可能再维持婚约了。"

看着一脸温和的好友，千夜一时愕然无语，他没想到宋子宁竟然想解除婚约。

这位宋七公子的行事风格和殷琪琪截然不同。殷琪琪那是可劲儿地折腾，自己败坏自己的名声，但顾立羽显然是心性坚忍之人，就连千夜都看得出来她根本没有成功的希望。宋子宁却一味"捧杀"，肆意纵容叶慕蓝，让她渐渐忘乎所以，闯出祸事。如此一来，就算有人想看到两人坐实婚约，也抵不过宋阀长老们对家族名声的维护。

宋子宁笑道："和琪琪的那点儿矛盾，也只是我不耐烦卷进两家的继承人风波中去而已。就算你今后为殷家效力，也不会和我有正面冲突，所以不用太过担心。"

千夜摇了摇头，说："我只是通过猎人之家受雇于琪琪，这次春狩是最后一个任务了。"

宋子宁略一沉吟，说道："这样最好。殷家为你做履历的那个人手法十分高明，目前掩人耳目是足够了，但如果将来你真想在琪琪身边占一个核心位置，他们肯定会彻查你的身份背景。"

宋子宁顿了顿，脸上现出犹豫之色，抬头注视着千夜，说："你是否知道自己胸口那道旧伤的来历？"

千夜脸色微变，胸口那道旧伤几乎是他整个黄泉训练营生涯的噩梦，哪怕后来习惯了那种凌迟般的痛苦，却还是不断地延迟他原力修炼的进度。他始终不明白，是何人给自己留下了这样的创伤。

宋子宁叹息一声，轻轻问道："林帅没有告诉你吗？"

千夜心中一阵慌乱，深吸了一口气说："我毕业后就没见过林帅，当时他去西疆平叛了。"

宋子宁说："那是原力掠夺的伤痕。也就是说，你原本拥有一等以上的天资，甚至那里可能已有一颗已经成形的原力结晶。而绝大多数人要先打通九个原力节点，并且聚力成旋，突破战将之后，才能凝结出晶体。原力掠夺是帝国的禁忌，一般人连提都不敢提，有能力做出这种事情的屈指可数。"

千夜静静听着，好半天才理解其中的意思。他抬起头，咬牙问道："会是谁？"

宋子宁俯身横过长几，按住千夜的肩膀，轻声说道："帝室、四阀，还有那几位处于巅峰的强者。"

千夜端坐着，一句话也不说。"砰"的一声，茶杯在他手中粉碎，细小的尖屑全部刺入他的掌心，殷红的血珠一滴一滴冒了出来。

宋子宁突然调转话题："魏破天那小子对人说，你是他幼年的玩伴。魏家培养年轻子弟的方式与众不同，从幼年起就要开始长达十年的游学，所以这个说法也还说得过去。不过算算时间，你和他应该是同一年加入军队的。他是折翼天使的成员，可红蝎和折翼天使一向是死对头……"

千夜苦笑了一下，他总算知道魏大世子身上那些街头混混般的习气是从哪里学来的了，他简单说了说和魏破天相识的经过。

宋子宁眼中闪过一丝了然："那他肯定告诉过你关于红蝎那场战役的事儿了。"

千夜深吸了一口气，艰难地说："和林帅有关？"

宋子宁点了点头，说："所有的线索都是自林帅开始，又在林帅那里断了，就连所有阵亡战士的档案也全部被封存于元帅府。若非我当时正好在讣告中看到你的名字，动了追查的念头，恐怕再晚一些，就连你曾经进过红蝎都不会知道。"

"不要说了。"千夜打断了宋子宁，"在没有确切的证据之前，我不会轻易下任何结论。"

宋子宁神情凝重地说："小夜，如果你希望有一天能站到林帅面前，让他亲口告诉你答案，那么……一定要好好活下去。"

秦陆的日升日落永远遵循着恒定的轨迹，只是山风更暖了一些，初夏即将来临了。

第二天的格斗擂台赛准时开启了。千夜第四轮的对手是一个小世家的嫡子，他对此人有些印象，似乎在春狩实战中排在第十名。

这名世家子弟看到千夜时，姿态高傲地说："我叫刘玉磬，记住这个名字，因为我将是刘家中兴之主，也将是击败你的人。"

千夜耸了耸肩，感觉和这种贵胄子弟打交道，连场面话都可以省了。他依稀记得刘家是范唐刘氏的嫡支，以刘家的实力能进入前十算是不错了。或许正因如此，刘玉磬才会信心高涨。

刘玉磬沉腰坐马，摆出秘传格斗术的起手势，随即身上原力光芒闪烁，头顶出现一道淡淡的光柱，直上高空。

这是秘传战技一线天，在世家中也算小有名气。刘玉磬年纪轻轻便把它修炼到这种地步，难怪他傲气十足。

不过千夜看到如此严谨的起手势，却暗自叹了一口气。如此看来刘玉磬虽然天赋不错，可大多数时间只是在家族内勤修苦练，从没上过战场，是以一出手便一板一眼的。

在世家大族中，如此培养年轻子弟的不在少数。虽然帝国建国一千两百年以来，战争从未停息，但境内尤其是各大行省却是承平已久。以战养战，于战火中淬炼心志只是一种理想的说法。实际上严酷的战场环境会让有天赋的人发生意外，故而很多世家大族早已不提倡这种磨砺年轻子弟的方式了。

千夜随意站着，体内的原力潮汐已带起汹涌的浪涛。等级上的差距始终是他的一个短板，越到后面，这个缺陷就越被放大。他早已决定第一场比试速战速决，为后面的战斗保存实力。

然而在刘玉磬眼中，千夜随意的站姿与自己的严阵以待形成了鲜明的对比。他的脸色变得极为难看，死死瞪住千夜，显然认为千夜的态度践踏了自己的尊严。号角声一响起，他就如利箭一般射向千夜。只见一线光柱兵分两路，沿着双臂延展至拳锋，尖锐凶猛的原力气息如同两柄尖刀，向千夜胸口刺去。

千夜伫立于原地，脚下纹丝不动，甚至没做任何防守。他上身突然向后一缩，右手闪电般探出，食中两指射出原力微芒，径直戳向刘玉磬的双眼！

观战之人都瞪大了眼睛，没想到第一个回合就是两败俱伤之势！

刘玉磬大吃一惊，不得不收拳回防。千夜微微一笑，一个错身，踏步抢上前来，攻势立刻如惊涛骇浪，铺天盖地般奔腾而去！他每一拳每一脚都极为沉重，凶厉无比，招招直扑要害，完全不留任何后手。刘玉磬几次乘隙攻击他的要害，他却全然不管不顾，只是一路狂攻。刘玉磬哪里遇到过这种不死不休的打法，很快便狼狈不堪，只有招架之功，毫无还手之力。

高台之上，一名正在观战的老人忽然"哼"了一声，不悦道："那个163号实在无赖！这可是春狩大典，哪儿能使用这种不入流的打法？玉磬就是太过守礼，才被小人占了便宜！"

这个老人虽然坐在高台上，但位置却靠近边缘。他是范唐刘氏的现任族长，所坐的位置也反映出其宗族目前的地位。以刘家的实力，想要参加帝苑春狩是不可能的，而天玄春狩正是他们崭露头角的最佳舞台。

他旁边一名丰容盛貌、华贵雍雅的夫人浅浅一笑，说："我倒不这么认为。163号用的才是真正的战场制胜之术，硝云弹雨之际，照面定生死，谁会慢吞吞地一招一式和你切磋？玉磬这孩子原本不错，可惜啊，就是实战经验差了点儿，遇到稍微厉害些的对手就露了怯。一个人躲在家里练得再好，又有什么用！"

刘氏族长脸色沉了下来，"哼"了一声，说："玉磬天资横溢，将来是有大前途的，自然要精心培养。怎可像那些士族寒门一般，随随便便跑去险恶之地，拿命去搏一点儿虚无缥缈的机会？"

贵妇轻笑道："这话也有道理。玉磬大可以慢慢成长，只不过馨儿小姐恐怕等不了那么久了，我听说她可是要在这一届的青年才俊中挑选夫婿的。"

刘氏族长脸色铁青，不再作声了。

馨儿是卫国公的二孙女，一向颇得长辈们喜爱。卫国公有意在这届春狩中为她挑选夫婿的消息早已传开，许多世家子弟都摩拳擦掌，努力表现自己。可是这样的世家贵女就算不怎么挑剔，也绝不会找一个在第四轮比赛就止步的人。

格斗场上，刘玉磬的扎实功底终于一点点显现，他韧性十足，居然还没有被击倒。然而千夜战斗经验十分丰富，他注定没有扳回局势的机会。

千夜的攻势越来越猛，出拳越来越密集，突然他大喝一声，连续三记快拳，直接将刘玉磬轰出了场外！

刘玉磬没有反应过来，见千夜收手后退，这才发现自己退出了格斗场的边界线，已然输了。

"你！"他急怒交加，指着千夜，却不知该说什么。

"我赢了。"千夜淡然说道。

刘玉磬输得极不服气，正想跟千夜理论，可是巡场的卫国公私军卫士走了过来，冷冷说道："打完请立刻退场！"

刘玉磬再不服气也只能忍了，恨恨地瞪着千夜，那眼神简直想把千夜撕碎了。

千夜笑了笑，转身向场外走去。刚才那三拳他全部击打在刘玉磬采取防势的左臂上，如果换个地方，在他已叠加到二十多轮的兵伐诀的冲击下，刘玉磬多少得受点儿伤。不过对方实在没有经验，看不出他已经手下留情了。

千夜走到场边，一抬头竟又看到了赵君弘。

"你的战技其实不适合打擂台赛。"赵君弘坦诚地说。

千夜此时对他的性情多少有点儿了解了，知道这位傲慢的门阀子弟醉心于研究武技，于是语气平和地回答："我没学过秘传武技，军中格斗术和兵伐诀都是用来杀人而不是表演的。"

赵君弘点了点头，一副若有所思的模样。他以往从不正眼看五级以下的武器，尤其是军队制式枪械，在他看来几乎和废铁无异，但是千夜那把鹰击竟然能打伤他的护卫。而兵伐诀的后力不继早已是公认的了，至于军中格斗术，和街头混混打架没什么区别。偏偏它们在千夜那里，便有了一种化腐朽为神奇的力量，这几乎颠覆了他一直以来的认知。

第五轮很快来临了，赵、宋两阀初次登场，所有参赛者被分为两个大组。赵君弘和宋子宁被分在不同的组里，以免他们提前相遇。

千夜看了看分组，不禁哑然失笑，赵君弘和他不在一个组。也就是说，他必须先在自己的组里登顶，才能遇到赵君弘。这也意味着，他还要打败宋子宁。

开战之时，所有人都盯着赵、宋两阀所在的格斗场。赵君弘的表现无比霸气，一脚就将对手踢出了场外。宋子宁则中规中矩，和对手耗了近十分钟才小胜。而千夜终于遇到一个强劲的对手——南宫婉云。

南宫婉云身上有一种传统世家贵女特有的温婉气质，她看着千夜，微微一笑道："可不可以让着我一点儿？"

"不可以。"千夜回答。

南宫婉云娇嗔道："真是不懂怜香惜玉，我又不是让你输给我！一会儿动手，不要打脸，好不好？"

千夜认真想了想，说："尽量吧！"

"先谢过了。"

南宫婉云双手一张，指尖缭绕起氤氲的雾气，然后向前一推。数道无色的原力气息瞬间飞出，发出锐器破空的声音，直刺千夜各处要害。

千夜低喝一声，身上泛起一层淡淡的绯色光芒。他大步前冲，稍稍避开眼睛、咽喉等要害，瞬间来到南宫婉云面前，当头一拳砸下！

南宫婉云脸色大变，一边闪身避开，一边惊叫道："说好了不打脸的！"

"没说可以偷袭吧？"

千夜说着，一个回旋转身出拳，直击南宫婉云的中路。这一击，不仅拳锋上缠绕了层层绯色原力光芒，空中更是响起"噼噼啪啪"的爆裂声！

南宫婉云脸色当即变了，完全不敢硬接，只得闪身退开。

千夜飞步赶上，一腿横扫过去，同样带起如闪电般的"噼啪"声。这次南宫婉云退无可退，咬牙飞起一腿，和他硬拼了一击！

"砰"的一声闷响传来，两人同时倒退，脸色瞬间苍白无比。

别看南宫婉云外表娇柔，原力竟然刚猛无比，这一击双方拼了个旗鼓相当。千夜感觉就像撞上一块坚硬的合金板，劲道回弹，一时很不好受。不过这点儿反震的不适哪里及得上战场上刀刀见血，稍有不慎便会丧命可怕。片刻之后，他便没事儿人似的大步向南宫婉云冲去，拳击肩撞，全身上下每一处似乎都变成了武器。

南宫婉云蓦然发现自己的战技竟失去了作用，面对如此狂暴的力量和速度，她唯一的选择就是一记一记硬接下来。

此次对战持续了十多分钟，南宫婉云猛然吐出一口鲜血，终于原力不继，防守一松。千夜立刻抓住机会，和身冲入她怀中，发力一靠！

南宫婉云顿时倒飞出去，摔出格斗场外。千夜站在原地没动，脸上闪过一丝异样的潮红，随之吐出一口血来。

南宫婉云极度郁闷，她只在起手的时候使出一次秘传战技，之后几乎完全被千夜的攻势牵着走，只能与之进行硬碰硬的近身格斗。她的实力高出两级，没想到竟被直接撞出场外。

不过看到千夜吐了血，显然赢得并不轻松，她的心情顿时好了不少。她把碎发撩到耳后，恢复了世家贵女的雍容优雅，向千夜挥手打了声招呼，这才转身离去。

千夜缓缓走到场边，找了个地方坐下，静静休息，等待下一场战斗。

五轮过后只剩下十六名参赛者，虚拟光屏上已显示出新的决战表。此时世家的底蕴方才显现，十六强中世家子弟占了三分之二，士族、寒门和平民共占三分之一。

第六轮是今天最后一场比赛，也是千夜感觉比较轻松的一场。和他对战的世家子弟前两场遭遇了势均力敌的对手，虽然最后以微弱的优势险胜，但是也受了重伤。因此和他交手没几个回合，就被迫硬接了一记重拳，伤上加伤，认输出局了。

此时看台上已有不少人注意到成功晋级的千夜。卫国公知道千夜的天赋，当下略略点了点头。

旁边的谋士立刻注意到了，凑上前说："这个163号凭借五级实力竟能走到现在，定然有特殊的天赋，或许值得培养一下。"

卫国公抚须说道："据说晨曦启明最大的特点就是以弱胜强，今日一见果然名不虚传。此子若不是因为只练了兵伐诀，应该不会仅仅止步于此。"

谋士一听，知道卫国公早就注意到这个年轻人，连对方的天赋都探测过了，立即说："国公爷的眼光一向独到！"

卫国公却摇了摇头，说："只可惜在永夜大陆那种遗弃之地，这样的天赋无异于暴殄天物，他不过是原力比普通人厚重一两倍罢了。"

谋士琢磨着卫国公的心思，见他不像有招揽之意，便调转了话题："除了他，这届春狩还有好几个有意思的青年才俊，士族以下就算了，世家公子或可为馨儿小姐之良配。"

卫国公说："再看看吧，还有三轮比试。馨儿年纪不大，此事得从长计议。"

谋士知晓卫国公心中还没有合适的人选，于是安静下来，等待赛事结束。

下午，殷家别院的后花园格外静谧。

千夜坐在茂密的树冠里，把右手举到眼前，阳光透过枝叶间的缝隙洒落下来，在掌心留下一个个斑驳的光点。他突然抬起头向右前方看去，只见山风摇曳，几片落叶从枝头飘下，一个人影缓缓浮现出来。

宋子宁找了根横枝随意坐下，他手里提着一个圆筒状的银壶，从中倒出两杯水色澄澈、清香四溢的茶来。

千夜接过茶杯，问："琪琪这两天忙得很，你难道不用参加社交活动吗？"

"招揽士族的事情自有人去做。"宋子宁漫不经心地说，"我还要备战呢。"

千夜耸了耸肩，这种借口也太敷衍了。

宋子宁双手枕在脑后，随意地说："赵君弘原本想和你一个组。"

千夜立刻明白赵君弘执着于这一战，担心自己走不到最后，所以想用指定权来得到对阵的机会。他疑惑不解地问："那为什么没有这样做？"

宋子宁笑吟吟地说："因为我和魏世子也有一战之约呀！"

千夜突然觉得好友的笑容里带着满满的恶意。

接下来，宋子宁说起他和赵君弘对千夜前面几场格斗表现的看法。二人都是具有天纵之资的门阀子弟，在战兵阶段就能把战将级的秘技练得小有所成，眼光自然高人一等，每一句评述都切中要害。

千夜听得十分仔细，此次春狩实战，他已发现了自己的短板。军中格斗术和在战场上锤炼出来的战斗技巧，以及修炼兵伐诀所得的深厚原力，让他与同级相比一直保持着明显的优势。但是缺乏秘法战技和细致入微的原力控制能力，却让他的战术显得太单一了。

赵君弘说过，他的战技不适合打擂台赛。因为他从头到尾只有一种战术，那就是一鼓作气，试图用纯粹的力量压倒一切。其最大的问题就是不留余地，一旦冲势被阻，受到的反噬就更强。这种以伤换伤，杀敌一千自损八百的做法显然不可取。不过直到现在，他都没有用到兵王之击，一方面是为了留个后手，另一方面这是他最后的底牌。

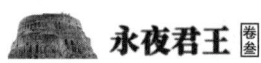

第二天早晨，宋子宁将对战魏破天，而千夜第七轮的对手是一名士族战士。

能走到现在的都是真正的强者。这场战斗持续了将近一个小时，双方原力都几近枯竭，千夜方才抓到对方一个小小的破绽，一举将其重创，赢了比赛。

打完之后，他发现自己并不是最后一个结束比赛的。

另一块场地上不断响起雷鸣般的吼声，熟悉的土黄色光芒迸射开来，半空中偶尔还会炸起星辰般璀璨的光芒。魏破天正顶着千重山，一边咆哮，一边紧跟着对手穷追猛打，而他的对手赫然是宋子宁！

此时宋子宁周围没有出现三千飘叶诀秘法运转时诡异、美丽的景象，但他的身法却同样飘忽不定，仿佛没有重量一般倏忽来去，只有行动间拉出的一个个残像还能看出他行走的轨迹。

魏破天攻势凌厉，带出恍如利刃破空的锐啸，可见拳速和力量何等惊人。然而宋子宁每每在间不容发之际避开他，让他的攻击悉数落空。

十分钟后，魏破天身上的千重山光芒闪烁了几下，就此消失了。他累到几近虚脱，汗出如浆，双手撑膝，拼命喘气。

几步开外的宋子宁身形一闪，出现在魏破天身后。他伸手轻轻一推，疲惫不堪的魏破天竟贴地向前滑行，半个身体越出了格斗场。

这一场自然是宋子宁赢了。就这样，千夜迎来了半决赛的对手——宋子宁。

宋子宁显然心情极好，笑容格外欢畅。

千夜突然觉得背上似乎有一股寒意掠过，宋子宁的战术刚好可以克制战风强硬的他和魏破天。不过说起来有很多年不曾和这个好友对战了，千夜反而战意高昂，无所畏惧。号角声一响，他的兵伐诀便在最短的时间运转起来。他大步向前，低喝一声，挥拳出击！

宋子宁身上透出蒙蒙青光，立掌平推，转眼间两人便过了十多招。他们对彼此的近身格斗术极为熟悉，分别多年居然毫不生疏，此时旗鼓相当，竟一次也没能击实对方！

千夜的兵伐诀冲过了二十五轮，举手投足之间风雷偶动，隐隐带起潮音。他拳锋上的淡绯色原力光芒越来越盛，与宋子宁掌间的蒙蒙青光交汇在一起。突然两人身上一震，外放的原力竟如有实质一般对撞了一次！

宋子宁眼中闪过一丝惊讶，随即又露出温暖的笑意。千夜并不觉得这记原力对撞有特别之处，他只是发现宋子宁的原力已与当年完全不同，它柔韧如水，似弱实强，忽消忽长，让人捉摸不定。而自己的原力依然符合兵伐诀的特性，刚烈悍勇，锋芒毕露！

看台上的众多大人物目光如炬，已然注意到刚才那个小小的细节。

坐在卫国公左下首第二个位子上的华阳伯不禁讶然道："我没看错吧？七级以下原力能够外放已可称为天才，他们两个竟然不用秘传战技就能凝出实形？"

旁边的昌平伯说："宋阀嫡系的七公子如此优秀倒也罢了，另外那个是平民吧……"

话音未落，场中形势骤然发生剧变。

千夜与宋子宁终于撞在了一起，轰然声中，一绯一青两道原力光芒爆成一团刺目的白光，两人各自向后飞退。

千夜刚刚站稳，便看到宋子宁冲他笑了笑，然后乖乖举起双手。顿时全场一片哗然：宋子宁这是认输了？

千夜愕然问道："你这是？"

宋子宁伸手按住胸口，微微皱眉，说："上一场和那头蛮牛打得太久，受了内伤。刚才被你那么强硬的原力一撞，好像伤势更重了，实在没有再战之力。"

千夜一时说不出话来，算上第六轮那次，这是他第二次遇到对手因伤势太重而认输的情况了。不过之前那人离场时连站都站不稳，宋子宁怎么看都不像是受了重伤的样子。

看台上的卫国公派使者下来询问，宋子宁的说辞依旧不变，于是千夜莫名其妙地赢了这场比试。

观战的大人物们面面相觑，他们看得清清楚楚的，宋子宁和魏破天的对战，从头到尾就没有过一次正面对撞。他是活生生把魏破天给拖垮的，怎么可能会受伤？！

卫国公右首坐着一位面生的老者，今天是第一次前来观战。他的身份应该相当尊贵，说话毫不客气："宋家七子怎会如此胸无大志！什么内伤？我看他是不想和赵家老二对战！"

卫国公抚了抚须，沉吟道："听说宋子宁进入宋阀继承人之列，是因为练成了上古秘法三千飘叶诀。"

老者一脸不豫之色，点了点头，说："宋阀这门秘法数百年来已无人练成。在帝国历史上，三千飘叶诀曾与大衍天机诀并肩，不曾想如今能练成此法的子弟竟是如此心性。"

卫国公笑了笑，夷光侯虽然年事已高，但脾气暴烈，与年轻时相比有过之而无不及。他千里迢迢过来观战，听这口气竟是冲着宋子宁而来的！

华阳伯听见两人的交谈，插话道："宋子宁以前并不出来走动，关于他的资料很少。"

夷光侯淡然说道："他成年前一直住在闻道庄园，那是宋阀老封君颐养天年的地方。且不说那里守卫森严，消息闭塞，就连宋阀内部也不是人人都有资格去给老封君请安的。"

老封君指的是宋子宁的曾祖母，传说中的安国公夫人。她是大秦唯一一个封号与丈夫不同的国公夫人，也就是说，她的封衔来自自己的实力。

说话间，另一场比赛也结束了，赵君弘战胜了殷琪琪。赵二公子确实是年轻一代中的佼佼者，一路过关斩将，每一场都胜得十分干脆利落。与之相比，千夜的战绩则不断遭人非议。他在第六轮和半决赛中几乎都是不战而胜，简直捡了天大的便宜，要知道第二名能拿到的奖金和武备也价值数千金币。

今天的擂台赛到此结束了，决赛将在第二天举行。

第七章　一举成名

任何一场赛事的外围都免不了开设赌局，天玄春狩这种大型活动更是如此。

半决赛结果一出来，原本应该最红火的决战对赌的盘口顿时门可罗雀，因为实在太没有悬念了。直到傍晚时分，赌徒们才稍稍提起兴致，新开的赌盘上，不知是谁竟以一千多金币押千夜赢。虽然赔率达到惊人的一赔三十，但是大家纷纷下注，像这种稳赢不赔的赌局，他们自然不会错过。

入夜之后，又衍生出一系列小盘口。比如有赌赵君弘多长时间赢的，从一分钟到三十分钟，赔率都不相同，时间的单双数也可下注。还有赌赵君弘用什么方式赢的，比如拳打、脚踢、秘技之类，赔率也各不相同。甚至有人异想天开押了头槌，这个赔率自然极高。谁都知道赵阀子弟最是注重风度和仪表，像这种不光彩的招数是绝不会用的。

千夜对外界的纷扰毫不关心，他整个下午都在修炼室里静修，把兵伐诀再次推到了三十五轮，然后细细察看体内各处的承受情况。要知道虽然修炼时能达到三十五轮，但是战斗中却打不出这个威力。毕竟兵伐诀太过凌厉霸道，在血脉中运行尚会损及内脏，透体而出、原力外放的话，对身体的损害就更大了。

他是想找到自己的极限，否则即使赵君弘真的遵守诺言把原力压到五级，他也不见得能凭三十轮的兵王之击制胜。

他的身体微微一震，在心脏外环绕的金色血气突然跃出，如鹭鸟般从黎明原力的潮汐上一点而过，衔走了一缕原力。他极为意外，细细感知，发现被拖走的那缕原力格外纯粹，显然是经过三十五轮原力潮汐反复锤炼的精华。

以往普通血气靠吞噬黎明原力来壮大自己，而金色血气向来只吞噬普通血气，令他一度以为这就是鲜血之力的晋阶规则，现在看来并非如此。联想到先前金色血气吞噬过温总管的阴气，他不由得浮现出一个奇怪的想法：难道它挑食？看不上普通的原力，就只吃特殊的？

想到这里，他忍不住笑了起来。此时他已经完成修炼，于是控制原力潮汐缓缓退去。

回到自己的房间后，一名殷家仆役送过来一个礼盒和一封样式别致的信笺。他打开一看，上好的宣纸上，寥寥几笔勾勒出一幅活泼的春日夜游图，下面有几句邀请赴宴的话，和一个标出了方位的简图。笔迹虽然陌生，但构架和气度却令他有一种熟悉的感觉。他翻开封皮，看到落款是宋子宁。

最近几天宋子宁送过好几次东西，不过他一次也没见着，据说都被殷琪琪给扔了出去。不知怎的，这份东西居然送进来了！

他想了想，收起纸张，然后和当值的护卫打了个招呼，便走出了殷家别院。

此时后花园那棵参天古树上，殷琪琪正独自一人站在那里，一动也不动。她看着千夜走出别院大门，转过一段院墙和一片绿荫，身影又出现在别院西侧一条开满栀子花的小路上。看他的方向，似乎想去郊外。

殷琪琪一双凤目黑沉沉的，看上去格外安静。她不是没有听到那些闲话，可千夜对此置若罔闻，所以她也没太在意。她不知道宋子宁在搞什么鬼，但她很清楚千夜的态度意味着什么。

春日的山风越发柔和了，即使到了晚上，那带着馥郁香气的浓浓暖意也依旧久久不散。她在千夜常坐的位置上坐下，然后慢慢蜷缩成一团儿。

等到了地方，千夜才发现宋子宁简直称得上是丹青妙手，那幅春日夜游图惟妙惟肖，画中赫然就是眼前之景。

这是一片平缓的坡地，正是草长莺飞的季节，山花零星点缀着，处处充满勃勃生机。一盏盏原力风灯浮在半空中，乍一眼看去如同正在迁移的星斗。原力灯本就价值不菲，使其浮空所耗的资源更是个惊人的数字。

宴会采用先民古礼，一人一席。偌大的场地中宴开百席，侍女、仆役端着食器流水般穿梭往来，歌姬、舞娘回旋的纱衣缥缈若云雾。

千夜突然有些恍惚，觉得眼前的一切是如此不真实，仿佛和他分处于两个世界。

底层大陆的人们总是为了明天的食物苦苦挣扎着，而上层大陆一场宴会耗去的资源或许能够养活一个城镇，遗弃之地存在的意义究竟是什么呢？

尊位上两席并列，因为今晚是赵阀和宋阀联合举办的宴会。

实际上这是一场招揽人才的聚会，收到请柬的大多是士族子弟。能在这个场合占据一席之地的，靠的不是姓氏，而是实力。有幸被邀请到的士族子弟都竭尽全力地表现自己，故而赵君弘和宋子宁的座位前挤满了人。

宋子宁抬起头，看到远处的千夜停住了脚步，便立刻把两名宋家执事叫过来陪客。

"千夜！"他迎了过来，笑吟吟地说，"没想到殷琪琪会让你过来。今晚殷琪琪和南宫婉云也联合举办宴会，说起来，她们那边倒是贵女如云，可惜你错过了！"

说着，他伸手指了指会场中央："那个穿红衣的舞娘身段够柔软，待会儿你可以把她带回去。"

千夜默然不语，看来这么多年过去了，好友的恶趣味仍然没有改变。

宋子宁把他拉到自己的座席上，而隔壁的赵君弘正在独酌。此时众人的寒暄差不多结束了，纷纷各自归位去享受美酒佳肴，空地上两排舞娘裙摆飞旋，如同盛开的鲜花。

千夜想起卫国公在武安堂举办的那场宴会，当时赵君弘根本不正眼瞧别人一下，没想到他也会举办这种和士族子弟同席的宴会。

宋子宁似乎知道千夜在想什么，解释道："赵阀的子弟只是傲慢了一些，又不傻。任何门阀世家，哪怕是帝室都需要招揽人才。其实以出身看人并无不妥，毕竟出身好的，一般来说天赋更高，获得的资源也更多……"

千夜想了想，点了点头。

那些自大秦建国就已存在的高门望族，当初能够发家就是由于觉醒了原力天赋。虽然无论是人类还是黑暗种族，至今都没有弄明白其中的规则，也不能有效控制天赋的觉醒和传承，但血脉延续却是被公认了的一条重要途径。这些世族历经一千两百多年的积累，当然要泽被后代，这原本就谈不上公不公平。真正的不公平，实际上不在于起步，而在于上升的通道。人类的自然繁衍本就千差万别，不像血族制造出血奴那样，可以控制等级和力量。面对自然规则，要么改变它，要么接受它。

"出身只是一块基石而已，要想得到认可，就必须拥有属于自己的能力。"宋子宁微笑道，"赵君弘性格其实不错，他只搭理两种人，一种是和他身份相当的，一种是和他能力相当的。"

"你这么一说，我更加期待明天的战斗了。"千夜看了看宋子宁，说，"不过，其实我更希望先和你打一场。"

宋子宁眨了眨眼睛，说："我们总会有机会，被那么多人当作动物一样观看，还是算了。小夜，春狩结束后，你会去哪里？"

天玄春狩是千夜为殷琪琪执行的最后一个任务，实际上从走出灯塔镇之后，"去哪里"这个问题就一直困扰着他。一直以来，他都活得如同一个没有目的地的过客。不过现在他考虑好了，于是平静地说："我会回永夜大陆，我要杀一个人。"

宋子宁笑了笑，说："杀人应该花不了多少时间吧？"

"那是一个战将，估计要很长时间。"

宋子宁笑意顿敛，问道："你怎么会有这样的敌人，难道他和你的过去有关？"

宋子宁很清楚永夜大陆的战将意味着什么，在上层大陆，战将可能只是门阀世家的客卿或者家将，但是在永夜大陆，他们至少是镇守一方的将领！

"不是。"千夜淡淡答道，"我的几个朋友直接或间接死在他和他的儿子手上了，而且他还暗中和黑暗种族交易黑晶。"

宋子宁沉默了一会儿，问："他是谁？"

"远征军第7师的准将师长——武正南。"

决赛之日，巨大的演武场上观战之人更多了，看台那边坐得格外满。

千夜进场的时候，赵君弘已经站在那里了。他双手抱在胸前，像是在闭目养神。听到千夜走了过来，他双眼忽开，目光如电，击打在千夜身上，冷冷说道："希望你不会让我失望。"

千夜简单地回答："我会全力以赴。"

决战的号角声悠长而苍凉。赵君弘身上泛起一层层淡淡的银色光芒，忽然一步踏前，伸指径直点向千夜的眉心！

这个动作看似轻柔，可是他指尖上那点银芒瞬间变得明亮厚重起来，看上去如有实质。这一记的威力绝不亚于原力武器！

千夜沉喝一声，不闪不避，一拳毫无花巧地向赵君弘的指锋袭去。他竟然一开场就要和赵君弘硬碰硬地拼上一记！

赵君弘对他这种刚烈强硬的战斗风格早已有所准备，当下十指舒张，手腕一转，搭上他的拳头，然后一拉一震！

千夜的身体蓦然飘起，飞上半空。此时他拳锋上的绯色光芒和赵君弘手上的银色光芒交汇在一起，却没有发出一点儿声音。

他迅速反手回震，借力横移，越过赵君弘的头顶，在另一侧落地。这一下避让巧妙至极，他的身体在空中已经做了数次变化，间不容发之际，竟避开了赵君弘的三次连击，三道银芒几乎擦着他的身体射上了天空。

他刚一落地，立刻一脚侧踢，狠狠踹向赵君弘的腰肋。但赵君弘双手下落，只轻轻一推，便将他送出了数米，他连环踢出的第二脚自然也就落空了。

只一个照面，两人便交击了数招儿，攻击和防守都精彩至极。

当两人分开时，演武场上突然响起震天的叫好声。卫国公亦微微点头，道："有点儿意思。"

千夜心中凛然，这一刻他才领略到赵君弘的强大。赵君弘的近身格斗技巧如此出色，完全不像是家族温室里培养出来的。而且其原力属性与兵伐诀正好相克，两人交手时原力在指掌间来回几个对冲，竟然都悄无声息。

赵君弘也肃然看着千夜，身上的银光越来越盛，他由衷赞道："你，确实很不错。"

他眉心处突然亮起一道银光，宛若睁开一只银色的眼睛，接着身形一动，如同在水面飘行一般，瞬间已到达千夜面前，又是一指向千夜点去。不过这一次指锋相距尚远，指尖上那点银芒大盛，拉出一缕已成实质的银线，直奔千夜胸口而去。

突然有人失声叫道："'流银剑指'！"

流银剑指是赵阀诸多秘传战技中颇有名气的一种，修炼有成时，原力凝若刀剑，锋锐无伦，无坚不摧。这是战将级别的秘技，可赵君弘不但在七级时就修炼到小有所成，竟然还凝出了原力剑芒。这才是天才！

千夜只觉得一股巨大的威胁扑面而来，这道淡淡的银线竟似原力弹般轰来！他不假思索，沉喝一声，再次出拳，直击那道已经成形的原力银线！

他体内兵伐诀疾速推动着，一轮轮潮汐叠加起来，转眼间就已接近三十轮了。只见汹涌的原力透拳而出，狠狠轰在银线上！银线前端被轰碎了，可是却没有溃散，而是化为数十根更细的银丝，直欲透体而入！原力起落之间，前浪未平后浪已骤然拉升，一道排山倒海的狂潮透拳而出，把那蓬银丝拍散了。

赵君弘发出一声清啸，四处飞散的银丝突然开始绞动，试图将攻来的原力浪涛切开。

可是千夜的原力极有韧性，竟重新聚拢在一起，继续前冲。转眼之间，两人的原力已彻底混战在一起。

千夜的拳头和赵君弘的指尖相隔了数厘米，可是谁都无法寸进，只能隔空对峙。拳指之间浮着一个小小的光团儿，仔细看去，薄雾般的绯色光团中竟有无数次细小的原力爆炸，还有不知多少银线在浮浮沉沉着。

千夜和赵君弘如同两尊雕像一般，纹丝不动。

演武场上已是人声鼎沸，就连看台上的那些大人物也面露诧异之色，纷纷交头接耳起来。

任何方式的原力比拼都极为危险，双方丝毫没有退让的余地。这是原力总量、属性、功诀乃至控制力和意志的全方位比拼，两人还未到战将级别，便贸然将原力外放，凝成实形，无疑凶险无比。

卫国公连忙吩咐道："老温，去照看一下，别让两个孩子出事儿。我可不想被赵魏煌那个家伙打上门来！"

"老奴晓得。"说完，温总管从高台上跃出，飞到场上，悬停在半空之中。

千夜和赵君弘对身外之事一无所知，全部意志都集中在两人中间那团无时无刻不在冲撞、爆炸的原力光芒上。

与秘传武技流银剑指相比，兵伐诀十分吃亏，无法修炼到战将级别的兵伐诀其实不适合将原力外放，更别说显形硬拼了。千夜将兵伐诀推到二十五轮之后，发觉原力外放的身体部位压力骤增，并且他的黎明原力没有特殊的属性，与赵君弘有若刀剑般的流银剑芒差距十分明显。由于时时会被剑气绞碎，只能依靠增加原力的强度和扩大原力的范围来与之抗衡，所以消耗极大。

说到底，千夜只有一种战术可以使用，那就是借助兵伐诀形成的强大的冲击力速战速决。若是不能一举击溃赵君弘的防御，那么输的必定会是他。当下他决心已定，体内兵伐诀疯狂运转，原力如潮，一波波向赵君弘扑击！可是赵君弘的流银剑芒柔韧无比，那些银丝数次被吹散，须臾却又收拢在一起了。

千夜体内原力汹涌澎湃，潮汐层层堆叠，转眼之间便越过了三十轮大关。原力浪涛透拳而出时，周围竟然响起大海潮音！

赵君弘压力猛增，那些被吹开的银丝隐隐有脱缰而去之感，其中一两缕已然飞离了。他略有动容，抬眼看了看千夜，叫道："兵王？！"

在赵君弘眼中，兵伐诀或许不算什么，但是兵王却不同！三十轮的兵王之威可以与中下品世家的同级秘传战技比肩，难怪千夜能够越级战胜对手。只不过兵伐诀和千夜的战斗风格一样，有一个致命的短板，原力潮汐叠加得越多就越是霸道，同时续战能力也会越差。只要顶住千夜这几轮攻势，待其原力耗空，便是兵败如山倒之时。

赵君弘开口说道："让你看看什么是流银溢华！"

从胸口开始，赵君弘身上的原力节点一一点亮了。遥遥望去，就如一颗颗绽放出璀璨光华的银色水晶。

一共五个原力节点！千夜目光一凝，没想到赵君弘竟然坚守了承诺。

高台之上，华阳伯满脸赞赏之色，叹道："赵家老二居然能在原力节点中修出流银剑气，天资出众倒也罢了，这份勤勉当真难得！"

紧挨着他的昌平伯也说："确实难得！拥有如此天资却耐得住寂寞，不急于晋阶，让战技和原力等级同步上升，方能打下如此牢固的基础。有这等心性，将来晋升战将必然一帆风顺。"

卫国公若有所思地说："听说，赵君弘在赵家这一代中不算是最出色的？"

昌平伯点头道："赵家毅弘肃度四公子中，赵君弘确实只算得上是中等。最杰出的自然是参加帝苑春狩的赵君度了。"

华阳伯说："赵君度确实惊才绝艳，如果不是因为赵家还有一个赵若曦，那么光芒必将集于他一人身上。哪怕放眼四阀，也罕有能够与他相提并论者。"

卫国公沉吟道："赵君度、赵若曦……嘿！再过十年，这赵家可就了不得了啊！"

这个话题太过危险，就连两位伯爵也不愿轻易接口。高台上顿时一片寂静，所有人都把注意力转到了格斗场中。

赵君弘身上五处节点悉数点亮，每个节点中都浮现出一缕银色原力，锋锐如剑。五道流银剑芒透体而出，向千夜射去！

忽然五道剑芒半途折向，纷纷投射到两人拳指间的原力光团之中。甫一刺入，原本无声的原力光团竟然爆炸了，四周响起一阵清越的剑啸。

千夜手上一轻，立刻感到胸口发闷，如同用错了劲道一般难受。拳锋之前那坚实无比的浪潮之墙已土崩瓦解，新加入的流银剑气纵横来去，不断绞碎他的原力。而之前的银丝越发坚韧了，不但凝聚不散，还隐隐有勾连结网的迹象。

虽然千夜不知道银丝的异象意味着什么，但是他已发现赵君弘的防御越发难以突破。

就像海中礁石，被巨浪反复冲刷，却犹自岿然不动，甚至自己的原力还有倒卷而回的趋势。不过他向来越挫越勇，当下把心一横，沉喝一声，又将兵伐诀推过一轮。原力潮汐陡然汹涌了许多，叠加的威力也不断攀升了。

三十一、三十二……转眼之间就要达到三十五轮！

此刻他周身的绯色原力光芒涌动，隐隐浮现出无垠之海，仿佛没有尽头一般此起彼伏着。潮音无声，然而一股裹挟着天地之威的大力却扑面而来！

当原力潮汐叠加到三十五轮之时，赵君弘只觉得呼吸一窒，眼前好像出现一道无可匹敌的巨浪，眼看就要当头压下！

他神色肃然，迅速冷静下来，心中已知千夜的兵伐诀超过了三十轮。面对如此千军辟易之威，唯一的办法就是坚持。他猛然发力，原力节点中又各自涌出一道流银剑气，迅速织成剑网，将千夜的原力狂涛悉数挡下了。

演武场上一片哗然，有人甚至不知不觉地从看台上站了起来。之前败在赵君弘手下的所有人，包括殷琪琪在内，此刻终于心服口服了。原来当时赵君弘根本没尽全力！

千夜再无保留，催动兵伐诀，将所有原力倾泻而出，渐渐汇聚成一轮前所未有的巨大潮汐。

第三十六轮！

潮汐未发，他忽然感觉体内一空，这轮潮汐竟无法成形了。

就在这时，一直绕着心脏游走的金色血气开始震动起来，紫色血气和所有蛰伏在心脏中的普通血气突然向它注入力量。很快它们便缩小了一半以上，变得虚弱无比，重新沉了下去。

而金色血气震动得越来越快，最后竟与黎明原力形成共鸣，轰然碎裂成点点金色光芒，扑入最后一轮潮汐之中。

只见他周身薄雾般的绯色原力光芒中，忽然有金色光点次第亮起，而绯色光芒渐渐明亮起来，恍若日出之前那光芒万丈、惊艳四方的绚烂霞光！

赵君弘的流银剑网突然破碎了，银丝散逸开来，再也无法收拢。他的全部感知中只剩下一片明亮的绯色，仿佛下一刻就会被其吞没。无意识之下，他的第六个节点透出银色晶芒，一道流银剑芒已然成形。然而席卷了天地的潮汐竟毫无阻碍地撕裂了剑芒，长驱直入！

半空中的温总管发现异常，身形一闪，连忙降落下来，挥手把那道汹涌的大潮拦下了。尽管他反应十分迅捷,但是前浪已经冲进赵君弘体内,赵君弘顿时闷哼一声,倒飞了出去。

千夜站在原地,静静注视着面前的温总管,努力收束正在徐徐回落但是仍然冲势不减的原力潮汐。他周身霞光渐淡,金色光点依然明灭不定。

演武场上先是一片寂静,随即又爆发出山呼海啸般的欢呼声!许多人同时大叫起来:"晨曦启明,这是晨曦启明!"

尽管卫国公早就知道这个消息,但此刻亲眼见到晨曦启明,依然无比动容。

传说中,晨曦启明比任何原力属性都更靠近黎明一侧。正因为它十分纯粹,所以足够强大,几乎不受任何特殊属性原力的克制。而与它相似的,只有永夜深黯。

晨曦启明和永夜深黯,分别是黎明和永夜的极致,一个是无尽的光,一个是永恒的暗,性质虽有差别,威力却难分伯仲。

既然千夜有此等天赋,那么正面击败赵君弘就不会令人难以接受了。

华阳伯率先击掌赞叹道:"赵魏煌有子若此,当真令人艳羡。此子心性坚忍,将来必成大器。"

此时虚拟屏幕上已打出获胜者的名字——千晓夜。

千夜转头去看摔出场外的赵君弘,他正挣扎着从地上爬起来,不料没有站稳,竟又摔倒了。看样子他应该只是原力防御被破,一时脱力而已。当然,若不是温总管替他挡下了后续的攻击,硬接一个完整的潮汐冲击的后果,那就很难说了。

千夜终于松了一口气,只觉得眼前一黑,一头栽倒在地。

温总管有些意外,愣了一下,正想走过去看看。没想到殷琪琪从场外跳了进来,全速冲到千夜身边,把他抱了起来。殷家那个精通战地救治的护卫也随后赶到,迅速为千夜检视伤势。

赵君弘被自己的亲随扶了起来,看到殷琪琪如此防备温总管。他的眉头不由得跳了跳,然后低头向亲随吩咐了一句。

亲随点了点头,立刻跑进格斗场。他是一名专职医师,向殷琪琪说明来意后,便开始给千夜检查身体。

"他没事儿,只是原力损耗过度,导致虚脱昏迷,休息几天就好了。"他说。

温总管点了点头,任由殷琪琪把千夜带了下去。

卫国公站起身来,运起原力发表演说,勉励众人一番后,宣布天玄春狩就此结束。

这一届的天玄春狩，从猎场实战到擂台赛都充满意外，一个五级平民护卫竟然成了最受瞩目的新星。

不过真正大放光彩的，还是被外界传为具有中人之姿的赵阀二公子。如果如此天资和实力都只能算是平平无奇，那么赵阀这一代的年轻子弟又该是何等天资横溢呢。说到底，只是那些人明明只有乡下土财主的眼界，却偏要靠那点儿经验去指点一省乃至一国的经济大势罢了。

此届春狩收获最大的，要数那个决赛前夜突然冒出来的神秘庄家了。那人投入一千多金币，吸引了大量资金跟风对赌。能将这样一笔巨款全押在一个平民身上，真正算得上是一掷千金的豪客！不可思议的是，他居然赢了！仅主盘口那一局，他就入手三万多金币！

此事如何瞒得过卫国公！当手下将情况汇报给他时，他立刻派人去查坐庄的人。没想到此人竟是宋阀七级护卫宋戈，显然这笔巨款不是宋戈可以拿得出来的，于是他身后之人便呼之欲出了！

卫国公联想到夷光侯对宋子宁那非同寻常的关注，以及宋子宁在半决赛时莫名其妙地认输出局，无论如何也不相信这只是巧合。然而当他拿到更多的资料时，却发现这个千晓夜原来竟是宋子宁和殷琪琪彻底交恶的导火索。宋、殷两家的内斗他素有耳闻，显然双方都在拿此人布局。

既然宋子宁如此看重一颗棋子，暗地里又押了重注，那么必定一早就看出对方的潜力，绝非一时兴起。如此看来，宋子宁的价值简直无法估量。

此前帝国已经有过完美的例证——林熙棠。

林熙棠的大衍天机诀修至大成，不仅实力卓绝，成为世家这些年来唯一一个新晋的元帅，而且桃李满天下，门生遍布军中，但凡他过了眼的人，就没有被埋没的。他麾下能人猛士层出不穷，林家势力也得以飞速膨胀，短短二十年，就从一个不入流的小世家，一跃成为上品世家之一。如果帝国又出了一个相同的人才，而且还是门阀之子，那么朝堂的格局怕是要为之一变了！

卫国公沉吟了一会儿，伸手弹了一下桌上的青铜小钟。片刻后，一个儒雅的中年男人走进书房，说："国公爷，您找我？"

"纪先生，先请坐，试试我刚到的新茶。"卫国公和颜悦色地说道，丝毫没有架子。

纪先生一口吞下滚热的茶水，闭目细细品味片刻，方叹道："好茶！"

"我一共得了半斤，回头让人包好，给先生送过去。"

纪先生笑道："又让国公爷破费了！不知国公爷找我来，所为何事？"

卫国公说："先生对那几个世家子弟有何看法？"

纪先生微笑道："赵君弘自然不用多说，宋子宁和魏启阳倒是颇有意思。"

卫国公有些意外，说："宋家老七我确实有点儿看不透，正想请教先生。但魏启阳那孩子……他虽天赋惊人，可行事莽撞，一派市井之风，魏家也不怕他闯出大祸来。"

纪先生似是早就料到卫国公会这样想，当下正色道："魏启阳天资过人，将来怕是有成为元帅的可能……他做事直行无忌，如果修为能够跟得上，等以后成长起来，必会养成'舍我其谁'的大气势！这种心性和天资相辅相成，再进一步也未必没有可能。"

他顿了顿，又说："国公爷，以力破局，亦是良策。"

卫国公当即有些动容，如今就有一人行事肆无忌惮，处处横冲直撞，以力破局。可放眼整个帝国，却没有几人能够对其稍加钳制，此人便是元帅张伯谦。

卫国公沉吟许久，方问道："魏启阳的潜力真有这么大？"

"远东魏氏这么早就请封世子，可见对魏启阳已十分认可。"

卫国公缓缓点头道："如此说来，魏家值得交好，不如……"

纪先生毫不客气地打断了他："交好即可，下重注却大可不必。国公爷，您的女儿和孙女中，可没有出色到能配得上未来的魏家家主的。"

卫国公不由得苦笑起来。这位纪先生素来直言无忌，敢于在他面前说真话。他少年成名，中年便得居高位，一路顺风顺水。但是位置越高，听到的真话也就越少，这也是他一直对纪先生礼遇有加的原因。

他随即又问道："那么宋子宁呢？我这里虽有关于他的一些资料，但一直参详不透。夷光侯竟然专程赶来观看他的比赛，不过似乎对他的心性不甚满意。"

纪先生嗤笑道："宋子宁既已修成三千飘叶诀，哪儿会这么容易被人看透？"

卫国公点了点头："先生觉得其中有何深意？"

纪先生沉吟片刻，才道："听说宋阀嫡系一直子嗣艰难，但即便如此，仍能牢牢把持权柄，把旁系庶支压制得死死的。"

卫国公微微颔首，这事儿在门阀世家中已经不算是秘密了。

纪先生叹道："宋子宁虽是嫡系子弟，但单看当年他被选中与士族联姻，便可想而知，他在宋阀中的地位定然十分尴尬。我倒是有一个建议，倘若国公爷真有想法，那么

联姻条件需要好好参详，不妨考虑一下分宗！"

此言一出，卫国公的脸色顿时变了。

分宗对任何家族来说都是天大的事情，宋家这样的门阀甚至需要向帝室报备。宋子宁本就是嫡系子弟，如果他当真能成长到自立门户的那一步，新的族系必然位于现有的旁系庶支之上。这条路十分难走，但是带来的利益却非常大。

卫国公缓缓说道："宋子宁已有婚约，未免有些可惜。"

纪先生微笑不语，又低头品了一口香茗。卫国公显然心动了，士族联姻在利益面前算得了什么！而且这对宋阀来说也不是没有好处，从长远来看，如果宋子宁当真能成长到够得上阀主之位，那么分宗的举措便能最大限度地降低宋阀的内耗。

卫国公换了个话题："先生认为千晓夜怎么样？他在实战和演武中的表现都极为出色，又有晨曦启明这样的顶尖天赋。"

纪先生笑道："此子不能用，原因有三。一是他天赋虽高，却已被兵伐诀耗尽，无论是兵王还是高于常人两倍的原力都透支了成长潜力。而且他的原力光芒是启明星出，方有霞光万丈，而非启明星动的真正境界——霞光初曦。这也说明他已没有更进一步的余地，将来的成就也不过是个战将而已。"

卫国公不住地点头。

"二是他生长于遗弃之地，野性难驯，不知进退。不仅冒犯了赵君弘，还挑起了宋、殷之争。无论两家是否各有打算，事情总归因他而起。这样的人或许会是一把好刀，但是以国公爷您现在的地位，找一把好刀容易，想要牢牢握住这把刀却很难。这第三嘛，就是他已归于殷家麾下，您总不好跟殷家抢人吧？"

卫国公哈哈一笑，拱手道："多谢先生指教！"

第八章　不说再见

千夜醒来已是一天一夜之后。

原力衰竭的滋味实在不好受,如同有无数蚁虫在经脉和脏器中不断噬咬,他只觉得处处酸痛不已,且还有一种仿佛随时会坠落深渊的感觉。

他当时强行推动三十六轮兵伐诀的原力潮汐外放,现在后遗症十分明显,体内到处是伤。好在内脏没有太大的损伤,这也算是不幸中的万幸。

此刻所有血气都处于极度虚弱的状态,紫色血气和那些普通血气全都变得细若游丝,深深蛰伏于心脏深处,一动也不动,就连金色血气也缩小了一半。金色血气似乎习惯了独立运行,围绕着心脏缓缓游动,一副无精打采的样子。

他松了一口气,慢慢坐了起来。

"您醒了?"正在打盹儿的侍女突然被惊醒了,喜出望外地向门外叫道,"千上尉醒了,快去通知小姐!"

片刻之后,殷琪琪匆匆赶来了。

看到千夜,她眼睛一亮,伸手摸了一下他的脑袋,赞道:"干得漂亮,真给我长脸!想不到你的晨曦启明如此厉害,竟然把赵君弘的流银剑指打败了!"

千夜无奈地苦笑了一下,老老实实地说:"如果他不把实力压在五级,我根本赢不了。"

"五级对五级才公平嘛,赵君弘怎么好意思占你的便宜!"殷琪琪理所当然地说。

千夜知道自己的晨曦启明是假的,真正压倒赵君弘的,是第三十六轮兵伐诀的狂潮。

一想到那最后一击，他背后便有冷汗渗出。若非金色血气渗入原力潮汐之中，以他当时的力量，根本无法推动叠加到三十六轮的强大潮汐。不过，金色血气为何会提升对黎明原力的控制呢？

殷琪琪重重地拍了他一下，问道："又在想什么？怎么受了内伤之后，人看上去有点儿傻了？"

千夜哭笑不得地说："此次胜利实在是侥幸，如果他能挡下我最后一击，后果将不堪设想。"

殷琪琪耸耸肩，说："你啊，就是太老实了！赢都赢了，别想那么多了，快来看看你的奖励！"

她拿起一个水晶盒和一块牌子，说："赵君弘今天早上离开了，这是他给你的。盒子里是伤药，效果还不错，已经给你用过了。牌子是擂台赛第二名的凭证，他把奖励让给你了，你可以拿着它去卫国公的库房领奖。"

一看到水晶盒，千夜顿时变了脸色。三指宽的透明小盒完全可以握于掌心，表面镂刻着一朵酷似蔷薇的花朵，做工极其精美。他曾有过一个一模一样的，那时盒子里装着三颗高手灌制的破魔秘银弹。

他接过水晶盒，发现盒子里固定着一个透明的阔肚小瓶，里面是只剩一半的蓝色雾状物体。他用手指轻轻触摸着它，细细察看每一个细节，然后问道："这是赵阀的标记？"

殷琪琪摇了摇头，说："燕云赵氏的家徽是燕云铁骑，这或许是赵君弘家里的什么人给他准备的吧。"

她见千夜特别留意这个盒子，不由得仔细看了看，接着"咦"了一声，说："曼殊沙华？"

千夜探过身，从侍女托着的盘子里拿起另一块牌子，问："这是我的演武奖励？"

殷琪琪回答："是啊，你这次收获可真不错。枪、武备、附件随便选，说明都在上面了。"

说完，她把厚厚一叠资料塞到千夜怀里。

千夜翻了翻，见全是各种原力枪的制造方案，足足有数百种组合。战术附件也超过一百种，还有各类原力武具，不花上半天根本看不完。

"选好后尽快告诉我，最好今晚就能搞定！"殷琪琪风风火火地说。

千夜看了看外面的天色，不由得一怔，说："太仓促了吧？"

殷琪琪挥挥手说："这个鬼地方快把我闷死了，你今晚把方案搞定，明天一早就交到卫国公工坊那边去！"

千夜正想说话，门外突然传来一阵喧闹，声音越来越大，听上去好像是有人在打斗。

殷琪琪侧耳倾听了一会儿，突然黛眉一竖，几步冲出门去，吼道："半夜三更的，你们两个大男人跑到我这儿干什么？"

正在交手的两人对身外之事充耳不闻。宋子宁伸掌按去，与魏破天的拳锋一触，"轰"的一声，两人都后退了一步。

宋子宁冷冷说道："魏世子这是在擂台上没打够？"

魏破天闻言双眼通红，他那天输得十分憋屈，宋子宁这个无耻之徒竟然从头到尾一味闪避。打到后来，他倒是真心希望宋子宁能够狠狠出击，哪怕是破了千重山，也比生生把他拖到精疲力竭要强！整场战斗下来，他累得像条死狗一样趴在地上。

想到这里，他低喝一声，千重山光芒大盛，一座山峦渐渐现出轮廓。而他的打法变化也极大，不再追着宋子宁时隐时现的身影，而是东出一拳，西砸一下。看上去似乎有些笨拙，每一击都落空了，有时甚至距离宋子宁的身影相当远。可宋子宁却失了那份悠然从容，没过多久就被逼得和他硬拼了一记，两人同时后退了三四步。

宋子宁胸中一阵气血翻涌，这是他和魏破天的第三次正面交手。魏破天的进步可以说是一日千里，显然背后有高人指点，否则怎会在短短时间便想出克制他的打法。他双手一张，秘法一运转，落叶随即缤纷而下。魏破天如同陷入泥泞一般行动受阻，但出拳时却自有章法，不再像之前那样被他牵着鼻子走。

数个回合之后，他彻底失去耐心，不由动了真火，眼中戾气大盛。片片落叶陡然锋锐如刀，肃杀的寒意迅速弥漫开来。

殷琪琪脸色微变，冲进房一把将千夜拽了出来，叫道："你们再不住手，我就把小夜扔过去！"

魏破天吓了一跳，立刻收回了拳头。

宋子宁周身的几片落叶如薄刃般高速旋转，闪烁着锋利的冷芒，他连忙一拂袖，所有落叶顿时消失得干干净净。

殷琪琪无奈地笑了笑，冲着魏破天和宋子宁挥挥手说："我就知道你们是来找小夜的，地方让给你们了！"

说完，便转身离开了。

千夜带着魏破天和宋子宁走进房间。

魏破天嘿嘿一笑道："琪琪从小就欺负我，我一直打不过她。没想到小夜你倒是能压制住这个凶悍的女人，真是大快人心！"

"白痴！"宋子宁瞪了魏破天一眼，拿起水壶沏了杯茶，接着说，"小夜，我打听到一点儿消息，你回永夜大陆后应该用得上。"

魏破天闻言，顾不上找宋子宁的麻烦，愕然问道："小夜，你要去永夜大陆？"

宋子宁抢先说："小夜有个仇人在那里。"

"仇人？什么人敢欺负小夜，老子宰了他！"

宋子宁说："不过是远征军的一个准将而已。"

"区区一个准将，老子只要伸出一根小手指，戳死他就像戳死一只蚂蚁一样容易！"魏破天立刻一拍胸脯，说。

这话听上去好像很有道理，门阀世家要杀一个战将不算难办，尤其是魏破天和宋子宁这种已在家族中得到一部分实权的核心子弟，身边肯定不乏战将级别的强者保护。

"当然，在博望侯世子面前，远征军一个现役师长确实不算什么，远东魏氏有的是人才接管那个防区。"宋子宁想了想，补充道，"只是一个三级防区而已。"

千夜终于听出了蹊跷，郑重地说："子宁，我知道这件事儿十分棘手，也不是一定要现在去做。等我升为战将，自然有办法解决他，我不想拖你们下水。"

房间里静默了片刻，两人都知道千夜所说的办法就是自己暗中去刺杀那人。

魏破天一巴掌拍在桌上，说："要不，我跟你一起冲进那家伙的办公室，直接杀掉他了事！"

千夜哭笑不得地说："就算你和我一起冲过去，也是去送死罢了。"

"生死看淡，不服就干！送死就送死，有什么大不了的！"魏世子的驴脾气又上来了。

"我去送死没关系，你要是去送死，魏家肯定不会放过我。好了，不要再提这事儿了！"

魏破天回过神儿来，知晓宋子宁当着他的面提起此事必有原因。他看了宋子宁一眼，对方一脸高深莫测的表情实在让他胃疼，于是翻了个白眼，说："小夜，这么重要的事情你干吗要跟这个没用的家伙说？"

他颇有些愤愤不平，好像从当年在募兵处认识开始，他在千夜眼中纨绔子弟的形象就洗刷不掉了。

"我没……"

千夜正想解释一下，宋子宁却抢先说道："当然是因为我比你更可靠。"

没想到这一次魏破天却没有轻易发火，而是深深地看了宋子宁一眼，若有所思地说："小夜，你以前就认识他吧？"

还没等千夜回答，他又问道："那个远征军的现役师长，是野战师还是派遣师？他犯了什么事儿？"

宋子宁把这两天收集到的资料慢慢说了出来，千夜终于明白为何他要把魏破天绕进来，也知道了原来想要扳倒武正南，竟然牵扯如此之广。

帝国对永夜大陆上的远征军团始终保持着放养的态度，只向其发放正规军团一半的给养。

除非军部安排了特别行动，例如与黑暗种族的大型会战，或者其他军团执行任务的地点正好在永夜大陆，才会对其稍稍关注，额外下拨一些经费或物资。

而远征军团对下属部队也是同样的管理模式，每个师就是最基本的战略单位，其中又分为野战师和派遣师。野战师负责战线防务，如土城堡之战时参加黑暗种族会战的55师、58师；派遣师则负责节点防务，如驻守黑流城、暗血城这种具备防御工事的城池，武正南的第7师就是派遣师。

在永夜大陆，人族和黑暗种族经常交战，领土发生变更已是常态。一些城镇的占领或陷落可能还影响不了大局，但每座城池却是人类防线上如同中流砥柱一般的防御节点，对于运输补给和驻兵的辐射效应来说十分重要。

因此想要扳倒武正南，得先想办法接过第7师的防务，确保守卫区域不会因此落到黑暗种族手里。这不仅仅是为了善后，更是不可推卸的责任。无论怎样内斗，都不能损害国家的安全和利益。如此一来，在门阀世家施压之下，远征军高层才会对此事睁一只眼闭一只眼。

另外，黑晶是帝国管控的战略物资，武正南既然能够交易黑晶，说明他背后已经形成一个利益团体。如果不能把整条交易线路一起端掉，那么日后便会有防不胜防的反弹和报复。

千夜听完苦笑了一下，说："也就是说除掉武正南，就和解散第7师差不多。第7师有一半的军饷是他自己想办法弄来的，所以相当于他的半个私军？"

宋子宁点了点头，说："事情是很麻烦，但并非完全不可为。武正南交易人口和黑

晶,这是帝国军方绝对无法容忍的行为。只要能把防务事宜摆平,就不会有人出来为他说话。"

千夜皱眉不语,就算他晋阶到战将,只靠他一人也没有办法守住一座城。

宋子宁又说:"黑晶方面倒是不用担心。即便同样大小的黑晶,也有细微的差别。在行家眼中,每座矿脉中出产的黑晶都不同。因此经过鉴定,每一块黑晶都能确认产地,进而顺藤摸瓜,找出其流通的路线。我这几年一直在经营产业,手上有一些人脉,可以把武正南背后之人压制住,以免他们反扑。"

千夜摇了摇头,他知道虽然宋子宁嘴上说得容易,但不用想也能猜到这巨大的利益背后所牵涉的势力,风险之大自然不言而喻。

"说到底这只是我的私事,怎么能让你冒这么大的危险!"

魏破天突然一拍大腿,吼道:"老子就不信灭不了一个小小的远征军师长!"

他挺起胸膛,斜睨了宋子宁一眼,又说:"小夜,我可是博望侯世子!在家族中能够调动的资源,也就比祖母和族长差一点儿而已。再说了族长是我爹,他的还不就是我的?你放心,一定会有办法灭掉那个厌货的!"

千夜被他说风就是雨的性格弄得吃了一惊,但是满腔热血的他根本听不进任何劝阻。他站起来和千夜打了个招呼,便豪气万丈地扬长而去了。看那架势,就像是要连夜去把武正南给拉下马似的。

千夜有点儿头疼,看着宋子宁,问:"为什么这么做?"

宋子宁笑了笑,说:"与其让你一个人去冒险,不如看看大家有什么办法。况且杀一个武正南确实不算是大事儿,只是善后工作不容易做而已。或许三方通力合作,一切皆有可能。"

千夜不善言辞,一时不知该说什么。

宋子宁像是看出他的顾虑,似笑非笑地说:"魏破天那个家伙一向喜欢吹牛,做事的时候脑筋不转弯儿。他既然答应了你,就一定会想办法办到。不管回去之后是撒娇也好,威胁也罢,总能动用他家的军中人脉让武正南吃不了兜着走。至于代价嘛,魏家是封疆侯,坐拥整个行省,有的是钱和资源,你用不着替他节省。"

千夜也不知他二人为何越来越不对付,唯有苦笑道:"子宁,破天这人还是很不错的。"

宋子宁耸了耸肩,站起来向门口走去,一边走一边说:"明天我就要走了,你先回

·104·

永夜大陆，我过不了多久也会过去，到时自然有办法和你联系。小夜，不要总是把别人的事情放在心上，自己的事情却一个人承担。朋友，就是拿来依靠的。"

千夜微微动容，轻声说道："你要保重自己。"

宋子宁眨了眨眼睛，说："好了，时候不早了，说不定你的琪琪小姐还在等你呢！"

千夜的脸顿时黑了下来，刚才的感动一扫而空。宋子宁笑出声来，快步离去了。

两人走后，千夜坐下来翻阅卫国公府提供的枪械和其他武备资料。由于内容太多，他只重点看了原力枪械、战术附件和近战武具这三个部分。

定制五级原力枪，国公府的预算是三千金币。它的设计方案，需要使用者首先选定攻击力、射程、特殊技能等主要参数，然后再由高级工匠根据使用者的具体情况进行微调。每一项参数的变动都有相应的价目表，不同类型枪械的原力阵列功能和价格各不相同。比如想要增加十米射程，那么价格会比狙击枪高出好几倍。

他只是大致了解了一下各种设计方案，然后把资料放下，拿起战术附件的清单，从头到尾浏览了一遍。清单上的内容他颇为满意，全部是六级精品而非普通附件。而各类近战武器防具基本都有四级。近战武具对材料强度的要求远在原力枪之上，因此即便是四级武具，价格也往往比普通的六级枪械要高。在武具制造上，人类目前的水准远远不如黑暗种族，这也反映出人类军队和黑暗种族军队的不同发展方向。

大秦帝国更喜欢那些能让低级战士也充分发挥战斗力的原力枪械，黑暗种族则有着崇拜强者的传统，他们更喜欢一刀一剑地斩杀，而且等级越高，普通原力枪能够发挥的作用就越小。于是在近战武具的清单中，千夜自然而然地看到了众多黑暗种族的制造物，里面不乏精品，甚至还有五级武器。只不过黑暗种族的制品全部需要驱动黑暗原力才能发挥真正的威力，倘若落在人类手中，五级武器只能发挥出不到四级武器一半的威力。

这时有人敲响了房门，只听侍女在门外说："小姐让我过来看看，如果你这边结束了，请立刻到她的房间去。"

千夜想了想，拿起资料跟着侍女走向主楼。

此刻外间的书房还亮着灯，里面传来殷琪琪的声音："把门锁好了再过来。"

还要锁门？千夜没有多想，沉默地走了进去，关门，落锁，动作十分自然。

殷琪琪穿着一件复古长袍，腰间用帛带扎起，显出了窈窕的身姿。她面前的桌上空荡荡的，不知是刚处理完事务，还是一直在发呆。

她懒洋洋地靠在椅背上，目光落在千夜手上，随口问道："东西选好了？"

第八章 不说再见

千夜点点头说："武器奖励一共有五千金币，可以拿两件东西，我选了'重击之拳'和'闪耀光牙'。"

这两个名字一听就是成型的武具，殷琪琪惊讶地说："我以为你会要一把五级定制原力枪。"

"我有双生花了，而且五级原力枪对我来说使用负担太大，我可不想在一场战斗中打两枪就原力枯竭了。"千夜顿了顿，说，"况且定制品的差异只是在原力阵列上，自温总管那件事后，对国公府出来的东西还是小心一点儿吧。"

殷琪琪点了点头，说："说得也是，测试原力阵列有没有被人做手脚是很麻烦的事儿，成品就没有这个顾虑了。不过说到原力，难道你以后不会再提升了吗？等到了七级，就能发挥出五级枪的威力，就算不要定制品，拿个成品也行啊。"

千夜摇头道："以后的事太遥远了，还是先提升眼前的战力再说吧。"

殷琪琪沉默了一下，说："千夜，是我的错觉吗？你似乎总有一种奇怪的不安定感。"

千夜感觉有点儿异样，殷琪琪难得这样正经地和他说话。她拿起资料，一边翻一边说："重击之拳是六级战术附件，闪耀光牙是血族短刀，真是奇怪的搭配风格！你准备一直做猎人吗？"

"为什么不呢？"

殷琪琪头也不抬地说："其实你现在就有机会学习练兵和战术指挥。相对于战场厮杀来说，成为领兵的将领更有前途。"

千夜平静地说："我们已经说好了，这是我为你完成的最后一个任务。"

殷琪琪的笑容顿时僵住了，她不敢抬头，目光在资料上游移着："难道……你不打算再考虑一下吗？"

千夜静静地注视着殷琪琪，没有回答。

殷琪琪盯着地面上那个挺拔的影子，不由想起第一次在殷家别院的书房里看见这个漂亮少年的情景。当时的他虽然一身锐气，但其实仍是个腼腆、好说话的大孩子。从什么时候开始，他变得不易掌控了？还是说，之前只是她的错觉而已？

她抬起头，展颜笑道："好了，不提不愉快的事儿了！你要重击之拳干什么？这是装在大型原力枪上的，双生花又不能用。"

千夜说："你不觉得，殷家欠我一把鹰击吗？"

殷琪琪怔了怔，眼中的神采渐渐黯淡了，片刻后叹了口气，意兴阑珊地说："我明白了，你是一定要走的。我……"

"过来陪我，这是最后的命令！"她的语气又变得盛气凌人起来。

没想到千夜竟然真的向她走来了。她吓了一跳，看着他平静无波的侧脸，忍不住问道："你的胆子怎么突然变大了？还是说，你……"

千夜伸手摸了摸她的头发，失笑道："事到如今，有什么好怕的！"

殷琪琪不由得僵在那里，一时有点儿糊涂了。就算千夜刚接任务的时候不清楚，可后面经历了这么多事情，他早该明白自己只是一颗放在台面上吸引仇恨的棋子而已。

事实上，他的任务完成得不错。也许以前面对挑衅，顾立羽都解决得太过容易，所以竟然昏了头干出利用假情报毁掉131连的事情来。虽然一切貌似悄无声息地平息了，但是如此精心谋划，怎么可能不留下把柄！

况且从很多层面来讲，想做点儿什么，其实不需要证据。对于设陷阱的人来说如此，对于拆陷阱的人来说也是一样。因此即使殷琪琪没有向顾立羽下手，但明里暗里和他勾结之人，事后都被季元嘉顺藤摸瓜，几乎拔了个干干净净。若非考虑到打击面太广会损害殷家的利益，她要做的将不止于此。

季元嘉本就是在十七军团累积军功晋升上来的，以他的能力和手腕，此时在殷家众军官之中已隐隐有了领头人之势。如此一来，今后殷琪琪想以十七军团为基石继续在军中发展，自由度就高了许多，而来自家族和顾立羽的掣肘也会相应地减少。

千夜作为整件事的导火索，早已成为顾立羽和殷家那些参与者想要除之而后快的目标。既然如此，他还怕什么！

殷琪琪默然许久，才轻声说："我想了很多办法，都无法摆脱这桩婚约。而殷家……殷家这样的世家，一向把声誉和信诺看得比什么都重。主动退婚这种事对父亲来说，比杀了他还要严重。唯一的办法，就是让顾立羽主动退婚。所以我找了一个又一个'情人'，可惜都毫无用处。除非我……"

殷琪琪突然战栗了一下，像是在自语，又像是在向千夜解释。

"就算你故意败坏自己的名声，他也不会退婚的。"千夜又摸了摸她的头发，说，"我说过，你玩不起的事情，就不要去做。"

四周突然沉寂下来，只听得到两人的呼吸声。

过了一会儿，殷琪琪突然用轻若梦呓的声音说："你是恨我的吧？你觉得不安全，不知刀子何时会刺向自己。其实我也一样，自从母亲去世，就没了安全感……你不会明

第八章 不说再见

白，打小儿你的兄弟姐妹们，甚至叔伯婶娘们，时时刻刻都想杀了你是什么感觉。我做了很多离经叛道的事儿，也知道别人用什么眼光看我，可只有这样，我才能让自己活下去……"

她的心隐隐抽痛起来，她从未像今天这样脆弱过。

千夜静静听着，殷家的纷乱由来已久，或许从二十年前与宋阀支系联姻就开始了。借势是要付出代价的，没有道理娶了人家的女儿，却把人家的外孙女扔出去和士族联姻。

千夜并不愚钝，殷家的继承人之争已经到了剑拔弩张的阶段，就连天玄春狩这种场合都能插手，甘冒如此风险，可见幕后之人着急到了何种程度。如殷琪琪这般出身高贵的世族子弟，与在垃圾场上长大的他相比，其实各有各的无奈和不幸。

"我并不恨你。"千夜宁定地说，"事实上你所做的已经超出雇主的范围了，比如为我调动60师，又比如猎场上的支援。"

殷琪琪轻轻笑了一下，声音听起来有点儿异样："可是对你来说，这只是一场条件稍微好一点儿的交易……"

难道从一开始不就是一场交易吗？千夜心中如此想着。

殷琪琪忽然靠了过来，依偎到他怀里。她稍微动了动，找到一个舒适的位置蜷缩起来，如同一只受惊的小猫。

千夜没有想到，这个时时刻刻如一团燃烧的烈火一般的女人，居然会有这样柔弱的一面。或许，这才是隐藏在她放荡不羁的外表下的真实面目。他抬起手，轻轻搂住她。

殷琪琪没有再动，也没有再说话。两人就这样依偎着，从彼此的体温中感觉到了温暖、安全和依靠。

明天，明天到来的时候，或许一切都会结束。

浩浩星空，大千世界，二人不过是亿万生灵中极小的分子，比大海里的两粒细砂还要不起眼儿。虽然有过短暂的相遇，但是终将踏上各自的征程。在漆黑如墨的深海中，两粒随波逐流的细砂一旦分开，不知多久才能再见。

也许这一分别，就是永诀。

第二天中午，千夜拿到了此次春狩的全部奖励。除了重击之拳和闪耀光牙，他将剩下的额度全部兑换成帝国金币，没有再挑选其他物资。

一名送东西过来的执事好奇地问他为什么会挑一把血族武器，而且还是短兵刃。千夜据实以告，是为了携带方便，还有就是在底层大陆，变现也容易得多。于是执事脸上的表情变得十分奇怪，可能以往没有人会把奖励拿去卖掉吧。

下午，殷琪琪带着殷家队伍离开了卫国公别院。紧接着就是不间断的浮空艇飞行，随着舷窗外的黑色虚空渐渐淡去，千夜的视野中又出现了永夜大陆的轮廓。

回到殷家别院，他便开始收拾自己的行装。他的东西很简单，除了各式各样的武器，没有多少杂物。不过他并没有马上离开，殷琪琪为他定制的鹰击还没有送来。

接下来的几天，殷琪琪再也没有找过他，而他也足不出户，每天不是修炼就是反复琢磨在春狩中得到的战斗经验，力求能够融会贯通。他数次目睹了世族秘传战技之间的对决，从中学到了不少原力控制的技巧，虽然没有心法秘诀，但很多原理是相通的。

对他启示最大的，除了与赵君弘那一战，就是魏破天和宋子宁的三次对决了。

魏破天的拳路朴实无华，和兵伐诀驱动下的军中格斗术一样简单刚猛，但却在最后一次打出了空间封锁的效果。这让他想起与叶慕蓝那一战，自己也在无意中用快拳封住了叶慕蓝闪避的路线。

和宋子宁一起讨论时，他已经了解到秘传战技之所以强悍，除了本身拥有的各种特殊属性，还包括突破战将后将具有影响一定领域的能力，比如三千飘叶诀可以与外界隔绝。如果他的想法是正确的，那么这是否意味着兵伐诀其实也可以拿来当作战技使用？

第四天下午，当他从虚拟格斗系统里走出来时，一把全新的鹰击送到了他手上。

这把鹰击同样是改装过的精品，威力比原来大了两成，射程则延长了两百米。两名高级工匠拿走了只有指甲盖大小，外形如同一个晶莹剔透的水晶片的重击之拳，把它装载在了这把鹰击上面。

装上重击之拳后，鹰击的整体威力又增加了两成左右。这个六级战术附件其实就是一个原力子阵列，它的另一个价值在于，如果本体没有损坏就可以重复装载，三次之后才会彻底报废。

千夜试验了一下几个参数后非常满意，这把新家伙的威力达到了十八。也就是说，一枪之威大致相当于十八支一级枪械集中开火。这样的威力，尽管已与五级狙击枪的水准持平了，但原力消耗却没变。

以他目前的原力强度，一场战斗中能轰出五六枪。凭借重型弹头和精准射击这两个特殊能力，以及特制的原力弹，相信可以一击重创六级黑暗种族战士。再加上鹰击一千两百米的覆盖范围，他已经能够控制一场小型战役的局部战场了。

第八章 不说再见

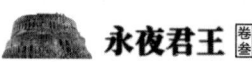

月光透过窗户落在一旁的行李上，给灰绿色背包蒙上一层妖异的绯色。又是一个绯月之夜，这独一无二的天象，似乎在提醒人们他们正身处于遗弃之地。

忽然一阵敲门声传来，季元嘉走了进来。他扫了一眼摊满零件的桌子，目光在那根醒目的枪管上停留了一会儿，说："看起来像是最新的定制版鹰击。"

"嗯，还装载了重击之拳。"

季元嘉从琳琅满目的零件中找到枪膛，拿起来仔细看了看，然后输入一丝原力。只见子阵列次第亮起，勾勒出指甲盖大小的晶片的形状，他由衷赞道："真是好东西！"

他的秘传战技明明是剑术，却很喜欢各类枪械，只可惜没有远程狙击的天赋。

千夜正在把玩半米长的闪耀光牙，这是一把造型奇特的五级原力武器，比帝国制式军用匕首略长，锋刃前端有几个倒竖的锯齿，优雅中又透出几分血腥和狰狞，正是典型的血族风格。见季元嘉眼中流露着浓郁的兴趣，于是他便把短刀扔了过去。

季元嘉手上微微一沉，这貌不惊人的家伙居然足足有十几公斤重！如此沉重的武器，一旦挥击起来，必然能发挥出和尺寸不相称的巨大威力。

"挺符合你的战斗风格。"他拿起桌上镶有暗红色纹饰的黑色刀鞘，把闪耀光牙推进去，然后看着千夜，说，"听说你要走了？"

"是的。"

"为什么不留下来？殷家可以为你提供晋升战将所需的资源，而你也有这个天赋和资质。"季元嘉劝道，"更重要的是，你的战斗能力和特长只有在军队中才能真正发挥作用。一个人的力量终究有限，只有军队才是阻挡黑暗种族大军的基石。"

千夜暗自叹了一口气，以季元嘉的洞察力，必然已经发现他的战斗风格是出自军中。如果换个场合认识，他们或许能够成为真正的战友。

"我还是觉得，猎人这个职业更适合我，行动自由，并且不用考虑太多。"

季元嘉神色一黯，说："土城堡那件事儿，如果当时我多注意一点儿……"

千夜连忙打断他："那不是你的错。"

"也不是琪琪小姐的错。"季元嘉别有深意地说。

千夜黑曜石般的眼睛熠熠生辉，说道："是的，谁都没有错。那是殷家的大局，可惜不是我的。"

季元嘉表情一滞，随即苦笑起来。这是一个死循环，他们已经讨论过多次，但是既然彼此立场不同，就注定不会有结果。殷琪琪和顾立羽私底下的矛盾再大，可当他们一致对外时，就是一个整体。而对于殷家来说，顾立羽的价值当然比一个战斗连要大得多。或许将来，这样的局面会被打破，但眼下却不行。

千夜放缓语气，说："抱歉，殷家不适合我。我希望去做一些自己能够把握，并且真正想做的事情。"

季元嘉见千夜态度如此坚决，默然片刻，说："今后你千万要小心。这次春狩你吸引了不少人的注意，宋子宁好像还专门派了人去调查你。"

这事儿没法解释，千夜只好点点头，表示自己知道了。

季元嘉犹豫了一下，又说："你要小心，宋子宁的战力绝非表现出来的那样，我不是他的对手，赵二公子都不见得能赢他。"

千夜点点头说："谢谢。"

季元嘉的声音忽然有些低沉："千夜，你这一走，就等于把小姐推到那人身边去了。"

"你错了，推她过去的不是我，而是殷家的利益。"

季元嘉怔了怔，沉默了一会儿，又问："你什么时候走？"

"明天吧，和琪琪小姐告别了就走。"

"不用了，小姐已经离开了。"

"她回上层大陆了？"千夜略感意外。

"小姐上前线去了。她的意思是，如果你愿意留下来，就去找她；如果不愿意，那么就不必说再见了。"

千夜的心情有点儿复杂，这些日子，他见到了殷琪琪不为人知的另一面。她很有天分，生而拥有的权势和资源让她绝大多数时候都顺风顺水，也因此养成了许多世家天才的通病——自我和懒散。然而对她伤害最大的也是血缘和亲人，在面对这个问题时，她如同小女孩一般手足无措，让人心疼。

如果千夜不用搅和到门阀世家黑暗、混乱的纷争之中，那么他可能会留下来，在一个强大世家势力的庇护下栖身，然后慢慢成长起来，直到拥有能够找回自己过去的力量。可是这个世界没有如果，对于发生过的事情，他能够理解，但不代表他可以接受。

季元嘉拿出一个白玉书匣，放在桌上，说："这是小姐让我转交给你的，也是任务酬劳的一部分。"

"这是秘传功法？"千夜拿起书匣，见白玉质地的盒盖上刻着三个古文字——化雨诀。

第八章 不说再见

"这是殷家的中级秘传功法。它能加速身体恢复，治疗中等伤势，平时也可以作为修炼原力的功诀使用。它进境虽慢，但是在修炼的过程中可以逐渐治疗身体内的暗伤，正好可以替换兵伐诀。"

千夜叹了口气，说："替我谢谢琪琪小姐……"

季元嘉还想说什么，最终却摇了摇头，转身离去了。

第九章　禁忌交易

永夜大陆的清晨依然浓雾沉沉，一辆军用越野车载着千夜离开了殷家别院。经过漫长的行驶，他终于看到了暗血城那无比恢宏的门楼。

这座城市依旧像往常一样喧嚣，千夜到达时正好是中午，到处都是因为难得的晴朗天气而出来闲逛的人。他感觉和离开时相比，人似乎变得更多了。

当他走进猎人之家时，柜台后面的二爷顿时愣住了，手里的书"啪"的一声掉到了地上。

他径直走到柜台边，将巨大的背包放在脚边，敲了敲台面，说："二爷，我回来了！有没有什么好东西？"

二爷扔过来一个小酒壶，说："就剩这个了，它可比不上你自己调的那些好东西。"

千夜打开酒壶一饮而尽，满意地吐了口酒气，说："这酒不错！我可不想再闻到兴奋剂的味道，这段时间用得太多，舌头都麻木了。"

"你的任务完成了？"二爷试探着问道。

"当然！"

千夜看上去很轻松，不过精于世故的二爷却察觉到他眼底有一丝阴沉。二爷没有追问下去，既然任务完成了，那么委托方近期便会发消息过来。

"最近有什么好任务吗？"千夜将双肘支在柜台上，脸颊上浮现出一层粉色，他的酒量一直没有长进，不管喝多少都会脸红。

二爷摇了摇头，说："都是些没意思的任务。最近这段时间城外很乱，黑暗种族的

数量增加得不太正常，行踪又很难锁定，现在已经没有所谓的安全区域了。很多猎人都回到城里，荒野上实在太危险了。除非有和黑暗种族战斗小队硬拼的实力，否则没有人敢离城太远。"

"怎么这里也有这么多黑暗种族？"

"你的意思是说……"

"西昌城那边黑暗种族的数量突然增加了好几倍，战区里已经和黑暗种族打过几次会战了，每次都会动用野战师的兵力。"

二爷双眼眯了起来，沉吟道："这可不太寻常。"

"怎么了？"

"黑暗种族很少会有这么大规模的动作。从西昌城到这里，战线足足有几千公里。其他地方也有类似的情况发生，这种消息我已经听到很多次了。在永夜大陆的历史上，这要么意味着即将有大事会发生，要么就是全面战争开始的先兆。"

千夜一点儿也不紧张，笑着说："听起来这段时间不会无聊了。"

二爷苦笑道："你可真是个疯子！"

"也许吧！"千夜笑了笑，说，"你该把我的猎人等级提升一下了吧？"

二爷双眼一瞪，说："年轻人这么着急干什么！我一向公平公正，只看战绩和等级。你的战绩倒是够了，可是等级还差得远，等等！你的等级……你已经五级了？"

"是的。"

二爷像看着怪物一样盯着千夜，他清楚地记得千夜离开时才刚升到四级。不过片刻之后，他又欣慰地说："你可真是个怪物！好吧，这个拿去，可别弄丢了！"

说着，他抛过来一个猎人徽章，上面有五颗星星。不过五星猎人的徽章并不比一星猎人的好到哪里去，材质都很低劣，一看就是偷工减料的便宜货。

千夜心中一动，说："我要买点儿消息。"

二爷在抽屉里扒拉了一会儿，把一张五星猎人的装备清单拍到千夜面前。听到千夜说要买消息，他的老花镜从鼻梁上掉了掉，越过镜架看着千夜，问："哪方面的？"

"黑流城第7师。"

二爷的眼神顿时变得锐利了，他把老花镜推回原来的位置，缓缓说道："你要的消息很危险。"

千夜把装备清单上的近百项内容浏览了一遍，他最近刚换过装备，这些东西对他来说没多大用处，于是只要了一套贴身的轻甲和一些空白原力弹。他把清单放到二爷面前，笑了笑，说："我不过是要点儿普通的情报而已。"

二爷慢悠悠地说："武正南上个月晋升为少将了。当然这不是重点，重点是远征军多如牛毛的师长中，武正南即便算不上是最麻烦的，但也绝对可以排进前三。众所周知他是平民起家，能爬到如今的位置，心性和手段如何，自然不必说了。第7师等于是他的私军，以黑流城和四水基地为中心的那片区域如同一个独立的王国，就连远征军总部都渗透不进去。如果你只是要点儿普通的情报，我所知道的就是这些了。"

说完，二爷满是皱纹的脸上挤出了略带揶揄的微笑。

千夜抬起眼睛，十分专注地注视着二爷。二爷的目光也从镜片后面射来，两人对望了一会儿，千夜笑了笑说："好吧，我要的是他近期的交易动向。"

"一条消息一百个金币。"

千夜眉头一挑，根据行情，一条情报卖一个金币就不错了。当然两人都明白，千夜所说的交易不是第7师采购粮食、武备等那种台面上的往来，而是地下交易。但是一百个金币相当于一把二级原力枪的价格，某些四星任务的悬赏都达不到这个标准。

千夜亲热地叫了声："二爷……"

二爷收起探究的目光，摆出一副不还价的姿态来："叫什么都没有用，这还是看在你是五星猎人的分儿上打了对折后的价格。你说你选谁不好，非要选武正南，我去收集这种消息，就要做好黑流城区域内的线人全部被拔除的准备，现在你还觉得贵吗？"

千夜思考了一会儿，问道："需要多长时间？"

"五天吧，现在外面不太平，活动起来比较困难。"

千夜点了点头，说："好，我先去找个落脚的地方，或是去城外转一转。"

"英男的房子还在，里面没有人住。你如果愿意，可以住那里。"

千夜想了想说："也好。"

二爷看着千夜的背影消失在猎人之家的大门外，若有所思地推了推鼻梁上的镜片，说：

"难道是我看走眼了？他会是谁家的孩子呢？"

二爷早就知道千夜的来历有问题，但是遗弃之地又有几人没有不可言说的秘密呢。说到武正南，他不由想起余仁彦。余仁彦是武正南手下暗刃特种部队的指挥官，这其中又有什么联系呢？

他抓起酒壶摇了摇,竟然涓滴不剩,于是又"砰"地把它放了回去,然后找出任务记录本开始写字。他老了,管不了那么多了,反正英男去了上层大陆,短期内不会回来。猎人之家只是发布任务和接受任务的地方,委托人究竟想干什么,与他无关。

千夜沿着熟悉的街道走着,经过南塘区的时候,他突然想起自己那栋小房子。一年未到他便回来了,不过他并不打算回去看看。

刚才与二爷的交谈内容还在他的脑海中盘旋,虽然现阶段他没有能力杀掉一名战将,但是他会成长,并且有足够的耐心等到那一天。

然而事情不像他想象中那么简单,二爷已经暗示过他,一个连远征军总部都渗透不进去的独立战区,绝非武正南一人之力能够经营起来。很快他便走到了余英男的住处,看着眼前熟悉的大门,他心里不禁涌起一丝怀念。

这么长时间过去了,这里仍然保持原样,说明一直有人在照看着。他收拾了一下,在房间里布置了重重陷阱,然后把行李放好,算是安顿了下来。

他去了玄铜街,背回几大包武器、弹药以及各种工具和零件。在战场上,原力武器并不是最好的选择,极为有限的使用次数会让它们的作用受到限制。当面对大量炮灰时,火药武器往往有更好的效果。

一切就绪后,他吃了些东西,然后静静等待午夜的钟声敲响。

他对着镜子把自己的容貌稍做修饰,换上一件厚重的风衣,把双生花和闪耀光牙都藏在风衣下,然后出了门,渐渐消失在夜色中。

一个小时之后,千夜出现在北区边缘一条幽暗的小巷里。小巷最深处是一个没有招牌、外表破烂的小酒馆,门口坐着几个无所事事的壮汉,正用凶狠的目光扫视着路过的每一个人。

千夜径直向酒馆走去,一个大汉忽然拦住他的去路:"这里可不是什么人都能进去的,你得先买票!"

千夜伸手在他面前一晃,淡淡说道:"用这个买票,可以吗?"

大汉看到千夜手上的东西,脸色立刻变了,腾地站了起来,恭敬地说:"请进!希望您能找到想要的东西。"

"我也希望自己不会失望。"此刻千夜的声音深沉中略带沙哑,听上去像是有些年纪了。

他走进酒馆后，门口另外几个壮汉都凑到先前那个大汉面前，好奇地问："他是什么人？"

大汉横了他们一眼，冷冷地说："不该知道的别瞎打听！想多活几天，就少问几句！"

斑驳发白的单扇木门后面，是一个比预想中要大得多的空间。裸露的青石墙壁上没有多余的装饰，地板也是青石铺就的，打磨得十分细腻、光滑，整体的风格看上去非常简单干净。

里面还算清静，十几个人疏疏落落地分坐于各处。有的不时交头接耳，好像在聊着什么，但是声音压得很低；也有几人独占一桌，各自低头喝着闷酒，看都不看周围一眼。

当千夜走进来时，酒馆里顿时安静了，所有的目光都集中过来。他能看懂这些人的眼神，那是一种对陌生人的警惕。

吧台后面，一个长相毫无特点的老头招呼道："想要喝点儿什么？"

"一杯白水。"

老头脸色微变，点头道："好的，稍等一会儿。"

千夜正准备向吧台走去，一个身材矮小的猥琐的男人忽然凑近他，用硕大的鼻子狠狠嗅了嗅，然后尖叫起来："啊哈，猜猜看我闻到了什么？吸血僵尸的臭味儿！"

酒馆里温度骤降，几乎每个人的手都在悄悄移向自己的武器。

千夜停下脚步，众目睽睽之下，他身上突然散逸出薄雾般的绯色原力光芒，几点淡淡的金色闪烁着，随即飘向那人。

猥琐的男人突然嗅到阵阵异香，脸上充满惊骇和抗拒，他似乎知道金芒有致命的危险，但是根本抵抗不了异香的吸引。他拼命扼住自己的咽喉，想要大叫，可是一点儿声音都发不出来。"轰"的一声，他竟仰天倒下，晕死过去了。

酒馆里顿时鸦雀无声，众人看着千夜的目光充满惊惧。原力外放，杀人于无形，这是战将以上的强者方有的手段。

吧台后的老头苦笑着说："喂，小子，没必要下狠手吧？他的鼻子还是很有用的。"

千夜在吧台前坐下，从容地说："可他的脑袋不太灵光。"

"你来这里，就是为了挑衅吗？"

"我是来办事儿的，但是谁敢挑衅我，刚才那个家伙的下场大家也看到了。"千夜眯了眯眼睛，若有所指地说，"我对那些长毛家伙和血族之间的恩怨没有半点儿兴趣，只要别碍我的事儿就好。"

老头脸上的皱纹几乎全部挤到了一起，嘟囔了一句，没再多说什么，而是递给千夜一杯酒。

千夜端起酒杯，浅浅地抿了一口。酒格外辛辣，好几种味道掺杂在一起，有一股说不出的感觉。但是在舌尖上停留一会儿之后，口腔中却泛起一种异样的甘甜。

他稍稍抬高酒杯，轻轻晃了晃，纯净的酒水立刻现出一道涟漪。这个酒馆比表面看起来还要危险，刚才那个猥琐的男人叫了一声后，有一半人身上居然现出了黑暗原力！

这些人要么已经彻底堕落到黑暗一侧，要么与黑暗种族有很深的瓜葛。当然，还有一小类是血腥猎人，他们完全以猎杀黑暗种族为生，为了获得更多的力量不惜去拥抱黑暗原力。

这个地方居然安然无恙地在暗血城存在着，并且看起来很有历史了。千夜对其早有耳闻，它实际上是暗血城地下黑暗势力的一个据点，是真正介于黑与白之间的灰色地带。许多从纯粹的黎明与永夜阵营里无法找到的东西，在这里却有可能出现。

这里，就是人类和黑暗种族的一个地下交易点。

在暗血城中，这样的交易点不止一个，有些甚至比这里的规模还大，交易的东西也更多。不过无论是暗血城还是远征军上层，甚至帝国那边，对此类交易点的存在都是睁一只眼闭一只眼。一方面是因为交易量很有限，交易的大部分内容是各种情报，有人族的，也有黑暗种族的。相比之下，从黑暗种族一方流出的情报更多。如此一来，这些交易点就成了人族获取情报的重要来源和传递情报的重要渠道。另一方面，对人类相当重要的部分战略物资也可以通过这种渠道获得，而在帝国的铁腕控制下，从这些渠道流出去的战略物资却相当有限。

黑暗种族同样需要战略物资，比如黑晶、红晶铁和黑晶铁，数量自然是越多越好。他们既然不能从这些半公开的交易点得到满意的交易，就必然会走另外的渠道，比如武正南之流。这也是帝国上层对禁忌交易不能容忍的真正原因，从中流出去的黑晶数量根本不受控制，只被纯粹的经济利益驱动。这些通道一直隐没在黑暗中，时间久了，量变就会产生质变。

千夜仰头喝下一大口酒，任由辛辣的酒水一路烧到心肺。他体内一直围绕心脏游动的金色血气，方才稍稍平息了躁动。

他一踏入这里，金色血气的反应就异常强烈。当猥琐男人凑近他时，更是不受控制地沿着血脉向外游去，并散发出原力气息。

他催动黎明原力外放出薄雾般的绯色原力光芒，纯粹是为了掩饰。连他自己也没有想到，金色血气对拥有黑暗原力之人来说居然是剧毒。

此时吧台里的老头似乎有所察觉，抬头说道："你要等的人已经来了，进去吧！他就在那扇门后面。"

千夜顺着老头手指的方向，走进旁边一扇不起眼儿的小门，一路深入，终于在通道尽头看到一个小房间。房门没有关，里面坐着一个瘦削的中年男人。他的面容略带威严，眉心处有一块明显的阴影。

千夜径直走了进去，在他面前坐下，说："没想到居然能看到魔裔血脉的人，我该怎么称呼你？"

"你可以叫我黑枭。"

"黑枭先生，我听说你可以向我提供必要的帮助。"

"那得看你需要什么。不过在此之前，我是否可以看一看你的信物？"黑枭摊了摊双手，说，"你知道，干我们这一行如果不小心一点儿的话，早就不知死了多少回了。"

千夜从中指上取下一个造型古朴的玉石戒指，放到桌上。

黑枭小心翼翼地拿起它，输入一丝原力。戒指内侧那两道细若游丝的线亮了起来，表面浮现出一个鹰头图案，鹰口中衔着交叉的刀剑。他舒了口气，把戒指递给千夜，说："果然是远东魏氏监院执事的信物！好的，我会在力所能及的范围为你提供一切服务。"

千夜将戒指套到手指上，这是离开秦陆之前，魏破天派人送来的，还有包括这个酒馆在内的几处地址和相关资料。现在他已明白，这处交易点就算不属于魏家，魏家在其中至少也有足够大的影响力。

"我想查一下和黑暗种族进行的交易。"

黑枭听了这话，明显有些紧张，他十指交叉，问道："和谁有关？是哪类交易？"

"黑流城远征军第7师的……禁忌交易。"

"禁忌交易！"黑枭倒吸了一口气，缓缓说道，"你应该很清楚进行禁忌交易的都是什么人，真的要继续吗？"

"是的。"千夜斩钉截铁地说。

黑枭拿出一张纸，在上面迅速画了起来，很快便勾勒出一幅地图，然后在某个位置做了个标记，写上日期。他递给千夜看了看，随后便把这张纸给烧了。

千夜记下一切细节，然后取出一块黑晶递了过去。

黑枭毫不客气地将它放入口袋，说："祝你好运。"

千夜在黑枭的指点下从后门悄悄离开，消失在夜色中。

接下来的几天，千夜过得十分平静，每天除了修炼就是修炼，几乎哪里都不去，直到猎人公会那边有了消息。

黑枭提供了确切的交易时间和地点，而猎人公会的情报相对来说比较琐碎，不过千夜从中知道了关于武正南的一些过往。

武正南的第7师和黑暗种族暗中交易多年，齐岳那次交易，目的是为了开拓出一条新的通道。武正南的主要交易物品不是对人族有着重要意义的物资、装备或情报，而是相当于顶级奢侈品的血族制品。对于武正南和他的盟友来说，奢侈品虽然对人族的战力没有任何帮助，但是利润却十分可观。

千夜比对了两边的情报，确认了下一次禁忌交易的真实性。交易地点离黑流城不远，他考虑了一会儿，决定亲自过去看看。

魏破天和他约定一个月之内会带人来永夜大陆，把武正南赶下师长之位。至于如何达到这个目的，自然不需要魏世子操心，魏家定会配备擅长此道的谋士。

眼下他还不知该如何配合魏家的行动，但是尽可能多地弄到关于武正南进行禁忌交易的证据总归没错，这样一来，对方就别想从弹劾中脱身了。

第二天清晨，千夜坐上飞往黑流城的浮空艇。中午，他背着大大的背包出了黑流城，进入荒野之中。

他走后不久，黑流城内突然变得嘈杂起来，整整一队全副武装的战士冲到城门口，向守门的卫士仔细盘问一番却不得要领之后，才悻悻而归。

此刻齐思成正端坐在自己的书房里，脸色十分难看地听着汇报。当他听到没有抓到任何人时，忍不住大发雷霆，把两名士官骂了个狗血淋头，全都轰了出去。

他站了起来，看着桌上摊开的地图，沉吟良久。其实他收到的线报十分模糊，抓不到人也在预料之中。

"究竟是谁对我们的交易如此感兴趣？不过，这种事可不是能随随便便插手的，小心引火上身！"

千夜在荒野中一路奔行，他的目标是两百公里之外的一个人类聚居点。在通用地图上，那里只是个类似于军事前哨的聚居点，平时最多会驻扎一个连的兵力，用于警戒和初期的阻挡。真到了与黑暗种族会战的时候，区区一个连又能起什么作用？所以这类处在最前沿的哨所，一向被远征军士兵们视如畏途。只有犯下大错，或是得罪了不该得罪的人，才会被派到这种地方驻守。因此远征军军官们大都有意无意地忽略了这种聚居点。

不得不说，把第7师和黑暗种族交易的重要支点，伪装成这样一个让人避之唯恐不及的所在，确实是掩人耳目的好办法。

千夜得到消息，最近刚好有一个"商队"在那里停留。出城之后，他完全按照猎人的方式行动，收敛气息，借助各种地形前行，并尽可能地不留痕迹。就在这时，天空中突然出现隐隐的轰鸣声，从黑流城方向飞来一艘浮空艇。

他抬头观察了一下浮空艇，叹道："真是舍得啊，连浮空艇都派出来了。"

他找了棵大树，爬上树冠休息，等待浮空艇飞过去。这艘浮空艇不大，型号也相当老旧，属于老古董级别的淘汰货，但是在永夜大陆却是不可多得的好东西。尽管身为远征军的师长，但是武正南能够动用的浮空艇并不多。

由于每次出动浮空艇都会消耗大量高等燃料，所以它的使用费用和维护费用十分昂贵。一般来说，即使是与黑暗种族进行中小型会战，如果情况不是特别紧急，也绝对不会动用浮空艇。至于用浮空艇来进行空中侦察，以前红蝎军团倒是常干这种事儿。不过千夜相信，一个只需要守住固定战区的第7师师长是不会在这上面花那么多军费的。因此，这艘浮空艇的目的地便呼之欲出了。

他停留了十分钟，又继续前进。

夜幕低垂时，聚居点的轮廓终于在地平线上显现了。那是一个铺陈在小山丘顶部的建筑群落，看规模完全算得上一个小镇，大概可以容纳近千人。

在黑暗种族大军随时可能出现的地方，竟有一个如此规模的聚居点，显然不太正常。千夜微微皱了皱眉，眼前的一切足以表明交易已存在很长时间，来往商队的规模也必定很庞大。

他心里有些担忧，要拔除这种已成气候的獠牙，肯定不会一帆风顺。魏破天那边还好，整个远东魏氏都是其后盾，最多也就是弹劾武正南失败罢了。而宋子宁却要去触摸武正南幕后的那条黑晶通道，这一路怕是凶险无比。

第九章 禁忌交易

他很快收拾好心情，借着夜色和地形的掩护，开始向聚居点靠近。夜战原本是他擅长的，但既然这个据点是与黑暗种族进行交易的基地，里面必然会有不少黑暗种族出没。而很多黑暗种族都拥有一定的夜视能力，因此在这一方面，他并不占优势。

当看到镇外那一大片空地，以及一个高达数十米的塔楼之后，他更加警惕了。很显然，那是一个简易的浮空艇起降基地。刚才的浮空艇并非仅为这次禁忌交易服务，而是属于常用设施，由此可见此地的重要性。

这个聚居点发展到如此规模，绝非一日之功，这也意味着它肯定不可能在短短时间内就被撤掉。不过既然来了，他还是决定进去看一看，亲眼确认一下交易的内容。如果时机合适，他不介意和里面那些家伙好好玩玩儿。

距离进一步拉近后，他发现小镇的警戒十分特殊。他嗅到了独特的腥臭味儿，那是狼的味道。随后他看到在街巷中四处徘徊的，是一头头由狼人豢养的巨大座狼。这种天生的警卫，可比一般的哨兵好用多了。

他早有准备，拿出一些药粉撒在身上，然后继续在黑暗中前进。这种特制的药粉对于座狼的嗅觉有一种潜移默化的折磨，会让它们本能地避开自己。

他发现此地的墙壁是由原木制成的，只有四米多高。瞭望塔分布于四个方位，相隔甚远，从这里望过去，可以清晰地看到塔楼里的卫兵有些昏昏欲睡。

如此松散的守卫，实在与这个聚居点的重要性不大相称。他越发警惕起来，他可不认为这个地方多年来一直平安无事，靠的仅仅是不为人知。

他眼中红光一闪而过，随即发现了异常。只见墙上和墙边的地面上，布满一张张灰色蛛网。这可不是普通的蛛网，墙后面想必还有数个深坑，每个坑里都潜伏着一只摩多猎兽蛛。这种小牛犊般大的蜘蛛是蛛魔一族豢养的哨兵，蛛网就像它们延伸的触角，一点点异变都瞒不过它们。

他双眼微眯，座狼和摩多猎兽蛛的出现，已充分说明此地有着不可告人的秘密。哪怕是黑暗种族的军事基地，守卫只怕也不过如此。

不过摩多猎兽蛛拦得住大多数猎人，却难不倒他。他随手抓了几只荒野上随处可见的昆虫，把它们扔到蛛网上。

这些甲虫或蛾类只有手掌大，行动却异常有力，拼命挣扎之下，似是要把蛛网撞破了。但是这些蛛网的黏度和韧性比普通蛛网要强得多，它们越是挣扎，身上缠绕的蛛丝就越多。

就在这时，数根木锥破空而来，贴着它们的身躯牢牢钉进木质的外墙上。"沙沙"声中，几只拳头大小的青灰色摩多猎兽蛛从藏身处现身，向网上的猎物扑去。它们迅速消灭了猎物，把蛛网修补好后，又重新返回藏身的地点。

这就是摩多猎兽蛛的弱点，它们智慧有限，只能对活物做出反应，压根儿没有注意到外墙上多出几根原本不存在的木锥。

千夜从夜色中出现，他速度飞快，落地无声，几个起伏便跃向高墙，准确地踏在那几根木锥上，就此翻过墙头，悄无声息地进去了。

现在还不到深夜，里面一片寂静，空旷的街道上几乎看不到人，建筑物里的灯光也疏疏落落的。

千夜站在一处阴影里，深深地吸了一口气，血气在他体内翻滚了一下，然后缩回心脏。自从天玄春狩之后，金色血气已慢慢独立运行，当他同时调动金色血气和黎明原力时，二者还会隐隐产生共鸣，原力外溢现出的晨曦启明也越发有模有样了。然而当身外的黑暗原力极为浓郁时，金色血气偶尔也会失制，仿佛要择人而噬似的。

他摇了摇头，把这个隐忧抛到脑后。刚才依靠体内血气的感应，他发现风中有浓郁的狼人和蛛魔的味道，且数量不少，不过却没有血族。想想也很正常，狼人和血族是世仇，不到万不得已，绝不会一起行动。

突然，身后一条巷道中传来脚步声和隐隐的说话声。他不动声色地后退了几步，转进弯道的一个死角里，在阴影中贴墙站好，启动血脉潜藏能力，同时用军中秘法收敛起全身气息。

四五个人从隔壁巷道中走出，横穿过他的藏身之处。

"该死的，到处都是狼和蜘蛛，我讨厌它们！"

"小点儿声！你忘记老李是怎么死的了吗？那些家伙可不管你是谁，一旦被他们找到借口，我们都活不了了！"

"唉，如果真的出了事儿，周统领根本不会护着我们，他只会让我们忍着。"

一个略显苍老的声音说："忍过今晚就好了，别抱怨了！完成这笔交易，能够拿到多少好处你我心里都清楚。这么多钱，哪儿有不提着脑袋做事儿的道理！"

"只要完成这次交易就好，可千万别出什么岔子。"

"这么多年了，什么时候出过事儿？"

"都别说了，只要安心度过今晚，完成这笔大生意，到时候让周统领请大家喝酒。"

几个人一路聊着，逐渐远去了。

看来因为交易还没完成，此地才驻扎了不少黑暗种族。从刚才的血气感应，再结合数处明显的布置，千夜判断出这里可能有十几个狼人和四五个蛛魔。别看蛛魔数量不多，战力却很强悍，因为他们手上带着各式各样的巨蛛。那两处外表结网的建筑中，恐怕有不下数十头巨蛛。

这样的配置足够组成黑暗种族的一个常规巡逻队了。需要出动这种力量来保护的交易，显然价值不菲。也正是因为镇中有数量众多的黑暗种族，所以人类才待在房内闭门不出。

夜晚是黑暗种族的天下，小镇防务根本不成问题。然而对于参加交易的人类来说，他们面临的威胁恰恰来自这些前来进行交易的狼人和蛛魔们。夜晚孤身出门的话，很有可能会不明不白地失踪。这样的事情以前显然发生过不少，所以街上的人类都是成群结队的。

现在的问题是，双方交易的东西究竟是什么？

千夜悄无声息地跃上屋顶，双瞳深处泛起一层血色，张目向四周望去。

只见寂静的小镇中突然响起一声狼嚎，随即一个巨大的狼人从远处出现，飞速向千夜原本站立的地方扑去。不过千夜早已消失，狼人站在那里不断发出低吼，显然有些困惑。

随后又有几个狼人出现，一个蛛魔也攀上了屋顶。这个蛛魔有半个屋顶那么大，脚下的木屋发出"嘎吱嘎吱"的声音，似乎随时都有可能垮掉。屋里响起数声惊呼，一男一女仓皇地跑了出来。

狼人低吼一声，突然张开大口向女人扑去。

就在这时，旁边传来一个低沉的声音："你这一口咬下去，我可不敢保证手里的枪会不会走火。"

狼人抬起头，充满贪欲的眼睛盯住不知何时出现在前方的一个中年男人。他相貌普通，脸上那道长长的伤疤是唯一能够让人记住的特征。

狼人发出威胁性的咆哮，然而中年男人却丝毫不为所动，压着扳机的手指正在逐渐加力。他手上是一把三级原力手枪，过于粗大的枪口明显经过改装，显示出这是个威力强大的危险的家伙。

另一个看起来像是头领的狼人走了过来，制止住同伴，然后对他说："周统领，你们不想做这笔交易了吗？"

周统领平静地说:"交易可不包括取走我手下之人的性命。你向我保证过,昨晚的事情不会再发生。还是说,你根本约束不了自己的人?"

狼人头领怒吼了一声,说道:"你是在侮辱英勇的本特,只要我愿意,随时可以把这个破地方夷为平地!"

周统领并不受他恐吓,冷笑道:"那你大可一试。虽然我和我的人都会死在这里,但是我可以保证,你们能活着回去的机会也不大。而你——英勇的本特,在搞砸持续了十多年的交易渠道之后,回到族里会被当成英雄,还是白痴呢?"

本特一时怒极,不断低吼着,不过却没有扑上去,他知道周统领的话并不夸张。

那个蛛魔也从房顶跃下,说:"我们是过来完成交易的,不是把交易搞砸的。本特,你的手下为什么会突然跳出来鬼叫?"

本特转头望向那个最早出现的狼人。

狼人说:"我刚刚闻到了血族的腐臭味儿!"

本特立刻瞪着周统领,低吼道:"你们这里还藏着血族?"

周统领冷冷答道:"你们不会真的想节外生枝吧?当初入驻这里的时候,你们可是把每个角落都检查过了,真有血族在这儿,怎么到现在才发现!"

蛛魔摇了摇头,说:"本特,管好你的手下,这真是个很烂的借口!况且就算真有血族,你也什么都干不了!所以,收起你那套空洞的威胁,我们还想好好休息一下。这批货物中有罗斯侯爵点名想要的东西,如果搞砸了交易,坏脾气的侯爵阁下会把你的脑袋拧下来的!"

狼人们不情不愿地咆哮了几声,缓缓退去了。周统领叹了口气,也转身离开了。

千夜静静看完这场闹剧,然后返身进入一条小巷,向小镇另一侧走去。刚才经过扫视,他发觉那里有人类的血气浮动,数量竟有数百人之多!他隐约想到一个可能。

他悄悄加快脚步,很快便来到一处奇异的营地前。乍一眼看去,这里似乎是一座戒备森严的兵营。数头剑蛛伏在大门周围,围墙又高又厚。他选了个没人注意的死角攀缘而上,伏到墙头,向里面望去。

营地内修建着数排长屋,窗户全被钉死了,门口趴着几头座狼。有两个狼人站在营地中央,正兴致勃勃地聊着天。

他立即知道这座营地的用途了。这是关押大量奴隶的地方,每一排长屋中都能塞进上百人,他先前发现的密集的人类血气就是从里面散发出来的。这样一座营地,最多可以羁押近千名奴隶，这是一个极为惊人的数字。

现在，此次交易的商品已经很明确了，那就是人，是活生生的人。

他曾听余仁彦说过，武正南和黑暗种族交易的商品也包括人，不过这还是他第一次看到交易人类的场面。这些人被送到黑暗种族的领地后，一部分会变成血奴，另一部分则会成为苦力和繁衍的机器。

他悄悄退出小镇，在荒野上找了个暂时栖身的地方，此处能够直接观察到小镇大门口的动静儿。他裹紧斗篷，闭上眼睛，在脑海中回想着这一带的地形，以及小镇的防务分布和兵力。

除了七级的蛛魔首领，还有三个五级的蛛魔和狼人，其余就是五级以下的了，这样一支队伍实力不弱。不过他也不是第一次与黑暗种族的巡逻队战斗了，在他看来，如果借助地形和距离优势，就有消灭他们的机会。

他在心里推演了两遍，选定了几处可行的伏击地点，然后放松下来，准备好好休息一下。

第十章　劫道伏击

清晨，小镇的大门打开了，一支车队从里面驶出，慢慢向北方开去。

这批重载卡车的货厢经过改造，透过铁栅栏隐约可以看到里面的人。千夜的判断没错，这是一批运奴车。它们无论是动力还是辅助设施都十分先进，几乎比得上帝国主力军团的配置。

看到这支车队，千夜对此次交易商品的价值又有了新的认识。以往黑暗种族押送人族奴隶，都是让他们自己走路，极少会用车。虽然黑暗种族的战士们长于野外运动，但大多不乐意乘坐这种颠簸且燃料味儿刺鼻的"铁皮罐头"。但是这一次所有人族奴隶都能乘坐重载卡车，足以显示黑暗种族对这批商品的重视——显然不愿意损失一人。

千夜下定决心，绝不能让黑暗种族得到他们！他立即狂奔起来，没过多久，便到达预定的伏击阵地。

这是一片谷地，四周矗立着许多高达百米的石柱。地面越来越崎岖不平，只有一道车辆可以勉强通过的通路。谷地中一片死寂，到处弥漫着淡淡的腥臭味儿，几乎找不到任何生命迹象。正因如此，千夜才断定这里是黑暗种族的必经之路。他已经清晰地嗅到了蛛魔残留的味道。蛛魔所过之处，对小兽、昆虫之类的生命来说不亚于天灾。

这里已接近黑暗国度，不过他们并没有修路的概念，或者说，底层的黑暗种族压根儿没有这种概念。上层和下层的黑暗种族，就像是生活在两个不同的时代。据说高级黑暗种族早就发展出了极高的文明，设计出不少巍峨壮观的建筑，有些甚至比大秦帝国的几项世纪工程还要恢宏。

千夜选好藏身的位置，布设了几个陷阱，耐心等待着车队到来。

一小时之后，山谷外响起引擎的轰鸣声，一辆重载卡车出现在千夜的视野里。握着方向盘的是个狼人，两个蛛魔正趴在后座上，他们庞大的身躯无法完全塞进车厢，因此只能把几条腿架在外面。剑蛛和座狼游走在车队两侧，这些没有多少智慧的炮灰更喜欢在荒野上奔跑，而不是被塞进"铁皮罐头"里。

千夜举起鹰击，在四象瞄准镜中锁定了一个蛛魔。他肚子上有一道醒目的白色条纹，是唯一一个实力达到七级的家伙，也是此次交易的首领。只要干掉了他，伏击就算成功了一半。

最前方的重载卡车突然喷出几大团黑烟，然后停了下来。狼人们开始躁动不安，全都跳下车，一边四下张望，一边发出威胁性的低吼。

"本特！又怎么了？"蛛魔首领不耐烦地高喊道。

高大的狼人咆哮着回应道："有血族的味道，而且非常新鲜！你应该知道，这一带不可能出现血族！"

蛛魔首领心中一凛，说："我下去看看。"

他有些吃力地挪动着肥硕的身体，试图把圆鼓鼓的腹部从车厢里拉出来。

远方亮起一点血红色光芒，他顿时感觉到危险，连忙发出一声响彻云霄的尖叫，节肢拼命一划，将车厢完全剖开了。这个动作使得和他同车的另一个蛛魔倒了霉，这个实力只有五级的家伙受到重创，顿时丧失了战斗力。

然而他也不好过，他的复眼中清晰地映出了向自己飞来的原力弹。那颗弹头并不像普通的弹头那样，只散发出蒙蒙的原力光芒，周围竟然现出缭绕的光带！这是弹头中蕴含的原力扰动了外界感应才会呈现的景象，光带越是绚丽，威力就越恐怖。

他的腹部突然绽开血雾，庞大的身体被击得飞了起来。肚子上醒目的白条立刻缺失了一块儿，绿色和黄色的体液喷涌而出。

虽然伤势沉重，但还不足以致命。蛛魔的生命力本就顽强，哪怕把腹部切掉，过段时间也能长出新的来。但刚才千夜打出的是一颗事先灌装好的掺杂了血气的实体弹，被丰沛的黑暗原力所吸引的血气一进入蛛魔首领体内，就开始大快朵颐，他只挣扎了几下，便彻底失去了行动能力。

与此同时，千夜从容地奔跑、换位。

重载卡车上的机枪吐出火舌，胡乱扫射了一通，然而泼雨般的子弹全都落空了。千夜耸了耸肩，这个射程根本无法命中目标。黑暗种族中除了血族，很少有射程超过五百米的狙击手，显然这支狼人和蛛魔组成的联军也不例外。接下来，就是他的主场了。

他跑到下一个狙击点，鹰击瞄准正从另一辆重载卡车里往外爬的一个蛛魔。在不到五百米的距离上，蛛魔庞大的身体就如同醒目的活靶子。只要干掉这个蛛魔，整个队伍就只剩下狼人本特这一个五级战士了。

虽说剩下的为数不少的三四级狼人、座狼和剑蛛也挺麻烦，但是这片场地相当荒僻幽静，他有足够的活动空间把这些杂兵一点点消灭掉。

毫无意外地，那个蛛魔也倒在了他的枪下。此时蛛魔的蠕动越来越微弱，眼看就要咽气了，改装版鹰击的威力由此可见一斑。

接下来，该料理狼人本特了。

本特终于意识到坚守原地只会让自己变成活靶，他跳上车顶，双手拍打着胸口，发出一声长嚎，然后躬身飞跃，闪电般向千夜扑去。其他狼人见状，都奋勇疾奔，紧紧跟在他身后。

一个个狼人此起彼落，以"之"字路线前进着，而这种跑动方式并没有影响他们的速度。

由于种族特性，除了血族，其他黑暗种族对原力枪械的使用并不精通。对于黑暗种族来说，人类狙击手始终是巨大的威胁。不过历经千年的战争，黑暗种族渐渐总结出了适合自己的应对方式。比如狼人可以依靠快速奔跑和灵活的跳跃直接扑击人类狙击手，血族会将冲锋与火力压制相结合，蛛魔则能喷吐出足以覆盖狙击阵地的蛛网，一点点挤压狙击手的逃跑空间，最终把他们变成腹中美食。

然而这一次，狼人们面对的不是普通的人类狙击手。

千夜轻而易举地锁定了本特——一个有着棕色毛发的巨大的狼人，然后扣下扳机，原力弹再次呼啸而出。没想到本特做出一个回避动作，原力弹随即击偏了。尽管如此，本特身体侧面也已受到重创，他在空中不断翻滚着，飞出好远，才"扑通"一声砸在地上。他仍然不屈地挣扎着，咆哮着，然而早就无力回天了。

其他狼人并没有因此退缩，他们距离千夜已不足百米。千夜放下鹰击，拔出双生花，抬手平举，瞄准的动作看起来十分随意。

当虚幻之花在空中并蒂绽放后，又有两个狼人倒在血泊之中。发挥出全部威力的双生花，对仅有四级实力的狼人来说，足以让他们一击毙命了。

第十章 劫道伏击

两枪过后，十个狼人把千夜团团围住了，他们身后还有数量众多的座狼和剑蛛。

狼人们眼中流露出贪婪之色，在他们看来，一个即将被逮住的人类狙击手，就是一盘富含原力的美食。不管人类狙击手等级有多高，在近战上都是出了名的弱。

千夜从容地把双生花收入枪套，反手拔出闪耀光牙，将原力和血气一并注入其中。这把血族短刀的纹路渐渐点亮了，只不过透出的竟是带着浓郁血色的光芒，缭绕在锋刃之上，一片肃杀之气。

千夜背后突然吹来一道带着腥气的劲风。他倾身回旋，横臂挥击，闪耀光牙光芒大盛，在空中划出一道艳丽如血痕的轨迹！

一个狼人从千夜身侧扑了过去，他没有平稳落地，而是失控般地连续翻滚了几下。

千夜有些吃惊地看着手中的战刀，原来闪耀光牙竟然锋锐至此！方才那一下只是横挥，却把狼人的肢体一并斩下了。

这种五级原力武器，原本只有在血族的子爵手中才能发挥出全部的威力。也就是说，这是属于黑暗战将的武器，千夜没想到自己的血气居然能让它发挥出真正的威力。

有了闪耀光牙，战斗顿时轻松了不少。千夜每一下挥击，都会重创一个狼人。这些狼人自恃拥有坚固锋利的爪牙，然而在五级战刀的威力下竟然脆弱如纸，转眼便纷纷倒下了。

此时千夜面前出现一头剑蛛。他短刀飞舞，先把剑蛛的两个前肢斩断，又一刀刺进剑蛛那小得不成比例的脑袋里。幸存的最后两个狼人失去了再战的勇气，他们缓缓后退，突然转身逃跑了。

千夜没有追击，而是自语道："一群蠢货也想在交易中占便宜？也不看看自己是什么东西！"

他的声音不大，但是确信以狼人敏锐的感知，肯定能听到自己说了什么。至于他们逃回去之后如何将这里的情况陈述给上级，又会引起怎样的风波，他一概不关心。

从一开始他就故意散发血气，留下痕迹，以便迷惑对方。尽管他并不精于此道，更愿意在战场上正面打击敌人。

清理完战场后，他才动身去看此次交易的商品。

他捏碎重载卡车后厢上缠绕的锁链和锁头，拉开车门一看，立刻呆住了。

只见车厢里挤着数十个年轻的男人和女人。虽然他们一个个精神萎靡不振，但还是能够感觉到那远比普通人强大的生命力。有几人的手腕上戴的不是普通的镣铐，而是原力枷锁，他们竟是觉醒了原力的战兵！

"你们先下来，在车边站好，不要乱动。听清楚了吗？"

千夜的声音不大，语气也平静无波，但这些人格外驯服，一个个跃出车厢，很快就在卡车边排出整齐的队形。这种整队速度，已经和正规军无异了。

千夜突然有一种不好的预感，他皱起眉，拦住一个格外魁梧的男人，一把撕开他的袖管，结果竟在他肌肉虬结的上臂看到一个由刺刀、钢盔和毒蛇构成的刺青。

千夜对这个图案可不陌生，低声问道："你是第六十五军团的？"

男人苦笑道："曾经是。"

千夜点了点头，一一打开另外几辆重载卡车的后厢，把里面的人全都叫了下来。这些人年纪都不超过三十岁，容貌也不差。出乎意料的是，他竟然看到了一些熟悉的面孔，那是他从血族领地救回来的人。现在，他们居然又重新出现在运往黑暗种族区域的重载卡车上。

"这是怎么回事儿？"他问道。

一个年轻人显然认得他，苦笑了一下，说："我们顺利通过了检疫又能怎样！为了生存，只能找点儿零工做一做。慢慢地，很多人支撑不下去了。这时某个帮会的人找到我们，说郊外的农庄要招募熟手。然而一出城他们就变了脸，把我们都抓了起来。"

这种情况不算出奇。在永夜大陆，数量庞大的底层人口中有很多没有固定的生活来源，他们每天最重要的事情就是去寻找食物。他们是奴隶贸易的一个重要来源，每年有许多人口都会莫名地失踪。对于城市管理者来说，也算是消除了不少麻烦和隐患，因而遇到这种事情，大多数时候会睁一只眼闭一只眼。

年轻人又说："据说血族的一个大人物指名要了我们，准备把我们作为一场复仇盛宴的主菜。他好像是个侯爵。"

"罗斯侯爵？"

年轻人说："是的。"

千夜点了点头，原来罗斯侯爵点名要的货物竟是他们。当初在铜雀台遇到卢申江，他才知道双生花其实大有来历。被自己干掉的血爵士是罗斯侯爵的后裔，虽然实力不行，但是深得侯爵欢心，竟然得到了侯爵成名的对枪。

然而千夜不但突袭了血爵士的城堡，抢走了双生花，还成功把几十个"血粮"带走了。这对罗斯侯爵来说，无疑是奇耻大辱。

如今针对千夜的悬赏失败了，卢申江的下场也让不少人收起了心思。毕竟奖励虽然丰厚，但小命更重要，再加上名声也得考虑。暗地里为血族干点儿活是一回事儿，在大庭广众之下被揭露出来又是另一回事儿。千夜去秦陆参加天玄春狩之后，永夜大陆的那些土著贵族们就更加寻不到他的行踪了，他们哪儿敢向上层大陆伸手。

无奈之下，罗斯侯爵只好把怒火转移到当初被千夜救出去的那些"血粮"身上，竟然花了大价钱找人追踪他们，想把他们买回来。

锋利的闪耀光牙毫不费力地破开了这些人手上的镣铐，千夜先把那几个战兵挑了出来，顺便检查了一下他们的身体。他们要么是一级战兵，要么在某一方面有优点，且身体素质很好。当然，长相俊美也是其中的一个长处，而且是很重要的长处，毕竟血族都有着近乎偏执的审美观。

难道他们是"种子"？千夜突然想起这个词。"种子"可以给生活在黑暗国度的人类带去新鲜的血液，所以素质特别高。他们只负责繁衍后代，不仅不会受到折磨或是服苦役，甚至还可以获得最基本的生活保障。

千夜还发现，这些人里面居然有不少战士。其中一部分是帝国正规军的士兵，由于各种原因被流放到永夜大陆来服役，结果中途被转卖了；一部分是雇佣兵、猎人或冒险者；还有一小部分是拾荒者，但都是品质最上乘的那种。

这样一群人，在永夜大陆收集起来其实十分困难，也不知武正南暗地里花了多少力气。

千夜看着他们，决定改变原先的计划。作为日后扳倒武正南的实证，他本不想去惊动那个聚居点。至于这些人，让他们分散逃离就好了，只要他们能逃回人类聚居地，就有存活下来的希望。

有过之前的教训，他很清楚把他们直接带回城市会有怎样的麻烦，之后会发生的事儿不是他能控制的。就算所有人都通过了检疫，又能怎样？那些做过"血粮"的人根本无法融入人类社会，其他人的处境也好不到哪里去，永夜大陆可没有那么多的工作机会。这样下去，他们迟早会成为牺牲品。

现在他们看上去格外安静和驯服，不，应该是麻木和机械，因为他们根本就没有未来。

千夜突然觉得，自己没有办法给他们一个未来，不代表着别人不行，至少魏家和宋家可以。这两家的根基虽然在上层大陆，但是和其他门阀世家一样，在永夜大陆都有大大小小的产业，既然有产业就需要用人。更重要的是，这些人是被精心挑选出来的，其中超过一半的人只要稍加训练，便能成为合格的家族战士。

千夜决定把他们全部带走，目的地是距离黑流城大约两百公里的断河城。那里有隶属于魏家的据点，或许可以为他们找到真正的容身之所。但是前路漫漫，暂不考虑路途中的危险，光是重载卡车所备的黑石能源就远远不够。要想获得大量的黑石补给，就得返回之前那个聚居地。

千夜准备把那个聚居地打下来，至于会因此少了一个扳倒武正南的证据这件大事儿，与数百人的生命比起来，就不那么重要了。

他扫了一眼这群人，平静地说："我准备带你们去断河城，不过车辆上的能源不够，我们先回奴隶营那边去拿点儿东西。"

见没有人提出异议，于是他点点头说："会驾驶重载卡车的，出列！"

出乎意料的是，居然有几十个人站了出来，而会使用各种武器的人就更多了。千夜让他们把从重载卡车和黑暗种族的尸体上搜到的所有武器都分配下去，又把一级战兵简单地划分为几个小组，安排到每辆车上，然后吩咐道："你们要保护好其他人。"

第六十五军团的那个男人突然问："你准备一个人战斗？"

作为一名战士，他当然明白千夜这个命令背后的含义，所以觉得难以置信。

千夜微微笑了笑，然后跳上第一辆卡车，指挥车队直接向聚居地开去。那里大约有一百多名战士，其中觉醒了原力的战兵只有三分之一，而周统领的实力是五级，这种战力在他面前根本不算是障碍。

当车队再次出现在聚居地时，哨塔一发现异常，便拉响了警戒信号。周统领随即出现了，他身边是陆续向这边走来的战士。

千夜让车队在五百米之外停下，然后向聚居地走去，一直到距离此地百米时才停下。

所有人都静静盯着千夜，不知为何，面对孤身前来的千夜，他们心中竟然生出深深的恐惧。

"你是什么人？"周统领远远叫道。

"一个干掉了黑暗种族商队的人。"千夜的回答简单直接。

哨塔上顿时一阵骚乱，他们很清楚那支商队的实力，而现在这个小子居然宣称自己干掉了整个商队！

"我凭什么相信你！"周统领皱眉怒喝道。

"你不用相信，只要投降就行了，这样也可以少死一些人。"

第十章 劫道伏击

"该死的!"周统领低低咒骂了一句,然后拔高声音,喝道,"就凭你一人也想让我们投降?死了这条心吧!"

千夜冷冷说道:"在黑暗种族面前卑躬屈膝,在我面前却如此飞扬跋扈!你这种人,真是把人类的脸都丢尽了!"

周统领的双眉越锁越紧,心中飞快地权衡着。他已猜到事情有些不妙,那可是价值几万金币的贵重商品,暴躁的狼人和蛛魔怎么可能将其拱手让人!

千夜忽然高高举起鹰击,喝道:"你们看看这是什么!再不投降,只有死路一条!"

周统领心中"咯噔"了一下,对方竟是一个超远程狙击手,黑暗种族商队的下场可想而知!是投降还是逃跑呢?他不知道这个小子是从哪里冒出来的,但是这个聚居点里有太多不可告人的秘密,一旦暴露可就不只是丢掉性命那么简单了。他拿定主意,大叫道:"冲出去!只要冲到那小子身边,就能杀了他!"

战士们嗷嗷叫着,纷纷从哨塔上跳下,全速冲向千夜,百米距离转眼即至!

千夜摇了摇头,心中燃起熊熊怒火。他平端起鹰击,根本不去理会他们,而是直接锁定站在哨塔上的周统领。

周统领陡然感觉到极为强烈的死亡威胁,他大叫一声,正准备翻身跃下,然而为时已晚,只听鹰击清越的轰鸣声传来,原力弹直接轰开木质墙壁,精准无误地击中了他!剧痛袭来的一刹那,他的心中又是害怕,又是懊悔。

千夜身上突然亮起几点原力光芒,被向自己击来的原力弹轰得不由自主地后退了两步。

他低头看去,轻质护甲已经破了好几处,创口向外渗着鲜血。不过这些一级原力枪对他造成的伤害极其有限,而那些火药武器则连他的防御都没能穿透,只留下浓重的硝烟的气息。

见千夜连中数枪却宛若没事儿人一样站着,冲上来的战士们都一脸愕然。这种情形他们曾不止一次在强悍的黑暗种族身上见过,可眼前是一个人类狙击手啊。

千夜冷冽的目光一一扫视着他们,皱了皱眉,说:"确实有点儿痛。"

他忽然冲入他们之中,战场上骤然绽放出两朵虚幻之花。双生花的独特轰鸣在空中回响着,巨大的能量冲击不仅吞噬了最前方的人,还把周围数米的人都撞飞了。在四级原力枪面前,一级战兵的身躯显得无比脆弱。

接着,他又拔出闪耀光牙,只见空中亮起一道道血色光带,战士们纷纷倒下了。他轻轻松松地解决了他们，完全无可抵挡。许多战士不肯放弃，仍然垂死挣扎着。然而他们越是这样，他心中的怒火就越是不可抑制。他们既然有这样的悍勇，为什么不用来对付黑暗种族，而要用在同类身上？！他无法理解，为何他们只有在面对同族时，才能爆发出超强的战斗力！

想到这里，他突然发出一声长啸，原力如潮水般涌入闪耀光牙，这一次伴随着原力进入战刀的，是进阶后的血气！战刀绽放出艳红的光芒，在黑暗种族都会惧怕的锋锐面前，人类战士仅被外溢的原力光芒擦过，就会丢掉性命！

这时人群中突然响起几声枪声，又有不少战士摇晃着倒下了。

千夜转头望去，只见原本躲在车内的奴隶不知何时爬上了车顶，他们竟借助有利的高度向这边射击。这批奴隶中有不少出色的军人和战士，射击技艺十分精湛。而那些没有枪的人则拿起刀和军刺，甚至干脆在地上捡了几块石头，向着战场直接冲了过来！一时之间，呐喊声越来越嘹亮，冲天的杀气让凶悍的战士们惊惧不已。

好在在绝对的实力碾压面前，他们终于崩溃了，彻底丧失了斗志。他们并不是真正的军队，而是私人卫队。他们的战斗对象也不是黑暗种族，而是人类。

战斗结束后，千夜顺利找到了大量补给，除了堆满两间仓库的黑石，还有几十块工业黑晶，一仓库的金属锭，以及大量谷物和肉干等。武器和防具也不少，足以把数百名奴隶全都武装起来。此外在工具库里还发现了不少车辆的零配件，以及几辆备用的卡车。所有这些都成了战利品，被千夜全部带走了。投降的俘虏则被塞进一辆车厢，押运奴隶的设施用来关俘虏也很合适。

车队连夜向断河城方向驶去，一夜颠簸，辛苦不说，中途有好几辆重载卡车还抛锚了。好在这批"种子"里有不少人懂得机械修理，最终所有车辆都能继续前行。

千夜没有停下来休息的打算，他安排司机们轮流驾驶，其余人都留在车厢里休息，以保存体力。他们必须以最快的速度离开第7师的控制区域，只有到了断河城，与魏家那边的基地人员接上头，才算安全。

夜深人静时，第7师师部响起一阵急促的脚步声，一名参谋径直奔向武正南的居处。片刻之后，裹着睡袍的武正南走入会客厅，脸色阴沉地看着这名参谋。

"将军，商队出事了。"

武正南一听，一把抓住他的衣领，问道："哪个商队？"

第十章 劫道伏击

身为战将级别的强者,武正南的声音居然带着一丝颤抖。参谋的回答击碎了其最后一丝侥幸:"就是运送'种子'的商队。"

他松开手,跌坐在沙发上,重重地吐了口气,问道:"那些'种子'呢?有没有交给黑暗种族?"

"当时已经完成了交易,可是那些狼人和蛛魔没走多远,就遭到了伏击。押送队伍几乎全军覆没了,所有'种子'都丢失了。"

"那些'种子'现在在哪里?"武正南沉声问道。

参谋脸色苍白,硬着头皮说:"他们在一个年轻人的带领下,直接毁了我们的据点。周统领战死了,战士们折损了一大半,据点内所有能搬的东西也被搬空了。"

武正南的脸色极为阴沉,怒气冲冲地问:"那个年轻人有什么特征?"

"只知道他是一个狙击手,能够使用鹰击和双生花。"

"一个狙击手就能毁了整个据点?"武正南愤怒至极,大吼道,"你知道我花了多长时间才找到那么多'种子'吗?这次交易失败,我将损失五万金币!整整五万帝国金币!"

参谋感觉一阵天旋地转,好不容易才平静下来。

武正南"哼"了一声,说:"给你一周时间,把这个人给我找出来!"

参谋低声说:"将军放心,我一定把他揪出来。"

武正南挥了挥手,参谋急匆匆地离去了。

此刻夜阑人静,武正南神色阴鸷,在客厅里来回踱步,早已睡意全无。

第十一章　安抵断河

清晨时分，断河城已遥遥在望。路途虽然辛苦，所幸还算平静，除了遇到两次猛兽群，便再也没有其他危险了。

千夜指挥车队在城外一段丘陵处停下，旁边有一片杂木林，正好可以就地取材，修建临时营地。等一切任务分派好了之后，他便先行前往断河城打探消息。

断河城大约有几万常驻人口，和暗血城的规模没法比，与黑流城大致相当。城市连同周围大约一百多平方公里，都是第10师的控制区域。从地理位置上来看，断河城更靠近人族领域，而黑流城则位于前线。相比之下，断河城要繁华得多，城市核心的永动塔规模更大，各类公用设施看上去也更齐整。

千夜拿出猎人公会的徽章，缴纳了入城费后走进这座城市。他回想了一下之前查阅过的地图，没费功夫就找到了要找的地方。那是一栋十分宏伟的建筑，整整七层，外面装饰一新，远远看去竟有一种鹤立鸡群的感觉。

他站在金属铸造的带导轨的大门前，只见正中悬挂着一块匾额，上书"远东重工"四个大字。这四个字遒劲有力，杀伐之气外溢，每一笔都如出鞘的刀剑一般犀利。

远东重工是魏家几大支柱产业之一，经营着从机械到军火等一系列产品。以千夜这些日子以来对各个门阀世家的了解，他们很多东西都是自己制造的，以免受制于人。远东魏家历代封疆镇边，就更是如此了。

在断河城，远东重工是个庞然大物，单从这座占了半个街区的大楼来看，气势便非同一般。但是到了上层大陆，远东重工在同行中只能算得上是二流产业，毕竟魏家的专

长并不在这个领域。

此时两名守卫走了过来，打量了一下千夜的猎人装束，喝道："看什么看？这不是你能来的地方，滚远点儿！"

门阀世家的分支机构在永夜大陆是除了远征军之外的另一股强大势力，基本上都牛气冲天，有时连城主和远征军都不放在眼里。

千夜没有心情和这种人计较，拿出玉石戒指，淡淡说道："这是监院执事的徽记，请通知你们的管事出来一下。"

戒指没有注入原力，暂时看不到交叉的刀剑，但远东魏氏的鹰头浮雕还是清晰可见的。

一名守卫阴恻恻地说："我们可没收到联络函，谁知道你手上这东西是从哪儿弄来的！竟敢跑到魏家的地盘招摇撞骗……"

他话没说完，就被旁边一名守卫捂住了嘴。那名守卫对千夜躬身说道："您稍等，我这就去请管事出来。"

千夜平静地点了点头，如远东魏氏这样的上品世家，门风还算严谨，对仆下的约束自然相当严格。

那名守卫飞奔入内，片刻之后一个壮年男子匆匆走了出来。当他看到千夜手中那枚古朴的玉石戒指时，不由得心中一跳。监院执事是魏家外执事中级别最高的，他们下来一般是有大事要办，事先怎么会一点儿风声都不透露？

这个壮年男子名叫魏成，是远东重工断河分支的二管事，目前总揽各项事务，因为大管事月前回上层大陆对账去了。

他不失恭敬地把千夜请进厅堂，然后接过戒指查验了一番，才说："执事大人比较面生，不知这次下来有何公干？"

千夜观察了一下，此人貌似恭谨，实则十分精明，话里话外都在试探他的来意，不像容易打交道的人。于是他笑了笑，说："魏启阳给我监院执事的徽记，只是为了方便行事而已。如果需要调用资源，应该可以用到这个权限。"

说着，他从颈中解下那条银色项链，将它放到桌上。

魏成大吃一惊，来人竟敢直呼博望侯世子的名讳，看来身份并不简单。他双手捧起项链，在鹰头吊坠中注入一丝原力。方牌内的阵列随即被点亮了，鹰头上出现一顶单层羽冠，那是魏世子的标志。

"请问公子有何吩咐？"

"我有一批人需要安置，你们在城外有营地吗？"

魏成忙道："公子还有亲随在城外？我这就派人去接他们进城！断河城虽小，但几处宅院还是收拾得出来的，保证能够安置妥当。"

千夜摇头说道："不需要进城，最好能在城外住下来。我带的人有点儿多，还需要准备日用品和食物。"

"公子的亲随有多少人？"

"大约七百多人。"

魏成一听吓了一跳，不过他没有追根究底，思索片刻后，找出地图，指着一处位置说："城东二十公里之外有一座矿场，边上有个小镇，这个时节矿上没什么活儿，镇上的房子大多空着。如果挤一挤的话，应该安置得下这些人，只是条件稍微艰苦了一些。"

"没关系，已经很好了，就住那里吧。"千夜仔细看了看地图，习惯性地把周边地形和路况全部记在心中。

魏成立刻行动起来，他把分管各种物资的几个小管事叫进来，当着千夜的面一一分派任务，把七百多人的衣食住行安排得十分妥帖。另外他还吩咐武备库拨了一批枪支弹药，尽管都是火药武器，但是足够应付一般情况了。

魏成短短时间就井然有序地调配好一切，显然能力不俗。

千夜总算放下一件心事，于是让魏成去送信，把自己在这里的消息告诉魏破天。

他早就打定主意不让这批人进城，他们价值不菲，仅靠黑流城防区肯定凑不出来，他怀疑背后恐怕还有远征军其他师的影子。

断河城是远征军第10师的辖区，远东重工在这里如同一个商行，虽然也有规模不小的精锐私军，但力量上不可能与远征军相比。若是贸然带着他们进城，弄不好会自投罗网。哪怕第10师在这件事儿上是干净的，但也保不准这些紧挨着的防区之间会有勾连。只有与魏破天会合了，才算真正安全。

千夜没有在断河城停留很久，第二天清晨他便出了城，消失在茫茫荒野之中。

他在荒野上待了三天，沿着之前逃往断河城的路线一路回溯。如果有黑暗种族或其他人追踪而来，多半会一头撞上他的伏击。直到确认身后没有追兵了，他才折返断河城。

远东重工在断河城周围一共占据了六处矿场，包括四座黑石矿和两座金属矿。千夜

第十一章 安抵断河

救下的人被安置在其中一座黑石矿边上的小镇上。得知这批人的身份来历后，魏成又额外派过去一百多名私军，名为保护，实际上是把他们看管起来，唯恐千夜不在时，他们会逃跑。眼下他们各有居所，生活被安排得井井有条，战兵们则单独编成一队。

小镇规模不大，居住条件其实和奴隶营差不多。因此第二天起，魏成便安排这批人伐木建屋，用不了多久，小镇的规模将扩大一倍。

当千夜回来时，一切都已步入正轨，而且他还意外地看到了一个熟人——宋子宁。

宋子宁露出和暖醉人的笑容，走上前来拥抱了他一下，说："我以为我的速度已经够快了，没想到你比我下手还快。"

千夜一听，知道追踪武正南背后黑晶来源一事有了眉目，不由得笑了，稍微解释了两句。他本来没准备动手，但是看到此次交易的商品是人，这才改变了主意。

宋子宁并不在意，笑道："其实也无妨，迟则生变，速战速决最好，希望魏破天那边别磨蹭太久。"

千夜看了看周围，说："去我住的地方再说吧。"

魏成给千夜安排的自然是镇上最好的小楼，不过小镇简陋，最好的也好不到哪儿去。

宋子宁在里面转了一圈儿，皱着眉头说："堂堂远东魏家竟让世子的朋友住这种地方！这和矿上的工头儿好像没什么区别？"

随后他一声令下，从外面涌进来一群侍女和随从，足足有三四十人。他显然是有备而来，转眼就把这座简陋的小楼打扫干净，布置得有模有样的。他甚至还带了两个厨娘，这会儿已经到临时搭起来的厨房里做饭去了。

看到如此排场，千夜总算理解宋子宁为何情愿在镇外扎营等待，也不愿进镇了，说不定他露营的条件都比镇上要强。

千夜无奈地摇了摇头，说："这个地方是我选的，我不想进城，免得麻烦。"

宋子宁点头道："不进城是对的。你在城外，第10师那些人还可以装装糊涂，要是带着那么多人大摇大摆地进城，他们就是想装傻也难了。"

说到这里，他看了千夜一眼，又说："这么好的一批'种子'，交易总价估计有几万金币。光是一个第7师可没有这么大的手笔，搞不好附近几个师都参与进来了。"

千夜突然歉疚地说："子宁，这件事儿牵扯的面越来越广了，很抱歉，把你拖了进来。"

当初他兴起对付武正南的念头时，只是一个模糊的想法，实际上并不清楚应该怎么做。可是在朋友们的帮助下一步一步施行时，他才发现这是一个巨大的旋涡，稍有不慎便会被其吞噬。而且每一条线索牵连甚广，如同一张千丝万缕的大网，向他兜头罩来。他自己当然无所畏惧，他担忧的是朋友们的安危。

宋子宁笑了起来，若无其事地说："不过是个平民出身的远征军师长罢了，说起来，总比你去杀顾立羽要容易得多。"

千夜微微一怔，随即明白宋子宁应该知道了他在殷家发生的事儿。其实自天玄春狩以来，他对某些事情的看法已慢慢有了改变，当下摇了摇头说："这算是殷家的内务吧，只有琪琪才能解决。"

顾立羽平时一直待在帝国军部，就算出来执行任务，行踪也十分机密，除非他自己找死出现在千夜面前。再说既然千夜已经离开殷家，那么就和那潭浊水没有任何关联了。

宋子宁似乎明白千夜的想法，连忙岔开话题，详细询问了截获武正南这批货物的情况。

千夜简单描述了一下整个过程，然后皱眉说道："说来也奇怪，这么大的交易，居然没有像样的防备。黑暗种族那边的防卫力量只相当于一个巡逻队，这才让我得了手。"

宋子宁微笑道："如果突然加大防卫，岂不是明摆着告诉别人这笔交易价值不菲？你刚才说交易的接收者是狼人和蛛魔，这么多优质的'种子'，难保其他人不会动心啊！一旦被有心之人发现了，再强的防卫又有什么用？"

千夜担心地说："这些人我是救出来了，不过暂时没有办法安置他们。待在这里，并不是长久之计。"

"这些可是优质的'种子'，你居然会为这个发愁！"宋子宁笑得眉眼弯弯，见千夜还是有点儿不解，沉吟了一会儿，又说，"先让他们在这里安顿下来吧，等武正南的事情了结之后，我派几个人过来给你用。"

说着，他忽然眨了眨眼睛，坏笑道："我本来给你准备了一件礼物，不过看到这些人，觉得还是换一件礼物比较好……"

千夜看到他的表情，顿时对他所谓的"礼物"有了不好的预感。

"不过，子宁，你怎么突然跑到这里来了？"

"黑晶的产地和流通渠道我基本上摸清楚了，这次过来，就是想确认一下。"

千夜有些过意不去，说："别耽误了你的正事儿。"

宋子宁莞尔一笑，道："这就是我的正事儿。"

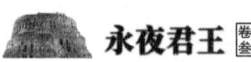

当夜两人抵足而眠，聊起黄泉训练营的往事。千夜讶然发现，地狱般的训练生涯里竟然还发生过那么多有趣的事情。

记忆真是一个奇怪的东西，有时会涤荡所有的苦难，只留下温情；有时却会磨灭掉曾经的欢乐，只剩下苍白和丑陋。

宋子宁在镇上待了两天，当魏破天的信使给千夜带来回信，约定到达时间后，他看千夜这边的事情也差不多了，便不再停留，带着大队人马匆匆离去了。

接下来的几天，千夜着手把那些原本被当作"种子"的人分类安置了。他们不愿意离开，都表示要追随千夜。然而没过几天，千夜便发现管人是很麻烦的事儿。

这天上午，魏成过来了，将一本清单恭恭敬敬地放在了桌上。

千夜仔细看了看，上面列着密密麻麻的细目，全是十分琐碎的事项，包括食物、衣物、工具、武器，以及修葺房屋和道路的费用等，林林总总，不下数百项。

这些清单细目，只意味着一件事——钱。

魏成并没有开口向千夜要钱，而是把清单细目送来给他过目，目的很明确，就是让他知道在这些人身上花了多少钱。若是不算其他消耗，每天光是衣食住行，花费就达十个金币。如果还有其他需求，比如体能训练、武器弹药等，那么费用又会上涨数倍甚至数十倍。

千夜放下清单，问："世子调拨资源的权限是多少？"

"世子在不同地域能够调动的资源是不同的。我们这里是最低的七级区域，可以供应的物资储备是五百金币。如果是郡城，那就是一千金币。像秦陆这种上层大陆的郡城，一次则可以调集五千金币的物资。"

魏成的态度非常恭敬，但是千夜知道，一旦到了预定的底线，这个精明的管事绝对不会有半点儿通融。到目前为止，他在这些人身上已经耗费了三百多金币，其中大多用于购买一些必要的武器装备和工具。

他从武正南的据点得到不少矿产和工具，那几十辆重载卡车也是一笔财富。他想了想，带着魏成来到充作仓库的房间，这里堆放着十几个密封的箱子，都是原本要送往黑暗种族的商品。他伸手一拉，直接把钉死的箱盖掀开，只见里面装着一颗颗拳头大小的赤红色矿石。

魏成顿时吃了一惊，从上衣口袋中取出一面鉴物镜，仔细地察看了一番。赤红色矿石上面有着美丽的云纹，并且嵌着几粒微小的晶体。他长出了一口气，说："没错，这是赤晶铁的原矿，而且品质不低，一箱矿石怎么也能值两百金币。这种赤晶铁是制造原力阵列的原料，没想到您竟然能收集这么多！"

千夜没有回答。

魏成一拍额头，说："哎哟，我真是糊涂了，不该胡乱打听您的事儿！请不要放在心上！"

"一百五十金币一箱，你收吗？"

魏成连连点头："当然收，有多少收多少！"

千夜点了点头，说："一共有二十箱。"

魏成激动得脸上泛起了红光，连忙说："既然您这么照顾我，我也不是不懂感恩的人。这批矿石您的开价太便宜了，我擅自做主，给您三千三百金币，您看如何？"

"可以。"千夜点点头，说，"不过不要全都给我金币，剩余的换成武器装备、药品和粮食。"

"没问题，我立刻让人去准备！您下午就能看到清单，只要不是太冷门的货，一周内保证给您备齐。您手上有监院执事的徽记，所有货物还可以打个九折。"

和魏成敲定了交易细节后，千夜松了口气。他知道赤晶铁是铭刻原力阵列的主材料，可以用于三级以下的原力枪和二级以下的原力近战武器。这么一箱原矿，提炼出来的赤晶铁足够制造出十把原力枪了。

千夜的报价确实有点儿低，若是运去秦陆，至少可以卖到两百以上，卖给黑暗种族的话，价格则会接近三百。但是这么大的量，又是从武正南手上抢来的烫手黑货，想要出手可没那么容易。也只有背靠魏家的远东重工，才敢肆无忌惮地吞下这么多来历不明的货物，而且这还是看在千夜拿着世子信物的分儿上。

从这以后，魏成对千夜热情得有些过分，几乎每天都会过来嘘寒问暖。千夜正好也有用得着他的地方，七百多人衣食住行的规划、管理是极其烦琐的工作，其中大有学问，千夜从他身上倒是学到了不少东西。

就在千夜正在为无数琐事头疼时，宋子宁却已改头换面，变成一个外表和衣着都很普通的年轻人。他带着两名随从，来到永夜大陆的腹地——山阴郡。

山阴郡驻扎着整整三十万远征军，这里并不是人类控制区域的边界，按理来说不需要如此多的驻军。之所以这么兴师动众，原因就在于此地是十分有名的黑晶产区。

第十一章 安抵断河

宋子宁在郡城的小街上闲庭信步，一副怡然自得的模样。此时天色已晚，郡城其他地方依然很热闹，但是这条小街却安静得有些过分。

他很快便来到小街尽头，只见侧边有一座大宅院，三五个闲汉正聚在门口，懒洋洋地聊着天。

看见缓步走来的他，闲汉们纷纷站直身体，目光冷冽，渐渐有了嗜血的味道。而他仿佛没有看到他们，继续向宅院走去。

一个闲汉迎了上来，恶狠狠地说："你走错地方了吧？想要闲逛的话，去其他地方！"

"我是来找陈广宇的。"宋子宁微笑着说。

闲汉有些吃惊，上下打量着他，狐疑地问："找陈爷的？可是我们怎么没有见过你？"

宋子宁笑吟吟地看了他一眼，说："哦，现在已经是秋天了吗？"

"什么秋天？"

一众闲汉有些摸不着头脑，永夜大陆只有光季和暗季之分，哪儿有什么秋天！其中一人忽有所感，抬头望去，发现天空中竟有无数落叶徐徐飘落！

"这是什么？"他惊呼出声。

由于光照不足，永夜大陆的荒原上很少有阔叶林，更不可能见到这种落叶缤纷的景象！他吃惊之余，下意识地伸手去接一片落叶。然而那片落叶居然从他指间穿了过去，如同幻象一般。

他只觉得指间莫名地疼痛起来，忽然想起什么，骇然抬头，无数落叶簌簌而下，随即刺骨的剧痛席卷而来，将他彻底湮没了。

落叶如雨，打在人身上，便会绽放出一团妖艳的红花。这些闲汉只来得及发出短促的惨叫，便都纷纷倒地了。

宋子宁继续向前，终于走到宅院的朱漆大门前，叩响门环，然后静静等待着。

片刻之后，大门拉开一道缝隙，一名老仆极不耐烦地说："不是告诉过你们，自己的事情自己摆平吗？"

宋子宁微笑着说："我是来找陈广宇的。"

老仆喝道："我家老爷岂是你想见就能见到的！"

他朝门外看了看，像是在寻找什么，见丝毫没有动静儿，不由得脸色大变。他正准备张嘴大喊，就在此时，一片落叶忽然凭空出现，掠过他的咽喉。他扼住自己的喉咙，死死盯着宋子宁，竟一句话也说不出来了。

宋子宁随即穿堂入室，片刻后连过两重花门，来到一座院落之前。他一路上清理了十多个仆役，从容地找到书房，推门而入。

书房中坐着一个上了年纪的老人，头也不抬地说："我不是吩咐过，谁也不许打扰我吗？"

"可我必须打扰你一下。"宋子宁的语气始终那么温和。

听到陌生人的声音，老人蓦然大惊，失声问道："你是什么人？"

宋子宁施施然在他对面坐定，答道："陈广宇，我想和你做笔交易。"

"你是怎么进来的？来人啊！"

陈广宇纵声高呼，可是却没有得到回应。整个大宅静悄悄的，好像一个人都没有，他的脸色立刻大变。

宋子宁笑道："你已经无人可用了，或者你还可以叫你的女人和孩子们出来。"

陈广宇脸色惨淡，手背上青筋暴起，紧紧扣住椅子的扶手，强迫自己快速冷静下来。他挺直了身体，沉声说道："说说你的交易吧。"

"这个东西你认识吧？"宋子宁取出一物，将它放在书桌上。

陈广宇双眼骤然睁大，流露出极度惊恐之色。他小心翼翼地摸了一下那个物件，随即又如同被烫到了一般赶紧把手移开了，颤抖着声音问道："你……你是从哪儿弄到这个的？"

宋子宁放在书桌上的，赫然是一块标准单位的工业黑晶。它有一厘米厚，如同手掌那么大，正是齐岳当初交易给血族的那批黑晶中的一块儿。

在普通人眼中，所有黑晶看起来一模一样，无非是制造级的工业黑晶切割得大一点儿，而原能级黑晶小一点儿，纯度更高一点儿而已。但是在真正懂行的人眼中，每一块黑晶都是不同的。从内里的纹路，到更深层次的原力波动，都有细微的差别。而鉴矿大师不仅可以鉴定出一块黑晶产自哪处矿脉，还能推断出它属于哪个特定的矿区。

"这块黑晶，应该是从陈氏的矿上流出去的吧？"

陈广宇额头上满是细密的汗珠，心虚地说："是……是的，可是那又怎样？我的黑石矿里会产出少量黑晶，这是谁都知道的事儿！"

"你不觉得这块黑晶有些特殊吗？"宋子宁的声音温柔得如同微风的呢喃。

"我不知道这块黑晶有什么特殊之处。"陈广宇缓缓说道，他的身体挺得更直了，气势也提升了少许。

宋子宁冷笑着说:"这块黑晶来自血族手上,当时那些血族恰好和一些人类做交易。"

陈广宇镇定下来,靠在椅背上,说:"这和我有什么关系?陈氏只负责开采加工,然后把黑晶卖出去。至于买了黑晶的人后来干了什么,我哪里管得着?"

宋子宁点头道:"确实如此!"

陈广宇没想到宋子宁居然如此好说话,顿时一怔。

不过宋子宁接下来又说:"陈氏有没有参与这件事儿,我只要找到买家仔细盘问一番,不就清楚了?"

陈广宇脸色微微一变,威胁道:"年轻人,他们可都是大人物,不像我这么好欺负。你若是觉得自己能办到,就尽管去试试!"

宋子宁轻描淡写地说:"你虽是淮扬武家的姻亲,不过我并不将你放在眼里。而远征军一个三级防区的师长,也算不上什么大人物!"

陈广宇被宋子宁一语说破自己的背景关系,不由得心头一跳。他突然感到有些不安,回头一看,骇然发现身后不知何时已多出两人。

那是两个中年男人,他们面无表情,脸上的线条坚硬得如同石头一样。他们毫无保留地释放出原力气息,体内都有一团极为耀眼的原力光芒,宛若旋涡一般缓缓旋动着。

他们竟是战将!

陈广宇屏住呼吸,艰难地转动脖子,回头看到书桌对面那个温润如玉的年轻人脸上一成不变的笑容,不由得打了一个寒战。

身边竟然拥有两名战将,这样的人确实不必惧怕远征军的师长。况且他明知道自己与淮扬武家有着千丝万缕的关系,却还是把全院的人都清理干净了。如此强势,只能说明他有更为深厚的倚仗和背景。

宋子宁淡淡地说:"我根本不需要证据,也不需要向别人证明我做的是对还是错。现在,我说你参与了血族的交易,你就是参与了。"

陈广宇颓然说道:"公子如何称呼?有什么吩咐尽管开口,只要我能办到的,一定尽力而为。"

"我姓宋。"

陈广宇骇然问道:"宋,难道是……宋阀?"

宋子宁将一个钱袋抛在桌上,然后又取出两张纸,说:"这一张是前往帝国任何大陆的浮空艇使用凭证，只要你走得快，你和你的家人就能乘坐星间艇离开。钱袋里是给你的路费，当然，这个宅子里你能够带走的现款都可以拿走。"

他把另一张稍厚的纸放到陈广宇面前，又说："但是走之前，你得把这张契约给签了！"

陈广宇拿起那张纸一看，脸色顿时变得惨白，颤声问道："你想要陈氏所有的矿场？"

"一共只有三个矿，有一个还小得不像话。"

陈广宇深深地吸了一口气，说："年轻人，你不觉得这样太过分了吗？"

"我觉得我非常宽容。你看，我给你安排了行程，出了路费，还让你带走一部分现款。你不想签也可以，等上面的人下来彻查禁忌交易时，恐怕你需要付出的就不只是矿场，而是整个家族的性命了。"宋子宁顿了顿，意味深长地说，"或许，到时候牵扯出来的将不止你一个家族……"

陈广宇倒抽了一口冷气，苦笑了一下，说："好，好！我认输了！"

他一把抓过那张契约，"唰唰"在上面签下自己的名字，然后拿出私印用力盖了上去。

宋子宁仔细看过签名，检验了原力印鉴，方才细心地折好这纸合约，将它放回口袋里。陈广宇的眼皮不断跳动，对方显然有备而来，连他的签名和印鉴都事先了解得清清楚楚。

宋子宁又吩咐道："另外，这座宅子也是我的了。给你一天的时间收拾东西，明天这个时候，我会过来接收矿场。"

说完，他便起身离开了。走到门口时他忽然回头，说："如果我是你，就不会想着怎么翻盘，而是有多远就躲多远，以防我改变主意。"

他走后，陈广宇立刻瘫在了座椅里，里外两层衣服都被冷汗打湿了，丝毫没了事后寻仇的心思。

无论这个年轻人是否真的出自宋阀，仅凭他年纪轻轻就能调动战将级别的强者，就让人断了想要破釜沉舟的念头。况且对方话语中的威胁明明白白，如果自己敢妄动，就会牵扯出更多的人。

想到这里他打了个寒战，年轻人说得对，他现在需要考虑的是如何不让人找到自己。他忽然又想起了什么，猛然回头，却见身后空荡荡的。那两名战将级强者，早已悄无声息地离去了。

第十一章 安抵断河

离开陈宅后,宋子宁来到城南一座庭院,这是他的落脚之处,它的主人是宋阀附庸家族的一个远房分支。宅院不太大,但非常实用,是永夜大陆本土建筑的典型风格,墙高沟深,危急时刻俨然可以成为一座小型堡垒。

他走入偏厅时,那两名战将级别的强者已在里面候着了。他命人拿来两个原力封装盒,一人送上一个,说:"若不是有两位在,这次的事情也不会办得如此顺利。这是一点儿小小的谢礼,请代我向九叔公问好。"

两位强者连忙站了起来,年纪稍长的那个说:"有机会为七少出一点儿力,实乃三生有幸。九老爷叮嘱过我们,一定要尽心尽力地办事。都是宋阀的人,七少不必如此客气!"

两人推拒了一番,不肯收下礼盒。

宋子宁正色道:"承蒙九叔公看得起,特意请两位强者帮我办成大事儿。你们这两个朋友,我交定了!"

两位强者一听心情大畅,当下也就不再推辞了。他们回到自己的房间,打开封装盒,看到里面端端正正地放着一块原能级黑晶,于是更加满意了。这件事儿于他们而言不过是举手之劳,如此轻松便能得到这么丰厚的报酬,这种机会可不多。通过这几天的相处,他们发现七公子不仅亲切随和,而且待人以诚。相比之下,宋阀那几位少爷、小姐,却显得有些小气了。

第十二章　棋布错峙

最近千夜一直忙于训练那些"种子"。

他们不愧是精挑细选出来的，天赋、体质以及悟性都很不错，才训练了几天，就已经有模有样了，而且不少年轻女孩也有成为战士的潜质。照这样下去，再过两三个月就可以建立起一支四百人左右的战队了。这个规模相当于一个营，再加上足够的武器装备，战力将不下于帝国正规军。假以时日，他们中会有更多的人点燃原力节点，成为战兵。到了那时，整体战力或许还会超过正规军。

凌晨时分，校场的操练已经开始了。几盏昏暗的原力路灯下，年轻的男女们正在一圈圈儿地跑步，进行最基础的耐力训练。战兵们则聚集在校场另一端，用各种器械做力量训练。

这时魏成行色匆匆地来到校场，走到千夜身边，压低声音说："公子，这两天附近出现了不少可疑的人，昨晚抓到了一个。"

千夜双眉微微一扬，问道："查出来历了吗？"

"是第7师的人，有军籍的那种。"

千夜看了看一脸忧色的魏成，虽然之前向他透露过这批人是"种子"，也把战俘和赤晶铁矿的处理权都委托给了他，但是并没有明确告诉他这些东西的来源。不过以他的精明，只怕早就猜出了七八分，可是现在他才露出忧心忡忡的表情，似乎有点儿晚了吧。

千夜不打算和他绕圈子，直接问："他们会进攻远东重工吗？"

魏成脸色微微一变，说："明着当然不会，但是私底下会怎样可就不好说了。比如

一股流窜的匪徒恰好袭击了魏家的矿场,这种事儿任谁都抓不到把柄。"

千夜点了点头,说:"我需要武器,大量的武器。"

魏成面有难色,小心翼翼地说:"第7师的防区虽然离断河城有段距离,可是这片战区的远征军之间的关系都还不错。其实趁现在外面还没有太大的动静儿……"

千夜眯起眼睛看着魏成,明白了他的言下之意,很显然他还不愿意为自己彻底得罪远征军。魏家势力再大,也只是在上层大陆。况且作为分支机构,实力上远远不如远征军,一旦发生冲突,吃亏的必然是远东重工。

如果之前他没有毫无难色地收下那批赤晶铁矿,魏破天也没有派信使过来的话,千夜也许还能理解,毕竟一个管事面对这种大事儿是不敢轻易做主的。可他当时既然敢收赃,又明知魏破天会赶过来,现在这种态度便显得十分反常了。

千夜顿时起了疑心,他不打算让这只老狐狸有推脱的机会,连忙说:"拖欠我的那些装备必须立刻拿来,不要说你的库房里没有足够多的储备!"

魏成的笑容越发尴尬了,说:"公子,您这不是让我为难吗?"

"今天晚上我要看到装备,我付过钱的东西,必须立刻给我送来!"千夜冷冷扔下这么一句话,便不再理会魏成,继续督促"种子"们训练去了。

魏成无奈地道了声"公子小心",就匆匆离去了。

千夜叫来一个战士,简单吩咐了两句。这个战士以前是一名猎人,擅长追踪,千夜让他远远跟上去,看看魏成究竟是回城,还是去了其他地方。

回想起来,魏成拿到赤晶铁矿时态度相当热忱,之后却一直在磨蹭,到现在都还没有把武器装备交付完毕。而且还想让千夜把这批"种子"放出去,这未免有些说不过去。

此时此刻,第7师师部阴云密布。会议室中,武正南负手而立,盯着墙壁上的地图,默然不语。里面还坐着七八个人,都是他的心腹,整个第7师的核心成员都在此处了。

房间里一片死寂,没有人说话,静得好像连彼此的心跳声都能听见。

终于,武正南缓缓开口问道:"矿场那边还没有消息吗?"

一名上校参谋回答:"是的。最新一批货,他们始终拖着不交割,各种稀奇古怪的理由都找出来了,我们的人再怎么催促都没用。陈广宇那个老家伙也不知躲到哪里去了,自始至终都没有露面。"

武正南又问:"陈广宇的家人呢,你们见到了没有?"

更多精彩内容
请见二维码

上校参谋脸色更加难看了，说："一个也没有见到。旁边那个矿是那老家伙的堂弟在管，据说他也不知去向了。"

武正南点了点头，说："陈氏矿场那边肯定出事儿了！陈广宇不是被抓了，就是已经跑了。"

齐思成难以置信地说："这个不太可能吧？那个老家伙有点儿背景，还和远征军军部的陆将军关系密切，否则不可能在山阴郡拿到三个矿！"

武正南低沉着声音说："正是如此，才更说明这次的事情不简单，显然有人已经盯上我们了。"

齐思成不解地问："这里可是永夜大陆，有谁敢来压我们远征军一头？"

武正南笑了笑，伸手向上指了指，齐思成立刻沉默了。

另一名上校不太服气，说："就算是上面那些世家又如何！想要动我们远征军，也不是那么容易的吧？军部的大人们岂会容他们胡来！真要是这样，以后谁还肯给帝国卖命！"

武正南淡淡说道："现在说这些已晚了，第15师那边送过来的消息怎么说？"

第15师是野战师，阵地防线位于黑流城和断河城两个防区之间。第7师丢了东西，当然不可能直接把军队开进邻的战区大肆搜索，负责此事的上校参谋一边派出少量斥候查探，一边向关系密切的几个师发了密函。现在有消息反馈的，正是第15师。

"已经确认那批'种子'躲在远东重工的一座黑石矿场里，劫了我们东西的那个年轻人姓千，现在人也在矿场。消息是第15师从远东重工内部得来的，张师长表示他可以出一个团，但因为那个矿场在断河城第10师的防区内，要付买路费，而且涉及远东魏家，所以往后他在所有交易中的份额，都得提高一成。"

武正南脸色顿时一沉，显然一成的收益绝不是个小数目。他气得来回走了几圈儿，才说："答应他！但是告诉他，这件事儿必须做得干脆利落，而且要在一天之内全部解决掉。记住……不留活口！"

齐思成吃了一惊，说："将军，那批'种子'可值不少钱啊！"

"血本无归，总比被人抓到把柄，死无葬身之地要强。就这么办吧！"

齐思成不敢再劝，看他的脸色，明显心痛至极。那批"种子"里有五十名是他的私人投资，这一下把齐家过往的收益搭进去不少。当然，其他人的脸色也不会好看。

武正南沉吟了一下，又说："姓张的办事儿不怎么让人放心，我们也派一个团过去，

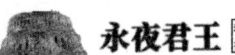

就让第1团去吧！"

第1团是武正南麾下战力最强的团，说是一个团，实际上有两千人之多，装备精良，丝毫不比帝国主力军团差。派出这个战斗单位，说明他下了决心，一定要把这次交易所有相关的蛛丝马迹全部抹去。

齐思成也是心思缜密之人，虽然损失惨重，但是一想起陈广宇一家突然失踪了，浓重的阴影便笼罩在他心头。

出去调动第1团的上校参谋没过多久竟又回来了，急匆匆地说："将军，不好了！城外来了一群魏家的人，弟兄们和他们起了冲突，被打伤了十几人。他们说要把城门给封了，好等他们的世子过来！"

世子？！没想到远东魏氏本家竟然过来了，如今这件事儿的性质完全不同了，即使远征军的高层在此，也得给魏家几分面子。

武正南的脸色变得极为难看，沉声问道："你确定？"

"应该是真的。来人中居然有折翼天使的一个中队，正是因为看到了他们，弟兄们才不敢再动手了。"

"难道所有的城门都被封了？"武正南又问。

"四个门都有魏家的人。"

武正南忽然说："飞艇不是都回来了吗？两艘浮空艇可以装一个营。思成，你和老赵走一趟，带上第1团的第二营，去远东重工的矿场和第15师的人会合。不管我这边发生了什么，务必要把那些'种子'全部杀光，一个都不能留！明白了吗？"

齐思成和一名中校站了起来，领命而去。

武正南这才环视了一下会议室内的亲信，淡淡说道："走吧，我们去看看魏家的人究竟想怎样！"

一名参谋忽然在武正南耳边低声说道："将军，我们的营房里还押着一百多个'种子'。您看……"

武正南面不改色，手一挥，说："全部处理掉！"

参谋打了个寒战，急忙应下了。

武正南冷冷地说："不必心痛，再多的钱也要活着才能享用。先过了眼下这一关，损失总会慢慢补回来的。"

一众军官的脸色并没有好看多少，远东魏氏的世子都亲自出面了，说明这一关绝不好过。

看着两艘有些老旧的浮空艇腾空而起,朝着断河城方向飞去,武正南脸上露出一丝不易觉察的阴狠。他登上越野车,直接向城门驶去。

双方仍在对峙,门外横着一排军用重载卡车,大约有十余辆,形成一道临时的封锁线,把出城的道路堵得严严实实的。驾车前来的不过是上百名战士,城内的远征军则多达数百人,

可是眼下占据上风的竟然是人少的一方。远征军们大多面有惧色,不时探头张望着。

围城的重载卡车不是远征军的那些老旧的货色可比的,即使经过长途跋涉,车身上溅满泥泞,但仍然遮盖不住呈流线型的深黑色金属盖板优美精良的本色。而且重载卡车上有两面旗帜,一面是垂首握剑的天使,另一面则是远东魏氏的鹰头家徽。或许普通战士不认识世家的家徽,但是杆头上的熊罴却是再清楚不过的大贵族的标志。单是这两面旗帜,就足以让他们裹足不前了。

城内忽然又起了一阵骚动,一队越野车冲出城门,在封锁线面前停下。

武正南从越野车上跳了下来,沉声喝道:"我是第7师师长武正南!谁是负责人,出来见我!"

一名折翼天使的中校应声而出,径直走到武正南面前,丝毫不掩饰脸上的傲慢。

"魏家世子呢?不是说他要过来吗?"

中校冷冷说道:"博望侯世子现在还在远征军总部,大约再过一天便会过来。有什么事儿,等世子到了,你再跟他说吧!"

武正南眼睛一瞪,问:"你们这是什么意思?"

他面上不显,心里却"咯噔"了一下,博望侯乃是远东魏氏家主的爵位!

"没什么意思,就是封城。"中校说话毫不客气。

"如果是我要出去呢?"

"世子吩咐过,任何人都不许进出,你也不例外。"中校答道。

其实魏破天交代的是,无论如何也不能让武正南跑了。

"远东魏氏的手,还伸不到远征军这儿来吧?"

"远东魏氏或许不行,但我们折翼天使可以。"中校傲然答道。

武正南点了点头,说:"那好,我就在城里等着魏世子过来。既然你们要封城,那

么就恕我招待不周了。"

说完，他跳上越野车，居然掉头回城去了。这样一来，倒是中校有些意外了，没想到这位传闻中出了名的脾气火暴的师长，竟能咽下这口气。不过如此也好，他立刻回身吩咐道："下车，整队！我们就在这里扎营！"

越野车中的武正南一直沉默不语。

他身边的副官轻声说："将军，我们要不要做些准备？"

"不必。"

武正南合上双目，闭目养神。他沉得住气，副官却有些惴惴不安。过了一会儿，他忽然问："城南监狱里还关着不少人吧？"

"是的。"副官在心里算了算，说，"还有四百多人。"

"都杀了。"武正南的语气很是平淡。

副官打了个寒战，咬牙说道："将军放心，今晚我就把这事儿办好。"

武正南点了点头，又说："我办公室里有份名单，待会儿你拿了名单，带上我的亲卫，把名单上的人都杀了，一个也不留。动静儿别太大，知道了吗？"

"明白！"

越野车一路疾行，向着师部驶去，进去不久又开了出来。这一次后面跟着数辆卡车，杀气腾腾地向城南行去。

武正南独自站在办公室的落地窗前，俯瞰着校场，再往远一点，就能看到整个城市。这一幕景象，他已经看了很多年。最初这里只是一座要塞，慢慢一个街区一个街区地发展起来，直到变成现在这座中等规模的城市。

他很怀念这个过程，所以尽管这么多年过去了，始终不曾换过办公室。他甚至不曾对办公楼进行重建或翻修，以他现在的身份，这间办公室看上去极为寒酸。但是坐在这里，每天看着日升日落，看着整个城市一点一点地发展起来，就是他最心满意足的时候。

至于这座城市的地基是鲜血还是白骨，他并不关心。对他来说，所有弱者都是踏脚石，是供他向上攀登的阶梯，而强者就是可供攀缘的扶手。

永夜大陆资源有限，而人类繁衍的能力却异常强大。过多的人口总会让统治者们头疼不已，他也渐渐难以养活治下这么多人。有些将军选择向帝国本土或其他大陆购买粮食，还有一些则选择发动战争，通过战争来减少人口。而他找到了第三条路，也是更好的一条路，那就是把多余的人口卖给黑暗种族。

现在是正午，本该是难得的阳光明媚的时节。然而天空中阴云密布，让他的心情也变得十分压抑。他已安然度过了无数危机，可是这一次能否过关，却丝毫没有把握。

"我不相信肖将军会放任他们胡来！"

肖令时，就是他的希望所在。肖令时不到五十岁就已成为中将，高居远征军副总司令之位，他也是目前远征军高层中唯一一个在永夜大陆出生的人。按照帝国的划分，他出身于寒门，严格一点儿来说，甚至连寒门都算不上。

他过往极为坚定地捍卫着远征军的利益，为此不惜与帝国上层的贵族们对立。他在帝国上层眼中成了麻烦制造者，但也因此赢得了远征军众将领和战士们的爱戴。

远东魏氏和折翼天使军团二话不说就封城堵路，看似针对的是第7师，但对于肖令时来说，这却是无法容忍的冒犯。只要有他居中制衡，即使博望侯世子亲至，也不能为所欲为。这道难关，或许就可以轻松地闯过去了。

其实直到现在，武正南都不清楚究竟是怎么得罪了远东魏氏这样的庞然大物。此事太过突然，别说盟友们那里没有一点儿消息，就连他在远征军军部里的关系都没有送来只言片语。

他心中反复盘算着，难道是看中了黑流城和四水基地这块区域，所以想把他这个师长赶下去？毕竟在远征军的历史上，这种事情早已屡见不鲜。可这似乎也不太可能，他记得魏家是封疆侯，整个远东行省都是他们的，区区永夜大陆偏远地带的三级防区，还这么靠近前线，他们要来何用？

如若要深究，每个远征军师长都有满头的小辫子。看来，问题还是出在那个姓千的小子和"种子"们身上，这才是踩了军法红线的要命之事。只要把他们都杀了，到时候便死无对证。就算查出一些无关紧要的小把柄，有肖令时在，顶多吃个处分或者被申诫一番。但若是让这些"种子"活着，便铁证如山，不但肖令时不好说话，还会牵扯出更多事端。

想到这里，武正南心中笃定了不少，一个最精锐的营，外加第15师整整一个团，怎么可能拿不下那区区数百人！况且和第15师有来往的远东重工的管事，还暗中扣下了那些人的武器弹药，因此此战已注定毫无悬念。

他的心情平静了不少，现在只等博望侯世子现身了。

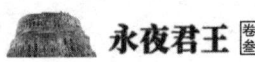

傍晚时分，千夜派出去追踪魏成的战士回来了，听完汇报后，他沉吟了许久。

魏成回去后便开始搬运东西，后来竟离开断河城朝西南方行去，随行的有两辆重载卡车，其中有女人和小孩。

魏成有问题是毋庸置疑的了，眼下最重要的是，接下来该怎么办。

千夜吩咐道："去请远东重工的两位护卫队长过来。"

远东重工在每个矿区都有一支三十多人的护卫队，千夜带着"种子"们来到小镇后，魏成又多调了一队人马过来。这两名护卫队长都是资深的四级战士，他们走进千夜的小楼，看到会客室的长桌上铺开了一张地图，都隐隐有一种不安的感觉。他们负责矿区防务，对周边的情况十分熟悉，自然知道这两天镇外的异动，只是不清楚敌人从何而来。不过在永夜大陆，战斗随时随地会发生，敌人也不仅仅是黑暗种族。

千夜请他们坐下，也不拐弯抹角，直接把魏成的情况说了出来。

两名护卫队长随即脸色大变，其中一名同样姓魏的队长当场骂道："这个吃里爬外的家伙！"

另一名队长年纪稍长，要冷静一些，他在地图上点了点，说："公子，魏成应该是去远征军的第15师了。"

世家在地方上的代理人大多和驻地的远征军关系密切，魏成之所以这么做，恐怕是因为他在这件事儿上也不干净。值得庆幸的是，断河城本地的第10师似乎没有卷进来，而第15师和第7师想要跨区攻击他们，多少得收敛一下行迹。

千夜说："看来从现在开始，这里随时都有可能遭到猛烈的攻击。"

两名护卫队长的脸色都有些难看，问道："难道真是……远征军？"

远东重工当然不是好惹的，他们每支护卫队都由战兵组成，比起远征军的加强作战单位只强不弱，但是再强也敌不过一个师的力量。

千夜点了点头说："我这里这么多人，出去就是死路一条，不过小队人马离开这里还是有可能的，你们是远东重工的人，只要进了断河城，应该就不会受到明面上的攻击了。"

魏队长摇了摇头，说："如果我们丢下您跑了，事后如何向世子交代？这等于背叛家族！"

他们虽然不知内情，但身为护卫队长，算是远东重工断河城分支机构的管事级人物。

当时魏破天的信使过来传递消息，曾明确告诉他们这属于家族事务，并强调了千夜在魏家等同于监院执事的权限。

另一名何姓队长也说："现在走确实来不及了，而且既然是第15师在背后搞鬼，第10师的态度也很难说得清，断河城不见得安全。世子明晚到达，我们只能尽力守一守了。"

魏队长又说："就算是远征军也不能欺负到远东魏氏头上来！我们得魏家供养多年，这个时候就得尽忠职守。请公子放心，我们一定会死战到底！"

何队长没有多说什么，只是坚定地点了点头。

千夜心中有些感慨，他本来没打算让这两支护卫队留下来，有了魏成的前车之鉴，他很担心其他人也被远征军渗透了。然而没想到这两名护卫队长居然肯为家族牺牲，而这里仅仅是魏家外围一个等级很低的分支机构而已，由此可以推想到整个家族的力量该是何等强大。

接下来三人商议了一下防务工作，决定立刻加固防线，并且在外围放出斥候和哨兵。好在矿场中有的是重型机械，可以作为路障和掩体。魏成叛变，远东重工另外几处矿区情况不明，原有的通信渠道可能也不安全，于是护卫队选了几个机灵的老手派出去，让他们想办法通过邻近区域的魏家渠道，把这里的情况上报给世子。

此时魏破天刚从远征军总部所在的征服堡中走出来，他满面春风地对左右亲随说："都说肖令时特别难说话，格外护短。今日一见，传言也不怎么准嘛！"

左右亲随一齐说："这当然是因为世子您英明神武！"

魏破天哈哈大笑，道："你们少拍马屁！老子有几斤几两，自己心里清楚。不过最近一段时间老子办事的能力的确有长进，肖令时这边进展得如此顺利，老祖宗那儿应该好交代了。"

左右自然又是谀辞如潮，哄得他心花怒放，大喝道："小子们，都跟我走！我倒要看看那些远征军在干什么勾当！"

一行人出了征服堡，前呼后拥地向飞艇基地行去，魏家的浮空艇已经在此等候了。

魏破天专门来拜访肖令时，自然是得了家中长辈的指点：要想在永夜大陆动远征军的人，非得过了肖令时这一关不可。但此行之前，他根本没有想过策略，只是做好了大吵一架，实在不行就硬来的准备。

第十二章 棋布错峙

然而见面之后，魏破天却发现这位将军格外好说话。知道魏破天的来意后，他当场表示与黑暗种族进行禁忌交易天理难容，他再怎么爱护部下，也不会为这种人撑腰，所以让魏破天尽管调查，还可以在力所能及的范围内，向魏破天提供帮助。

魏破天大感意外之余，心满意足地出了征服堡，一心想去找第7师和武正南的麻烦。

虽然他不擅长军务，但是并不胡来。魏家坐拥一省，在帝国军中也有一定的影响力，过去一个月里，魏家早就动用人手，悄悄将武正南查了个七七八八，这才开始着手布局。

魏破天动身之前，早就有人把武正南厚厚的一叠罪状交到他手上。有了这些证据，他才能信心十足地驾临永夜大陆，既帮了千夜一个大忙，又可以炫耀一下他的能力，比宋七那个没用的家伙简直强太多了。

征服堡的一扇窗户后面，露出宋子宁的身影，他遥望着一路远去的魏破天，轻轻说道："白痴。"

他身边站着一个身着将军制服的中年男人，肩章上那两颗金星表明了其中将的身份。此人身量英伟，气势锐利无匹，如同一把出鞘的利剑。

听到宋子宁毫不客气的评价，他只是笑了笑，不予置评。博望侯世子确实很有意思，以他的出身和经历，最看不上的就是这种骄狂自大的纨绔子弟，但不知为何，虽然魏世子看着分明就是一个草包，但言行举止却并不令人讨厌。

他的目光转向身边的宋子宁，这位宋阀嫡系公子温润如玉，风姿过人。只不过门阀世家的两个核心子弟居然同时盯上他手下一名师长，这就让人不太愉快了。

宋子宁说："肖将军，不用理会这个白痴，我们继续谈正事儿吧。"

肖令时点了点头，转身坐到沙发上。宋子宁坐到他对面，取出一份文件，放到案几上，说："这是陈氏三家矿场一半的权益，请您过目。"

肖令时拿起契约，仔细阅读起来。

按说他身居高位，根本无须事必躬亲，手下自有相应的人才为他打理好一切。然而见他如此专心致志，宋子宁心头微微一跳，对这位寒门中将的评价又提升了一级。

肖令时将契约看了两遍，然后放回桌上，满意地说："七公子做事倒是细致，这份契约没有问题，就这样定了吧。明天会有人拿着我的信物前往你的居所签约。"

宋子宁微笑道："肖将军，这只是开始，我们在山阴郡乃至整个永夜大陆都可以共享更多的利益。扳倒武正南后，他手中那几条交易线路就会落到我手里，您的收益肯定会更好。与武正南合作的那几位师长,只要不捣乱,原有的收益仍然可以保持。"

"这样最好,否则反对的人太多,我也不好办。"肖令时点了点头,随后想了想,又说,"既然七公子有备而来,那么是否考虑过淮扬武氏有可能会出面?"

宋子宁目光一闪,肖令时语气平平,似乎没有故弄玄虚的意思。供货方之一的陈氏矿场当家人陈广宇,算是淮扬武氏的姻亲。肖令时郑重提起淮扬武氏,怕是另有图谋。

宋子宁笑了笑,说:"肖将军若是有其他想法,不妨直言。"

肖令时起身将一幅地图摊开,只见上面赫然标注着永夜大陆人族控制区域的矿产分布。

他在山阴郡内几个颇具规模的矿产上一点,说:"这几处都属于淮扬武家。本来他们还算安分,就算暗地里搞点儿小动作,但明面上总是无碍的。"

宋子宁静静听着,知道必有下文。就像武正南那近千名"种子",其中不知牵涉了多少人和事。

"最近几年或许是看到周围的人纷纷和黑暗种族做生意赚了大钱,武家也就动了心思,不过他们的交易商品却有问题。"

"什么问题?"

"他们交易的商品不仅有人,还有黑晶铁。"

"黑晶铁?"宋子宁双眼微眯,心中快速盘算着。

黑晶铁的品级在赤晶铁之上,是制作四级原力枪的重要原材料。如果说赤晶铁属于战略物资,那么黑晶铁就是重要的战略物资。

宋子宁随即抓住一个关键点:"武家的矿区出产黑晶铁?"

肖令时点了点头,说:"他们一直试图保密,不过我的人在调查最近几笔异常的交易时,发现了一批来历不明的黑晶铁。我手下的两个鉴定大师都认为,这些黑晶铁应该是出自武家的矿区。"

宋子宁沉吟道:"淮扬武家虽然是三流世家,但毕竟也是世家。"

"这就是难办的地方。"

肖令时的语气虽然如闲聊般平淡,不过宋子宁却知道这才是关键。双方能不能进一步合作,就看自己是否有能力把此事承接下来。包括武正南那件事,之前给出的利益,换来的也只是对方"不过问"而已。一旦出了纰漏,想让对方偏向自己,光靠钱是不行的。

在永夜大陆上,肖令时已然成了气候,然而他毕竟出身于寒门,一旦出了永夜大陆,身份上的差距就会凸显，所以他才会让宋子宁出手。说到底，出身是他的短板，除此之外，他还真没有什么好怕的。

"还有没有其他资料？"

"稍等。"

肖令时离开了一会儿，回来时抱着一叠厚厚的档案，里面全是武家矿区的相关资料。

整整花了一个小时，宋子宁才把资料看完。他的手指轻轻叩着桌面，沉吟许久，才说："这些矿场属于武家三房，所以应该有操作的可能。"

肖令时只是点了点头，没有说话。

宋子宁继续说："我在秦陆有点儿人脉，要压过武家三房有些吃力，但拖住他们一段时间还是办得到的。当他们自顾不暇之时，我们直接截下交易商队，然后占了矿场。只要能抓到武家的把柄，就不愁他们不就范。到时我们将三分之一的矿场利益还回去，他们也只能认了。至于武正南那边，想必他们会识时务的。"

肖令时笑了："堂堂宋阀，为何对付一个武家三房还会吃力？"

宋子宁从容说道："高陵宋氏真要对付武家，如灭蝼蚁，又怎会吃力！现在是我宋子宁要对付武家三房，而不是宋家。"

借不借宋阀之力，这里面的区别可就大了。

肖令时有些动容，深深看了宋子宁一眼，说："倒是我眼拙了。"

他眼底闪过一抹沉色，也就是说，宋子宁这位名不见经传的七公子此番布局，竟全凭个人之力！虽然这一次不能直接向宋阀借势，可他不但没有感到失望，反而多了些期待。

宋子宁淡淡一笑，说："现在的问题是，假如我们抄了武家的矿场和商队，却没有找到黑晶铁，该怎么办？"

"你觉得该怎么办？"

宋子宁答道："只要不让他们发现我们的身份就行了。就算被发现了，也要想办法让他们再也说不出话来。不过我需要人手，肖将军，您手下应该不缺这种人吧？"

肖令时自然明白他的意思，当下说道："我手上的人你可以放心使用，他们在帝国各种记录中，都查不出来历。不过，劫道突袭这种事儿，七公子你打算亲自去吗？"

宋子宁微笑道："如此大事儿只有亲力亲为，才能放心。"

肖令时说："有句老话叫'千金之子，坐不垂堂'，七公子身份贵重，怎可以身犯险？"

"自己想要什么就靠双手去挣，岂不比争夺那点儿余荫来得痛快！"

肖令时默然片刻，轻叹一声，说："七公子志向远大，倒是让肖某惭愧了。如今的我胸无大志，嘿嘿，年轻时的冲劲儿，早就磨光了。"

宋子宁恭维道："肖将军深谋远虑，居安思危，日后必会再进一步。"

肖令时笑道："那就借七公子吉言了。"

两人又聊了一会儿，敲定了行动的细节，宋子宁方才离去。

当他从征服堡中走出来时，刚好看到一艘浮空艇腾空而起。虽然相隔甚远，远东魏家的徽章还是清晰可见，也不知魏破天在磨蹭什么。

浮空艇上，魏破天正和一众随从胡吃海喝。此刻他酒意上涌，生起满腔豪情壮志，只觉得天下虽大，舍我其谁！

哪怕是他身边那几个颇为老成的人物，回想起整个过程，也觉得不可思议。肖令时若是如此好说话，怎会得个"黑面肖"的名声？可是偏偏世子一开口提要求，对方就满口答应下来，丝毫没有为难众人。

这些人知道其中必有原因，但原因是什么，却怎么也猜不到。整个队伍中，或许只有魏破天自己觉得肖令时是被他的气势所折服，于是那种舍我其谁的张狂劲儿便愈发强烈了。

当然，就算魏破天知道其实是宋子宁用陈氏矿场一半的利益作为敲门砖，又有一系列后续合作铺路，才令肖令时下定决心彻底舍弃武正南的，他也绝不会承认宋子宁的作用。

此时此刻，无论是宋子宁还是魏破天，都不知道有两股军队已将千夜和那批"种子"包围起来，只等夜深人静便发动攻击了。

这种跨区调兵的举动当然瞒不过肖令时，然而他既没有阻止，也没有把消息透露给魏破天或宋子宁。在他看来，那批"种子"若是能就此消失，自然再好不过了。他们活着，就是扎在远征军身上的一根刺。此事解决之后，第7师肯定完了，至于参与动手的第15师，不过是多赔点儿利益出来罢了。

征服堡这边的事情一了，宋子宁便派出几名亲随，把最新的进展告诉千夜。而他则带了几名心腹，连夜赶往另一个城市。那里有一件重要的商品正等着他，必须马上处理。

第十三章　激战不休

　　暮色渐渐低垂，千夜站在小镇的哨塔上，遥遥望着远方。地平线上已一片模糊，隐隐升腾起雾气。现在不过是下午两点，永夜大陆却已临近黄昏了。好在一轮圆月渐渐升起，借着朦胧的月光，目力好的人勉强能够看出几百米远。

　　千夜的双瞳隐隐透着暗红色，他已经启动了夜视能力。永夜大陆就此脱去了伪装，所有秘密在他面前都一览无余。视线尽头烟尘滚滚，那是重载卡车行进时冒出的黑烟和扬起的尘土。一支规模庞大的部队正向这边逼近，用不了一个小时，就会到达目的地。

　　远东重工的两名护卫队长站在千夜左边，右边则是一对年轻的男女，看上去比千夜大不了多少，也就二十出头的样子。他们都是一级战兵，男的英俊，女的清丽，在血族那边可都是能卖出大价钱的好货。

　　他们是同父异母的兄妹，男的叫吴士清，女的叫吴士颖。他们出身于一个没落的士族，为了寻求更好的前途，冒险来到永夜大陆。结果刚刚抵达这里，就被武正南手下的奴隶猎人抓获，卖到血族那边当"种子"。

　　几天的训练下来，他们的表现十分出众。于是千夜把他们提拔起来，负责统领一批战士。

　　两名护卫队长努力张望，可是除了茫茫夜色什么都看不到。他们见千夜神色凝重，知道那个方向多半有问题，只是相隔太远，以他们的目力根本无法觉察到什么。

　　吴士清忽然低呼一声，说："那边来了好多人！"

　　此刻车队还在数公里之外，暮色渐浓，又有薄雾弥漫，如果没有特殊的感知能力，根本什么都看不到。千夜心中一动，瞥了吴士清一眼，就算是普通的夜视能力，也不可能看到这么远的地方。

吴士清不安地说："公子，我……我有一些感知上的能力，主要是夜视，还可以看到其他人看不到的一些东西。"

千夜没想到吴士清居然能看到其他东西，这就意味着他拥有复合感知的能力，这可不是寻常的天赋。即使他今生的成就只能达到五级，但只要给他一把鹰击，就能成为出色的狙击手。至于吴士颖，目前虽然没有显现出特殊的能力，不过仅仅是修炼速度过人这一项，就值得期待了。

魏队长有些紧张，问道："公子，来了多少人？"

千夜说："很多，看数量大约有一个团。嗯，那边刚刚降落了两艘飞艇，估计至少能装下一个营吧。"

"将近两千人？"

两名护卫队长脸色变得十分难看，他们虽然早有心理准备，但是没想到远征军竟然如此明目张胆。这么大规模的讨伐，事后想要遮掩过去几乎是不可能的。这也就意味着对方势在必得，接下来的一天一夜绝对不会好过。

就算他们的实力比远征军强，可双方数量上的差距实在太过悬殊了。千夜手下是有不少人，但真正能上战场的却连一半都没有，况且才训练了几天！这三四百人加在一起也就相当于一个连，更何况装备也不齐全。

魏队长苦笑道："我们的装备不够，弹药也不多了。"

何队长叹了口气，还算平静地说："不管怎样都得扛下去。"

城外的远征军纷纷下车，与从浮空艇上下来的部队会合了。

千夜一挥手，身后的战士立即吹响了号角。低沉的号角声回荡在小镇上空，所有人都神情肃穆地握紧了手中的武器。

千夜拿出一把大口径的火药狙击枪，扔给吴士清，说："接下来的战斗，你可以自由行动。记住，只杀尉官，校官们不需要你管。士颖，你负责协助和保护你哥哥。"

吴士清一把接下重得惊人的狙击枪，随即又接过千夜抛来的一袋子弹，抬起头，倔强地说："我要原力枪！"

千夜摇了摇头，说："你那点儿原力，打个两三枪就空了。这是战场，不是你逞英雄的地方！你要做的是多杀些中尉和少尉。"

第十三章 激战不休

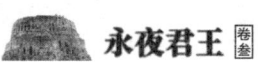

少校基本上都是四五级的高手，火药武器对他们的威胁并不大。不过大口径的狙击枪对于两三级的战兵来说，还是相当具有杀伤力的。只要能击杀大量的中低层军官，远征军的临战调度就会出现问题。

这时吴士颖上前一步，小脸上写满了自信和坚定，说："给我一把原力枪，我……我能多打几枪。"

千夜笑着问："你能打多少枪？"

吴士颖回答："一级原力枪的话，能打五……不，六枪！"

两名护卫队长为之动容了，就算是二级战兵，也不可能人人都打出五六枪，何况吴士颖明明只点燃了一个原力节点。

千夜一下子有了兴致，老实说，这个数据不比他差多少。见吴士颖绷紧了脊背，看上去有点儿紧张，于是他放低声音，温和地说："看来你有特殊的天赋，可以告诉我吗？"

吴士颖小声说："我好像能控制原力流动，所以使用原力枪时消耗不大。另外，我的原力也比其他人要多一些。"

千夜点了点头，原来吴士颖的能力也不差。在不久的将来，仅仅凭借原力深厚这一项，她便能碾压大部分同级对手。

这对兄妹还真是难得的人才！千夜看了他们一眼，心中一动，又问："你们知道我为什么要坚守在这里吗？"

见他们有些茫然，他解释道："因为周围的区域无险可守，且可能存在其他潜藏的对手，我们只有借助这里的地形，才有逃生的机会。更何况我们根本不需要逃，只要坚持到明天晚上，援军就到了。"

千夜还有一句话没有说，那就是届时只有最强大的一批人才能存活下来。但是剩下的这些人就如同熔炉中的宝剑，每经过一次煅烧，就会变得更加锋利一些。

"我们能撑到明天晚上吗？"魏队长满脸担心，忍不住嘟哝了一句。他虽然不怕死，但是明显信心不足。

千夜笑了笑，没有回答。远征军的队伍中至少有两名六级高手，而这里实力最高的就是他了，再加上数量和装备远逊于对方，想要守住阵地基本不太可能。

小镇的防务工作早已布置完毕，现在只等着敌人进攻了。

远征军连军服都没有换，只把军衔和番号给摘了。扮盗匪扮得如此不专业，恰好也说明了他们想要将这批"种子"一网打尽的决心。

他们在镇外摆好阵势，接着又从卡车上推出几门轻型炮。片刻之后，阵阵轰鸣响起，轻型炮开始喷吐火光，将炮弹送入小镇。炮击是最直接有效的进攻手段，特别是对没有修炼出原力的普通战士而言，杀伤效果相当明显。

在千夜眼中，这几枚炮弹的运行轨迹异常清晰。他忽然夺走吴士清手中的狙击枪，摆出使用突击步枪的姿势，凌空就是一枪。

狙击枪的轰鸣声几乎压过了隆隆作响的炮声，只见空中绽放出一团耀眼的火光，一颗炮弹居然被打爆了！

他几乎不怎么瞄准，连续击出四枪，直接打空了一个五发的弹匣。空中四团火焰不断挥洒着热浪，小镇内外一片死寂。

这种景象可不多见，片刻之后，小镇中爆发出惊天动地的欢呼声！千夜点了点头，先鼓舞士气，才可与之一战！毕竟对于"种子"们来说，远征军就是不可抵抗的庞然大物。

远征军的前锋步兵开始缓缓向小镇推进，负责火力掩护的轻重机枪不断喷吐着火舌，流弹在空中呼啸来去。不过炮击的效果并不好，大部分没有战力的"种子"都已提前躲进矿道，其他战士则分散于全镇各处，想要找准目标并不容易。

忽然，小镇的高墙上有一挺重机枪疯狂地开起火来，已接近百米之外的远征军战士顿时倒了一片。然而一颗闪耀着黄色光芒的原力弹掠过战场，轻易击穿了重机枪的钢制护板，将正在疯狂射击的射手解决了。随后几颗炮弹接二连三地落下，将重机枪位炸得粉碎，里面的供弹手和后备射手全部阵亡。

千夜心中叹息了一声，训练时间太短，除了十多名正规军战士，其他人基本上没有团体作战的经验。刚才那个射手沉不住气，提前开火，结果暴露了自己。

他目光一扫，将远征军那名开枪的中尉所在的位置记在心里。一个三级战士，还不值得他出手。他耐心等待着几条大鱼上钩，一旦他手中的鹰击发出轰鸣，那些中校们肯定避之唯恐不及。

远征军已经冲到墙下，四处都是枪声和爆炸声，战斗全面开始了。许多敏捷至极的身影突然腾空而起，直接跳上数米高的围墙！

这些人行动如风，完全不像人类，甚至比猛兽还要敏捷。他们一冲上围墙，便斩杀了好几个战士，只有远东重工的护卫们勉强能挡住他们。一个四级实力的光头壮汉身中十余枪，居然还能若无其事地大杀四方！

这就是战兵，在面对普通人的时候，他们几乎无可匹敌。

第十三章 激战不休

战场上突然响起狙击枪的轰鸣，壮汉一愣，随即摆出防御的姿势。不过他全然无事，身边一名少尉却仰天倒下了。他挠了挠头，有些愕然不解。

狙击枪再度发出轰鸣，距离他不远的另一名少尉又应声倒下了。他明显被激怒了，四下寻找那名该死的狙击手。随后他的视野中出现了一个年轻人，诡异的是，这个年轻人竟然轻松地穿过激战区域，毫无阻碍地来到他面前。

还没等他反应过来，千夜就已拔出闪耀光牙，一刀向他斩去！

血气伴随着原力疯狂涌入纹饰繁复的短刀之中，千夜忽觉手上一轻，刀锋上骤然泛起蒙蒙血光。

壮汉满不在乎地扫了挥斩而来的短刀一眼，装饰华丽的闪耀光牙，在他眼中不过是把小得可怜的匕首。况且一个人类居然敢使用血族的武器，难道真的没有武器可以用了？他挥起手臂，直接迎着刀光扫了过去。他那如同常人大腿般粗壮的前臂上，包裹着厚厚的钢甲，浑厚的原力光芒正透体而出。

然而淡淡的刀光居然穿透了他的手臂，一恍神儿的工夫，短刀便变斩为刺，深深插入他的腹部。

一切发生得太快，他甚至没有感觉到疼痛。等他意识到自己瞬间已连中两刀，不是因为短刀太过锋利，而是因为千夜实力强悍，足以碾压自己之时，索性发起狠来，挥臂向千夜当头砸下！

风声沉闷，掺杂着令人心颤的锐啸，宛如整座山峦重重砸下！

千夜抬起手，轻轻巧巧地架住这记重拳。他脚下一沉，踏足之处寸寸开裂，然而看似单薄的身体却无比坚韧，甚至没有一丝晃动。

他的原力自闪耀光牙中爆发，巨大的冲力瞬间击向壮汉。壮汉双眼凸出，死死盯着眼前的人影，发出不甘的低吼，庞大的身躯缓缓倒下了。

第15师突击营营长就此战死！

远征军战士见状士气低落，而镇中的抵抗则变得更加激烈了。千夜跃下围墙，游走于小镇之中，他只出手击杀战兵，无论对方的实力是一级还是四级，都挡不住闪耀光牙猛烈的一击。

狙击枪不断轰鸣着，千夜一共安排了五名狙击手。吴士清的射击频率很稳定，基本上每隔十秒就是一枪，从不落空。最初的慌乱过后，这个年轻人逐渐变得沉稳、镇定起来。

吴士清没有变换狙击阵地，处于镇中心钟楼内的他，正好可以俯瞰整个小镇。但这也让钟楼成为众矢之的，不断有远征军向这边发起冲锋，而钟楼内外已倒着数十具尸体。其中有几名尉官是死于原力枪之下，他的妹妹吴士颖那非常深厚的原力，终于发挥出重要的作用。

千夜斩杀了一名中尉和他的辅助小队之后，忽然心有所感，转头望去。只见一名中校已跃上围墙，在数十名战士的掩护下，架起一把巨大的狙击枪，此刻黑沉沉的枪口正指向钟楼。

中校手中拿着的，赫然是鹰击！

千夜手中的闪耀光牙再次挥出，漾起一片蒙蒙光芒。然而他并不理会这些成片倒下的敌人，只是几个起落便蹿上一个矮坡，然后从背后摘下鹰击，瞄准那名中校。

能够使用鹰击的无一不是身经百战的猛士，中校瞬间有了极度的危险感，连忙转头看向千夜！令他感到难以置信的是，对方居然用站姿做出了瞄准的动作！

鹰击拥有超乎寻常的威力，不是谁都能用的。它对原力的消耗非常大，因后坐力对操控力的要求很高。没有八九级的实力便以站姿使用鹰击，完全就是找死，反作用力会吞噬掉不知死活的射手。

他根本不相信对方敢在这种情况下开枪，他完全可以把钟楼里的那个狙击手先干掉，然后再躲开身后的攻击。但是多年征战培养出来的对于危险的直觉，以及谨慎的性格，让他放弃了这个想法。他连忙从原地跳起，迅速躲到两名辅助战士身后。

随后，他居然真的听到鹰击那独特的声线破空而来。

对方真敢站着开枪？！他心中一颤，来不及为自己的先见之明自得，只见一颗原力弹闪耀着炽烈的光芒，竟然越过两名辅助战士，直接轰在了他的胸口！

刹那间，他的身体失去了知觉，轻飘飘地飞了起来。半空之中，他看到那个年轻人竟然若无其事地站在原地，平端着鹰击，又射出了第二枪！在他急速扩张的瞳孔中，年轻人宛若在水面上飘行，向后滑退数米，然后把鹰击收回，继续投入到新的战斗。

怎么会这样？！

空中燃起一团暗红色火焰，他渐渐失去了意识。此刻他心中满是对上司和情报部门的痛恨，这哪里是一个能用鹰击的五级战士？就算是八级战士，也未必能站着使用鹰击。

千夜的视线再次扫过整个战场，没有发现其他中校，心中略感遗憾。鹰击响起之后，他们想必不敢冒头，只会驱使战士们继续消耗他的原力。

小镇的战斗已进入白热化状态，潮水般的远征军从各个方向涌入，每个角落里都充

第十三章 激战不休

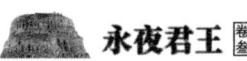

斥着厮杀声。吴士清和妹妹并肩战斗,死堵着楼梯口,依靠地形优势击杀敌人。

远东重工的护卫们开始出现伤亡,"种子"们也有不少死伤。这些没有经过训练、装备又严重不足的年轻男女,仅靠热血和勇气是无法战胜见惯了血腥和杀戮的狼群的。

千夜突然发现自己的战斗方式有问题。他在整个战场上游走,战果的确惊人,已有不下数十名战兵死在他手上,失去大量士官和尉官的远征军战力明显下降了。然而生死一线之间,双方哪儿有余暇注意到如此细微的实力变化,等他的战果扩大到足以改变整个战局时,或许己方的战线早已崩溃了。

他掏出唯一一枚原力手雷,激活后用力掷了出去!原力手雷飞过百米,在一群正在集结的远征军战士头顶爆炸了,肆虐的原力风暴和恐怖的冲击波瞬间夺去了整队人的生命。

远方正在观察战局的中校团长顿时出了一身冷汗,他万万没有想到对方手中居然还有原力手雷这样的杀器。如果校官们贸然走上战场,突然挨了这么一枚手雷,那么不死也得重伤。好在这个要命的东西只是用在了毫无价值的数十名普通战士和几名战兵身上。不过对方的攻击方式有些莫名其妙,不知究竟意欲何为。

爆炸的余波还在激荡着,千夜直接从烈焰中穿过,扑向战场另一端的一位少校营长。这位少校还没从原力手雷的震慑中恢复过来,便发现千夜已扑到自己眼前。

他并非孤身一人,周围还有十几名翼护着他的战士。然而千夜顶着远征军的枪林弹雨全速奔来,然后突然改变冲势,跃上半空!

少校的视线跟随着千夜上移,随后看到两把华丽的血族短枪已指向自己。紧接着,摇曳的虚幻之花在空中绽放。他的原力防御被巨大的冲击力撕得粉碎,脸上、胸口迸现出血光。

只见千夜于空中一个翻身,完美化解了双生花的后坐力,稳稳当当地落在了地上。偌大的战场上顿时鸦雀无声,幸存的远征军战士们全都心存畏惧。

千夜反手将双生花归鞘,伸脚一挑,一把远征军突击兵专用的合金战斧从地上飞起,准确无误地落入他右手之中。他左手拔出闪耀光牙,右手持斧,大步向着面前的远征军战士们走去。他每前进一步,远征军战士们就后退一步,竟无一人敢向他发起冲锋。沉重的合金战斧可以斩开蛛魔的腹甲,然而在他手中却轻得像一片羽毛,远征军战士们毫不怀疑,直接冲上去的人下场必定十分凄惨。

前来增援的远征军战士陆续到达了,片刻后便聚集了上百人。可是人数上的绝对优势并没有给他们增添更多的信心，他们依然被千夜逼得步步倒退。沉重的脚步声一下下敲击在他们心头，彻底粉碎了他们的战斗意志。

一名闻讯赶来的突击营上尉号叫着冲出人群，还没等他挥出手中的战斧，千夜的斧刃便先一步掠向他。

远征军战士们终于崩溃了，他们试图逃跑，纷乱的人群冲散了身后的战线。小镇不大，局部的溃逃很快影响到整个战局。远东重工的护卫们经验丰富，立刻开始反攻，在他们的带领下，"种子"们全都从堡垒中冲了出来，向敌人发起冲击。

远方终于响起苍凉的号角声，那是远征军撤退的信号，这一轮进攻总算被拦下了。

千夜当然不会放任远征军从容撤退，即使军官们已经尽最大的努力收拢队伍，保持阵形，可依然不能阻挡他的衔尾追击。在他一次次的冲击之下，一个个战兵不断倒下。此刻的他就像一头紧随着猎物的战狼，随时准备发起凶猛的攻击。直到感觉到被数支狙击枪锁定，他才放弃追击，退回镇内。

小镇里浓烟滚滚，两名护卫队长迎了过来，他们身上鲜血淋漓，不知是敌人的血，还是自己的。他们的斗志明显高昂了许多，眼底有熊熊火焰在燃烧，望向千夜的目光也与以往不同了。

千夜很清楚他们的目光里包含着对强者的信服和仰望，甚至可以说是崇拜。从这一刻起，他算是真正赢得了他们的尊重。

他心中一动，刹那间意识到自己的问题所在。在这片战场上，他不仅仅是一个战士，还是引领整场战斗的指挥者。

从个人战绩来看，他的战术没有错，超远程狙击手是一个独立作战单位，大部分情况下自选战位才能发挥最大的作用。然而指挥者却不一样，他得让部下们看到自己，信任自己，知道自己一直与他们同在。

当然，这和当初在131连的情况也不一样。131连是一支身经百战的队伍，包正诚和军官们可以成为局部战斗的指挥者，他们与麾下士兵早已历经无数次出生入死的磨合。而眼下这支临时拼凑起来的队伍，彼此之间既没有默契，也没有累积下来的信任，所以尤其需要一个强有力的临战指挥者。

其实最能胜任这个位置的人是魏破天，千夜见识过他的战斗风格，那种身先士卒、直捣中军的气魄，最适合正面厮杀了。单看他在折翼天使同袍中的地位和威信，就知道他很擅长带兵。而千夜无论在黄泉训练营还是在红蝎，学习的都是杀人之术，来到永夜大陆之后更是习惯了游击猎杀的模式。可是像今天这种千人以上规模的战役，要想扭转战局，临场指挥能力显然尤为重要。将军和士兵的区别就在于此，这是属于强者的时代，也是只属于强者的时代！

远征军的第一次进攻终于被打退了，除了两名护卫队长，聚集到千夜面前的还有那些战兵。经过刚才的战斗，他们俨然成了核心人物，几个经验丰富的老兵战斗一结束就开始收拢队员了。

千夜没有多说什么，简单吩咐道："立刻清点伤亡人数，重新布置防御阵型。记得给每个人配发武器装备，我们现在有足够多的武器了。"

等众人都散开之后，他独自登上残缺了一角的哨塔，眺望着远处的远征军。远征军已撤到千米之外，对方的指挥官对他的鹰击深存戒惧，待躲到射程之外，才敢重整队伍。

"大人，您受伤了。"一个略显稚嫩的声音突然响起。

千夜回头一看，见一名少女紧张地站在那里，满脸的烟灰和血痕并没有掩盖她清秀的面容。

顺着她的目光，他看到自己腰际不知何时多了一摊血渍。他暗中调动血气，发现竟然有一股阴寒的原力徘徊不去，阻碍伤口复原。

射伤他的人明显也有特殊的天赋，这种阴寒性质的原力颇为罕见，在战斗中十分实用。假以时日，那人肯定会成长起来，只可惜遇到了他。下一次相逢，他绝对不会放过此人。这，就是战争。

小镇外，一名中校团长脸色阴沉地负手站立着，他身边的第7师营长脸色也好不到哪里去。

第7师营长忽然说："接下来的战斗，我第一个上！"

中校团长摇了摇头，说："我们师的突击营长，我的副团长，还有另一个营长都牺牲了。你觉得自己会比他们表现得更好吗？"

营长吼道："至少我不怕死！"

中校团长冷冷说道："这里没有人怕死，问题是要死得其所！你第一个冲上去，除了给那个小子当靶子，还有什么用！能让我们打赢这场仗吗？"

营长脸上阵青阵白，忍不住揶揄道："既然没有人怕死，那么刚刚逃回来的那些家伙是谁的人？！"

中校团长"哼"了一声，没有说话，那些自然都是他的手下。

营长看了看时间，焦急地问："我们什么时候再发起进攻？"

"至少得等到天亮之后，部队现在的状况不适合进攻。"

"可我们第7师等不及了！明天天黑之前，必须消灭所有'种子'！"

"那是你们第7师的事儿。"

营长忍不住吼了起来："若是我们第7师栽了，你以为你们第15师就会好过？"

中校团长的脸阴沉得如同黑石，死死盯着营长，许久之后才转头冲亲卫吼道："去报告师长，我需要援军！真正有力的援军！"

传令兵跳上越野车，疾驰而去。这里距离第15师的驻地不过几十公里，第二天中午援军就能赶到。至于本地的第10师有何反应，那就是将军们需要考虑的事情了。

营长的脸色刚刚好看了一些，中校团长就冷冷地说："你们只派了一个营过来吗？别忘了，这件事儿要是被捅了出去，我们15师固然会倒点儿霉，可你们作为牵头人和策划者，就等着被推上前线吧！"

营长的脸色更加难看了。

中校团长没再多说什么，叫来副官，开始统计伤亡人数。

第一轮进攻，远征军的伤亡人数已超过五分之一。虽然千夜那边也不好过，可是这个伤亡数字显然已远远超出他们的预期。

这时副官压低了声音，说："长官，情况有些不妙。我们的军官伤亡太多了，不少弟兄拒绝再上战场。"

"伤亡有多少？"中校团长不动声色地问。

"尉官伤亡人数已超过五十人！"

"什么？"这下中校团长再也无法保持镇定，转头冲营长怒吼道，"这就是你们情报里说的只有一个五级战士？你见过哪个五级战士能够干掉这么多尉官？！"

营长一时说不出话来，唯有连连苦笑。

千夜简单处理了一下身上的伤口，便来回走动，巡察布防情况。他这边的伤亡情况还好，总共加起来只有百余人，完全在可以接受的范围内。重要的是经过刚才那场生死之战，他从这些年轻人眼中已看不到畏惧，他们眼中充满了勇气和崇拜。一个总是出现在最危险的前方，向着最强大的敌人冲击的将军，必然会得到士兵们的爱戴。

看着渐渐聚拢过来的年轻战士们,他平静地说:"再坚持一下,只要撑过下一轮进攻,我们的援军就会赶到了。这里是远东魏氏的地盘,在帝国上品世家面前,区区远征军的两个师长又算得了什么!"

战士们立刻欢呼起来,疲惫和伤痛仿佛一扫而空。对他们来说,远征军就如同无可匹敌的庞然巨兽,是永夜大陆的主宰者。他们一直觉得未来一片茫然,没有人告诉他们,这个暂时栖身的小镇是什么地方,很多人甚至都不知道远东魏氏的名字,但"帝国上品世家"这几个字眼儿他们却再熟悉不过了。那是可以与远征军这样的庞然大物相抗衡的存在,同时也意味着,未来并非不可期!

战场上永远充满了意外,千夜没有等到魏破天的援军,反而等来了第15师的增援部队。

这次第15师又派来一个团,短短时间内连续出动两个团,这已是第15师的极限了,而二十公里之外的第10师却依然无动于衷。

看着城外黑压压的远征军战士,两名护卫队长的脸色十分难看。

何队长吼道:"真舍得下血本儿,老子还没经历过这种规模的大战呢!"

魏队长则郑重地对千夜说:"公子,我们拖住他们,您还是想办法突围吧!告诉世子这边发生的事儿,他会为我们报仇的。"

千夜望着城外,片刻之后,才说:"放心吧,他们拦不住我!"

两名护卫队长立刻说:"如此,兄弟们就能放手一战了!"

这场战斗格外艰苦,从午后一直持续到黄昏,千夜甚至有一种重回土城堡之战的错觉。远征军战士的战力比黑暗种族的炮灰更强,而他麾下的战士虽然数量不少,战力却不及当初的加强连。

唯一的变数就在于他和他的鹰击。

每当鹰击发出轰鸣,必有一名校官战死,这让远征军所有军官都感到心惊胆战,两名中校团长更是不敢踏入小镇一步。连长官都畏战,战士们的士气也就高不到哪儿去了。

然而激战到黄昏之时,纵使千夜有进阶血族体质的恢复力,也同样感觉疲惫不堪,原力几近枯竭了。

从窄巷里突然跑出来一名战士,他满身是血,年轻的面孔上透着莫名的惊慌。他步履蹒跚地倒在千夜面前,没想到刚刚摆脱沦为"种子"的命运,却又不幸地走向生命的终点。

几名远征军战士随之冲了出来，他们看到千夜，立刻呼喊着扑了过来！

千夜向前走了两步，仿若鬼魅一般从他们中间穿过，没有受到任何阻碍。他们冲出一段距离，方才蓦然止步，低头看着自己身上不知何时多出来的伤口，缓缓栽倒在地上。

千夜手中的闪耀光牙上多了几条血痕，转眼又变得光洁如新了。此时他心头如同压着一块巨石，每当有年轻的"种子"在他面前倒下，这种压抑感就会增加几分。

他随即跃上围墙，浑身溢满凛冽的杀气，并不隐藏身形，而是笔直地站在制高点上向镇外看去。远征军的两名中校全都躲在后方，完全不敢露头，看来是怕了他。激战至今，已有三名中校死在他手上。

忽然他身后袭来一股劲风，只听"呼"的一声，一柄战斧擦着他的肩臂斩入地面！他不假思索地将闪耀光牙反手挥出，然后从容转身。

那是一个满脸络腮胡子的大汉，肩章和番号都撕掉了，领口上上尉的徽花显得格外耀眼。他死盯着千夜，张了张嘴，随即吐出一口鲜血。

千夜没有闪开，只有敌人滚热的鲜血才能浇熄他胸膛里燃烧的怒火！

浓郁的鲜血气息直冲鼻端，他体内的血气顿时翻涌起来，自行进入沸血状态，就连懒洋洋地游走于心脏外的金色血气也有些躁动了。

他身上忽然绽放出极淡的金色光芒，内中还有少许紫意。这是金色血气和紫色血气自动外放的结果，它们一接触到鲜血，便开始汲取其中的原力。好在战场上硝烟滚滚，没有人注意到他身上透出的淡淡的血气。他苦笑了一下，随即提着闪耀光牙扑向附近的一个战斗小组。

片刻之后，鹰击再次发出轰鸣，一名凶悍的少校应声倒地了。镇外那两名中校正暗自庆幸，有一段时间没听到鹰击的声音，他们还以为对方已耗尽原力，还好没有贸然冲上战场，不然倒下的可就是他们了。不过，这是对方第几次使用鹰击了？

夜幕降临，损伤惨重的远征军战士们士气低迷，不得不再次撤出小镇。

千夜独坐在一座倒塌了半边的木屋中，周围躺着十余具远征军的尸体。他闭着眼睛，脸上全是掩藏不住的疲惫，而身上紫金色的光芒则完全被血迹掩盖了。他体内血气依然翻滚着，不停地吸收、补充着原力。

"大人！敌人退了！"吴士清冲了进来，大声说道。

千夜没有睁眼，淡淡回应道："我知道。"

吴士清见状呼吸一窒，迟疑了一下，问："我们……还要坚持多久？"

第十三章　激战不休

"只有坚持下去才能活着。"

"可是……"吴士清欲言又止。

千夜平静地说："他们一定会来的。"

他并不是安慰吴士清，而是笃定魏破天一定会赶来。不过他什么时候对魏破天这么有信心了？

他不禁哑然失笑，缓缓站了起来，开始活动身体。他四肢沉重，动作迟缓得就像一个迟暮的老人，身上没有一处不酸痛，伤口则火辣辣的。血气已把各种外来的破坏性原力清理掉一大半，此时他的自我恢复功能逐渐运转起来，然而血沸的后遗症仍然让他感觉头重脚轻。

他的黎明原力几近干涸，直到血沸结束，才又一点一点汇聚起来。终于恢复了一些原力之后，他尝试着使用了一次化雨诀。自从拿到这部功诀，他就没怎么练过，有血气保护内脏，基本上没有什么内伤需要治疗。然而化雨诀一经运转，他便感觉到浅浅的原力潮汐一轻，仿佛有水汽蒸腾，周身竟然有了湿意，如同细密的雨丝洒落下来。那些仍然在伤口中纠缠的外来原力纷纷消融了，效果竟不比血气吞噬差。

当他的原力再次消耗一空时，伤处又干净了一大半，看来再用一次化雨诀，便可以彻底清除外来的原力了。

他精神一振，走出房门。夜空中突然传来"轰轰隆隆"的声音，那不是雷声，而是引擎发出的轰鸣声！

又有浮空艇到了！他心头一紧，立刻跃上屋顶，取下鹰击。他现在根本没有余力使用鹰击，但如果真的是远征军的增援又到了，他也只能奋力一搏了。

气氛骤然变得紧张起来，听到声音的战士们纷纷抬头，遥望着远方天际上那一点闪动的灯光。

此刻地面上的进攻已迫在眉睫了。经过一个多小时的休整，远征军又开始了新一轮的进攻。数十盏大功率的原力灯被架到重载卡车上，将小镇照耀得如同白昼。上千名远征军战士采用散兵线战术，再次向小镇逼近。

残破的哨塔上不断响起狙击枪的轰鸣，远处的一盏盏灯光随即熄灭了。千夜眉毛微扬，吴士清又给了他新的惊喜。战斗持续到现在，仅是一级战兵的吴士清居然还能有如此稳定的发挥。不过看着黑压压冲上来的远征军，他心头的沉重始终挥之不去。如今麾下战士已伤亡过半，这一次的进攻可没那么容易抵挡。

就在这时，夜空中的引擎声突然变得十分嘹亮。远方那艘浮空艇尾部喷出明亮的火焰，骤然加速，转眼间飞到了战场上空。

这是一艘外形格外狰狞的浮空艇，借着地面的火光，能够看到艇身竟然覆着装甲。这不是永夜大陆常见的军民两用的普通浮空艇，而是帝国军方专用的浮空战舰！

浮空战舰下腹的装甲打开了，探出数根黑沉沉的粗大的炮管。一阵阵响彻云霄的轰鸣声传来，炮口开始喷出耀眼的火光，紧接着地面上升腾起数团巨大的火球！

一辆辆重载卡车被炮火击中，剧烈的爆炸将周围正在列队的战士全部掀飞了！

一名远东重工的护卫突然高叫道："看，那是魏家的标志！援军，我们的援军到了！"

远征军瞬间陷入混乱，幸存者们开始四处逃窜。极少数人不知是悍勇无双还是心理压力过大，居然拿起步枪或机枪，对着空中的浮空艇疯狂扫射！然而一切只是徒劳无功罢了。

看清浮空艇上远东魏氏的家徽之后，两名中校第一时间消失在夜色中。

浮空艇内突然响起一声怒吼："滚开！让我来！"

魏破天一把推开炮手，亲自坐到射击位上，然后调整炮口，对准一名正在逃窜的中校。刚才炮手连续轰出两发原力弹都没能轰中目标，让他极为不满。他可是从一开始就盯上了这个家伙，怎么能让对方轻易逃掉！

然而这一炮下去，却更加偏离目标了。只见地面上一片硝烟烈火，那名中校早已不见踪影，气得他只能捶腿怒骂。

他一把抓住身边的亲随，吼道："给我一网打尽，一个也不准放跑，听到了没有？！"

亲随苦笑道："少爷，我们才一百个人，还得留人看着浮空战舰。"

魏破天"哼"了一声，怒火稍稍平息下来，吩咐道："那就多抓些活的，挑军官抓！"

"是！"

随着魏破天一声令下，浮空战舰迅速下降，当距离地面百米之时，魏家的精锐亲卫各自抓住升降索，直接跃了出去。他们在二三十米的高度上松开升降索，落地时一个翻滚，接着腾身而起，纷纷向逃兵追去。

千夜打出手势，示意己方收拢队伍，他麾下战士个个筋疲力尽，实在没有余力配合追击了。

浮空战舰放缓速度，最后悬停在五十米的空中。魏破天直接从舰舱里跳了出来，"扑

第十三章 激战不休

"通"一声砸在地上，震得小镇的围墙都跟着晃动了一下。只见滚滚烟尘中黄光一闪，他若无其事地站了起来，大步向千夜走去。一时之间，镇内镇外除了千夜，无人不被他那凌厉无匹的出场气势所折服。

千夜绷紧的神经突然放松下来，努力憋着笑意。以他的夜视能力，自然看到魏破天的脸色苍白得有些不正常，五十米对于任何不能升空的战兵来说都有点儿高了。

魏破天扯起喉咙大叫道："千夜，你没事儿吧？"

千夜从围墙上跃下，说："你都没事儿，我怎么可能有事儿！"

魏破天老脸微红，故作云淡风轻地走到他面前，上下打量了一番，关切地说："瞧你这脸色和一身的伤，这还叫没事儿？"

"你要是早到一天，我怎么可能受伤？"

魏破天抓了抓一头乱发，嗫嚅道："这个……嗯……我……"

他有些心虚，实际上他比预定的时间晚了两个小时。

千夜脸上忽然绽放出如同春日暖阳般明媚的笑容："要不是知道你会来，我也坚持不到现在！"

"果然是兄弟！"说着，魏破天扑上去给了他一个重重的熊抱。

一名魏家护卫从阴影中浮现，说："少爷，抓了些活的，您要不要看看？"

魏破天脸上杀气一显，说："好！我看看是谁这么大胆，居然敢动老子的兄弟！"

片刻之后，十几名尉官被推到魏破天面前，这些人里官衔最大的也只是个上尉。

魏破天有点儿意外，喝问道："怎么才这么点儿人？那些校官呢？别告诉我，好几个团居然连个校官都没有！"

护卫苦笑道："少爷，我刚才盘问过了，他们说军官的阵亡比例特别高，校官级的伤亡甚至超过了三分之二。"

"三分之二？！"魏破天吓了一跳。

护卫向千夜看了一眼，目光中流露出敬畏之色，无比佩服地说："据说，大多数是死在您这位朋友手上。"

魏破天转头向千夜看了一眼，怪叫道："行啊，小子！居然比我还厉害！"

千夜十分傲娇地瞥了他一眼，那表情分明在说，比你厉害不是很正常吗！

被鄙视了的魏世子立刻不服气地开始吹嘘自己的丰功伟绩。

千夜静静听着，微笑不语。只要有魏破天在，哪怕身处于血战方歇的战场上，他也觉得轻松了许多。

魏破天过完嘴瘾，来到那批俘虏面前，从左走到右，又从右走到左，最后停在一个桀骜不驯的大胡子上尉面前。

这个上尉是个硬骨头，不等魏破天开口，便吐出一口带血的痰，说："这可是远征军的地盘，我是远征军的军官！小子，老子奉劝你一句，别在永夜大陆胡来，这可不是小孩子过家家的地方！"

魏破天双臂抱于胸前，很认真地听他说完，然后点头道："说得很有道理。来人，把这家伙给我毙了！"

旁边一名护卫立刻上前，拔出手枪处决了这个上尉。俘虏们骚动了一阵儿，随即又鸦雀无声了。

魏破天面无表情地横跨了一步，站到一名中尉面前。

中尉立刻屈服了："我说！我什么都说！"

"可我没兴趣听！"魏破天冷冷地回答。

他抬手做了个手势，然后走向下一个人。他连续越过好几个人，最后停留在一个十分年轻的少尉面前，盯了他好一会儿，才慢吞吞地问："你说说看，今晚究竟是怎么回事儿？"

少尉脸色发白，浑身发抖，他根本接触不到那些深层的机密。他说出来的最有用的信息，无非是隶属部队的番号，军队动员的时间和表面上的行动借口而已。

魏破天点了点头，指着旁边一个不断朝少尉使眼色的军官，语气没有丝毫起伏地说："这个家伙我看着很不顺眼，杀了他。"

护卫毫不犹豫地走上前就是一枪。如此一来，所有远征军军官都噤若寒蝉，再也没人敢做小动作了。

千夜在一旁静静看着，他还是第一次见到魏破天流露出果敢决绝、冷酷无情的一面。这位大大咧咧却又不失赤子之心的魏家世子，能够早早脱颖而出，看来靠的并不仅仅是天赋。

接着魏破天又指派护卫们帮着清理战场，救护伤患，他自己则拉着千夜四处巡视。当看到那些幸存的"种子"，特别是吴士清和吴士颖兄妹时，一名魏家老者脸上居然现出吃惊的表情。

等魏破天和千夜离开"种子"们的安置之处后，老者才说："这可不是普通的'种

子'，难怪武正南会孤注一掷！"

魏破天奇道："'种子'也有不同？"

老者抚须答道："少爷，您别看这批'种子'里只有十几个一级战兵，其实他们的原力光芒各有不同，显然身具不同的能力。而且这些能力都是点燃节点后自然生成的，并非修炼了秘传功诀而导致原力属性发生变化。也就是说，他们都是血脉'种子'！"

"血脉'种子'？！"魏破天已然明白过来。

所谓血脉"种子"，本身能力的高低并不重要。黑暗种族那边有许多手段可以让他们快速繁衍，缩短每一代的成长时间，然后通过无数样本筛选和积累来一点点增强血脉能力。也许过上几百年，便会出现一个拥有特殊能力的全新亚种。

正因如此，血脉"种子"的价值远在普通"种子"之上。一般一个商队中有一两个血脉"种子"，就已是大生意了。像这样一下子出现十几个血脉"种子"，且都是年轻人的情况，算是颇为罕见了。

老者又说："这些'种子'得来不易，以武正南的能力，不可能搜集这么多。或许周边几个师也参与了，才能组建起这种规模的商队。如此说来，武正南从黑暗种族那里得到的利益实在太少了。以老夫看，他们之间多半还有密约。"

魏破天当即怒喝道："查！不管有什么密约，都给我查出来！"

"少爷，这……"老者看了看千夜，欲言又止。

魏破天脸色一沉，说："千夜是我的兄弟，有什么话直说吧。"

老者这才放心地说："此事牵涉甚广，恐怕不仅仅是几个师的问题，或许还有不少居中斡旋的大人物。这已涉及远征军团的内务，我魏氏虽然不怕事儿，但在永夜大陆上，还是得对肖令时将军保持尊重。处理掉一两个冒犯您的师也就罢了，实在不宜大动干戈。"

说完，他向千夜躬了躬身，恭敬地问："不知千公子意下如何？"

千夜没想到老者会越过魏破天询问自己的意思，不过转念一想就已明白。这件事儿因他而起，虽然魏家也能从中获利，但是再深究下去，恐怕会得不偿失。而在永夜大陆上大动干戈，肯定会超出魏家的底线。这不是魏家和远征军团的势力谁强谁弱的较量，而是封疆侯能否随意插手永夜大陆军务的深层次问题。老者话中之意十分明确，就是不希望世子为了他把事态扩大，弄到不可收拾的地步。

千夜当即说道："破天，我和武正南之间只是私仇，并不想节外生枝。事情都是因他而起，他又居于黑暗种族禁忌交易的核心地位，我觉得只究首恶即可。"

魏破天看了他一眼，点头表示赞同。

除了清理小镇和救治伤患，接下来还有一堆事情需要妥善处理。安全防务工作倒是不用担心，魏破天到达的时候已经派人向第 10 师递送了联络函，无论是博望侯世子还是折翼天使军团现役中校，若是在本地防区内受到攻击，第 10 师都脱不了干系，所以再也无法装聋作哑了。而那批被俘军官则被送回师部，只等第 15 师给出一个让魏家满意的交代。

第十四章　无声较量

第二天，魏破天和千夜一起乘坐浮空艇，直接飞往黑流城。这一次魏世子动作极为迅速，一路上毫不耽搁，下午便在黑流城外降落了。

守城的远征军战士可能早就得到了命令，没人敢上前阻拦。十余辆重载卡车长驱直入，扑向第7师师部，一直冲到大门口，才纷纷打横停车，把师部大门给堵了。

魏破天从驾驶室里跳下来，打量了眼前很不起眼儿的建筑群一眼，忍不住问道："这就是第7师师部？看起来不像啊！"

一名亲随回道："少爷，确实是这里。您看，那边的牌子上写着呢！"

魏破天总算找到了那块写着"远征军第7师"的牌子，看了半天，还是有些将信将疑。从外面看上去，这就是一个占地颇广的院落，里面分布着几栋陈旧的办公楼，显然颇有些历史了。见惯了帝国主力军团那些高大宏伟的师部建筑，乍然看到第7师的办公之地，他还以为自己到了乡下某群散兵游勇的营房。

他大步向师部大门走去，几个守门的卫兵条件反射般持枪大喝道："什么人胆敢擅闯师部重地？！"

魏家的护卫没有动，可是折翼天使的战士们却没那么好脾气，不少人的手已摸向腰间的武器。

正在这时，一名少校飞奔而来，急声高叫道："放下枪，都放下枪！"

卫兵们不情不愿地放下枪，他们意识到来者不善，用凶狠的眼神瞪着眼前这群人。

少校跑到魏破天面前，沉声说道："魏世子，不知我们哪里得罪了魏家，您先堵了城门不说，现在又直接堵了我们师部的大门！您也是帝国军人，封堵军道等同于干扰军务，在帝国军律中是什么罪名，不用我多说吧？"

魏破天没有作声，折翼天使的一名中校上前两步站到他身后，同样一言不发。

少校一咬牙，大声说："各位这是何意？我们远征军为帝国驻守蛮荒，流血流汗，岂能受这种侮辱！不管你们来头有多大，我们都会将这件事儿上诉于军部，就不信没有说理的地方！"

少校这番话说得慷慨激昂，然而魏破天依然面无表情，冷冷地回了一句："只有你们搏过命，流过血吗？我只看到你们打自己人倒是挺卖命的。"

折翼天使的中校开口说道："你们想把事情捅到军部去吗？很好！张兄，此事交给你来处理！"

一个三十余岁的男人应声而出，他和几个身份不明的人是在魏破天到了之后，才不声不响地加入队伍中的。他身形略显单薄，看上去像是普通的文职人员。

他走到少校面前，从口袋里取出一个徽章，语气平淡地说："去告诉武正南，我等他五分钟。五分钟后他若是不出来，我们就走了。"

少校看到徽章，身体不可抑制地颤抖起来。他突然转身，全速向师部内冲去。张姓男子十分淡定地从口袋里拿出一个小巧的原力日晷仪，设定好时间，然后微闭双眼，气定神闲地等待着。

千夜刚才也瞥了一眼那个徽章，虽没看清全貌，但其特殊的形状和配色让人印象十分深刻，那是帝国军部宪兵的徽章。

既然连帝国军部的宪兵都出动了，显然此事已进入正式弹劾阶段，不是远征军团能轻易遮盖得住的，看来魏家此行确实做足了功夫。

四分五十秒的时候，武正南从军部大楼走了出来。他扫了一眼院内众人，目光在魏破天和折翼天使中校身上多停留了一会儿，然后平静地说："看来我这个小小的师长还真是有面子，连军部的宪兵监察使都到了。既然来了，就请跟我进去吧。不过各位大人最好约束一下部属，如果真出了人命，我这些手下未必像我一样忍得住。"

中校冷笑一声，说："如果你早点儿出来，就什么事儿都不会有了。"

武正南看了中校一眼，笑道："你还年轻，再过个六七年，我肯定不是你的对手。"

中校一怔，脸色变得极为难看。

一行人沉默着，跟着武正南走向中间那栋最高的办公楼。越来越多的远征军战士从

两侧营房中涌了出来，恶狠狠地盯着他们。

短短数百米的距离，气氛格外凝重，仿佛有群狼环伺，随时都会扑上来撕扯猎物。魏家外围的某些护卫明显气息不稳，而折翼天使的战士们此时则显示出不一般的素质，表现得十分沉稳。

众人一一走进会议室，千夜则跟在魏家护卫统领身后，在最后一排的角落里默默坐下了。突然他感觉到一道锐利的目光射了过来，抬起头，发现武正南正盯着自己。在一屋子六七级以上的军官和高级护卫中，他的年龄和等级都显得格外醒目。

"在下张有恒，现任军部宪兵总部上校监察使，这是此次监察活动的相关文件。"张有恒抽出一份公文，将它轻轻放到武正南面前。

武正南仔细看过公文，验过帝国军部和宪兵总部的双重印鉴后，点了点头，随手签下自己的名字，然后把公文交给身后的副官，示意他收起来。

这个举动让会议室内的紧张气氛稍稍缓解了一些。收下公文，意味着武正南愿意接受帝国军部的约束，而不是打算起兵造反。以前可是有过先例，一位远征军师长在军部派人下来调查时突然发难，不仅杀光了前来调查的人，还带着大半个师叛逃到了黑暗种族一边。

魏破天一行人虽然个个心高气傲，但是当武正南出现后，却都变得沉默寡言了。武正南并没有刻意去做什么，然而他看似寻常的一举一动，无形之中却给人带来巨大的压力。

直到这一刻，像魏破天这样的年轻世家子弟才发现，在永夜大陆上能够纵横一方的人物，确实有着与地位相匹配的能力。而个人战力只是其中一部分，他们似乎把事情想得太简单了。

张有恒老道得多，几乎没有受到影响，他从容地抽出厚厚一摞文件，说："武将军，我们收到不少关于你的指控，内容都在这里，要不要我来念一下？"

武正南淡淡说道："念吧，让我听听都有什么。"

张有恒逐条念了起来，他念得十分简单扼要，但也整整花了十分钟，才把所有指控条目全部念完。

千夜听完这些指控后，感到有点儿奇怪。虽然张有恒罗列了数十条武正南违反军法的恶行，但里面大多数罪名都无关痛痒，比如虚报空额、侵吞军饷、某次作战不力、救援不及时等。

这些条目确实白纸黑字写在了帝国军法上面,可并不会造成严重的后果,帝国上层也根本不会深究,况且这在下层军队中都是司空见惯的小事儿。就拿救援不及时来说,即便是在帝国上层大陆,军队之间往往也是互相倾轧,矛盾重重。援军故意迟到个小半天,这种事情太常见了,况且受天气、地形等因素影响,是不是故意为之很难取证。而武正南真正踩了帝国军法红线的行为,是向黑暗种族出售战略物资以及血脉"种子",可这些在张有恒的材料中却连半个字都没有提。

虽然根据帝国律例,数十条轻罪加在一起,所得的惩罚并不比这两条大罪轻,但千夜却觉得有些荒谬。真正的罪行不予追究,一些可有可无的过错却会被揪着不放!

张有恒念完之后,机械地说:"武将军,以上就是对你的全部指控,你可有异议?如果没有其他安排,就请跟我们回军部接受调查。"

第7师一方的军官们神色缓和了许多,原本剑拔弩张的紧张气氛为之一松。

武正南的目光一直落在面前的会议桌上,手指无声地轻叩着,听到张有恒的问话,他过了一会儿才给出反应。

"去军部啊……"他笑了笑,问道,"这里还有谁需要接受调查?"

张有恒打开另一份文件,从容、淡定地念出近十个名字,基本上都是中校以下的参谋和后勤上的小军官,连一个正职的团长都没有。

这个名单公布了之后,第7师的军官们明显松了一口气,看来这次调查只是针对武正南个人,至于那几个无足轻重的小参谋,谁会关心他们的死活!以武正南的身份,没有共犯反而不正常。

武正南轻描淡写地问:"罪名都定了吗?"

张有恒收起文件,一本正经地说:"没有,这只是指控。按照程序,你有一次为自己辩解的机会。"

"公开的还是非公开的?"

"公开的。"张有恒的回答让第7师的人更加放心了,就连武正南也露出轻松的表情。

千夜眯了眯眼睛,将会议室所有人的神色尽收眼底。

魏破天怒火中烧,正想发作,却被他身边的魏家老者拦下了。

张有恒站了起来,说:"武将军,请安排好第7师的军务,临时指挥官由你指定,但是城防要暂时交给折翼天使星翼中队。你本人三天后在黑流城东门外的飞艇基地与我们会合,一起去远征军总部。名单上的人都得带上,另外,你可以带一个班的卫兵。"

武正南起身送张有恒和众人离开了会议室。他站在门口，微笑着与每一个经过的人道别，看上去格外真诚。

魏破天黑着一张脸，有一种想要一拳砸在武正南脸上的冲动。

张有恒一言不发，急匆匆地离开师部大楼，上了越野车，和手下们一起离开了。

魏破天一脸不悦地跳进自己的越野车，一关上车门，就冲魏家老者吼道："这是怎么回事儿？当初可不是这么说的！"

千夜此时倒是很平静，心中已隐约猜出个大概。武正南看似受到数十项指控，可是并没有定罪，并且还有一次为自己辩护的机会。这种事情不到最后一步，很有可能会横生枝节。而所谓的公开辩护，地点选在远征军总部，这也就意味着远征军上层同样可以介入调查。到时一些不痛不痒的罪名，比如无令调兵、军备损耗超标等，只要哪位远征军大佬肯站出来说几句好话，立刻就变得无足轻重了。这样一来，最后甚至还有可能直接免于处罚。

张有恒定下三天后碰面，其实是给武正南足够的时间做好准备工作。有了这段缓冲期，武正南完全可以把一些比较严重又不易脱身的指控抹得干干净净，到时候查无实据，相关罪名自然会不了了之。

面对魏破天的质问，老者不紧不慢地说："少爷，这个结果不是我们商议好的吗？您难道忘了？"

魏破天仔细回想，当时好像确实提过这个方案，因为难度最小，执行起来最稳当。不过张有恒故意含糊其词，只是给出了一个大概可行的处理范围。一想起此事，他更加愤怒了："他是这样说过，可是没有说每件事情都按最轻的方式处理！"

"少爷，这是最好的办法。只要武正南愿意接受调查，一旦他离开第7师，那么事情就好办了。他能拉拢远征军的高官为自己脱罪，我们难道就不能让折翼天使和帝国军部的大人们维持原判吗？"魏家老者顿了顿，又说，"另外，不管是直接弄死远征军的一名少将师长还是逼其造反，这件事儿实在太大了，远远超出您的权限范围。如果我们真的这样做了，恐怕今后您会被老爷严加管束的。"

"管束就管束！老子总不能让武正南就这么蒙混过去吧？"

老者打了个手势，意味深长地说："少爷，只要武正南不再是远征军的师长，那么来日方长……"

魏破天梗着脖子，还想继续辩驳，千夜伸手在他肩上用力按了按，说："破天，可以了,能够做到这一步已经很不容易了。"

千夜此时已看懂了魏家背后布局的意图,他们的目标是通过弹劾把武正南从师长的位置上扯下来。失去远征军现役少将这个身份之后,一个孤零零的战将的下场,便没有人会关心了。

这是一种迂回的手法,也是最简单有效,不容易引起反弹的办法。从刚才第7师那些军官的反应不难看出,如果此事只是针对武正南一人,那么应该不会有人跟着武正南反叛。

同样的,那些琐碎的指控虽然累积起来会使武正南得到严重的处罚,但只要没有禁忌交易这样的重罪,就不会牵连到其他师,更不会把一些大人物拖下水。否则即使将罪名只算在武正南一人头上,远征军高层也会因治军不严而受到申诫或处分。

千夜心中暗自叹息了一声,他现在总算明白宋子宁背后打点好一切的意义了,这才是釜底抽薪之举。就算武正南不能脱罪,但倘若审判结果只是罢免一名少将师长,而非军法处死,那么基本上可以肯定远征军的高层是不会出声的。宋子宁应该早就料到了今天的局面,很多时候门阀世家在权术上的套路总是惊人的相似。

想通了前因后果,千夜突然觉得简直比经历一场大战还要疲惫。虽然他胸口有点儿堵,但心中却有一缕暖意萦绕着。即使最后得到的结果不尽如人意,但起码这一次他不是一个人在战斗。

魏破天怒意未消,愤愤不平地说:"可是这家伙居然勾结第15师的人,想要杀了你!"

千夜笑了,说:"他又不是第一次想杀我了,你看我还不是没事儿吗?"

魏破天不甘心地嘟囔了两句,随后安静了下来。

等一众人等离开后,武正南回到自己的办公室,站在窗前,凝神俯视着这座几乎由他一手打造出来的城市。

这时,办公室的门突然被敲响了。

"进来。"武正南的声音很平静,这个时候敢来打扰他的,只有一人而已。

进来的果然是齐思成,他快步走到武正南身后,无比庆幸地说:"将军,这个结果还算不错!"

武正南似笑非笑地问:"怎么个不错法儿?"

齐思成做了个割喉的手势,压低声音说:"现在我已经把大部分事情都处理干净了,只要再给我几天时间，联合纪将军他们几个，就是那件大事儿，我也有把握把它盖下去。"

武正南不置可否，反问道："所以呢？"

"所以您只管安心去军部，等那边的事情一结束，咱们这边也该处理干净了。到时候一切来个死无对证，远征军上面的老爷们也好为咱们说话，您肯定能平安无事地从总部走出来。从这件事儿上也能看出，帝国军部并不想太为难远征军。"

武正南笑了笑，说："是啊，远征军毕竟是帝国在永夜大陆的屏障。而且听说，最近局势又有些不太平。"

"不太平是好事儿！只有局势不太平，上面那些老爷们才会想起咱们的好处。"

武正南挥了挥手，说："好了，老齐，用不着多说什么，我知道该怎么做。你接下来就把该打扫的都打扫干净，如果军部那些老爷们再派人下来，不要让他们看到任何不该看到的。从现在起，第7师的人和物资你都可以随意调用。"

"放心，我会办好的。"

齐思成正准备退出去，武正南突然又问了一句："老街那边怎么样了？"

齐思成脚下一停，想了想，说："没什么动静儿。"

老街是黑流城最为鱼龙混杂的一个街区，武正南在那里有一个年头很久的私人渠道。就连齐思成也只是偶尔管管传递、收发东西等杂事儿，根本不知道具体情况，也不知道另一端究竟连着哪里。不过最近几天老街还算平静，在这种被推到风口浪尖的日子里，没有动静儿就是好消息。

武正南又点了点头，不再多说什么，于是齐思成连忙退了出去。快走到走廊尽头时，他停下脚步，回头看了一眼，眼底流露出一丝不易觉察的阴狠："一定要让那些老爷们看到他们'应该'看到的……"

武正南继续凝望着这个城市，思忖道: 还是没有动静儿啊！那人又打算明哲保身吗？明天吧，只需要再等一天……

他突然笑了，声音虽然很轻，却带着些许疯狂："只要活着从军部走出来，就能平安无事吗？到那时，我的第7师不知会落到谁的手里。这样的结局……呵呵……"

黑流城内，魏家和折翼天使占据了小半个街区，千夜则在附近找了一栋独立的小房子。他不想和折翼天使的人接触太多，此外身上的血气也进化得越来越奇怪了。虽然不用刻意避着魏破天，但毕竟有魏家战将在，因此还是独居更方便，他甚至把魏破天派来的侍从都遣了回去。

傍晚时分，一名魏家亲卫送过来一份清单，上面列着"种子"们的近况，以及所有战利品。

这批"种子"素质确实不错，有了魏家提供的药品和救护人员，大部分伤员都能完全康复。算下来整场战争死亡人数不到两百，这个结果已经比千夜预期的要好太多了。

打扫完战场之后，缴获的远征军武器和装备至少可以武装半个团的人员，而第15师的反应也相当迅速，立刻给出了补偿方案。他们交出一个拥有数千人口的小镇，外加镇上一座黑石矿场和一座能产出少量红晶铁的小铁矿，并且承诺一年内帮忙做好协防工作。也就是说，只要第15师还在，接下来的一年里这个小镇会很安全。

这是极为丰厚并且有诚意的补偿条件，显然第15师已经嗅到了不同寻常的味道。补偿原本是交给魏家的，不过魏破天大手一挥，非常豪迈地将它转给了千夜。

此外亲卫还带来一个消息，第15师交出了魏成和他的家人。至于魏成的下场，亲卫没有明说。不过世家对于族人和家臣的背叛，处罚一向极为残酷，不光魏成本人会被处死，他的家人恐怕也在劫难逃。至于是否会牵连到他的亲友，就要看魏家的调查结果如何了。

"种子"们此刻还在远东重工的矿场上住着，千夜暂时不知该如何安置他们，只好等武正南的事情了结后再从长计议。不把这事儿处理干净，他们一旦离开魏家的势力范围，恐怕立刻就会出事儿。另外，黑暗种族对他们同样有着浓厚的兴趣，十几个血脉"种子"的诱惑，哪怕是一位伯爵也很难抗拒。

魏家亲卫离开后，千夜随即进入静室，开始修炼。

在这次战斗的过程中，紫色和金色血气竟自动透体而出，汲取沾染在身上的血气。虽然汲取速度十分缓慢，但是时间久了，同样可以积累至相当可观的数量。他只能利用兵伐诀的强大原力冲击，激发血气保护内脏，去逐渐消耗体内过于庞大的鲜血之力。

他的兵伐诀顺利运行到了三十五轮，且没有对身体造成太大的损伤。于是他决定把日常修炼的轮次提升到三十五轮，如此一来，用不了两个月，就可以冲击第六处原力节点了。

当修炼结束时，竟然已过了午夜。他站起来活动身体，感觉体内鲜血之力过多，依旧充满鼓胀感，就如同原力满盈了一样。然而暗红色的普通血气似乎已经餍足了，不再吸收鲜血之力，全部缩回心脏蛰伏起来。他有种预感，用不了几天便会进化出第二道进

阶血气。

他已逐渐适应这些血气，有时能操控它们，有时它们也会自主活动。值得庆幸的是，到目前为止，血气并不能控制他。无论他愿不愿意，这就是现状。

黑流城往日里夜间活动十分频繁，不知为何此刻显得格外安静。或许是城里的人们也察觉到了异常，本能地减少了外出活动。

千夜走到窗边，抬头看向天空，只见星光断断续续的，有着大片大片的黑域。其实那不是夜幕，而是上层大陆投下来的阴影。只有看过上层大陆的天空，才能意识到两者的不同。

春狩那段时间，他晚上最喜欢做的事儿，就是找个无人的地方，静静地坐下来仰望星空。能够看到满天星斗，其实也是身份和地位的象征。即使现在回到了永夜大陆，他依然会习惯性地仰望夜空，每当这时，脑海中就会浮现出上层大陆那格外灿烂的星河。

长夜漫漫，或许是血气过分充盈的缘故，他一直没有睡意。他索性在长桌上摊开工具，保养起自己的武器来。先是鹰击，然后是双生花。

在擦拭这对给自己惹来不少麻烦的著名短枪时，他忽然有一种奇怪的感觉。这对枪威力很大，可是随着血气的提升，他却越来越觉得使用它们时手感不太对劲儿，似乎十分滞涩，就像用错了方法似的。但是从枪械原理上来说，血族原力枪和人类原力枪并没有本质上的区别，使用方法都是先输入原力，只要能够启动原力阵列，就可以开始射击了。

可他总觉得自己好像没有用对启动方法，不然就是这两把枪本身存在缺陷。他反复研究，又试着单独操控不同的血气来启动它们，然而越到后来越觉得枪中缺了点儿什么，也许是某个特殊部件，也许是需要某种特殊的黑暗原力或者血族血脉作为媒介。

他摇了摇头，放下双生花，拿起闪耀光牙。在战场上，他的鲜血之力最浓郁的时候，曾把刀芒激发出一米长。而这正是战将级武器的真正威力，外放的刀芒类似于凝成实质的原力，极具杀伤力，相当于一把群战利器。

他擦拭着闪耀光牙，指尖下那一道道比发丝还要精细的纹路显得无比细腻，仿佛能够感受到原力化为万千丝线，正在里面缓缓流动着。这种设计实在令人难以置信！

第二天十分平静，除了魏家亲卫过来送些补给，基本上无人打扰。他继续修炼兵伐诀，以消耗体内的鲜血之力。

第十五章　宋氏古卷

当千夜再次走出静室时，又是午夜时分了。

忽然他耳中传来阵阵尖锐的啸叫，顿时心中一凛。那是他在院子里布下的报警装置，一旦有人闯入，就会发出这种穿透力极强的声音。

啸叫一响一停，十分有规律。他皱了皱眉，竟丝毫感觉不到那人的气息。以他现在的能力，只有战将以上实力的人才有可能让他完全察觉不到踪迹。

他拿起手边的闪耀光牙，推开房门，安步而出。院子里确实有人，确切点儿说，还是一个他非常熟悉的人。

只见一个风姿俊朗的身影从墙根处的阴影里徐徐浮现出来，两片一直在半空中打旋儿的落叶如肥皂泡一般破裂了，"噗"的一声消失得干干净净。

他把闪耀光牙推回刀鞘，说："子宁，你是怎么找到这里的？下次别弄我的报警器了，那个声音听起来可不怎么舒服。"

宋子宁饶有兴趣地站在那里，右手晃来晃去，操控着一团青蒙蒙的原力光芒上下跳跃着。他的手每挥动一次，布设在这片区域的报警装置就会发出一声啸声。过了一会儿，他收了手，对千夜笑道："很简单啊，你这两天肯定跟魏破天在一起，找到他就能找到你了。那个头脑简单的白痴行事向来高调，恨不得让全世界的人都知道自己在哪里。"

听到宋子宁对魏破天如此不留口德的评价，千夜不由得头疼地叫了声："子宁……"

这两人从天玄春狩开始就因各种误会闹得很不愉快，事情说开后，剑拔弩张的关系非但没有缓和，反而愈演愈烈了。宋子宁在人前一直都是标准的世家子弟形象，常以温文尔雅、八面玲珑的面目示人，但是只要一提到魏破天，就风度全无。

宋子宁说："我有说错吗？在魏家的地盘上却让你身陷险地！哼，远征军竟然敢出两个团的兵力跨战区围攻他们的产业，本地驻军还不出声，魏家可真丢上品世家的脸！他们还是老老实实地待在远东行省比较好。"

千夜明白宋子宁已经知晓远东重工矿区发生的事情，连忙辩解道："这事儿说起来是我考虑不周。"

见宋子宁薄怒未消，他不由得苦笑道："子宁，当初你可是说过博望侯世子并不傻。"

宋子宁说："我那是叫你提防他，不要觉得一脸呆相的家伙就是好人。"

千夜终于知道自己不可能说服宋子宁，反而有火上浇油的趋势，于是赶紧转移话题："你那边的事情进行得差不多了吧？"

说完，便热情地招呼宋子宁进屋。

宋子宁踏进房门，扫视了一下屋内简单的陈设，说："我那边的事情进展得十分顺利，待会儿再详细告诉你。你还记得我上次说过要去弄一件很重要的商品吗？那是给你准备的礼物。"

"什么礼物？"千夜有些好奇，能够让宋子宁郑重其事地提到的东西，想来必有其独特之处。

宋子宁轻轻三击掌，报警器随即响了两声，转眼间两个全身罩在黑袍里的人走进屋内。

这两个神秘人物的气息并不强大，实力大约在三级到五级之间。

宋子宁向她们一指，说："你们还不赶快把罩帽摘下来。"

两人依言掀开罩帽，露出两张一模一样的小脸，竟然是一对双生少女。她们长得十分秀美，如同清泉一般干净。

宋子宁微笑道："怎么样，很不错吧？她们只有十六岁，但是已经有四级了。她们从小接受严格的训练，无论是刺杀、格斗，还是经世杂学都会一点儿。放眼整个帝国，这样上好的货色可不多见。我一得到消息，就立刻赶了过去，好不容易才买下了她们。"

"买下来？"

"是的。她们是隐泉商团经过长期训练层层筛选出来的鲛奴。隐泉你听说过吧，是帝国排名靠前的商业集团，奴隶贸易做得很大，最有名的就是教习各种用途的奴隶。这段时间隐泉在永夜大陆举办拍卖会，我这才有机会买到她们。"

宋子宁指了指千夜，对两名少女说："今后他就是你们的主人了，快给你们的新主人行礼！"

两名少女姿态轻盈地上前两步，匍匐于地，从脖颈到后腰拉出一条优美柔软的曲线。

"我叫阿七。"左边的少女说。

"我是阿九。"右边的少女说。

宋子宁解释道："她们进入隐泉时还是婴儿，没有名字，每一批人都以编号进行区分，这也是隐泉的传统和标志。你有兴趣的话就给她们重新起个名字，直接这么叫也没关系。"

千夜突然想起在黄泉训练营，宋子宁就有送女人的嗜好。这难道是门阀世家子弟的交际手段？不得不说，他的这种嗜好在上层贵族的圈子里应该相当受欢迎。

千夜想了想，正色道："子宁，你也知道我有一堆麻烦没有解决，实在不方便带着她们。"

"她们两个很能干，不但不会制造麻烦，还能成为你的助力。虽然隐泉的训练有些透支潜力，不过以她们的天资，还是很有希望升到七级的。七级的小美女，而且还是一对儿，这种帮手到哪里去找啊！"宋子宁一边笑吟吟地说着，一边拍了拍千夜的肩膀。

千夜忽然感觉肩胛处一痛，一根细针竟透体而入，随即一股冰凉感迅速散开了。他吃了一惊，条件反射般从原地弹起，瞬间闪移到墙边，但此时那股凉意已如丝线般顺着流动的血液融了进去。

宋子宁把一根细细的针管抛在桌上，笑道："小夜，你的警觉性真差！还有，遇到突袭不是应该立即反击的吗？"

千夜闻言哭笑不得："你这是在遗憾，我没有给你一刀吗？"

宋子宁笑了起来，拿起针管晃了晃，说："别紧张，这药会让你的血液中多出一种成分，对你没有任何影响，但对她们来说却是不可或缺的解药。如果半年内喝不到你的血，她们就会变得焦躁不安，每天生活在干渴的痛苦中，直到彻底发狂。"

千夜一怔，他知道这种手法，军中也有几种类似的药物逼供法，他连忙问道："这是隐泉控制她们的手段？"

宋子宁点头道："是的。隐泉这种类型的鲛奴都配有专门的药剂，而且每批货物都不一样，只此一份，无法复制。"

最后，他摊手说道："现在你要是不带上她们，她们可就活不过一年了。"

千夜摇了摇头，说："这又是何必呢？"

"不用这种手段，你怎么肯把她们给收了？"宋子宁笑了笑，转头对两名少女说，"好了，你们先回去，明天带上我给你们主人收拾好的那些东西再过来。"

阿七和阿九行了一礼，戴上罩帽，悄无声息地退了出去。

宋子宁见千夜吓得离他远远的，招了招手说："接下来我们说正事儿。"

他拿出一个外表毫不起眼儿的木制书匣放在桌子上，说："这是我从家里弄出来的修炼古卷，据说命运之战之前就已存在了，那时宋家还没有立宗。"

千夜本想伸手翻阅，闻言一怔，世族这种古诀无一不是镇族之宝，从未听说过能够外传。

宋子宁若无其事地打开木匣，里面是三本用玉片串起的册子。因年代久远，玉册表面已有些暗淡了。他拿出一本，手指轻轻摩挲两下，玉面上立刻露出圆润的光华。不看内容，仅看玉册的质地就知是天价之物。

他把玉册放到千夜面前，含笑说道："这可是真本，殷家那没用的化雨诀可以扔掉了。"

千夜愕然不已，世族外传的功法向来都由族中长老另行摹刻，他拿到的殷家化雨诀便是如此。如果把真本给了他，宋阀子弟想学这套功法时该怎么办？

宋子宁似乎看出他心中的疑惑，满不在乎地说："无妨，我已经把赝品放回藏书楼了。"

"赝品……"

千夜的脑袋一阵抽疼，忍不住伸手揉了揉额头，今晚宋子宁的每一句话、每一个举动都噎得他无话可说。如此珍贵的家族秘传功法，宋子宁居然敢直接拿出真本，把赝品放了回去，真不知这人是怎么想的。一旦东窗事发，恐怕不只是被逐出家族那么简单，更严重的怕是会被废掉原力，流放到苦役之地。而且如果自己偷学了功法，肯定会被宋阀追杀。

宋子宁轻描淡写地说："放心吧，这样的古卷一共有十多部，在藏书楼的内阁落了上千年的灰尘，从来没人练成过。因为是先祖遗留之物，这才一直供着，压根儿不会有人去翻看它们，更不会蠢到去练它们了。"

千夜觉得有些奇怪，什么叫"蠢到去练它们"？然而不容他多想，就听见宋子宁殷切地说："所以，千夜，你一定要用心，务必早日修炼有成啊。"

千夜背上直冒冷汗，宋阀千年来无人练成的秘法，他凭什么就能练成？！宋子宁向来心思缜密，做事滴水不漏，这次实在是胆大妄为，不顾后果。

"子宁，你这样做……"

宋子宁立刻打断了他，眉飞色舞地炫耀道："你不知道，搞定藏书楼的那位长老，可不是一件容易的事儿。我潜心布置许久，才设了个局，把他和新勾搭上的姘头捉奸在床。那个女人可是项成侯的小妾，哪儿是他能碰的？你不知道那老家伙从床上跳起来的时候，表情有多精彩！"

千夜苦笑道："这样……真的没问题吗？"

门阀世家的长老，哪怕是外姓长老，都不是简单的人物。而宋子宁居然用一位侯爷的小妾来陷害宋阀长老，这简直是在玩火。

宋子宁漫不经心地说："有什么问题？他落了把柄在我手里，我要他办的不过是些小事儿，而且我非但不会敲诈他，每办成一件事儿，还会按照正常的价格支付报酬。对了，最近我准备把那个女人从项成侯手里买下来送给他，这样他会更死心塌地地为我办事儿。"

千夜心中突然闪过一丝异样，宋子宁看似温和，骨子里却果断强硬，做事从不喜欢解释，更别说像这样把阴私手段拿出来炫耀了。然而他根本理解不了世族内部的这种斗争，听了半天，最后也只能说一句："千万要小心。"

宋子宁以手支头，懒散地说："富贵险中求。比如这次我已切断武正南的黑晶货源，掌握了他背后的小半个产业，余下的通道也暂时瘫痪了。等他正式倒台了，那几条交易线路就会落到我们手里。"

千夜皱了皱眉，听宋子宁的意思是准备把这几条线路接下来。就算只是普通的贸易，对视黑暗种族为血仇的他来说，心里也不免有些不舒服。况且扳倒武正南，好像并不是为了抢夺对方手中那些交易线路吧？不过基于对宋子宁的信任，他并没有追问，实际上，他还没有意识到自己其实在本能地回避这个问题。

宋子宁看着千夜，仔细观察着他的表情，继续说："你不知道这里面的利益有多大，那些资源落在武正南这种人手里，完全浪费了。若非利益足够大，我哪儿能交换到这些权力，从而顺利地抢下这么多产业和线路？就算是以宋阀的名义也做不到。"

哪怕千夜再不懂权谋，此时也听出宋子宁话里的意思不太对劲儿。他疑惑地抬起眼睛，见宋子宁正注视着自己，温柔的脸孔跟以往表现出来的没有任何区别，眼底却波澜不惊，没有丝毫暖意。

"千夜，你就不怕我是下一个武正南？"

千夜与宋子宁四目相对，黑曜石般的眼中疑惑之色渐渐淡去，他没有马上回答，而是说起另外一件事："当初在天玄猎场，如果我的鲜血之力中凝结出了血族的氏族符号，你会怎么做？"

宋子宁表情一僵，转眼便恢复如初，毫不犹豫地回答："血族后裔无法违抗源血给予者的意志，那不是力量的对比，而是天然法则。如果你真被初拥了……"

他的语气平静得近乎冷酷，十分肯定地说："那么我认识的千夜也就不存在了。"

千夜露出一个如水晶般纯净的笑容，说："所以，我相信你。"

宋子宁怔了一下，随即明白过来。

千夜想了想，又说："我在狙击暗杀方面还算擅长，如果你在外面有需要办的事儿，也可以来找我。"

宋子宁感到有些意外："我还以为你不喜欢这些肮脏龌龊的勾当呢。"

"谈不上喜欢不喜欢，过去在红蝎也干过，算是为了完成任务吧。"千夜不擅言辞，想了想，又说，"只要做事不迷失本心，不忘记最初的目标，手段如何其实并不重要。"

宋子宁突然拔高声线，说："这句话我喜欢，应该让魏破天那个白痴好好听一听！不管什么时候都只知道顶个千重山，埋头冲冲冲的，跟头野猪有什么区别？！"

屋内紧张的气氛顿时烟消云散了，千夜忍不住又伸手揉了揉额头。

忽然外面传来一声冷笑，有人讥讽道："野猪又怎么了？总比某些好色无能的登徒子要强！空有七级原力，却无法打破我的千重山，还不是被追得如同丧家之犬一般四处逃窜！"

宋子宁脸色一沉，盯着大步走进来的魏破天，喝问道："你半夜三更的跑出来干什么？这个时间，不是应该躲在洞里修炼你的龟壳吗？"

魏破天冷哼一声，说："我何时过来用得着你管吗？！这夜深人静的，我是怕有无胆的好色之徒四处乱窜，影响了小夜的心情。"

宋子宁的眼神已锐利如刀，揶揄道："鉴赏如花美眷是男儿本色，一头野猪自然不懂。"

魏破天双眼微眯，大吼道："告诉你，男儿本色是临战不畏，遇强则强。至于你，好色就好色吧，还美其名曰'鉴赏'，我呸！"

千夜实在看不下去了，劝道："你们两个不要一见面就喊打喊杀的，先把正事儿办了吧。"

魏破天大嘴一咧，说："哪儿有什么正事儿，我就是想过来看看你。"

宋子宁站了起来，说："我也是。好了，现在没什么事儿了，我可以走了。"

两人一起走出院落，一边走还一边嘀嘀咕咕的。

千夜看着两人的背影，无奈地摇了摇头。屋里陡然安静下来，他一时不知该做什么，目光落到桌上打开的书匣和玉册上。

他伸手拿起书匣，不料手上竟然一沉，这书匣比同等大小的复合金属还要重得多。他吃了一惊，仔细观察，发现书匣的材质应该是木头，只是不知是何品种。上面的木纹是天然的，没有人工雕饰过的痕迹，似乎构成了某种阵列，将一切原力都隔绝在外，让人无从窥探匣内的秘密。光看这个盒子，就知它有可能是命运之战之前的古物。

他又拿起宋子宁取出来的那本手掌大的玉册，只见玉色微黄，隐隐透出一股古朴之意。他输入一点原力，最上面的玉片上慢慢浮现出四个古字——宋氏古卷。

这个名字还真有特色。

他突然发现四个大字下面竟然还有一个小字，定睛一看，居然是"上"。他心中顿时生出一种不太真实的荒诞感，随即看了看另外两册，它们果然是"中"和"下"。也就是说，宋氏古卷一共分为上中下三册。

不得不说，他对秘传功法的认知受到了冲击。他之前见过的世族秘法战技，比如千重山、水月流云诀、流银剑指等，名称无一不寓意深刻，尽显精髓。

他定了定神，翻开上卷，原力感应之处，一段段文字随即浮现出来。里面确实是修炼法诀，只不过用的都是无比艰深的古文字。

对于世家子弟来说，古文字是需要掌握的基础知识之一，据说帝室许多敕令至今还使用这种文字以示尊崇。但是他的古文字水准尚停留在认字阶段，再加上这三本古卷文意艰涩难懂，就算他大部分都识得，但放在一起也很难理解通透。

他苦笑了一下，随意地往后翻了翻，居然看到了和他平素认知大相径庭的修炼方法，分明是在讲如何汲取黑暗原力！哪怕他的古文字功底极差也不会看错，那段文字确实讲的是修炼黑暗原力的法门。

这就不仅仅是让人感到震惊的发现了！

人族自觉醒原力以来，就使得黎明一侧的原力序列大放光彩，千年的历史也证明了

第十五章 宋氏古卷

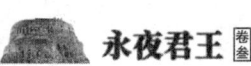

人族天生就是黎明一方的生物。虽然可以经由各种途径堕入永夜，但是在永夜阵营的那些人，却从来没有力量登顶的记录，这也意味着黑暗原力并不适合人族。

实际上，帝国一些不公开的研究表明，那些能够轻易改修黑暗原力的人，往往都是黑暗种族的混血儿，而纯粹的人族则要经过类似初拥这样翻天覆地的改造，才能让黑暗原力彻底吞噬掉天然觉醒的黎明原力。

看到这里，他终于明白为何宋阀自立宗以来都没有人修炼这三本古卷，甚至根本不去研究它们了。

他刚把古卷放下，就看见宋子宁和魏破天一前一后走了进来。

两人的样子有些狼狈，宋子宁衣服下摆上有些褶皱，右眼眶上出现好大一块儿乌青。相比之下，魏破天就凄惨多了，一只眼睛肿得只剩下一条细缝儿，嘴角也破了一大块儿。衣服破破烂烂的，上面有明显的鞋印儿。

千夜只觉得额头上的青筋"突突"跳了起来，头疼地问道："你们两个……难道是打架去了？"

魏破天嘿嘿一笑，道："只是切磋切磋，活动活动筋骨而已！过瘾！"

宋子宁恢复了温和淡然的模样，说："确实过瘾，只不过踹得我的脚有点儿酸。"

"你们两个可真是……"千夜叹了口气，从旁边的柜子里拿出药包，放在桌上。

两人一位是世家世子，一位是宋阀继承人之一，居然像街头混混儿一样打架，还打得鼻青脸肿的。继宋氏古卷之后，他觉得自己的认知再一次被挑战了。

魏破天大手一挥，豪迈地说："我服过药了，这点儿小伤转眼就好！"

宋子宁阴阳怪气地说："我宋家伤药堪称四阀第一，只是用在野猪身上，倒是有些可惜了。"

魏破天突然"咦"了一声，拿起千夜放在桌上的一个药盒，问："这是什么东西？看着挺眼熟的。"

那是一个三指宽的水晶盒子，表面镂刻着一朵美丽精致的血色花朵，花瓣反卷如龙爪。里面的小瓶装的是蓝色雾状物体，这是赵君弘送给千夜的伤药。

"曼殊沙华，这不是赵若曦的东西吗？"魏破天抓了抓头，显然没反应过来其中的关系。

"赵……赵若曦？"千夜念着这个名字，慢慢说道，"这是赵阀二公子送我的伤药。"

魏破天不以为意地把盒子塞给千夜，说："赵若曦是赵君弘的亲妹妹，这药挺不错的，你留着吧。"

千夜心中突然产生一种极为异样的感觉，目光一转，发现宋子宁正若有所思地凝视着他。

不等他多想，魏破天已经看到桌上的书匣和摊开的玉册，奇道："这是什么？看风格好像是宋阀之物。"

宋子宁傲然说道："算你有眼力，这是我从宋阀藏经楼中找出来送给小夜的古卷。"

魏破天脸上的惊讶顿时变成了不屑，随手拎起玉册，讥笑道："这东西……居然就叫宋氏古卷？哈哈，宋七，你就是想糊弄小夜，也得稍稍花点儿心思吧？宋氏古卷，还有比这更明显的假货吗？啊哈哈哈！"

宋子宁怒道："不识货的白痴，睁大眼睛，好好看看古卷的材质！你要是能找到同样的东西，开价多少我都买下！"

魏破天不以为然地翻看着玉片，指着其中一段，冷笑道："还说不是假货！这段见鬼的描述竟然让人修炼黑暗原力，你倒是给我练出个黑暗原力看看？要是没爆掉你几个原力节点，我魏大爷的姓今后就倒过来写！"

千夜心中也充满疑惑，不由得把目光投向宋子宁。

宋子宁怒视魏破天，正色道："千夜，宋氏古卷唯有觉醒晨曦启明的人才能修炼。我曾托一位大师推算过，宋阀藏经楼内阁里的那些古卷，只有这三册与你有缘。那位大师的功诀并不在大衍天机诀之下。"

千夜有些愕然，不曾想竟是这个原因。他自然知道自己的晨曦启明是怎么回事儿，问题是宋子宁也知道。可宋子宁该不会以为，假冒的晨曦启明也能修炼宋氏古卷吧？这个玩笑未免开大了。

魏破天冷笑一声，插嘴道："少在这里装神弄鬼了！大衍天机诀要是如此简单，林熙棠怎么能和伯谦大帅并称为帝国双璧？依你所说，恐怕要把那位大师加进来，合称为三杰了。"

宋子宁勃然大怒："魏破天，你这是对大师不敬！"

魏破天立刻跳了起来："不敬又怎样？难道怕你不成！"

两人正闹得不可开交，这时千夜突然转头望向门外，脸色森冷如铁，透出凛冽的杀意。

第十五章 宋氏古卷

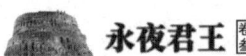

第十六章　末路绝杀

空旷的庭院中不知何时多了一人。他中等身材，只么一站，沉凝的气势顿时挤满整个空间，直压得人喘不过气来。

千夜缓缓站起，与那人的目光对上，顿觉一道白光如闪电般殛下，视野中的一切都扭曲着跳跃了一下。他硬生生挺了过去，沉声叫道："武正南！"

武正南缓步向前，每一步落下，声音并不响，但是整个院落却微微颤抖起来。他依旧穿着远征军少将的军服，只不过袖口、衣领、肩膀等处的军衔全都摘掉了。

见他穿了一身没有军衔的军服出现，宋子宁眼角微微跳动了一下，千夜则隐隐觉得有些不安。

魏破天霍地站了起来，喝道："你来干什么？"

武正南微笑道："我只是来看看千小友，没想到世子居然也在。"

说到这里，他看向宋子宁，好奇地问："不知这位是？"

"高陵宋氏，排行第七。"宋子宁回答得很简单，然而能这样自报家门的，只会是宋阀主家有身份的嫡系子弟。

千夜心中愈发不安了，他很了解宋子宁，如此直截了当地抛出宋阀的名头，显然是到了不得不借势的时候。

武正南微微有些错愕，随即颔首为礼，说："原来是宋七公子。"

魏破天突然喝问道："武正南，你是怎么进来的，我留在外面的人呢？"

"外面的人？"武正南的笑容有些飘忽，"我可没有看到一个活人呢！"

魏破天面色一沉，寒声问道："这么说，你把他们都杀了？好大的胆子，陈老呢？"

千夜的目光忽然落在武正南的左手上，他的左手垂在身侧，角度极不自然，鲜血正缓缓顺着手背流向指尖。在他仿佛能够撼动整个空间的气势的压制下，自己竟然没有注意到周围涌动着极为浓郁的血腥气。

千夜抬眼望向黑沉沉的夜幕，此时街道上静得出奇，就连夜风也似乎不再流动了。

武正南叹了口气，说："魏世子实在无趣，我说了没见到一个活人！这种事情还需要问两遍吗？"

魏破天忽然冷静下来，声色俱厉道说："武正南，我已经给你留了一条活路，没想到你竟然不知收敛，胆敢出手杀我魏家长老和亲卫。难道你以为，远征军那几位大佬会护你到底吗？"

武正南凝神看着魏破天，发现在自己磅礴气势的压制下，此人居然毫无惧意，不禁赞道："魏世子果然是人中龙凤，唉，我那个儿子如果能有你一半的天资，就不会死得这么早了。"

说着，他转向千夜，问道："如果我没有猜错，那个不成器的家伙是死在你手上吧？"

千夜淡淡回道："他杀了我的朋友，是他自己找死！"

武正南哈哈大笑，道："原来如此。看来我那个儿子确实该杀，杀得好！"

魏破天皱眉道："武正南，前面明明有活路，你这是在自掘坟墓。"

武正南冷笑道："活路？就算我从军部活着出来，届时第7师想必已经易主了吧。我大半辈子的经营都在此地，如果失去了它们，苟活于世还有什么意思！就像我这身衣服，摘去了军衔，还能叫军服吗？我原本只是来看看杀了我儿子，逃过暗刃追捕，劫了我整支商队的，是怎样惊才绝艳的人物。没想到宋七公子和魏世子也在，这也算是意外收获吧。"

"你杀了这个街区的人。"千夜突然冷冷说道，他的双眼中仿佛有火焰在跳动，怒意隐而不发。

武正南对千夜如此敏锐的感知略感意外，挑眉说道："诸位都是少年英才，有你们陪葬，看来我那个不成器的儿子死得也不算冤枉！"

千夜的心慢慢下沉，从宋子宁和魏破天回来到武正南现身，不过短短半个小时，武正南竟然杀了魏家亲卫、长老和附近的居民，且没有惊动任何人，这等实力绝非普通的战将。

魏破天闻言不怒反笑："杀了我，你全族都活不了！"

武正南淡淡说道："我既然已经杀了你们魏家的人，那么不在乎再多杀一个。永夜之地如此辽阔，别说魏家，就是四阀想找到我也没有那么容易。至于亲族，呵呵，覆巢之下安有完卵，他们会认命的。"

宋子宁忽然说："拿淮扬武氏来殉葬，真是好大的手笔。"

武正南终于变了脸色，但是他的神情有点儿古怪，既不像是畏惧，也不全是愤怒。

没等他说什么，宋子宁又说："武将军，如果我没看错，你击杀魏家的战将也付出了不小的代价。动用秘法强压伤势，恐怕不能持久。"

武正南一双细目中精光大盛，仿佛一头想要择人而噬的凶兽，死死盯住宋子宁，缓缓说道："宋七公子好眼力，不过即便我受了伤，难道你们以为凭自己的实力，就能与我一战吗？"

空气变得越发凝滞了，似乎有未知的庞大的异兽向三人逼近。

宋子宁似是毫无所觉，温柔地笑了笑，摊了摊手，一脸无辜地说："这事儿好像和我没什么关系，我可以走了吗？"

武正南没想到他会这么说，迟疑了一下，说："宋七公子如果想走，那就赶紧离开吧！再耽搁一会儿，我不确定自己会不会改变主意。"

宋子宁的身影突然闪烁不定，在原地留下几个残像，就此踪迹全无。

武正南皱了皱眉，他早就想到三人中最难对付的是宋子宁，如今亲眼所见，对方玄奥莫测的秘法竟还是出乎他意料之外。

千夜对魏破天轻声说道："你也走。"

武正南身为远征军的少将，实力比他们高了不止三级。就算眼下他受了重伤，他们也不见得能接下几招。如今只要想办法多挡几招，其他人便有逃走的可能。宋子宁和魏破天都有自己的卫队，只要回到驻地就安全了。此时应该如何取舍，已经再清楚不过了。

然而魏破天却格外沉静，淡淡说道："怕什么，大不了老子把这条命还给你。"

千夜还想再说什么，武正南突然长笑一声，说："时候不早了，就让我来成全你们吧！"

他右掌上泛起鲜亮的碧色光芒，挟排山倒海之势重重拍下！

掌风尚在远处，千夜和魏破天却觉得一股庞然无匹的大力已推挤过来，连呼吸都几乎停滞了。

魏破天发出一声炸雷般的狂吼，炽烈的土黄色光芒比原力之焰更加明亮，千重山已全力启动！然而在扑面压来的碧光中，黄芒只亮了一瞬便渐渐暗淡了，如同狂风中的火苗一般明灭不定，随时都有可能熄灭。

　　千夜突然出现在魏破天斜后方，伸手搭上他的腰背。此时正是千重山摇摇欲坠之际，千夜一股柔力送出，猝不及防之下，他整个人被掀了起来，飞向一侧。而千夜恰好站在他原先站立的位置，正面对上已经压到面前的碧光。

　　这一刻，千夜凝神咬牙，全部注意力都集中在体内的原力潮汐上，兵伐诀瞬间冲过二十八轮，这已是他现在所能达到的最快速度。只听潮音渐起，闷雷仿佛自远方滚滚而来。

　　他一拳向着眼前仿佛要吞噬一切的碧光击出，心中格外平静。既然此事因他而起，那么理应由他结束。

　　兵伐诀的潮汐平地升起，无数次被碧光切割开来，又锲而不舍地聚拢着向前冲去。突然时间仿佛静止了一瞬，旋即碧光以比来时更快的速度倒卷回去。沉闷无比的涩响声传来，武正南居然低哼了一声，连退数步，垂于身侧的左手再次涌出鲜血。

　　只见千夜和武正南中间出现一片巨大的菩提叶，薄如轻纱的网状叶脉寸寸断裂，在空中炸成一小团齑粉，随后竟化为虚无。宋子宁从容自在的身影随之浮现出来，他挡在千夜身前，双手一张，落叶簌簌而下，片片锋芒毕露，如薄刃般缓缓旋转着，杀意凛然。

　　差点儿被千夜扔出院墙的魏破天刚刚落地站稳，看到这一幕眼珠子几乎要掉出来了。宋子宁竟然有此等实力，可之前与自己切磋时怎么会打得难解难分？

　　武正南望着空中尚未完全消失的点点光斑，眼中闪过一抹诧异，说道："你身上竟然有这种异宝！呵呵，天堂有路你不走，地狱无门你非要闯进来！既然回来了，那就一起去死吧！"

　　宋子宁浅笑道："不能嫁祸淮扬武氏，将军是否有点儿失望？"

　　武正南脸色一变。

　　宋子宁似笑非笑地说："真是……可惜了，似乎又被放弃了啊！"

　　说着，他冲着千夜打了个手势，然后一掌挥出，万千落叶如同被风暴席卷着一般，挟雷霆万钧之势向武正南轰去。

　　武正南闻言有些心神不定，如此阴私之事，宋子宁是如何得知的？他随即大步冲向宋子宁，毫无花巧地一拳击出。拳锋上喷吐出半米长的碧芒，凝而不散，破开空气时发出如兵刃相接一般的锐啸。战将级强者原力外击，往往可达数米甚至数十米，而武正南的实力更胜于普通战将。这一拳只击出半米碧芒，是因为受到宋子宁那番言语的干扰。不过尽管如此，这一拳之威也无比沉重。

片片叶刀聚成的风暴已与武正南的拳芒相遇，然而一进入碧芒所在的范围，就被绞得粉碎。宋子宁立刻疾退，他的身影若隐若现，始终逃不出碧芒的追击。武正南这样的战将级高手，自然不会轻易让对手逃脱。

武正南冷笑着，身体微倾，一拳向宋子宁横扫过去。他觉察到背后有人来袭，但并不打算改变攻势。在他看来，那两个小家伙儿完全不足为惧，对他能构成威胁的只有宋子宁一人，所以无论如何都要先除掉宋子宁再说。

千夜和宋子宁在黄泉训练营时曾无数次并肩战斗过，见宋子宁打出手势，立即明白了他的意图。武正南实力太强，他们谁都接不下正面一击，所以只有以攻为守，先由一人拖住对方，再寻找可乘之机。

此刻千夜手中闪耀光牙上的一道道纹路被点亮了，暗红色血芒氤氲而起，刀锋已完全不可见。那些美丽繁复的原力纹路却格外清晰，看上去像是某种神秘莫测的图腾。他一刀插向武正南腰肋，然而武正南忽然感觉到极强的威胁，多年形成的战斗本能让他不假思索地收腹侧让。可一步闪过之后，腰侧依然传来火辣辣的疼痛，显然已被切出一道伤口。

千夜一边收回闪耀光牙，一边飞快后退，心中暗叫可惜。战将级别的强者果然非同一般，直觉敏锐得惊人。他竭尽全力挥出的一刀，居然被武正南避开了，只划出一道不轻不重的伤口。

武正南看清伤他的凶器，冷笑道："找死！"

他原本就是当机立断之人，发现千夜手中的利器能够破防，居然抛下宋子宁，收拳化掌向千夜拍去。

千夜向一侧扑倒，团身做出两个翻滚，旋即再次弹起。

武正南冷笑了一下，当即大步跨出，掌势继续前推。对战将级强者来说，对手的一点点小技巧几乎没什么作用，只要是在原力覆盖的范围之内，就能伤及对手。

然而片片落叶毫无征兆地凭空出现，扰得他眼前一花。原本被遮挡住视线并不会影响他的攻击，可他突觉手上一沉，一只拳头已撞到右臂上。他那一掌去势不减，不过却偏移了一点，千夜借机脱出了他的掌风范围。

接二连三失利，他心中不由得十分烦躁，大手一挥，原力如狂暴的飓风般涌动起来。

只听"轰"的一声,面前的小楼经不起原力冲击,一下子倒塌了。

魏破天闷哼一声,跌向后方,千重山被彻底攻破,土黄色光芒已完全熄灭。他面白如纸,软软瘫坐在地上,一时已无力起身。

不过他这一拳也并非毫无效果,武正南初时不以为意,此刻手背上却传来针刺般的疼痛。他凝神一看,发现手背上竟然皮开肉绽,伤口里还残存着点点原力光芒,如同星辰般闪烁不定。他甩了甩手,碧色光芒透体而出,把残留的外来原力消融得干干净净,然后露出狰狞的笑容,说:"好,魏世子的秘传战技果然不凡!不要再浪费时间了!"

他大吼一声,足下一顿,整个院落都晃动起来。接着,他如同包裹了碧火的箭矢,向宋子宁袭去。

宋子宁右手一张,掌中已多了一根手臂长的水晶材质的器物。他手腕轻轻一抖,那器物竟增长了一倍,顶端闪动着冷冽的寒光,看形状像是一支短矛。他站姿不变,气势却喷薄而出。

与此同时,站在另一端的千夜突然低喝一声,做出与武正南一模一样的动作,和身朝他撞去。千夜的速度居然丝毫也不比他慢,甚至有后发而先至的架势。

武正南狞笑一声,原力外放,于身前凝结出一道碧芒,锋锐无匹,宛若利矢。

突然,似是有金戈铁马呼啸而过。只见半空中一簇一簇连城烽火燃烧起来,与森冷的碧光纠缠不休,最后一一熄灭了。

宋子宁撞在半截断壁上,这才止住退势。他脸上血色全无,苍白得几近透明。随即猛然喷出一口鲜血,身形摇摇欲坠。

武正南没想到身侧居然会传来如此大的力量,他冷哼一声,重心一倒,向着千夜和身靠去。经此一撞,他的左臂已废。

千夜只觉得如同被重锤轰击过,差点儿跌了出去。他突然张口,一口鲜血喷了武正南一脸,然后踉跄着后退了好几步。

武正南的视线被血雾挡了一下,鼻端居然闻到阵阵奇异的甜香。

千夜手持闪耀光牙静静站立着,刀身上繁复的纹路再一次点亮了,然而这次透出的居然是紫色光芒。

武正南的心脏剧烈搏动了两下,鼻端残存的香气更加浓郁起来,他觉得有些异样,可是又不清楚究竟哪里不对劲儿。他环视着几乎变成废墟的小院,忽然喊道:"束手就擒吧,说不定我还可以给你们个痛快!"

千夜转头望去，见宋子宁靠在半截断壁上，已完全动不了了；魏破天两腿发软，怎么都站不起来。他沉声说道："我没有不战而降的习惯。"

说完，他挥刀而上，闪耀光牙幻化成一片紫色光芒。

当一紫一碧两道光芒交汇在一起时，原力爆炸中心忽然升起一道黑红相间的火柱！火焰直冲上十余米高，几乎将刀光荡涤干净！

武正南站在火柱正中央，身上的少将军服熊熊燃烧起来，可对他本人却毫无影响。

千夜吃了一惊，连忙收刀后退。此时他体内血气剧烈翻腾，瞬间已进入沸血状态。

武正南挥手扑灭了身上的火焰，他大半个躯体裸露了出来，虽然不算高大，但是却十分魁梧，身上的肌肉如同由道道钢丝缠绕而成，坚硬无比。可怕的是，他的皮肤上竟分布着不少黑色斑点。若是仔细分辨，会发现它们都是黑色鳞片。

魏破天叫了起来："武正南，你居然堕落至永夜了！"

这正是人体逐渐魔化的标志之一，无论武正南是早就被黑暗原力控制了，还是由于重伤动用秘法压制，才被黑暗原力占据了主导地位，都只意味着一件事儿，那就是他已经彻底堕入永夜那一边了。

武正南愤慨不已，怒吼道："要不是年轻时修习兵伐诀伤了身体，我用得着向黑暗一方寻求保命的办法吗？你们出身于门阀世家，从小就有秘传战技，怎会知道我那种苦苦寻求一部高级功诀来救命的心情？"

他顿了顿，指着千夜说："你修炼的也是兵伐诀，并且已成为兵王。不过你以为这是好事儿吗？进程越快就越短命！不出三年，你就会感受到各种暗伤反复发作的痛苦，不到三十岁你就会陨落。"

魏破天勃然大怒，张了张嘴，却没有说出话来。

千夜缓缓说道："不是累积军功便可以向军部申请功法吗？"

武正南的怒意稍稍平息了一些，嗤笑道："这种特殊资源需要排队！当时他们说我的军衔和功绩都不够，如果我是士族出身，还能勉强达到标准。千夜，你今后的出路不见得比我强。要么沦为世家的走狗，去换一部中下品功诀，要么卖上十年命，看看死前能不能攒够军功。"

千夜默然不语，他可以想象武正南被拒绝时内心有多么绝望。帝国等级森严，几乎所有资源分配都和出身挂钩。而帝国军队中已算是相当公平了，无论升迁还是申领武备，都只看实力和战功。

不过兵伐诀的功法转换却不同。它不仅需要一本摹刻的功诀，还需要可以修复身体暗伤的配套药剂。这副药剂不但造价昂贵，而且原材料十分难得，每年发放到军功兑换清单上的数量极为有限。所以像这种特殊资源，分配门槛就高了，往往还会考虑到出身。正因如此，兵伐诀才被称为炮灰功法。

武正南狞笑着，说："你们说，这样的帝国，我又怎能为之效力？"

千夜摇了摇头，声音虽轻却十分坚定："无论你遭遇了什么，都不应该成为你堕向永夜，反过来残害同族的理由。"

武正南一怔，然后狂笑起来，好半天才说："还真是个固执的家伙，那就试试黑暗原力的味道吧！它可以腐蚀你全身的血肉，个中滋味可不比兵伐诀的暗伤发作更好受。"

说完，他遥遥击出一拳，一股黑红相间的雾火扑向千夜，瞬间将其淹没。

"小夜！"

魏破天不知哪儿来的力量，猛然站了起来，身上竟然又多了一层土黄色光芒。只不过此时千重山的光幕暗淡至极，恍若风中残烛，就算没受到攻击，也坚持不了多久。

武正南双眼微眯，冷哼道："不自量力！"

他伸手一挥，一团雾火又扑向魏破天。那团雾火黏稠至极，一扑到千重山的光幕上就紧紧粘在上面，发出"哧哧"的侵蚀声。转眼之间，千重山的微芒便被吞噬殆尽了。

一两朵火焰落在魏破天身上，把他的护甲侵蚀出一个个大洞，裸露出来的皮肤迅速发黑。他倒是硬气，居然哼都不哼一声，只是硬挺着，紧握的拳头上闪耀着点点星光。

武正南"哼"了一声，脸上戾气立现，又是遥遥一拳向他击去，喝道："你这么想死，我就成全你！"

只见黑红色原力拉出半丈长的如鞭焰芒，向魏破天当头击下。魏破天大吼一声，毫无惧色地挥拳迎击，但是他连站着都很勉强了，又怎么可能挡得下来？

空中忽然亮起一道细细的青光，一片绿叶自宋子宁指尖消失，转眼出现在虚空之中，把黑红色原力焰芒剖成两半儿，余势未歇地掠向武正南。

武正南大叫一声，踉跄着后退了两步，难以置信地看着自己的身体。他胸腹处出现一道细细的血线，随即张开，变成十分恐怖的伤口。而宋子宁又吐了一口鲜血，胸口上挂着的一个翡翠绿叶吊坠迅速失去了光泽。这次他就算靠着墙壁也无法站立了，只能重重摔倒在地上。

武正南看着宋子宁，恼怒地说："既然你有这么多护身手段，为什么要白白送死？"

宋子宁淡淡地笑了笑，说："你不会明白的。"

武正南沉声说道："无妨，反正杀了你们之后，也不需要明白了。"

就在这时，被黑红色雾火吞没的千夜忽然发出一声呻吟，挣扎着站了起来。黏稠的雾火仍然粘在他身上，原本快要熄灭了，不知为何竟又燃烧了起来。所过之处，大片大片血肉开始溃烂。鲜红的血液不断从伤口中涌出，且不时有金色和紫色细线一闪而过，那浓郁的生机蓬勃得令人感到震惊。

如果仔细看去，就会发现这些血液如同活物，竟自行蜿蜒而上，一遇到火雾就漫延开来。而火焰则"哧哧"冒起白烟，渐渐熄灭了。同时伤口迅速收拢，只留下一块块淡淡的疤痕。

不知为何，武正南心头突然涌起极为强烈的不安和惊惧，仿佛遇到了天敌。他脸色一沉，深吸了一口气，腹部伤口收拢得只剩下一道凹凸不平的长痕。他缓缓举起右掌，再次冒出黑红色原力雾火。

千夜平举着双生花，枪身的纹路次第点亮了，他的双臂透出绯色原力光芒，其中有金色光点载沉载浮。

刚才为了抵抗武正南的雾火，他体内沸血一扫而空，暗红色血气和紫色血气全部萎靡不振地趴在心脏深处无法动弹，勉强还可一用的只有金色血气了。在这生死关头，金色血气再次与所剩无几的黎明原力产生共鸣，一齐冲入双生花之中。

他突然沉重地叹息了一声，说："武正南，你付出这么大的代价，换来的就只是这种最低级的血族血统吗？"

武正南一怔，不明白他究竟是何意。可是心头萦绕的危险感却成百上千倍地放大了。于是连忙大吼一声，一拳击出！

千夜的手指稳稳地扣下了扳机，只听"啪啪"两记脆响传来，好像有什么东西破碎了似的。

在虚空中并蒂绽放的双色花朵一如既往地摇曳着，而枪身上却又浮现出一层全新的原力阵列，那是无数淡金色微芒交织而成的轻纱似的雾气，给幻象之花披上了阳光般明媚的外衣。

原力凝结出的淡金色子弹闪着微芒，仿佛透过窗户照进角落里的一缕不起眼儿的阳光。

它如同春水破冰一般撕开雾火，没有丝毫削弱和迟滞，瞬间就袭击在武正南身上！

金芒迅速膨胀起来，把武正南的大半个身躯包裹了进去。武正南陡然发出一声无法形容的凄厉的惨叫，那具钢铁般的身躯不断扭动着，原本坚实的血肉如同遇火的蜡烛，迅速消融殆尽了。

"终于结束了！"千夜喃喃说道，随即失去意识，一头栽倒在地上。

院落里突然安静了下来，大家就像做了一场梦似的。

魏破天不愧皮糙肉厚，喘息片刻，便第一个站了起来，挣扎着走向武正南的残骸。他正盯着残骸发愣，旁边突然飞来一道火光，正好落在残骸上。一接触到火星，残骸就猛烈燃烧起来，火焰直喷上十余米高！

猝不及防之下，他的眉毛差点儿被点着了。他猛退两步，回头一看，宋子宁不知何时也站了起来，手上拿着那柄水晶短矛枪。

宋阀秘传战技烽火传薪枪打出的是原力火焰，那堆残骸眨眼间便成了黑渣儿。

魏破天吓了一跳，怒吼道："你想干什么？这是证据！是武正南通敌反叛的铁证！"

宋子宁又吐出一口鲜血，脸色看上去好看了一点儿。他理都不理魏破天，快步走到千夜身边，单膝跪下，手上蒙蒙青光闪过，原力凝结成的薄雾如雨般落下，不断冲刷着千夜伤痕累累的身体。

一接触到宋子宁的原力之雾，千夜肌肤上正在流动的鲜血立刻向体内一缩，那些深可见骨的创口也慢慢蠕动着，开始收拢起来。

魏破天安静下来，默默看着这一切。

直到把千夜身上的血腥全部洗去了，宋子宁才抬起头，淡淡说道："现在你可以叫人来救援了，顺便通知一下我的卫队。"

第十七章　如何善后

千夜醒来时，窗外还是一片昏暗。一阵阵急促的脚步声匆匆走过，偶尔还有人在喁喁私语。

此时已是清晨，他支撑着坐了起来，只觉得全身虚软乏力。他看向四周，这是一间陌生的屋子，开间不大，陈设简单，收拾得很干净，但是床褥、被子乃至桌上的水杯等用具却十分精致。

他检视了一下身体，发现所有伤口都被处理过，并且包扎好了。体内虽有无数细伤，但大半已自行愈合。血气们则变得格外老实，紫色血气和普通血气全都蛰伏在心脏最深处，若非他着意查探，几乎以为它们已经不存在了。金色血气则悬浮于心脏外面，懒洋洋地，一动也不动。

双生花那一击消耗实在太大，差点儿超出他的承受能力。他甚至有一种感觉，不是他自己把原力和血气注入原力阵列的，而是枪械在主动吸取他的力量。此时他腹中传来一阵强烈的饥饿感，空空如也的胃部有点儿抽疼。他下了床，推开房门。

外间窗口下摆着一张小榻，两名少女背靠背坐着，似乎在打盹儿。听到开门的声音，两张一模一样的清丽面孔同时转过来，一齐发出欢喜的惊呼："少爷您醒了！真是太好了！"

千夜愣了一下，这才认出她们是阿七和阿九。

"宋七公子和魏世子都来看过您好几次了，我们立刻去通报他们。"

千夜点了点头，说："先给我弄点儿吃的。"

"厨下早就备着了。"

阿七立刻出去报信并准备食物，阿九则留下来，捧出一叠衣服鞋袜，准备服侍千夜更衣。

千夜有些不习惯，不过随即发现阿九手脚麻利，动作轻柔，一点儿都没有碰疼他的伤口，显然受过精心的训练。

他从阿九口中得知，这里离宋子宁的临时住所非常近，他的私人物品也已挪到这边。而他原来住的那栋小楼毁了大半，被封起来准备接受调查了。

他皱了皱眉，显然杀掉一个远征军师长要做的收尾工作有很多。首当其冲的是魏破天，只是不知道宋子宁在背后做的那些布局能否生效。

说话间，阿七拎着一口热气腾腾的大锅走了进来。看不出来她体态轻盈，力气居然这么大。锅里炖的是肉食，香气四溢。千夜坐下来，一口气吃掉五六个人的分量才感觉舒服了一些。

这两个少女在隐泉商团受的训练果然有用，把千夜的私人物品摆放得整整齐齐的。尤其是枪械和装备，打包的方式非常专业。

千夜正在里屋检查自己的物品，魏破天突然闯了进来。他一屁股坐了下来，看到桌上那个比锅还大的饭盆，立刻毫不见外地吩咐引他进来的阿七："给我也来一份儿！"

说完，他抓起千夜刚刚用过的杯子，仰头一饮而尽，然后愕然问道："怎么是水？"

千夜从里屋走出来，笑道："为什么不能是水？"

魏破天转头吼道："拿几瓶酒来！"

阿七向千夜投来征询的目光，酒和食物倒是不缺，这两天魏家和宋家都送了不少补给过来，只不过魏世子的脸色有点儿吓人。

千夜挥了挥手，阿七连忙拉着阿九一起去准备东西了。他看着魏破天，问："怎么了，心情不好？"

"一堆烂事儿，心情能好才怪了！"

他急匆匆地吞下两大盆食物，然后滔滔不绝地抱怨起来，千夜也对自己昏迷这几天发生的事情有了大致的了解。

武正南的残骸被宋子宁的原力火焰烧成了渣儿，什么都检测不出来。也就是说，武正南堕入永夜的证据没有了。军部宪兵监察使张有恒摆出一副公事公办的态度，表示在没有证据的情况下拒绝做出任何判断，只是把魏破天所说的事情经过记录了下来，准备

第十七章　如何善后

带回军部备案。

说到这里,魏破天气得重重拍了一下桌子,骂道:"这个姓张的,收了我们魏家那么多好处,事到临头却还来这么一手,真不是个东西!"

魏家在魏破天遇袭的第二天,就把离永夜大陆最近的两位本家长老调派了过来,他们也对目前的局面十分头疼。不管怎么说,魏破天是在远征军的地盘上杀了他们一名现任少将,且又拿不出武正南堕入永夜的实证,远征军高层极有可能会反弹。

宪兵监察使张有恒果断选择置身事外,让魏家直接去面对远征军总部。所以,现在要安抚远征军高层,靠魏破天和他带过来的人肯定做不到,必须得向家里求援了。与此相比,损失了一名外姓长老和几个亲卫反而是小事儿,他回去后最多被不痛不痒地骂上几句。

然后就是第7师和黑流城这个烂摊子。过去这些年里,第7师其实相当于武正南的私军。武正南一死,就算那些军官们愿意服从,魏破天也不敢放心使用,否则当初不会把城防工作交由折翼天使接管。而实际情况比预计的好不了多少,当武正南的死讯传开之后,第7师当即溃散,四水基地那边的第7师驻军有一小半直接逃离了军营。这些人都是带着武器走的,可想而知,今后三河郡势必会多出不少悍匪。

留下来的那些人也不让人省心,黑流城的军营里已经接连出现好几起聚众闹事事件。有两次冲突还相当严重,魏家护卫开枪打死了几名带头的士兵都没能控制住,最后还是折翼天使到达现场才把他们弹压了下来。

重新整编第7师是个浩大的工程,几乎和新建一个师没有区别。魏破天不怕上阵杀敌,可是对处理这方面的事务却没什么兴趣,只要想一想就觉得头疼。更令人恼火的是,千夜的情况一稳定宋子宁就消失了,连一大半宋家护卫都被他留在了这里。面对一堆乱糟糟的事务,魏破天简直要抓狂了。

听完魏破天的抱怨,千夜安慰道:"都是一些琐碎的事务,一项项列出来,然后依次解决就是了。有什么是我能做的吗?"

魏破天摇了摇头,说:"你伤得这么重,还是好好休养,尽快恢复为好。永夜又要不太平了。"

千夜吃了一惊,联想到前些日子在暗血城猎人公会听到的那些消息,问道:"要发生战争了?"

魏破天点了点头,郑重地说:"没错,最近黑暗种族大举增兵,已经惊动了帝国高层。据说白、赵两阀都开始调集人手奔向永夜，以防万一。"

四大门阀中有两家已开始行动了，可见事态十分严重。

魏破天有点儿沮丧地说："糟糕的是，从军情分布图上看，这次三河郡也在锋线上。所以根本没有多少时间重建第7师，估计能有一个月的缓冲期就不错了。"

千夜找出三河郡的地图一看，立刻沉默了。

魏破天把自己得到的消息，以及帝国军方邸报上正式发布的军情都简单地说了一遍，最后叹了口气，说："我先走了，还有一堆文件要批。唉，本来一件大好的事情，现在弄成这样了。那个该死的武正南，真不知道他究竟发的什么疯。还好你的伤没有后遗症，否则老子一定让他死不瞑目！"

说完，他怒气冲冲地走了。

午后，消失了好几天的宋子宁突然出现了。与焦头烂额的魏世子相比，宋七公子气色很好，神情也颇为愉快。他一进门，目光就落在桌上的三河郡地图上。

"怎么忽然看这个？"

千夜在地图上虚画了两条战线，说："破天说黑暗种族那边很可能会有大动作，从对方陈兵的情况来看，三河郡压力很大。而黑流城本就是这段防线上的重要防御节点，现在又位于比较突出的位置，一旦发生战事，随时可能被突袭。"

宋子宁点了点头，说："我也得到了消息，这次动静儿很大，连白、赵两阀都出动了。我们宋家以往在永夜大陆只有一些边缘产业，但最近也在筹备私军，随时准备投入这场战争。"

"究竟发生了什么？难道会出现全面战争？"

宋子宁耸耸肩，说："谁知道呢！黑暗种族总是有各种稀奇古怪的理由，因为近年来风调雨顺导致炮灰数量过多，所以发动一场大战的情况，以前也不是没有出现过。"

千夜思忖了一会儿，说："据说上次暗血城附近有永夜议员出现，是为了所谓的黑君王宝藏。"

其实，这种情况比发动全面战争还要糟糕。一般来说，战争是有序的。战争规模如何，各个区域将要承受的压力，都能事先做出预判。而宝藏这种事情可就难说了，黑暗种族往往对那些消失在历史中的大能有着狂热的崇拜，黑君王宝藏说不定会引来不少黑暗强者。这些黑暗强者的行为完全无法预测，想要应对他们，恐怕没那么容易。

宋子宁不以为意地说："黑暗强者的生命太长了，常常做些无聊透顶的事情。"

他伸手在黑流城和四水基地的区域画了个圈儿，又说："魏破天这次有大麻烦了。我原本以为他这么快把武正南拿下，早就想好了怎么做好善后工作，现在看来压根儿不是那么回事儿。光是整编第7师，没有几个月的时间，外加花上十几万金币，根本就无法完成。嘿嘿，我看他肯定会被家里骂得狗血喷头。"

千夜看着宋子宁幸灾乐祸的表情，苦笑道："你把武正南的遗骸烧掉，是怕我的血气被人发现吧？说到底都是因为我，才惹出这么大的麻烦。"

宋子宁挑眉说道："和你有什么关系，是魏破天自己白痴！你不用担心远征军总部，我早就和肖令时将军达成了协议，远征军上层大佬们的反应只是表表姿态而已，毕竟他们对手下的师长们也要有个交代。"

千夜想到魏破天的抱怨，突然觉得有什么地方不对劲儿，问道："你没有告诉魏破天远征军总部的真正态度吧？"

宋子宁理所当然地说："那是我的人脉，为什么要告诉他？让他多着急一会儿好了，反正近期魏家会有大佬过来为他收拾残局。只要远征军总部不提出要你出面做证，就没有问题。"

随后他摆摆手，又说："别再提那个白痴了，你接下来有什么打算？要不要和我一起回上层大陆？"

千夜在黑流城的位置点了点，郑重地说："我想在这里建一个雇佣兵团，一方面可以安置那些'种子'，另一方面我想参与接下来的战争。但是，一个人的力量实在太单薄了。"

宋子宁笑着说："你是怎么打算的？说来听听。"

千夜认真地把思考了一个上午的想法说了出来，他之前受的都是精英单兵训练，除了士兵集训方面，其他都只是考虑了一个雏形。不过目前他手上也算是有了一些资源，仅那近四百人的"种子"，就已是中等兵团的规模，等把中下层军官架构好之后，再对外招募一些佣兵，也就差不多了。那些"种子"现在用的是缴获的远征军装备，至少还能用一段时间。

后勤补给是最困难的一环，虽然他名下有一个小镇和矿区，但那是从第15师手中接管过来的，成本和产出都还不明朗，不能马上计入确定的资金来源中。而一般雇佣兵团的资金来源主要有两条：一是通过接受任务来获得酬劳，二是击杀黑暗种族后拿部件去向帝国机构申领赏金。帝国每年会下发海量的赏金，正是这笔钱，养活了不计其数的猎人、冒险者和佣兵。千夜想的是从重建后的第7师那里接取协防领地任务，眼下佣兵团的初始规模，足够进驻几个聚居点或是接下一个小镇的防御工作。

听到这里，宋子宁微微摇了摇头，随即笑了笑，说："嗯，这个主意还不错。以你现在的情况，确实不适合加入帝国军序列，在外围建立势力是个不错的选择。"

然而他对千夜想通过远东重工来采购军备和销售矿产的打算不以为然，把远东重工狠狠数落了一番。不过他说完之后，给千夜提供了两条交易暗线，除了他的私产宁远集团，另外还会安排几个高级工匠到黑流城附近。现在他在永夜大陆的产业扩大了，迫切需要设立一个分支机构。

两人的商议终于告一段落，千夜面前那张方案增添了许多细节。

宋子宁突然想到了什么，问："千夜，你还没给她们喝过'解药'吧？"

千夜愣了一下，意识到宋子宁指的是阿七和阿九。他还没回答，宋子宁就已走到门边，把她们叫了进来，笑道："她们的药瘾快发作了，如果你不这么做，她们就只能等死了。"

说完，他闪电般在她们手腕上一搭，分别输了一道原力进去。

这对双生少女的呼吸陡然变得急促起来，明亮的眼睛在药物和惊惧的双重作用下开始泛红，随即蒙上一层水雾。

千夜无奈地划伤自己的手腕，在宋子宁倒过来的两杯酒里滴了点儿鲜血。他担心自己的血会污染人，还特意控制了体内的血气。见这对双生少女喝完血酒完全平息了药瘾，并没有被自己的血污染，他这才松了口气。随即想到一个思考了很久的问题：黑血究竟是如何传染的？以他的经历来看，起作用的是血气，而不是血液。那么这是否意味着，如果控制得当，血族并不会轻易地传染人类？

宋子宁笑得饶有深意："我该走了，好好珍惜那两个小美人吧，别浪费了。"

千夜把宋子宁送出门去，回到房间发现那对双生少女竟然偷瞄他，一副欲说还休的样子，显然把宋子宁的话当真了。

他连忙把她们打发了出去，然后拿起放在床头的宋氏古卷，准备继续研究一下。里面修炼黑暗原力的部分，对他来说并不是问题，反而解开了他与血气共存以来早就存在的一些疑问。比如他发现从本质上来说，血气就是黑暗原力的一种表现形式，即通常所说的鲜血之力。

只是古文字实在艰涩精深，他的理解不够透彻。他随手翻着玉册，又回到开篇的总

第十七章 如何善后

论上。先前被激活的文字已经有些模糊了，这段话一直困扰着他，上面的描述完全超出他的想象。

天地之初，并无日月星辰、山川陆河，乃是一片混沌。其后天地初开，才有了日换星移，万物生灭。而修炼，就是要回归天地未开时的混沌状态，如此方是大道之极。

按照惯例，总纲应该是一套功法最凝练的表达，也是修炼的目标和方向，可是他从来都没有听说过"天地未开"这个词。命运之战发生前，人族是受黑暗种族奴役的种族，黑暗种族当然不会专门为牲畜去记录历史，因此流传下来的都是一些口口相传的传说。实际上，整个人族的历史也不过上溯到命运之战发生前的三百年。至于现在这个上下层级分明的世界是如何形成的，顶层两个太阳和行星带，以及中下层在虚空中飘浮的几十块大陆是否与生命同时出现，这些仿佛都是天然法则，一直自然而然地存在着，从没有人去质疑，去研究。

他反复思索着总纲上的那句话，又想起秦陆那星光璀璨的深远的天空。玉片上的文字大半淡去了，于是他又输入一丝原力。

突然他指尖一烫，感到整个人如同被撞了一下，眼前的世界像是晃了晃。随即最深的黑暗遮蔽了一切，前方有细微的声音响起，他一时竟分辨不出究竟是潮汐声还是风声。而当一道极细的看不出颜色的光束穿透整个世界的时候，他突然有了一种明悟，这是晨曦破晓的声音。

黎明的眼睛徐徐张开了，暗沉沉的永夜渐渐有了光亮。一瞬间，整个世界开始旋转起来。一半明，一半暗，互相席卷，又互相包容。

紧接着，他从这个奇异的世界里醒了过来，感觉指尖微热，连忙低头看去，发现总纲所在的那块玉片已崩解了一大半，剩下的仍一点点碎裂着，散发出莹润的光芒，然后慢慢没入他的手指之中。

暴风雨将至时，总会有短暂的平静。

宋子宁依然行踪不定地在外奔波着，魏破天则被埋进了事务堆儿，在武正南这件事儿彻底结束之前，他需要代管这个城市。而此刻，这个鬼地方不知暗藏着多少痛恨他的人。

千夜除了不断完善组建佣兵团的方案细节，和安排一些启动工作，大部分时间都在修炼。而宋子宁在得知宋氏古卷总纲崩解了之后，只是流露出果然如此的神情。千夜这才明白高门世族那些秘传战技的传承为何如此具有局限性。就像他拿到的殷家化雨诀有一瓶特调的引导药剂，只有把体内的原力短暂地转换一小部分，才能启动化雨诀。也就是说，即使殷家不追究，他也无法把这套功法流传出去。

秘法的修习之所以这么麻烦，是因为那些从战争时期流传下来的中上品功诀，不知为何很难被摹刻，尤其是总纲部分，复录的成功率简直低得令人发指。于是经过人族长久以来的摸索，便建立了这套药剂和功诀相辅相成的修炼体系。兵伐诀是一个例外，于是演变成了大众化的功法。

因此，即便是出身世家的子弟，能够对着真本修习的机会也很有限。而那些被选中的佼佼者，如果能够不用药剂就自然完成秘法的引导，无疑就是万众瞩目的天才。魏破天点燃第一个原力节点之时便引导出了千重山，难怪会得到未来可能晋阶为元帅的极高评价。

不过幸好像宋氏古卷这种总纲崩解之后才能完成引导的功诀十分罕见，否则人族修炼资源的分配恐怕更加紧张了。

他突然想起当年从林熙棠那里听到的几句感叹，千年战争之前，人族是自然觉醒天赋能力的种族，不料繁衍至今，修炼居然越来越依赖药剂。他心中微微一动，或许宋氏古卷总纲里那段关于天地初开的文字，并不是荒诞无稽的。

无论如何，他的生活还是按部就班地进行着。他修炼的主要内容仍是兵伐诀，因为宋氏古卷里记载的功诀，大多是原力运行和操控的法门，且对于经脉气流的描述太过玄乎，他根本不知道对应的是身体的哪个部位。

他并不气馁，每天抽一点儿时间一一尝试一下，结果大部分都毫无反应，只有少数几种功诀可以引动黎明原力。他修炼几次后，没有感觉到原力属性发生变化，只不过每完整地运行一次，原力就似乎变得凝实了一点儿。

这天千夜刚结束修炼，院外就传来引擎的轰鸣声。一辆越野车停在门口，从车上跳下一个四十多岁的男人。他的长相平平无奇，但是千夜看到他的时候，立刻变得警觉起来。

他的等级虽然不高，可轻盈的脚步中透着坚定，重心异常沉稳。千夜很熟悉这类人，这显然是一个有着丰富战斗经验的老兵，在战场上往往无比危险，兼有狐狸的狡猾和狼的凶残，其危险程度与实力等级不成正比。

他和拦住他询问的阿七简单聊了两句，便向主楼走来，一直到台阶下才停住脚步，向千夜行了一礼，说："小人名叫宋虎，是七少爷身边一名随从。七少爷吩咐，今后一年小人将追随公子，协助您处理佣兵团的一些琐事。"

"是子宁安排你来的？"千夜一怔，然后把宋虎请进屋。

宋虎很恭敬地站着，说什么也不肯入座，直到千夜回到主位，他才毕恭毕敬地在下首的椅子上挨了半边坐下。

千夜一直留心打量着宋虎，只见他衣着朴素，穿着一身普通的武士服，款式挺眼熟，似乎是宋阀护卫的制式服装，只不过拿掉了所有徽记。

他手里拎着一口老旧的长条形的箱子，即使坐下也没有把它放下。坐姿看起来有些违和，相当于在扎马步。但千夜却了然于心，这个姿势很适合应对危机，可以毫无阻碍地随时切换成格斗模式。

他打开箱子，从中取出一个盒子和一封书信，然后双手递给千夜。

"子宁还交代了什么？"千夜把盒子和信拿在手里，没有马上打开。

宋虎答道："七少爷说，小人一年两百金币的酬劳需要由您支付，另外小人一应的装备，也要算在您的头上。七少爷让我给您带一句话，说您要组建佣兵团纯粹是为了替那头野猪分忧，他不把事情搅黄已经算对得起您了，让他出力又出钱，是绝不可能的。"

千夜顿时哭笑不得，这个宋虎还真是个人才。他虽然是木着脸传话，却把宋子宁的语意传达得惟妙惟肖，此人绝非外表看上去那般木讷。

千夜心知宋子宁早就明了自己要组建佣兵团的目的，当下便把这些日子想好的方案简单陈述了一遍，并且详细地交代了已经安排下去的人员集训事宜。

宋虎认真听完后，直接说："千公子，既然您打算把佣兵团放在黑流城，那么首先得找基地。这两天小人会在城里转转，选个合适的地方作为总部。不过小人斗胆问一句，您准备了多少资金呢？"

千夜想了想，说："大概一千多金币吧。"

宋虎有些惊讶，问道："小人本以为，您是打算成立一个百人以上的中等佣兵团，现在只是一个小型佣兵团吗？"

"事实上，目前大约有……将近四百人。"见宋虎的目光有些古怪，千夜笑了笑，说，"他们的武器装备都已经配齐了。"

宋虎意识到自己有些无礼，当下干咳了两声，说："既然如此，若是不考虑武具装备的补给和更新，那么一个月差不多得五百金币，才能把战力维持在最佳水准。所以经费方面，还请公子早做打算。"

千夜笑了笑，其实还不止这个数目。比如宋虎的酬劳和装备，既然定价是两百金币，那么他一身的装备也不会少于这个数。而那些"种子"，要不要付他们酬劳呢？他们刚开始或许会感念自己的救命之恩，不计回报地为自己效力。但是时间久了，有人多半会滋生不同的想法。假如无法满足他们，难免会心生怨怼。无论什么时候，人心都是最难控制的东西。

　　见千夜没有其他吩咐，宋虎立刻表示现在就想到城里转转。千夜叫来阿七和阿九为宋虎安排客房，然后静静地思考最近一有时间就会琢磨的事情。

　　按照宋虎的说法，佣兵团如果要正常运作，就得有足够的金钱。现在他暂时养着那批人，所以问题还没有暴露出来，一旦正式投入战斗，恐怕维持不了两个月，就无米下锅了。说到底还是钱，或者说是资源的问题。当他独自生存时，凭着猎杀黑暗种族的能力，丝毫不用担心温饱问题，而当要为一群人的生计操心时，情况就不一样了。

　　不过也并非毫无办法。接下来的日子，无论是承担一块区域的防务，从远征军那里领取酬劳，还是去荒野猎杀黑暗种族的高级战士，得到的赏金都能勉强维持整个佣兵团的运作。然而，如果这个责任扩大到一镇、一城、一个行省，乃至整个国家的时候，又该怎么办呢？

　　他摇了摇头，不再去想这个以他目前的能力还找不到答案的问题。他打开宋子宁的信，意外地发现上面只有"魏柏年"三个字。

第十八章　接管人选

千夜在思考如何解决眼前的麻烦时，魏破天却在为手上无法甩开的烫手的责任而头痛不已。

每天一坐到原本属于武正南的那张椅子上，他就觉得自己像是坠入了泥泞的沼泽。他面前那张宽大的书桌上，文件永远堆积如山，无论如何努力批阅，都没有办法把这座小山削减半分。每当他批掉十份文件，就有十一份新文件放到桌上来。他带了幕僚过来，他们也没有闲着，文件上的内容需要人去落实，否则不过是一纸空文而已。

就在焦头烂额之际，一艘看起来不起眼儿的浮空艇悄悄降落在黑流城外，从上面走下来一群同样不起眼儿的人。

这一天，魏破天又和往常一样埋在文件堆里。在他有限的生命里，这几天的经历绝对是最可怕的，甚至远远超过了被白龙甲单独特训的时候。

门外突然响起敲门声，他没好气地吼了一句："还有完没完，就不能一次全都送进来吗？！"

房门自行打开了，一个让他从小就感到心惊胆战的声音响起："启阳啊，你马上就要升上校了，怎么还是这么沉不住气！"

听到这个声音，魏破天手一颤，墨团顿时把刚签好的一份文件给污了一块儿。只见门口站着一个正当盛年的男子，长相英武，身量比他还高，穿着一身没有任何装饰的交衽长袍，不怒自威，霸气十足，显然是久居高位之人。

魏破天立刻跳了起来，惊道："爹，你怎么来了？"

来人正是远东魏氏现任家主——博望侯魏东明，也是魏破天的父亲。如果说在当今世上还有让魏破天感到畏惧的人，那么魏东明绝对是第一个。

魏东明在办公室转了一圈儿，四下看了看，目光落到堆积如山的文件上，终于略略颔首，说道："还算有点儿样子！从你小时候起，我就不止一次告诉你，每逢大事须有静气……"

魏破天知道老爹的训话一旦开了头，就会滔滔不绝，当下急忙问道："爹，您这次亲自到永夜，是有什么大事儿发生了吗？"

魏东明瞪了他一眼，说："除了你的事儿，还有什么大事儿需要我亲自过来？！"

魏破天挠了挠头，干笑了两声，凑上去讨好道："爹，您看我这次的事儿办得还不错吧？不管怎么说也算是给咱们家族弄到了一块地盘，虽然穷了一点儿……"

"只是穷了一点儿？"魏东明目光凌厉地瞪了他一眼。

魏破天讪讪地说："虽然付了些代价，不过还是有收获的嘛！"

魏东明"哼"了一声，说："启阳，你这次折损了陈老和亲卫，这代价是不是太沉重了？就算将这种三级防区拿到手，对我们魏家又能有多少益处？！"

魏破天用力挠头，不知说什么好。

魏氏的最高爵位虽然只是世袭侯爵，但却是镇边封疆的一方诸侯，说句大不敬的话，在远东行省几乎形同帝室。而黑流城位于永夜前线，又是远征军的势力范围，在其他人看来，魏家的手未免伸得过长了。况且永夜的战争几乎无时无刻不在发生，要想维持这块领地，付出的代价肯定相当高昂。

其实这几天的政务处理下来，迟钝如魏破天，也明白了这个道理。千夜早就看出这一点，才决定组建佣兵团，希望能帮他分担一点儿压力。

魏破天有些泄气，正准备挨一顿狠骂，魏东明却忽然话锋一转，说："不过不管怎么说，你这次确实把防区拿下来了。虽然付出的代价高了一些，但是从远征军的嘴里拔牙，哪儿有那么容易！整体来看，此事做得还算干脆利落，很是不易。"

魏破天又惊又喜，他这个位居博望侯的父亲一直是严父的典范，极少夸人，这可是罕见的褒奖。

魏东明负手走到窗前，远眺着黑流城的全景，赞许道："你虽然沉不住气，但是事后能专注于政务，至少不失勤勉。启阳啊，你终于长大了。"

魏破天除了"嘿嘿"傻笑，不知该如何回应。魏东明御下甚严，对这个寄予厚望的

儿子更多的是鞭策，少有如今天这样的鼓励。

他随手在桌上拿起一份文件翻了翻，忽然"咦"了一声，说："这上面列的证据虽然不多，但是都很关键，而且环环相扣。光是这份东西，就足以把武正南的罪名定得死死的，让远征军那些家伙闭嘴了。这个齐思成，手段很厉害啊！"

"这家伙是武正南手下的后勤军需主管，武正南的大多数交易都是由他经手的，自然能够抓住要害。"魏破天哂笑道，"他不过是想自己脱身，把罪名都扣在武正南头上而已。"

魏东明不置可否，问道："这人现在在哪里？"

"已经保护起来了。"

"怎么保护的？"

魏破天嘿嘿一笑，道："当然是关在黑牢最底层，那里才真正安全。"

魏东明点了点头，说："你确实长大了。"

听到这句评价，魏破天突然觉得有些不妙，他的直觉一向很准，果然，魏东明接着说："现在你基本上可以独当一面了，不过如果你真想把这个战区收入囊中，还需要一个能够在这里坐镇的人物。你柏年堂叔这次也跟着我过来了，但是如何说服他留下来，就看你的了。你也不小了，性子还需要再磨一磨，更沉稳些才好。我和老祖宗商量过了，等这边的事情一了，就给你定一门亲事！"

"什……什么……亲事？"魏破天大吃一惊。

魏东明笑道："与我们交好的世家中有不少出色的女孩子，挺适合你的，其中有几个老祖宗看过了，很是喜欢。这次回去，你可以从中挑一个。"

魏破天瞠目结舌，连话都说不清楚了："我，这个，好像还……早了些吧……"

魏东明拍着他的肩，哈哈一笑，道："哪里早了？别人在你这个年纪，孩子都不止一个了。再过两个月就是你二十岁的生日，男人行冠礼后便要真正担负起责任来，老祖宗早就惦记着这事儿。到时办得隆重些，很多世家的女孩子都会过来，大好机会可别错过了。你老子我还是很开明的，你看，你现在还有选择的机会。想当年，我可是家里让娶谁就得娶谁！"

魏破天有点儿晕头转向，完全不知道自己是如何把老爹送到下榻之处的。等把魏东明安置好了，他突然想起一件事儿，问道："柏年堂叔呢？"

能否说服魏柏年留在黑流城，想来是最后一道考验了。伸头是一刀，缩头也是一刀，不如早办早了。

魏东明见他此时还想着正事儿，笑容算得上十分和蔼了，高兴地说："你不是有个小友也在城中吗？柏年去看看他，顺便请他一起过来吃个晚饭。我也想见见你的朋友！"

魏破天闻言突然打了个激灵，脸色微变。

魏柏年虽然声名不显，在魏家内部也相当低调，但他是魏东明最信任的兄弟之一。这样的人物被老爹挑出来做镇守第7师防区的候选人，已经让人很吃惊。如今他为何一到黑流城就去看千夜呢？就算千夜是自己的好友，也没有长辈去看小辈的道理啊！

魏东明像是没有看到魏破天神色有异，又说："对了，我把拾青也带过来了。老祖宗好像给你收拾了一大箱子东西，你现在就过去看看吧。"

拾青是从小就跟着魏破天的侍女，他强压下心头的烦躁，毕恭毕敬地应了一声，然后告退了。他在院门外迟疑了一下，决定还是先回房去见拾青，顺便问问家里最近的情况。千夜那边估计早就和魏柏年见面了，长辈们都是眼光毒辣之人，他如果表现得太过毛躁，恐怕更加不妙。

魏破天忐忑不安之际，千夜并没有见到魏柏年，而是跟着宋虎去了看佣兵团未来总部的地址。

宋虎确实是个人才，才一个下午的工夫，就在城西找到一片空旷的区域。这里原本是座废弃的工厂，宏伟的厂房骨架还在，把里面稍加清理，再搭些简易的房屋便可以住人了。工厂占地面积很大，就算以后佣兵团扩展到几千人，也完全住得下。

现在有一些无家可归的流民在此栖身，宋虎去城主府的政务大厅把一应手续办妥，并象征性地交了五十金币就拿到了五年的使用权。如果千夜对这块土地感兴趣，那么再交五百金币就能拿到所有权。

千夜刚走进巷道，就若有所感，抬头一望，只见院门口聚集着一小队护卫。他们身上的服饰没有明显的徽记，个个气势沉稳，含而不发，看上去训练有素。

宋虎拎着长条箱子的手紧了紧，脚步明显放慢，前行的方向有了小小的偏移，正好与千夜形成夹击的角度。

千夜泰然自若地保持着原有的步伐，与这些护卫擦肩而过。他一脚跨进敞开的大门，发现院落中央立着一个十分挺拔的身影。

那是一个高挑清瘦的男子，第一眼看去十分年轻，但是再一看就能发现岁月在他身

第十八章 接管人选

上留下的痕迹。他穿着一身古服，儒雅的气质中带有几分清贵，一看就是高门大户出身。

"我是魏柏年。你就是启阳少主的朋友千夜公子吧？"

千夜微微一怔，看到宋子宁的信时，他就猜测魏柏年是魏破天的长辈，没想到竟会直接见到本人。这时宋虎走到他身边，低声说了几句话。

他点了点头，向魏柏年行了一个颇为正式的见面礼，恭敬地说："原来是破天的六堂叔。"

宋虎的介绍很短，但足以说明眼前之人颇为不凡。魏柏年今年还不到五十岁，在帝国军中已待了超过三十年。他出身魏氏本家嫡系，却以士兵身份入伍，靠累积军功成为将军。帝国战事连年，但凡服役十年以上，又能好好活下来的，手上不知沾染了多少血腥。

魏柏年早把千夜脸上那抹惊讶收入眼底，此刻又留心注意了一下宋虎，微笑道："不想这里还有人认识我这个籍籍无名之辈。"

直到魏柏年告辞，千夜都不太清楚对方的来意。哪怕他再不通人情世故，也知道魏破天的长辈跑到这里，绝不仅仅是为了请他去吃一顿家常饭那么简单。

事实上晚饭结束后，他也不太明白魏家这两位长辈究竟想干什么。这一顿算是货真价实的家常饭，菜品丰盛，也没有烦琐的餐桌礼仪，就像寻常人家一样一起吃饭闲聊。桌上只有魏东明、魏柏年、魏破天和他，外加一个在魏家颇有地位的幕僚。

魏破天格外老实，魏东明只要一开口，多半是冲着他训话。魏柏年和那位幕僚相当风雅，他们的话题围绕着各地的风土人情，以及千夜只听过名字的贵族的爱好等。

千夜本就不擅长交际，偶尔说话也只是简短地回答问题，奇怪的是他们并没有多问他的出身来历。

千夜告辞的时候，魏破天执意要送他，不等他答应就直接跳上越野车的驾驶座。他看了看魏破天的脸色，似乎有点儿郁闷，一副想要吐苦水的样子。

越野车轰鸣着蹿了出去，像是要飞起来一样。千夜住的地方与这里只隔了一个街区，魏破天却反方向绕了个大圈儿，似乎只有这样才能让他的心情好一点儿。

此时幕僚已经告退，房间里连侍女都没有留。

魏柏年开口说道："我已查看过现场，武正南的尸骸是被原力火焰引燃的，启阳做不到，他的那位朋友似乎也没有这种原力属性。"

他想了想又说："远征军总部不可能看不出现场有异样，但是我听说，从头到尾都是启阳出面应付，他们甚至都没有问过是否还有其他人可以出来做证。"

魏东明虽然悄无声息地来到永夜大陆，但目标实在太过醒目。因此他一进入黑流城就直接去了魏破天的办公室，之后待在居所里，再也没有出去过，调查一事全由魏柏年出手代办。

听到这里，魏东明淡淡地说："连'黑面肖'不也是雷声大雨点儿小吗？他何时如此好说话了，我这个博望侯的面子恐怕还没有这么大。"

"兄长的意思是说，启阳这次扳倒武正南，实际上是背后有人把远征军总部那边的路铺好了，并不是我魏家的手笔？"

"有这个可能，只是不知启阳是否知情。"魏东明点点头，随后冷笑一声说，"否则出事之后张有恒为何那么急于撇清自己，如果他早就知道远征军总部是这种态度，就不会直接撒手不管了。"

魏柏年皱眉道："此人也太过见风使舵了。"

"无妨，他虽然姓张，却并非张阀的人，做事谨慎点儿也没错，以后少用他便是了。"魏东明并不在意宪兵监察使中途抽身之事，又问道，"你觉得启阳这个朋友如何？"

"是一把好刀，但难以掌控。"

魏东明沉默了一会儿，才说："他身后还有人。"

魏柏年深表赞同，千夜看上去可不像是能谋划全局并且安抚肖令时的人。

此时千夜的小院里，魏破天正冲着迎出房门的阿七和阿九嚷嚷道："拿酒来！"

千夜看了他一眼，走进屋子，接过阿七递来的两瓶烈酒，往里面各滴了一滴自制的兴奋剂。

魏破天伸手抢过一瓶，仰起脖子一口气灌下去大半瓶，才把酒瓶重重顿在桌上，恨恨说道："你说，老子许下那么多的好处，那个家伙怎么就是不肯留下来？他这不是有意为难我吗？"

"哪个家伙？"

"还有谁，六堂叔呗。能接任师长的，不但得是战将，还得懂军务，眼下家里腾得出手的就只有他一人。"说到这里，魏破天不禁有些泄气。

魏柏年回来后，他便十分殷勤地前去拜访，可不到半小时就被"恭送"了出来，此事自然没有谈成。但凡有第二个选择，他魏大世子哪里会受这种闲气！

千夜心中微微一动，原来魏柏年是接收第7师的人选。不过看魏侯的行事风格，此

第十八章 接管人选

举似乎另有用意。魏家应该是把这次行动当作给世子练手的一次机会，所以才布了大局，但细节上还需要魏破天自己去处理。磕磕碰碰走到现在，最后一关就是找到一个合适的人选来重整第7师了。

然而就连千夜一个外人都看得出来，让魏柏年这样的人才驻守此地似乎有些大材小用。看来魏侯的本意还是让魏破天知难而退，早早放下这里。不过若是魏破天真能说服魏柏年留下也不错，至少魏家在永夜大陆多了一处基地，虽然如同鸡肋。

"他为什么不肯接任第7师的师长？"

"鬼晓得六堂叔在想什么，他要是不想留下来，又何必千里迢迢跑到黑流城来！"魏破天一边抱怨，一边大口灌酒，转眼之间就把另一瓶酒也倒进了肚子里。

他絮絮叨叨了大半个小时，直到酒意上涌，有些站不稳了，才长叹一声，摇晃着离开了。他应该早就憋了一肚子的气，现在只是借着这个机会发泄出来而已。

千夜安静地听着，身为博望侯世子，未来的家族掌舵人，这是魏破天迟早要承担的责任，将来要面对的只会比现在的情况更庞杂烦琐。而千夜心中也十分清楚，今晚魏破天需要的，不过是一个听众罢了。

魏破天走后，千夜走进卧室，看着放在床头的木盒沉思起来。他现在可以确定，里面的东西就是为魏柏年准备的。他想了一会儿，摇头笑了起来，这算不算是投其所好呢？

第二天一早，千夜便上门拜见魏柏年。

当魏柏年询问他的来意时，他沉吟了一下，知道自己并不擅长篇大论地游说，索性开门见山地说："魏将军是接任第7师的不二人选，不知为何要拒绝呢？"

魏柏年反问道："我为何要接受这师长之职呢？"

千夜一怔，发现确实难以回答。以魏柏年的资历和背景，在哪个主力军团弄不到一个师长的职位？前景自然比远征军要强得多。他想了想，问道："不知魏将军是否有再上一层楼的打算？"

唯有生死之间最易有所突破，这是大秦帝国强者们的信条。许多战将级别的强者都是一路披荆斩棘走过来的，黑流城行将迎来和黑暗种族的大战，或许这一点会吸引那些一心想要变强的人。

魏柏年笑了笑，自嘲道："以我的资质，恐怕不可能再进一步了。既然如此，还不如过点儿安稳的日子，这样家里人也能安心。"

千夜沉默了，倘若真如魏柏年所说，实力已达瓶颈再难突破，那么多半会考虑那种相对安稳的生活，这也是人之常情。尤其是世家子弟，有父母妻儿、亲族部属等一大堆的牵挂，锐气全无也并非没有可能。

会客厅中的气氛顿时有些沉闷，魏柏年神态倒是很从容，没有一点儿不耐烦。

"可是这里生活着数万人……"

魏柏年失笑道："我远东行省的子民更重要。"

千夜取出木盒，放在桌上，说："那么，如果以此为酬劳呢？"

魏柏年眼中精光一闪，随即呵呵笑了起来，说："想必你也知道，启阳少主承诺了我不少条件。"

他并不急于打开木盒，而是饶有兴味地打量着千夜。

千夜倒是回答得十分坦然："破天确实说过他给您开了很好的条件，但是您没有同意。"

"我倒是好奇，千公子给我带了什么。"

魏柏年笑了笑，解开封口的玉扣，只见里面是一个更小、更精致的黑漆木盒，盒顶上有个烫金的印鉴。印鉴古意盎然，每一笔每一划都透着岁月的沧桑。他的脸色顿时变了，胸膛急剧起伏，手明显颤抖起来。他抬头看向千夜，露出一丝苦笑，说："竟然……竟然是……"

千夜仔细看了半天，才勉强认出印鉴上的古文字是"佶"。

魏柏年小心翼翼地捧出黑漆木盒，将其放在一方锦帕上。然后搓了搓手，双掌之间升腾起淡淡的黄色光芒，渐渐扩展成一米见方的光罩，笼罩在木匣上。他解释道："这里面的东西极难保存，绝不能见湿见光，所以鉴赏之时需用原力隔绝。"

千夜稍稍感应了一下，那个光罩果然可以隔绝内外。他心中不由微微一动，像魏柏年这样制造出一个光罩，显然对原力的控制已臻化境。

魏柏年此时的注意力全部集中在眼前这方小小的木盒上，丝毫不在意千夜的探查。他神情肃然，十分轻柔地推开盒盖。

木盒中安放了一方玉架，四角偶尔有微弱的原力光芒一闪而过，显然是个原力阵列。玉架上铺陈着明黄色锦缎，正中央则端端正正地摆放着一块烟墨。那是一块已用过小半的残墨，剩下的半块上有三个清秀的小字：佶手制。只见他屏息俯身，凑近那半块烟墨仔细地看了又看，眼珠子一动也不动。

虽然千夜早就知道里面是一块来历不俗、价值不菲的古墨，但看到实物后仍然十分不解，没想到竟然是用过半块的剩货！不过看到魏柏年那激动、认真的模样，他再困惑，也没有表现出来。

过了好半天，魏柏年才直起腰来，将盒盖盖好，长出一口气，叹道："极品云烟，居然是佶王用剩下的极品云烟！没想到这样的宝贝竟会出现在我眼前！你可知这块云烟妙在何处？"

千夜虽然看过物品说明书，但他知道最好不要在魏柏年这种行家面前卖弄，于是只是淡笑不语。

不等他回答，魏柏年就滔滔不绝地说："这块云烟从纹路上看是千里山河纹，应该是佶王手制十三块云烟之一。它的妙处，在于……"

魏柏年说了大半个小时，千夜总算听明白了这位佶王既是帝室血脉，又乃前朝大家，素以书画著称，最喜手制墨、笔。这半块残墨价值万金，如今已是稀世珍宝。佶王一应用具早就成为帝室和高门望族的雅室珍藏，哪儿有出世的机会！

千夜心中仍是不解，就算这是前朝大家的遗物，十分罕见，可是怎么就能让魏柏年一反常态呢？在他眼中，墨就是墨，做出种种花纹未免有些华而不实，在战场上根本没有任何用处。这种东西，也只有如魏柏年这般出身高门望族的人才玩得起。

魏柏年望向千夜的目光已颇为不同，含笑说道："千公子果然是同道中人。"

千夜只觉得脊背生汗，尴尬地说："我其实不懂欣赏……"

魏柏年大手一挥，说："千公子何必如此谦逊，这半块云烟足见诚意！如今的年轻人只怕听都没有听说过此等异宝。"

千夜极为心虚，脸上的表情有点儿不自然。而魏柏年的谈兴则一发不可收拾，随即开始对各位书画大家品头论足，把历代大家都点评了个七七八八。看得出来他痴迷于书画，居然一直聊到午饭时间方才罢休。随后，他兴致不减地亲自下厨做了四道菜，拿出一壶好酒邀千夜共饮。好在吃饭时他没有再谈论书画，而是说起与黑暗种族战斗的一些往事。一名战将的经验弥足珍贵，而千夜也常有别出机杼的言论，两人聊得颇为尽兴。

这时千夜注意到一个细节，那个木盒仍然放在茶几上，魏柏年并没有收下它的意思，他的心不由得微微一沉。

魏柏年见状，淡淡一笑，突然问道："假如我不肯接受这师长之位，你将作何打算？"

千夜心中悄悄叹息了一声，看来投其所好也没有用，魏柏年身为战将，自然有不为外物所动的定力。由此看来，他应该会跟随魏侯到永夜大陆走一圈儿，做个姿态，然后把魏破天带回去。一个三级防区而已，魏家又怎会在意！

千夜的目光清澈而坚定，坦然说道："我还是会建立佣兵团，努力守住黑流城。"

魏柏年轻笑道："拿什么来守？就靠那几百个'种子'？"

他的语气中明显带着讥讽，就像老兵在向不知天高地厚的菜鸟训话。千夜并不在意他毫不客气的语气，真挚地说："行不行要打过才知道，无论是否守得住这里，都不能让黑暗种族轻易得逞。此事既然因我而起，那么我就要负起应负的责任。"

魏柏年目光闪烁不定，问道："你这是……打算和黑流城共存亡？"

千夜摇了摇头，说："不，我会尽力而为。只有活着才能杀更多的敌人，才有机会不断变强。总有一天我要回到这里，把所有从我手上失去的东西，再夺回来。"

"不为一城一池、一时一刻的荣辱得失所左右，当战则战，进退有据，这才是大将之风！"魏柏年突然赞道，他拍了拍千夜的肩膀，笑着说，"那就看看这场战争究竟会是什么样的结局吧！"

千夜过了一会儿才反应过来："将军是准备留下了？"

"反正到处都是战场，听说最近此地的态势非同小可，已经惊动了许多大人物，我倒是想看看会有怎样的惊喜。"魏柏年拿起放着半块云烟的木盒，小心翼翼地收起来，笑道，"既然你费尽心思找到此物，那么我就不客气了！"

千夜终于松了一口气，既然魏柏年愿意收下东西，那就意味着正式应下了此事。

第十九章　终要别离

从魏柏年的居所出来后，千夜慢慢在街头走着。他没有穿入小巷，而是沿着这片街区的主道边走边看。

由于荒野上的局势渐渐紧张，城市里聚集的人口明显多了起来。虽然武正南一事的阴影尚未散去，一些荷枪实弹的战士走过时，气氛总有一种挥之不去的紧张，但普通居民却比较善忘。对他们来说，城市的管理者是一个抽象的名词，只要税收不变，秩序不乱，当权者是谁并不重要。

城里劣质的小酒吧比以往更加拥挤了，下午两点，阳光还没有完全散去，街面上就有了歪歪倒到的醉汉。现在连平民都知道，黑流城所在的三河郡连同附近暗血城所在的磐石岭可能很快就要发生战争了。

永夜大陆上无时无刻不在发生流血冲突，这块遗弃之地在黑暗种族眼中也是不毛之地。这里生活艰苦，资源匮乏，那些所谓的会战不过是一场场不会伤筋动骨的战役。在这里发动一场真正的战争，似乎毫无意义。

在千夜短暂的军旅生涯中，只间接地经历过一次真正的战争。当时还是菜鸟的他没有踏入战场的资格，只是被分配到一个靠近前线的军事基地担任岗卫。短短一周时间，他先后看到十七位战将集结起来，然后走上战场，最后回来的人还不到三分之一。他第一次认识到与黑暗种族的战争是何等残酷，而这是每个菜鸟都必须经历的过程。

事实上他也觉察到，无论是魏破天还是宋子宁，对永夜大陆即将开启的这场战争的真实态度，都极为凝重和认真。而同样的感觉，他刚刚又从魏柏年的最后几句话中有所体会。他出神地看着穿梭的人流，突然想到，如果风暴不可避免，那么风停雨歇之后，眼前这纷乱但不失有序的街景还能留下几分呢？

战争有若熔炉，天才就如同矿石，无数矿石投入其中，只有少数才能炼成真金。而大多数就此成为矿渣儿，然后被抛弃，被遗忘……

接下来的几天格外风平浪静。

佣兵团总部地址选定之后，远东重工矿区的"种子"们开始分批向黑流城移动。从新址营造改建，到"种子"们的编队移动，还有所需的后勤补给，都由宋虎一人包办。见他忙得几乎快要飞起了，千夜索性把阿七和阿九派过去给他当助手。

这对双生少女在商团学到的经世之道终于有了用武之地，她们耐心细致又肯干，没过两天便独当一面，成为宋虎的得力助手。

千夜只是每晚听一次报告，其余诸事全部放手由他们去做，自己则大多数时间都在静室修炼。他决定安置好佣兵团，就去荒野狩猎，一来可以获取赏金维持佣兵团的运作，二来也可以亲眼看看外面的形势。

魏破天此刻依旧在堆积如山的文件中奋战着，消失了两天的魏东明不声不响地走了进来。看到魏破天落笔有力，字迹工整，他不由得满意地点了点头。

魏破天见到他，急忙站了起来，问："爹，您怎么这么快就回来了？"

魏东明心情显然不错，笑骂道："你老子我有多少大事儿在身，哪儿有许多闲工夫在这弹丸之地耗着！这几天我四处走了走，看局势还算稳定，说明你还是花了心思的。"

魏破天苦着一张脸，说："这些鸡毛蒜皮之事，可比打仗烦多了！"

魏东明脸一板，又开始训话了："你将来可是一家之主，哪儿能整天只知道打打杀杀的！既然你柏年堂叔不愿接任师长，我们慢慢把这片防区还给远征军就是了。当然，也不能白白地给他们，总得让他们好好出点儿血才行。"

说到这里，他的脸色总算缓和了一些："我已吩咐人安排好行程，你过几天就跟我走吧。老祖宗很是想念你，你提前和那几个女孩子见个面，选个中意的，也好让你老子我早点儿抱上孙子。"

不料魏破天却说："六堂叔已经答应留下来了。"

魏东明顿时大吃一惊："什么？柏年要留下来？"

第十九章　终要别离

魏破天摊手说道："是啊，我也不知道是怎么回事儿。前两天他还不肯答应，昨天却突然告诉我决定留下来，今天他已经去巡视外围各处哨所了。"

魏东明仍然感到难以置信："这绝不可能！他明明说好了……"

他意识到不对，当即住口，魏破天却已醒悟过来，死死盯着他，眼神中全是不善之色。

当魏东明晚上与魏柏年碰面的时候，已经不再惊讶了。他这个堂弟向来淡泊随性，既然对永夜大陆有了兴趣，决定留下来，那么他自然不会反对，只是魏家的布局就要做出相应的调整了。

兄弟俩在处理类似的事务上已有多年经验，魏柏年把资源、人力需求和安排简要说了一下，魏东明听过后，先做出口头授权，回家族后再记档，这事儿就算了结了。

魏东明这才说出他这两天出门调查的收获："我已知背后那人是宋阀七子宋子宁。"

这世上的事情只要做了就不可能毫无痕迹，顺着武正南背后庞大的利益渠道摸一摸，就能从中窥得蛛丝马迹。何况他也并不需要拿到实证，有个大致的猜测就够了。

魏柏年先是一愣，宋子宁声名不显，他几乎没有听说过这个名字，但随即联想起在武正南死亡现场看到的一些痕迹，这才恍然大悟道："如此说来，现场的原力火焰，有可能是来自宋阀的战技烽火传薪枪。"

远东魏氏与四大门阀之间向来保持中立，魏破天进入折翼天使后，虽归于白阀的白龙甲麾下，然而这种因建制而产生的联系并不能体现立场。但魏破天在处理武正南这件公私参半的事务时，选择与宋阀七子联手，意义就完全不同了。

魏东明又说："刚才拾青告诉我，启阳已将世子信物收回，并让她把对外授权销档。"

魏家核心人员的信物对外授权，都要在本家记档后才能生效，使用也不例外。兄弟俩也都知道，魏破天给千夜的世子信物并没有真正兑换过资源。

魏柏年本来疑心幕后之人想要通过千夜影响魏破天，但这个消息却让他大感意外，对方若是有企图，又为何会放弃这大好的机会。

魏东明淡淡说道："此事到此为止吧，启阳既然把它视为自己的私事，我们也就无须探究下去了。他并非孩童，应该明白自己在做什么。"

魏柏年点了点头，对兄长的决定并无异议。魏家需要的是掌舵人，而非唯命是从的傀儡。即使父母也不可能完全掌控子女，毕竟今后的路得由他们自己去走。

魏柏年做事向来雷厉风行，与他清雅的外表完全不同。他只用了三天时间就把整个防区巡视了一遍，并且顺路处理了几起与相邻两个师的冲突。所谓冲突，实际上是他授意部属借小事主动挑衅，试图强压这两个师一头，从而把相邻两个重要据点纳入自己的控制之下。

这几天，千夜的佣兵团也从魏柏年那里得到了第一份委托协议。

佣兵团将接手黑流城外围两个小镇的防御工作，每个小镇每月的防卫费用是三百金币，这勉强能够维持佣兵团的日常开销，不过想要谋求长远的发展，却远远不足。也许只有等战争开始了，用击杀黑暗种族的战功来向帝国换取赏金，才是真正的出路。

这晚又到了宋虎向千夜汇报工作的时间。

宋虎将佣兵们编成五个中队，每队一百人。他从原来那批"种子"里筛选出四名有经验的战士分领两队，阿七和阿九各自统率一队，另外一队则由他亲自指挥。接下来全是整编、训练军队的琐事，千夜只听了个大概，他唯一关注的就是后续的经费问题。资源才是领导者需要重点考虑的事情，其他琐务只要用人得当即可。

最后，宋虎又说起被分配到的战区防务工作。千夜只是与魏柏年签了协议，具体接管事宜都是宋虎去和第7师师部交接的，照理说宋虎下午刚拿到防务图，至少需要一两天才能制订出详细方案。

千夜看了看宋虎摊开的战区图，心中微微一动。巧的是，分配下来的两个小镇有一个是他待过半年的灯塔镇，另一个在灯塔镇旁边，相距不过几十公里。

宋虎神情有点儿凝重，问道："公子，您和魏家关系如何？"

千夜抬头看了看他，说："这重要吗？"

宋虎指着地图做了一番解说，大致意思是这两个小镇情况很不好。

灯塔镇在赵公子的势力被远征军连根拔起之后，元气大伤，至今都没有恢复，镇上的常住居民只有千余人。黑泥镇位于黑泥沼泽的边缘，十分贫瘠，镇上聚居的大多是拾荒者和采药人。

"您看看这里。"宋虎点了点黑泥沼泽中央某处位置，然后画出一条路线，直通向三百公里外的一座黑暗种族城市。

"这里是蛛巢城，里面都是蛛魔和狼人，可能还有少量魔裔。以往大规模的战争中，他们偶尔会穿过黑泥沼泽，直奔黑流城。沼泽恶劣的环境可拦不住蛛魔，而狼人们也可以搭在仆蛛们身上穿过沼泽。"

千夜惊讶地问："你以前在这一带战斗过？"

第十九章 终要别岗

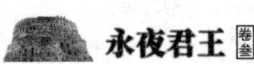

拿到防区图才两三个小时，宋虎居然已经把周围的环境摸得这么清楚了。他答道："当然没有。不过既然您要在黑流城扎根，我肯定得多收集一些情报。"

也就是说，他从来到千夜身边，就开始留意黑流城周围的动向。不对，他关注的不仅仅是第7师的战区。

千夜看了看地图，从两个小镇到黑泥沼泽对面的蛛巢城，距离超过三百公里。如此辽阔的区域，已超出一个师的守备范围。他不由赞道："看来你当个师级的参谋长不成问题。"

宋虎轻描淡写地说："十年之前，我在帝国第十军团当了个师级参谋长。受伤后不能在原位上待着，于是便退了役，在宋阀混口饭吃。"

千夜微微有些动容，第十军团是帝国主力军团，里面的军官和远征军的含金量完全不一样。没想到宋子宁送来的居然是这样优秀的人才。

宋虎又说："如果不是大战，蛛巢城的黑暗种族不会辛苦穿越沼泽，那么我们的任务就很轻松。然而这次确实是大战，所以肯定会有从沼泽过来的黑暗种族大军。公子，魏将军分配给我们这样两个镇，要说只是巧合，恐怕谁都不信吧？"

千夜沉思片刻，说："今天就到这里吧。"

"可是……"宋虎看了看千夜的神情，放弃了抗议，无奈地说，"那我先把布防方案做出来。"

宋虎走后，千夜又思考了一会儿，心情沉重地叹了口气。现在的第7师不说是一盘散沙，至少也是半盘沙砾。魏柏年连私人卫队都没带齐，就算有魏家在后面支撑着，也不可能隔着数个大陆运兵运物资过来。

魏破天年轻气盛，下了狠手，几乎把武正南的亲族心腹一网打尽。结果不少老兵不敢再露头，全都逃到附近的领地去了。如今的第7师怕是要征一半的兵源，才能把建制重新立起来。因此，如果真的遇到黑暗种族大军压境，不要说两个小小的镇子了，就连黑流城都未必守得住。

当晚宋虎又去见了另外一人，把佣兵团接到的防务工作向他汇报了一下。

离开多日刚刚返回的宋子宁听说了千夜的反应后，不由失笑道："其实还有另一种可能，就是那两个小镇不过是前哨罢了，并非必须死守的战略节点。大战一起，黑暗种族那边的兵力达到一定规模，就会收缩战线，向内地撤防。"

宋虎倒是神态自若，没有半点儿不自在，以他的能力当然早已想到这一点，只不过是想做好最坏的打算而已。

宋子宁又说："虎叔，有些事情无须刻意去做。我的朋友是一个简单却不单纯的人，对他来说，迂回的手段大多数时候并不那么有效。接下来的一年就辛苦你了，那边的事情以后不用再向我汇报了。"

"必不辱命。"宋虎坚定地说。

魏破天在永夜大陆的最后一晚，拉着千夜出门，绕着黑流城的街头转了几圈儿，找到一个喧闹但不起眼儿的小酒馆，准备一醉方休。

起初千夜和他都是闷头喝酒，谁也不说话。转眼之间，四瓶烈酒就下了肚。

千夜的眼神有些迷离，从喝第二杯时他就是这样了，两瓶喝光之后还是这样。而魏破天今晚的酒量却格外好，此刻双眼亮如寒星，丝毫没有醉意。

魏破天忽然长叹一声，郁郁说道："小夜，你说，这个世界上为什么有那么多的事情不能按照自己的想法去做？"

"因为你……和我不一样，你是世子，自然很多时候都身不由己。"

"那么当世子又有什么意思！"魏破天有些烦躁，使劲捶了一下桌子，把杯中之酒一饮而尽。

"怎么会没意思呢？为了你身边的人，为了远东魏氏一族，你必须加倍努力，直到接过族长之位，然后把家族发扬光大。你比我更清楚'世子'这个头衔的含义吧，权力越大，责任就越大。"

魏破天思索了一会儿，沉吟道："如此说来，掌握的资源越多，就越能做自己想做的事儿了？"

"这么说也没错。如果你不是世子，我们哪儿有可能把武正南给扳倒？他现在想必还在师长的位置上坐得好好的。"

魏破天点头道："我知道了，这和白龙甲将军说的是同一个道理吧！你知道吗，你在暗血城救了我的那个晚上，白将军说，如果没有权限去证实，那么任何说法就都是流言。"

千夜微微一怔，迷蒙的双眼中闪过一丝光亮，但最终没有答话。

魏破天兴奋起来，拍了拍他的肩，豪气干云地说："那好！我就在这个位置上好好干，怎么都要弄个帝国元帅当当！"

千夜笑了，说："这个目标倒是不错。"

"你呢，有什么打算？唉，要不是现在这种状况，你跟我回秦陆，随便在哪个主力军团都能做个校官！"魏破天忽然自觉失言，立刻闭嘴了，自那晚宋子宁焚毁了武正南的残骸后，他就不曾再提起只言片语。

千夜却不以为意，将杯中酒一口喝干，淡笑道："我现在还不错。"

魏破天习惯性地抓了抓头，说："话是这么说，可总归是个麻烦。以你的性格……"

千夜不由笑了，说："我可不是那种有人来找麻烦，还有耐心慢慢跟他讲道理的人。你还是多担心一下自己吧。"

魏破天认真看着千夜，缓缓说道："你变了。"

千夜叹息一声，说："当我在那个小镇里，看到冲上来的都是远征军战士，都是人类的时候……就已经变了。"

魏破天当即放松了不少，把两个人的空杯全部满上，笑道："我总担心你会吃亏，听你这么说，我就放心了！"

千夜又满饮一杯，瞥了他一眼，说："你这个家伙还好意思来说我！"

"我可不像你那么……"魏破天努力思索，终于找到一个合适的词，"迂腐！"

千夜张了张嘴没有出声，这倒是个挺新鲜的评价。

魏破天又说："我从小就被教育，魏家第一我第二。如果有人敢拦我的路，不管那个家伙是谁，都要一脚把他踢开，最好再上去踩上两脚！"

"这么直接！"千夜听得有些发怔，没想到世家大族居然是这么教育继承人的。

"当然没有我说得这么露骨，但细细琢磨下来就是这个意思。"魏破天想继续倒酒，却发现酒瓶又空了。

看着周围喧闹的人群和面前空空如也的酒瓶，不知怎的他忽然心生感慨，低声说道："小夜，这次分开不知何时才能再见。你和我都有自己的想法，可是这个世界太糟糕了！只有把整个世界都握在手心里，才能让所有事情按照我们的想法进行下去。所以一起努力吧，一起站到世界之巅，把所有大陆都握在你我手里！"

"好大的野心。"千夜失笑道。

"心有多大，能够容下的世界就有多大！"魏世子豪气冲天地说。

千夜没有说话，眼中却渐渐燃起一团火焰。那满杯烈酒如同火流一般滚入喉咙，沉入肚腹之中，然后又化作一股热潮升腾而起！

两人走出小酒馆的时候，夜色正浓，月上中天，黑流城内依旧热闹非凡。佣兵、冒险者和猎人们把冒着生命危险赚来的金银铜币大把大把地撒在烈酒和女人身上，毫无痛惜之色。

在这朝不保夕的日子里，每个人都不敢确定自己能否看到明天的晨曦。大战将至，消息早已传开。一批又一批的有钱人匆忙撤离此地，粮食和武器的价格悄然上涨，大批的军队开始调动，平日里那些飞扬跋扈、横冲直撞的贵族子弟早已不见踪迹。而这些生活在底层的人们根本没有能力和机会离开，于是只能留下来，把命运交给上天处理。

看着这座沉浸在最后的狂欢之中的城市，魏破天和千夜一路沉默着。终于，魏破天低声说道："我走了。"

"保重。"

"别忘了我们的约定！"

见千夜点了点头，魏破天咧嘴大笑起来，说道："这就好，一定要活着再见！到那时可别被我的千重山压趴下了！"

对于这种挑战，千夜从来不会退缩，嗤笑道："无论再见多少次，砸碎你的龟壳都不是问题！我说过，你还是多担心担心自己吧！"

说着，他微微释放出原力气息。魏破天瞪圆了双眼，只见六个原力节点一一点亮了，几乎闪瞎了他的眼睛！

"你……你怎么就六级了？"

千夜傲娇地说："一不小心就升级了。"

魏破天用力抓着头，实在不敢想象和千夜对战的结果，不过他随即高兴起来："这样也不错，至少我可以放心地走了。那些家伙没个八九级，想来招惹你，多半会大失所望！"

他张开双臂，和千夜重重拥抱了一下，正准备离开，忽然心有所感，抬头向侧上方望去。

不远处一座楼房顶端，宋子宁不知何时出现在那里。他站在最高的屋脊上，立得稳稳当当的。铅色浓云恰好移开，洒下一捧清冷的月色，宛若给他镀上一层薄薄的轻纱，又似是有淡淡的云烟升腾在他周围。

如此景象说不出的神圣，然而落在魏破天眼中却无比刺眼。他怒目而视，这个登徒子不是早就滚回上层大陆去了吗？为何会出现在这里？还如此风骚！站得那么高，就不怕掉下来摔断脖子！

宋子宁含笑向千夜挥了挥手，当目光转向魏破天时，双唇微张，讥笑着吐出两个字。看他的口型，分明是时常挂在嘴边的口头禅——白痴。

魏破天直接向地上啐了一口，根本不屑与他搭话。

宋子宁并未多做停留，随即转身离去，在月色下渐行渐远。魏破天也挥了挥手，转身向与宋子宁相反的方向走去。两人一个朝东，一个往西，背影看上去都特别僵硬。

千夜看着两位好友的举止，不禁哑然失笑。他知道魏破天迟早会离开永夜大陆，博望侯世子的天地不在这块遗弃之地上。而宋子宁的出现则是个惊喜，宋七公子向来行踪成谜，上次说要帮他把殷家做的身份再度拾遗补缺的时候，就已算是告别了，不想竟还没有离开这里。

转眼此处就只剩下他一人，他站在原地一动也不动。四周突然起了强风，风中寒意如刀。

在这深寒的夜里，以这不起眼儿的黑流城为原点，三人从此踏上不同的道路，分别走向属于自己的未来。

也许多年以后，他们重归故地，再聚首时，已能擎起一方天空，成为搅动历史的风云人物；也许有人会永远停留在途中，只给朋友们留下一段经久难忘的回忆。

这就是战争年代，每一次的转身都有可能成为永别。而大部分人在大多数时候都无能为力，根本无法主宰自己的命运。

第二十章　山雨欲来

夜是永夜大陆恒久不变的主题。

无尽的夜幕投下浓重的阴影，笼罩着这片辽阔而贫瘠的大地。长久以来，这里鲜少有人关注。而位于这深黯地域一角的黑流城，连远征军师长的更替都掀不起任何浪花，更何况是一个小小的佣兵团的成立。

此刻天际风起云涌，黑沉沉的铅云缓缓移动着，渐渐侵蚀掉所有的光亮。暴风雨行将来临之际，哪怕是白天，天空也照样灰蒙蒙的。

一艘浮空艇正紧贴着浓密的云层飞行，阵阵狂风不时袭来，吹得它摇摇晃晃的，有时甚至会忽然平移数十米。它的骨架虽由钢铁铸就，但处于强风之中不免嘎吱作响，有些地方明显扭曲了，好像随时都有可能断裂。

然而狂风还不是最大的敌人，上方那团黑得深不见底的云层中，不断跳跃着雷光，这才是最危险的因子。倘若被一道天雷击中，这艘星间级浮空艇很有可能会坠毁。

驾驶舱内，身材魁梧的船长亲自操纵着浮空艇。他满头大汗，正死死盯着前方。可是透过舷窗，看到的只有乌黑的浓云和跃动的雷光。呼啸而过的风声如同巨兽发出的呼号，填满了众人的耳朵。

浮空艇顶端亮起两盏原力灯，在地面上能够照亮整个校场的灯光如今却格外暗淡，只能穿透少许雷云，把群蛇乱舞般的电光映得越发狰狞可怕了。再往前看更是惊心动魄，暴风雨肆虐，黑沉沉的天空像是要崩塌了似的，远方俨然成了修罗地狱。

突然舱门被撞开了，一个脸色苍白的年轻人冲了进来，惊叫道："降落，快降落！

我们不能再飞了，动力炉早就超过极限，支撑骨架都扭曲了。继续飞的话，浮空艇随时会散架！"

"你说什么？！"船长大吼道，他的声音夹杂在风雷之中，传过来就已支离破碎了，根本听不清说了什么。

年轻人冲过来，贴着他的耳朵，用最大的声音喊道："我说，飞艇就要散架了，必须立刻降落！"

船长以同样的音量吼回去："不可能！如果现在降落，那个人会把我们撕成碎片的！"

"可是……"年轻人犹豫了一下，悻悻地骂道，"疯子！全是疯子！"

他离开了驾驶舱，不再多说什么。看来对那个人的畏惧，还远在风雨雷暴之上。

浮空艇如同一叶孤舟，在惊涛骇浪中奋力前行着，随时都有可能粉身碎骨。

内舱中端坐着两排武士，个个实力惊人，皆在六七级以上。然而每个人都紧靠着舱壁，脸色极为难看。在如此剧烈的颠簸中，唯有依靠安全带把自己牢牢地束缚在座椅上，才不至于猛然被摔出去。

舱内颇为宽大，里面居然还有三个行动自如的人，一众武士望向三人的目光中充满了敬畏。他们深知，在这个突然急升骤降、左右平移幅度达到上百米的环境中，能够面不改色并且进行格斗训练的人有多么可怕。

靠近舱门的地方站着一个英武帅气的年轻男人，肩上的将星格外醒目。此人竟是白龙甲，身为折翼天使最年轻的将军，他无论在哪里都备受瞩目。可是现在却仿佛失去了光环，和路人没有两样了。

主角是内舱中央那一大一小两个女人。

一个是永远穿着素淡的古服，初看平凡，久视却会被其锋芒所伤，就连桀骜不驯的白龙甲在其面前也乖顺如小猫的白凹凸。

白凹凸对面是一个少女，她大大的眼睛中闪动着无辜的光芒，充满稚气的小脸上已经可以窥见未来的绝色姿容。她看上去只有十二三岁，手上握着一把短刀，正围着白凹凸不断发起进攻。浮空艇仍在剧烈颠簸着，她跌跌撞撞地扑向白凹凸，抓住每一次机会向其送出致命的攻击。

在一旁观看的白龙甲不禁揉了揉脸，手上传来阵阵凉意，如此残酷的训练令他寒意顿起。这个小家伙儿无论处于多么不利的环境，总能爆发出惊人的反击力。换作是他上场，恐怕稍有不慎就会被她击中。

她天赋并不高，眼下只点燃了五处原力节点，这还是白凹凸给她服用了不少药剂才换来的。然而有时候等级和原力强度并不能说明什么，她的战斗能力可比舱内这些六七级战士要强多了。

虽然她的真实年纪比表面看上去要大，但测出的骨龄也不过十六岁左右。大部分人哪怕从出生之日起就开始训练，到十六岁时，也无法达到她现在这种高度。

看来世界上确实存在天才，想到这里，被公认为白阀下一代领军人物的白龙甲都有些嫉妒了。只可惜在某一方面近乎妖孽，在另一方面多半会有不足。她在原力修炼上的天赋实在太普通了，就算砸下大量药剂，也不可能晋阶为战将。

她的原力有限，在这种极端恶劣的环境下战斗消耗又格外大，片刻后便几近虚脱了。

白凹凸拍开她刺来的一刀，说："好了，今天就训练到这里，去休息吧。"

她认真地向白凹凸行了个礼，然后跑到船舱一角，拿出干粮吃了起来。她吃东西的时候十分专注，仿佛在品尝世间最美味的佳肴。但实际上，她手里拿的不过是用肉食、蔬菜以及粮食压制而成的军用口粮而已。无论是口感还是滋味，都绝对和"美味"这两个字沾不上边儿。

白凹凸倚靠着舱壁站立着，双眼微闭，开始养神。

白龙甲走到她身边，向少女看了一眼，轻声说："姐，你觉不觉得，我们未必能控制得住空照。"

白凹凸眼皮都不抬一下，淡淡说道："空照是把双刃剑，用得好威力自然大，用得不好就会割伤自己。怎么，你对自己没有信心？"

白龙甲苦笑着说："空照简直就是个怪物，如果不是因为她在原力修炼上天赋平平，我还真的没什么信心。"

"你别忘了，空照现在姓白。这次把她投入战场历练，这个名字渐渐会为人所知。无论她取得怎样的功绩，都姓白。"

"可是……你难道认为这个姓氏真的会有实质性的约束力吗？"白龙甲犹豫了一下，又问道，"姐，你有多大的把握压制住她？"

白凹凸罕见地沉默了片刻，缓缓说道："一半。"

浮空艇艰难地上下起伏着，奇迹般地没有坠毁，而是在雷光和风暴中渐渐远去了。

黑流城中还是一片平静，武正南事件带来的骚动已然平息了，连一直活跃在城外的

第二十章 山雨欲来

黑暗种族也少了许多。然而在有心人看来，这并不是一个好兆头。只有在大战行将爆发之际，才会出现收拢兵力的现象。

此刻城内的上层人士能走的都走了，剩下的多半因事务缠身根本无法脱身离去。底层的人们反而迎来一段难得的轻松时光，他们纵情享乐，无醉不欢。他们的要求并不高，一点儿劣质的酒精就足以慰风尘了。

作为新建佣兵团的团长，千夜如今在黑流城中勉强算得上是一个有身份的人。不得不说，魏破天确实有着世家子弟与生俱来的敏锐，一向张扬的他并没有把自己和千夜的关系嚷嚷得尽人皆知，无形之中替千夜挡去了不少来自武正南旧部的怨愤和暗枪。然而在各方势力林立的黑流城，千夜不过是个三流人物而已，除了身份相当的小人物，几乎没人会盯上他。

重建后的第7师驻地仍然在云帆城的四水基地，此时魏柏年早已身在军营。黑流城原本有两个团的兵力常年驻守着，但是在第7师兵乱之时首当其冲，现在只剩下一个空壳儿，留下来的已不到三百人。

眼下城里到处都是征兵的告示，城中各个方位还设立了十余个征兵点。只要应征入伍，就能立刻拿到一个银币。通过这种方式，魏柏年打算最大限度地征集士兵。然而这样得来的战士自然不堪大用，战力甚至还不如千夜新建的佣兵团。

千夜站在靠近南门的一个征兵点旁边，看了好一会儿。他背着大大的野外包，俨然一副普通猎人的装束。

今天他本来计划出城去察看附近荒野的形势，不料早晨刚出院门，便发觉有人在盯着自己。他立刻警觉起来，这么快就被人盯上了？是黑流城的土著，还是武正南的余部？不过很快他便否定了这两个猜测。大战在即，黑流城的地头蛇们哪怕再想给新生势力来个下马威，也不至于这么不开眼。况且在这非常时期，魏柏年对城市的掌控十分强硬，但凡有骚乱，必定严惩不贷。

千夜没有想办法甩开监视者，反而从北门到南门转了一大圈儿，一边了解城中情况，一边观察监视者的反应。

对方显然训练有素，一路上紧紧尾随着他，一刻也不放松。他抬头看了看天色，在城门前打了个转儿，又向城东走去。就算监视者再有耐心，跟着他畅游全城之后，也该露面了。他偏离街道，匀速前行，往僻静的荒地迈去。过了一会儿，身后果然有了动静儿。

阵阵引擎声由远及近，飞速而来。一辆越野车突然从侧后方冲出，一个横向漂移拦住了他的去路。

他停下脚步，静静看着这辆越野车。

车上没有徽记，但是高高的车身以及六个大得有些夸张的轮胎，却是"猎犬"机车的两大标志。作为各类越野车最大的生产厂商，猎犬一向是帝国军方重要的供货商，而这种高级货色很少会出现在远征军里。

从车上跳下一个年轻英挺的军人，他高大的身材有着接近完美的比例，一头黑发在高速行驶后颇为凌乱，看上去有些不羁，更衬得眼角眉梢锋芒毕露。他没有佩戴军衔，不过那身军服却和远征军的式样截然不同，显然是帝国主力军团的校官服。

千夜望着这个军人，若有所思，其实此人的资料他早已牢记于心了。

这人实力不弱，步伐十分矫捷。他一直走到距离千夜数米之处才站定，微笑着说："我是顾立羽，来自帝国军部，想必你已听说过我。"

千夜淡淡地说："你更应该对我了如指掌才对。"

顾立羽英俊的面容不禁轻轻抽动了一下，忽然笑道："你还算明智，主动离开了琪琪。"

听到这若有所指的话，千夜依然不动声色地看着顾立羽，黑曜石般的眼睛中没有一丝波澜。

千夜的反应有些出乎顾立羽的意料，片刻后他才继续说道："听说你抱上了魏家的大腿，跑到这边搞了一个佣兵团。碰巧我顺路，便过来看看琪琪的旧宠究竟能弄出什么名堂。"

千夜仍然面不改色，问道："感觉如何？"

"还算有模有样！"顾立羽扬声赞道，然后又把声音放低了一些，别有意味地说，"不过马上就要爆发战争了，你最好小心一点儿，否则你的佣兵团怕是又会全军覆没！"

说到这里，他终于露出阴狠的表情，咬牙威胁道："别以为攀上魏家的高枝儿，我就办不了你了！"

千夜叹了口气，问道："131连那么多战士本不该丢掉性命，你晚上能睡得安稳吗？"

"那是他们的命！"顾立羽哈哈一笑道。

"这件事儿还没有了结。"千夜突然笑了起来，他的笑容澄澈明媚，带着几分邻家男孩般的天真。

顾立羽身体缓缓前倾，有些夸张地说："别忘了，我是帝国军部的参谋，而且出身

第二十章　山雨欲来

于士族，杀了我，这个后果你可承担不起！就连殷琪琪都不敢把我怎么样，更何况是你！"

他得意地笑着，突然，扭曲的笑容一下子凝固在脸上。他愕然看到千夜拔出双生花瞄准了自己，枪身上那一条条美丽得近乎诡异的纹路正迅速点亮！

"你……你要干什么？！"他惊慌不已，不由自主地往后退去。

千夜斩钉截铁地回答："杀了你！"

双生花发出巨大的轰鸣，只听逃出数十米远的顾立羽惨叫一声，身上淡青色的原力护罩被轰碎了，左臂软软垂了下来。他全速奔逃，狠戾的叫声远远传来："你等着，今日之伤我必将百倍奉还！"

千夜面沉如水，跃上十米高的屋顶，向顾立羽追去。顾立羽实力果然不俗，在如此近的距离下，双生花都没能将他杀掉。

此刻千夜心中杀机大盛，既然顾立羽如此善解人意地出现在自己面前，那么就成全他，无论如何都不能让他活着离开黑流城！

伤势似乎并没有对顾立羽的行动造成妨碍，他的动作依旧轻盈，纵身一跃，宛若飞鸟一般在空中短暂地滑翔了十余米，方才徐徐落下。他在屋顶上一路跳跃着，转眼便来到城墙附近。接着他一跃而起，轻松越过城墙，出城去了。

千夜紧追不舍，以他的速度，居然丝毫没能拉近和顾立羽之间的距离。看来身法是顾立羽的长项，如果不是因为重伤在先，其速度更是远在他之上。

转眼他也追到了城墙下，连忙纵身跃起，攀向城头。然而他的身体刚刚腾空，忽然产生了强烈的危机感。他不假思索，猛力往墙壁上踢出一脚，立刻倒飞了出去。

"轰"的一声，面前的城墙上突然多了一个一米方圆的大坑，飞溅的碎石纷纷打在他的脸上和身上。他转身回头，看到数百米外的一座屋顶上，一位女军官正好起身，手上那把超长的狙击枪分明是鹰击。

他深深看了女军官一眼，把对方的容貌和身形牢记于心，然后伸手朝她做了一个割喉的动作。

女军官脸色微微发白，她本不是那么容易就被吓到的人，但是从远处那个清秀少年的目光中，却感受到了凛冽的寒意，仿佛杀机下一刻便会越过重重街区，降临到自己身上。

千夜借助冲力连踏数步，顺利翻越了并不怎么高大的城墙。

双方的战斗几乎在电光石火之间完成，直到此刻，黑流城中才出现小小的骚动，可是依然看不到远征军巡逻队的影子。

那些老兵们都很有经验，听到双生花和鹰击这种高级原力枪械独有的声线，怎会不知是高级战士在打斗？他们可不会嫌命长，贸然冲出来白白送死。

千夜站在城墙上极目远眺，发现顾立羽已进入荒野，正急速远去。他深深吸了一口气，从城墙上跃下，疾追而去。顾立羽的速度比他快，可他并不打算放弃，摆出一副誓死也要耗到底的架势。

两人一追一逃，转眼间就跑出数十公里。顾立羽完全没有机会借助地形摆脱追赶，只能直线奔跑，依靠速度优势一点一点艰难地拉开差距。他忽然取出一支针剂，用力刺向伤臂。只听一声野兽般的嘶吼传来，他原本虚弱的气息居然就此稳住了。他的脚步逐渐变得坚定有力，速度再次得到提升。

千夜心头一跳，他虽然有血族体质加成，气息悠长，远在同级战士之上。可顾立羽显然不是普通的七级战士，一路追来，他根本没能占据优势。

从顾立羽方才注射针剂后的反应来看，这很可能是帝国专门给重要军官配发的顶级综合战斗药剂。这种药剂集兴奋剂、营养剂以及潜能激发的功效于一体，可以在一天内大幅度提高使用者的体能，甚至让原力短暂攀升一级。它十分昂贵，单支的价格堪比一支五级原力枪，只有通过军功兑换这一条途径才能获得。

这种东西在战场上可是翻盘保命的利器，千夜还以为顾立羽在力量增强后，会回头找他决战，不料对方果断选择了逃走。看着渐渐拉远的距离，他只能摇摇头继续猛追。

五个小时之后，在他的视野中，顾立羽已成为一个小黑点。而前方开始出现连绵不断的山脉，一旦进入山区，可以利用的地形比比皆是，将再无追上顾立羽的可能。

片刻之后，千夜登上一座山峰举目四望，只见夜幕下群山莽莽，哪里还有顾立羽的影子？千夜一直想除掉顾立羽，只是对方行踪不定，根本就没有机会接近他。没想到这次居然会自己送上门来，可惜还是让他给逃了。以他这种小心谨慎的性格，下一次不会有这么好的机会了。

顾立羽没有料到，千夜竟完全不顾忌他的身份，胆敢在黑流城开枪，直接废了他一条手臂！这个教训算是相当沉重了。

千夜眺望着莽莽群山，忽然举起双生花射了一枪！

暗红色的原力弹扶摇直上，刺穿了深沉的夜幕，巨大的枪声在山谷中回荡着。他相信顾立羽能够听见，也能明白这一枪的含义：不是你死，就是我活。

千夜放弃追踪后，并没有急着回城，而是小心观察了一下周围的环境，然后找到一

第二十章　山雨欲来

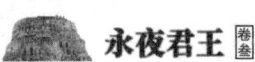

个隐蔽之所,开始修炼。狂奔到现在,他体内原力已几近枯竭。他一直没有使用兴奋剂,其实是希望顾立羽能依仗比他高一级的原力转身反杀,到时他必然会给对方一个难忘的惊喜。只不过对方性格太过谨慎,没有掉入陷阱。

此刻数十公里之外,脸色苍白的顾立羽出现在一个伪装得很好的山洞里。洞内被布置成一个小小的补给站,有行军垫、食物和必备的药品。

洞外突然响起脚步声,他腾地一下跃起,拔出匕首,悄然来到洞边,屏息以待。

外面的人没有贸然走进来,而是开口呼唤道:"立羽,你在吗?是我!"

听到叶慕薇的声音,顾立羽放下匕首,虚弱地说:"进来吧。"

叶慕薇钻进山洞,一眼就看到顾立羽无力下垂的左臂,她心中一急,颤抖着声音叫道:"立羽!你的手……"

顾立羽已恢复平日的镇定,安慰道:"没事儿,我又不是靠武力吃饭,大不了回去以后花些军功把手臂接上。"

叶慕薇脸色更白了,点了点头,勉强挤出一丝笑容。其实两人都清楚,这种根本性的创伤极难医治,就算手臂接好了,个人武力也会遭受重创。在极端尚武的帝国,哪怕是担任参谋这种文职,也需要强大的武力作为后盾,否则那些骄兵悍将怎会乖乖听话。

叶慕薇过去帮顾立羽处理伤口,忙活了一阵儿,看到他情况稳定了,才稍稍放下心来。

一想起始作俑者,她立刻恨得咬牙切齿,怒气冲冲地说:"立羽,我们回去后就对他发通缉令!胆敢伤害帝国军部参谋,这个罪名谁都护不住他!"

顾立羽脸色十分阴沉,沉默了许久,才说:"不,这件事儿不要上报,就说……我们遭遇了黑暗种族的巡逻队,与他们战斗时负伤了。"

叶慕薇吃惊地说:"这样岂不是太便宜那小子了!"

顾立羽看着跳跃的篝火,说:"上报就要说明发生冲突的过程,若是完全编造起因,难免会露出破绽遭人攻讦。况且以我现在的身份和地位,被派来的执法宪兵的级别最高也只能是战将以下。殷琪琪和魏家的人就算保不了他,通风报信还是不难的。你有没有想过,万一杀不了他,反而让他逃入荒野,会有怎样的后果?"

叶慕薇细细想着,忽然打了个寒战。

千夜是荒野上最危险的猎手,身份和地位对他来说没有丝毫慑力。像这样一个人,如果失去一切束缚和羁绊,将会成为最可怕的杀手。他可以潜伏十年、二十年,甚至三十年……直到杀掉目标为止。而在这个过程中，殷琪琪和魏家想必很乐意给他提供帮助。无论是情报还是武备，都只会磨利他的獠牙，让他变得更加强大。

顾立羽阴郁地说："现在他刚刚组建了一个佣兵团，这就是绊住他的缰绳。有这根绳索在，起码还知道去哪里找他，一旦让他脱了缰，我们今后想睡个安稳觉都难。"

叶慕薇点了点头。

顾立羽靠在石壁上，合起双眼，淡淡说道："这次是我大意了，先让这小子多活两天吧！如果这场大战后他没有死在黑暗种族手里，我会再派人来找他的。"

叶慕薇终于露出开朗的笑容，坚定地说："我相信你，时间从来都是站在你这边的！"

顾立羽听了，脸上现出淡淡的自傲。一直以来，他始终把同辈远远甩在身后。除了世家大族那几个屈指可数的天才，他还没有把谁放在眼里过。武力确实很重要，但是越到上层，武力就越不能代表一切。

想到这里，他又说："时候不早了，休息吧，我们明天就归队！大战在即，殷家那个老头子想在这场战争中有所表现，我为他布的局还得再完善一下。哼，若不是这场战争，千夜……"

千夜完成了修炼，慢慢站了起来，他刚一迈步，便是一个踉跄。他的双腿又酸又麻，骨缝里似乎有无数只蚂蚁在不断游走着。然而他不惊反喜，在点燃左膝处的第六个原力节点之后，身体各个部位都已得到强化，最明显的是双腿的强化。这种酸痒之感是腿部骨骼和肌肉重新生长的特征，感觉如此强烈，说明将是一次彻底的改造。当情况逐渐稳定下来，他的腿部力量会大幅提升，速度也会更快。

可惜这种改变需要时间，今天的强化如果能早来几天，恐怕顾立羽就没那么容易脱身了。想到这里，他摇了摇头。难怪以季元嘉的剑术，也只有三成机会能杀掉顾立羽。看来在自己的速度具备压倒性的优势之前，杀掉顾立羽的机会基本上微乎其微。

为了避免给双腿造成更大的负担，他放缓脚步，以小跑的速度向黑流城奔去。

黎明时分，他终于回到了黑流城。此刻的黑流城弥漫着一丝紧张的气氛，城头上增加了不少远征军守卫。看着这些反应总是慢一拍的远征军，他只希望在与黑暗种族战斗时，他们能够有所改变。

还没到开城门的时间，执勤的远征军上尉正好是魏家护卫。他跟这个护卫打了个招呼，便直接跃起，越过墙头进了城。

第二十章　山雨欲来

　　他先是去了遇到顾立羽的地方，眼下那片荒废的空地上痕迹全无，仿佛什么都不曾发生过。随后他转入旁边的一条小路，这里相当靠近佣兵团的基地，转过两个弯儿就能看到新安装的大门了。

　　远远望去，整个基地都在沉睡之中，只有宋虎的房间依旧亮着灯。千夜没有惊动守卫，而是来到半掩着门的宋虎的房门外，轻轻走了进去。

　　宋虎正站在地图前，凝神思索着。他猛然感觉到房间里多了一个人，这一惊非同小可，他本能地翻手就是一记横挥，掌中赫然多了一把寒光闪动的匕首，径直刺向千夜的咽喉。

　　千夜抬手格挡，准确无误地抓住了他的手腕。他立刻感觉到手腕上像是多了一个合金箍，不管如何发力，都无法挣脱开来。而他狂冲出去的原力似乎一头撞上了坚墙，竟无法撼动对方分毫。他这才看清来人是千夜，紧绷的神经随即放松下来。

　　千夜微笑着松了手，宋虎晃动麻木的手腕，上面多出几道清晰的指印。他面上不显，心里却骇然不已。经过刚才那番较量，他才发现自己与千夜之间的原力差距有多大。虽然两人的实力都是六级，但刚才双方的原力交锋却像是浪涛撞上堤坝，他居然完败。如果说普通人的原力如同一面盾，那么千夜的原力就是一堵墙。

　　"这就是晨曦启明的力量？果然名不虚传！"宋虎的语气中终于有了敬畏。

　　千夜不置可否，漫不经心地问道："我出去后，城里的情况怎么样？"

　　宋虎耸了耸肩，说："很平静。现在城里守军的小头目全由魏家人担任，怎么可能来找咱们的麻烦！不过也不要指望他们去招惹那些强者了。"

　　千夜不动声色地看了他一眼，如果没有记错，他前两天好像还在自己面前抱怨过魏家的防务安排，现在算是协调好了吗？

　　"不过我们倒是有个小小的收获，我把那辆越野车开回来了。啧啧，猎犬机车啊，哪怕在秦陆都是上好的货色。这种东西我看您就别用了，卖掉换钱，刚好能解眼下的燃眉之急。"

　　千夜挑了挑眉，随即笑了起来，赞道："不错啊，下手够快。"

　　"这种帝国军部专用的机动车辆，稍微懂点儿行的人都不敢乱碰。"宋虎嘿嘿笑道。

　　"知道是军部的人，居然还敢顺走他们的东西，你是嫌我的麻烦还不够多吗？"千夜似笑非笑地说。

　　宋虎眼中闪过一抹精光，笑呵呵地说："等您有钱有枪有人有势后，现在这些麻烦就都不算什么了。再说您连赵阀都敢得罪，还在乎军部的几个小喽啰吗？这家伙仗着出身还算不错，就不知天高地厚，肆意妄为，早晚要好好收拾收拾他。"

千夜目光微微一凝，随即问道："这辆车怎么处理，会有人收了它吗？"

"当然了！对于地下渠道来说，认货不认人，只要是好东西，谁会管它的来历！况且找个工匠改装一下，也不是难事儿。"

千夜点了点头，说："这边的事情就全部交给你了，我打算去黑泥沼泽看看。"

他准备出城摸一摸黑流城周围的情况，他有强烈的预感，与黑暗种族的战争恐怕迫在眉睫，留给他探索荒野的时间不多了。此外佣兵团最大的瓶颈就是缺钱，以当前的战力，想要挡住从沼泽走出来的黑暗战士，只有依靠数量和火力上的优势。而佣兵团目前的装备仍是常规配置，若想弄些重火力，或者多一些弹药储备，哪一项都离不开钱。因此他决定直接前往黑泥沼泽，一方面为即将到来的战争探路，另一方面猎杀一些黑暗种族，为今后的防务工作减轻点儿压力。

宋虎显然意识到他的意图，想了想，说："这样也好，大战将起，黑暗种族必然会派出不少前哨，若能多多拔除一些，说不定可以让他们知难而退，或者绕道而行。不过公子不要勉强，您的安全最重要。"

说着，他指着地图，不厌其烦地把黑泥沼泽的情况又细细说了一遍。

临出门时，宋虎带着千夜来到校场后面那排用来做仓库的平房面前。他用力拉开其中一扇铁门，露出一辆酷炫威猛的双轮机车。

车座距离地面足有成年男子一半高，头尾超过三米，犹如一头优雅而危险的猎豹趴伏在地。那流畅美丽的线条充满金属的强硬和质感，又饱含张力，恍若随时会从阴影中跃起扑向猎物。

"这是哪儿来的？"千夜眼前一亮，问道。

在这里重载卡车才是主流，这样的单兵移动机械可不多见。

"卖了那辆猎犬换回来的二手货。不过这小家伙儿可不便宜，跑起来只吃加料的动力能源。"

这辆机车是黑色涂装，排气管原本是醒目的亮银色，现在有一个工匠在往上面刷铅灰色的不反光漆，另一名工匠则在加装武器挂架。

从已有磨损的弹孔状轮辋和明显凹进去一块的前叉来看，这的确是二手货。可两轮机车使用的都是原力阵列引擎，又是纯手工制作的，所以不会是便宜货。

千夜心里微微一动，估算了一下宋虎从销赃到买货的时间，最多不会超过二十个小时，由此可见宋子宁留下来的交易暗线有多么庞大。

"改造还需要些时间，不过等您从黑泥沼泽回来，就可以用了。"

千夜绕着机车转了好几圈儿，他在红蝎时就十分喜欢机械，到了永夜大陆很少有机会接触，一时很想试车。此刻听宋虎这么说，又想起正事儿，不由得遗憾地拍了拍皮质座椅。

两人还没有走出库房，忽然听到头顶响起"轰隆轰隆"的引擎声，震得整排房子都在不住地颤动。他们连忙快步走了出去，抬头一望，只见空中出现一大片阴影。一艘浮空艇悬浮在距离地面数十米之处，由腹部探出的几根黑洞洞的炮口和艇身上厚重的装甲护板可以看出，这分明是一艘军用浮空炮艇。

几名魏家亲卫大步走来，为首那个身材高大的亲卫先向千夜行礼问好，然后指了指天空，大声说："这是世子临行前送给您的礼物，希望您会喜欢！"

千夜怔了一下，问道："礼物？你是说……这艘军用浮空炮艇？"

"没错儿！"这名亲卫很是自豪。

"可是……总要有船长和炮手吧？"

"都已配好了，现在是开过来给您看看，马上会停到飞艇基地去。"

说完，亲卫向空中打了个手势。浮空艇缓缓转向，朝着飞艇基地驶去。

魏家一众亲卫并未多做停留，很快便匆匆离去了。

宋虎皮笑肉不笑地说："恭喜公子！"

千夜脸上丝毫不见喜色，淡淡问道："恭喜什么？"

"恭喜公子新添利器，不过您今后更得努力赚钱了。"

千夜长出了一口气，并没有接话。他出身帝国精英军团，对军械武备涉猎相当广泛，自然知道浮空艇是烧钱的玩意儿。

魏破天留下的这艘浮空炮艇是他自己的私产，所以空间相当小，算上驾驶舱能够容纳的人数也不会超过三十人，且仅有两门对地对空两用炮。它的日常维护保养、动力能源和弹药消耗，以及雇佣专业的船长和炮手等均耗资巨大。

在千夜的印象中，像这种军用浮空炮艇每个月的花销最少得五六百金币。也就是说，仅这一个大家伙的消耗，就超过了整个佣兵团，而且这还不包括更换零部件的费用。

在永夜大陆，军用浮空艇的确是利器，然而对千夜来说用处其实不大。如果今后佣兵团发展到数千人的规模，能够独立驻守黑流城了，拥有一艘炮艇才会如虎添翼。不过最终他只能苦笑着接受了。魏破天这家伙有时心思细腻，有时却粗枝大叶的，让人啼笑皆非。

他看了看宋虎，宋虎也是一脸无奈，冲着他摊了摊手。

他没有再耽误时间，直接收拾了行李武备，把它们全部放入一辆轻型越野车之后，便向城外驶去。

山雨欲来风满楼，黑流城始终笼罩在一片黑压压的雨云之下，好像随时都会被来自空中的神秘力量吞没。他的心情有些压抑，隐隐感觉到四周暗流汹涌，稍有不慎就会遭遇灭顶之灾。

"带领更多的人活下去！"他心中升起一个简单的念头。

越野车缓缓向前行驶，一路颠簸着，迎向那不可知的未来。

更多精彩内容
请见二维码

番外

道是无情亦有情

这是一个充满贵族气息的房间,黑金双色配色彰显着低调的华丽与至高无上的地位。

"少夫人,少主请您过去。"一个身穿金边盔甲的魔裔少女恭声说道。

被称作少夫人的少女此时正细心擦拭着手中一把闪着奇异寒光的大砍刀,闻言缓缓抬起头来,露出一张如瓷娃娃般精致的小脸,赫然是白空照。她依然穿着亘古不变的白裙,全身没有任何饰物,身姿单薄,脸上满是稚气和迷茫。

"我知道了。"她漫不经心地回答。

魔裔少女不再多言,静静退了出去。

白空照轻抚着大砍刀,丝毫不在意锋利的刀刃会割破自己的手指。不知怎的,她脑海里不止一次回想起在群星之井的情景。

为了帮她转化一枚原晶,安文一路计算,带她寻找井口,中间不知历经多少艰辛。好在功夫不负有心人,他们终于找到一处无人的井口,星辰之力偏向永夜,正是最适合她的。

"赶快下去吧,有我护你周全,你可以放心汲取星辰之力。不过切忌贪心,一定要留足原力上来。"安文从怀里取出一颗天风云烟珠,郑重叮嘱道。

白空照点了点头,小心翼翼地接过天风云烟珠,默运原力,一跃而起,径直冲入群星之井!

急坠数百米之后,她稳稳凝停在井底虚空之中。感知向四面八方探出,然后按照安文的计算方法分析星力流转数据,循着最便捷的轨迹,去探索对自己有益的大星。安文计算出的通道十分精确，转眼她已顺利穿过三次空间弯折，锁定一颗淡紫色大星。

她身上散发出幽幽的紫色光芒，慢慢向天风云烟珠汇聚而去。周边数颗星辰蓦然亮了起来，渗出点点淡紫色星芒，也悉数被天风云烟珠吸收了。淡紫色大星那磅礴的星辰之力，也源源不断地注入天风云烟珠之中。氤氲的紫气中，一颗晶体渐渐现出雏形。

她持续不断地向天风云烟珠注入原力，感知如风暴般向周遭的星辰扫去，再次锁定一颗暗黑色大星。这颗暗黑色大星不停闪烁着炽盛的光芒，滚滚而来的星力如同滔滔不绝的洪流，奔腾不息地向天风云烟珠涌去。紧接着，一颗金色大星被点亮了。

安文默默看着井下接连被点亮的三颗大星，惊讶得说不出话来。他知道白空照虽是战斗天才，但在原力修炼上天赋平平，全靠白家砸下大量药剂才有今天的成就。没想到以她目前的级别，居然能点亮三颗大星。

此刻白空照已额头见汗，只见无数细碎的晶粒渐渐聚拢在一起，原晶凝结的速度越来越快。转眼之间，一颗暗紫色上品原晶便已成形，足有鸡蛋那么大。

白空照眼前一亮，一把抓住原晶，纵身一跃，向井口飞去。然而井下星力突然翻滚不定，呼啸着向她席卷而来。她的原力迅速被风暴削弱，身体开始缓缓下沉。眼看就要功亏一篑，突然一只坚实有力的手臂温柔地揽住她的纤腰，带着她向上飞起。她茫然转过头来，怔怔看着安文无比英俊的面庞。

安文冲她微微一笑，笑容灿若骄阳，一双深蓝色眼睛如同璀璨深邃的星空，散发出迷人的光芒，一时之间竟令她无法移开视线。她把头轻轻斜靠在安文肩上，平生第一次感觉到了安心和放松。

在安文的极力邀请下，白空照随他一起回到魔裔王族的领地萨尔菲斯大陆。不知从何时起，城堡里的魔裔们都称呼她为"少夫人"。她自然不会明白这个称呼意味着什么，也根本不会在意这点琐事。

有了那颗上品原晶，她的实力已大大提升，但她仍然觉得不够。对她来说，只有变得更强大，才能拥有足够的安全感。

她终于回过神儿来，放下大砍刀，起身去见安文。

"找我有事吗？"她轻声问道。

"嗯……没什么事情。"安文正低头摆弄着一些小物件，闻言笑了笑，温柔地看着她，问道，"你住在这里还习惯吗？"

她认真想了想，回道："这里有吃有喝，还算安全，但太过安逸的地方不适合我。"

安文眉头一皱，想到她之前经历的种种艰难，心中不由升起无数婉转和疼惜。沉默了一会儿，他突然问道："我们认识这么久了，你对我……有没有什么想法？我……我是说……你觉得我怎么样？"

白空照歪着脑袋看着他，白皙的小脸上露出认真而又坚定的神情："你很厉害，不过我会变得更厉害。"

她犹豫了一下，又说："你放心，我会保护你的。"

安文一怔，似乎没想到她会说出这样一番话来，眼里不觉又多了几分暖意，问道："做我的夫人怎么样？"

"夫人？"白空照有些不解。

"对，跟我结婚，成为我们魔裔王族名正言顺的少夫人。"

白空照皱起眉头，似是在努力思索着什么，半响方问道："结婚有什么用？"

安文被问住了，他这个智慧通达的魔裔天才，在面对懵懵懂懂的白空照时却屡屡碰壁，陷入才尽词穷的境地。他思忖了一会儿，方才回答："结婚了，我们就能永远在一起了。"

"我们现在不是在一起吗？"白空照依旧满脸困惑。

"那不一样……"安文叹了口气，没有再说下去，起身将桌上那堆小物件递给白空照。

白空照的目光立刻被眼前的宝物吸引住了，不再关注那个让她百思不得其解的难题。

"听说了吗？少主要和梅斯菲尔德的那位结婚了。"

"不会吧？"

"听说永燃之焰殿下已和魔皇陛下会面，正在商谈这件事呢。"

"太好了，咱们魔裔好久没办喜事了。"

"那少夫人怎么办？"

"什么少夫人，不过一介孤女而已，哪里比得上尊贵的魔女殿下……"

"嘘……"

几个魔裔仆人窃窃私语，见白空照的目光向这边投射过来，立刻如同惊弓之鸟一般散开了。

白空照放下手中香喷喷的烤肉，突然之间没了胃口。以她的耳力，纵然隔着院落都听得清清楚楚，魔裔仆人们的话自然一句不落地被她听去了。

安文要和魔女结婚了？是因为自己上次拒绝了他，所以他就去找魔女了吗？虽然她不明白结婚意味着什么，但是一想到安文会被魔女抢走，不知为何，胸口就如同坠了一块大石一般沉重。

她悄悄攥紧拳头，决定去找安文问个明白。

"听说你要和魔女结婚了？"白空照噘起粉嘟嘟的小嘴，气鼓鼓地问道。

"这个……"安文怔住了，好像自相识以来，他还没见过白空照动怒。不知为何，他竟觉得她这副模样分外可爱。

他心念一转，立刻装作委屈巴巴的样子，可怜兮兮地说："是魔女……她……她逼我跟她睡觉……"

白空照突然想起与安文初次相识的场景，那时安文也对她说过同样的话，安文还说过，会让自己爱上他，跟他在一起。那么，魔女是爱上安文了吗？安文呢，会不会也爱着魔女？她的心隐隐作痛，一想到安文会和魔女朝夕相处，一起吃饭、睡觉，一起去探索新世界，而不是和自己，她就莫名地感觉心慌。她无法描述这种感觉，来不及理清思路，便蓦地一跃而起，转眼便消失得无影无踪。

"你放心，我会保护你的。"空中传来她坚定的承诺。

安文大惊失色，连忙追了上去。

"听说你想跟安文睡觉？"白空照拖着一把狰狞的大砍刀，突然从天而降，拦住魔女的去路。

"睡觉？"魔女怔了一下，旋即动怒，冷冷回道，"关你什么事儿！"

"他的事儿就是我的事儿。"白空照的语气前所未有的坚定。

"你最好离他远一点儿，你以为以你的身份，可以和他在一起吗？"魔女冷笑道。

"我想要什么东西，拼尽全力也会得到。所以，他是不可能和你结婚的……因为，我会和他结婚。"话一出口，白空照自己都愣住了。

"真的吗？"随后赶到的安文大喜过望，一把将白空照揽在怀中，冲着仍在发愣的魔女眨了眨眼。

"别忘了你答应我的事情……"魔女的身影逐渐淡去，用魔裔至高秘法将这句话传递给了安文。

安文顿觉肉痛，随即望向怀中的白空照，脸上绽放出明媚温暖的笑容。

"妈妈，等等我！"一个软糯的童音在诡异幽深的丛林中响起，声音中带着一丝焦急。

前方一个拖着一把凶猛的大砍刀的白裙女子正在快速奔行，闻言速度却丝毫不减。

追在后面的是一个两三岁的小男孩,长得白白嫩嫩,一双大眼睛扑闪扑闪的,粉嫩的嘴唇微微嘟着,看上去十分机灵可爱。他周身散发着若有若无的魔气,竟是一个魔裔小孩儿。

突然,旁边"噌"地蹿出一只形似巨蟒、背生倒刺的可怕异兽,赤红的双瞳紧紧盯住小男孩,如闪电般径直向他扑去。就在这时,一把大砍刀破风而至,准确无比地砍在异兽头部。异兽吃痛,扭转庞大的身躯想要逃离。

白裙女子一跃而起,拔出大砍刀,再次挥向异兽。她出手极为狠辣,异兽挣扎一番之后,终于不再动弹,重重倒地。

小男孩张开圆滚滚的双臂扑到白裙女子怀里,撒娇道:"妈妈,吓死我了。"

这白裙女子正是白空照。她摸了摸小男孩的脑袋,认真地说:"阿诺,你太弱了,以后要提高训练强度。"

说完,她弓身用匕首破开异兽的胸腹,取出身上最珍贵的内胆,丝毫不在意满手的血腥味儿。

阿诺噘起嘴,不满地说:"人家还是小孩子呢!"

"妈妈像你这么大,就开始在永夜的垃圾场争夺食物,不停地战斗了。"

"妈妈,你小时候这么惨啊!阿诺给你呼呼!"阿诺小大人似的拍了拍白空照的手背,乖巧地凑了过去,似乎这样就能减轻母亲小时候受过的那些磨难。

白空照心中一暖,将阿诺绵软的身体拥入怀中。

"妈妈,你的爸爸妈妈呢,他们没有保护你吗?"阿诺稚嫩的童音再次响起。

"妈妈是个孤儿,从没见过爸爸妈妈……或许他们早就不在了。"白空照淡淡说道。

"妈妈,别难过,你还有阿诺呢,嗯……还有臭爸爸……我们都会保护你的。"阿诺拍着胸脯,信誓旦旦地承诺道。

回到城堡之后,仆人送上丰盛的晚餐,母子俩立刻大快朵颐,就像许久未吃过东西一样。

"慢点儿吃,还有呢。"安文哭笑不得地看着母子俩如出一辙的吃相,眼神中盛满温柔。

母子俩充耳不闻,吃完一整只野鸡之后,又两眼放光地盯着刚出炉的野猪腿,顾不上烫嘴,便狼吞虎咽起来。妻子也就罢了,自小吃苦,与垃圾场的小孩子抢夺食物;儿子可是集万千宠爱于一身,无论是魔皇还是大君,都对他寄予厚望,多少奇珍异宝如流水般送过来,怎么也这副德性?安文实在纳闷,无奈地摇了摇头。

吃完之后，安文无限宠溺地帮母子俩将油汪汪的嘴角擦干净，说道："我打算带阿诺去永夜大陆历练一下。"

"永夜大陆？是妈妈长大的地方吗？太好了，我去、我去！"阿诺喜出望外，拍着胖乎乎的小手嚷嚷道。

"我也去。"白空照连忙说道。

"不行，你近期要准备突破事宜，留在城堡里最安全，下次再带你出去吧。"

"哦。"白空照闷闷地回应道，颇不甘心地嘟起了小嘴。

白空照最近兴致不高，做什么事情都恹恹的，因为她又怀孕了，这意味着永夜大陆之行再一次泡汤。而且恐怕很长一段时间，热衷于以数字和公式去探索世界的安文，都不会生出带她一起出去的念头了。

安文倒是乐得合不拢嘴，魔裔于子嗣一事上向来艰难，没想到还能拥有一个孩子。而且经过诊断，这一胎应该是女儿，他自然喜不自胜，甚至特意缩减了外出冒险的次数，以便更好地照顾和陪伴白空照。更可怕的是，他还提前准备了各种漂亮的衣服和精致的首饰，甚至连女儿的名字都取好了，叫作安德莉亚。

白空照对此很是不解，安文解释道："女儿最贴心，要是长得像你就更好了。我们会把她打扮得美美的，让她成为这个世界上最幸福的小公主。"

说完，他的心微微抽痛了一下。或许只有他才知道，迫切地想要拥有一个女儿，倾尽全力给予她最富足安稳的生活，其实是对白空照颠沛流离的童年生活的一种弥补。这些年生活虽然风平浪静，但是白空照那令人感到毛骨悚然的战斗直觉却越来越可怕了，她依然想尽一切办法提升实力，努力让自己变得更强大。生怕一放松下来，就会失去生存的机会。

白空照摇了摇头，不置可否。

阿诺听闻妈妈怀孕的消息，倒是没什么反应，只不过他更想要一个弟弟。他最近在上王族的培优课，里面全是王族子弟和公爵的后裔。班上有一对双生子，大的叫哈维，小的叫伦德，是安斯艾尔大公爵的儿子。兄弟俩仗着人多，总是对阿诺这个小少主不甚客气。阿诺以一敌二，吃了不少闷亏。不过他心高气傲，不屑于向大人打小报告，因而安文和白空照对此事全然不知。若是被白空照知道了，以她的个性，恐怕这对双生子会遭殃。

每当安文对着白空照的肚子念叨自己的女儿时，阿诺就会在一旁唱反调："弟弟，

你快出来,哥哥教你功法秘技,我们一起去战斗。"

安文恨得牙痒痒,自然免不了在阿诺的屁股上留下几个"爱的印记"。

父子俩暗中较劲,到白空照分娩那一天,自然一人欢喜一人愁。安文先是在大汗淋漓的白空照额头上轻轻一吻,叮嘱她要好好休息,然后得意扬扬地抱着刚出生的安德莉亚,提高声音说道:"我的乖女儿果然贴心,知道为父一直盼着你呢。"

阿诺则如同斗败了的小公鸡一般无精打采的。他看了看小脸皱巴巴,长得跟个小老头似的小妹妹,无可奈何地叹了口气,找个地方自我疗伤去了。

某个夜晚,安文正一脸慈爱地给摇篮里的安德莉亚唱催眠曲。阿诺一脸失落地待在一旁,一言不发。

白空照实在好奇,忍不住问道:"为什么想要一个弟弟?"

"因为弟弟长大后,可以和我一起去对付敌人。"

白空照感到有些好笑,问道:"你有敌人吗?"

"有,他们可讨厌了。"一想到双生子,阿诺就气鼓鼓的,悄悄攥紧了拳头。

"他们是谁?"

"这个……这是秘密,不能告诉你们大人。小孩子的事情要小孩子自己去解决。"阿诺一脸认真地说道。

白空照点了点头,对这句话表示认可。在她看来,只有凭实力亲手打败敌人,才是这个世界的生存法则。

"妈妈,你有敌人吗?"阿诺想了想,问道。

白空照愣住了,脑海里立刻浮现出一张漂亮的面孔,双眼如同黑曜石般澄澈,眼底深处却隐隐泛着湛蓝的光芒。他是她的生死大敌,她曾不遗余力地想要除掉他。可是她杀不了他,而他也拿自己没办法。后来她不断向他示好,以寻求暂时的安稳和平静。而他似乎也遗忘了过往的不快,跟安文渐渐有了私交。或许有一天,他和她之间终有一战。不知为何,一想到这个,她心中竟然充满期待。

"有。"她长长地舒了口气,答道。

"是谁?"阿诺十分好奇,在小小的他看来,父母实力强悍,就是无敌的存在,能够被妈妈看作是敌人的人,一定非同一般。

"他叫千夜。"白空照坦然地说出这个名字,心情格外放松。

"千夜?他很厉害吗?"

"嗯，非常厉害，我不是他的对手。"

"妈妈，别担心，我长大后一定会比他更厉害，到时就不用怕他了。"

"好。"白空照轻轻摸了摸儿子的小脑袋，笑道。

安德莉亚从小就表现出异于常人的战斗天赋，继承了白空照与生俱来的对危险的直觉，早早觉醒了天赋图腾的某项能力。她三岁生日那天，更是得到魔皇赠予的一把特制的狙击枪，可谓是天之骄女。

阿诺一直想要一个弟弟，对安德莉亚这个穿着华丽的小裙子，如同洋娃娃一般可爱的小妹妹自然没什么好感。偏偏安德莉亚特别喜欢黏着自己的哥哥，无论哥哥去哪里，都像跟屁虫一样跟在他身后，还动不动就要哥哥亲亲抱抱举高高。阿诺如果拒绝她，安文的巴掌就会狠狠拍在他的屁股上，逼迫他就范。久而久之，阿诺只好放弃抵抗。

这天，三岁的安德莉亚不知从谁口中得知阿诺在学校被双生子欺负之事，二话不说，冷着一张小脸，扛起魔皇赠予的狙击枪就去找双生子的麻烦。阿诺得知此事后大惊失色，连忙奔了出去。虽然他不怎么喜欢妹妹，可自己的妹妹若是被欺负了，他第一个不答应！

当他风风火火地赶过去时，战斗早已结束。只见双生子鼻青脸肿地躺在地上"嗷嗷"直叫，身上华丽的衣裳早已破损不堪。而安德莉亚则抱着手臂站在一边，好整以暇地看着他们。

他顿时说不出话来，妹妹……原来这么厉害吗？看来他也不是妹妹的对手，嗯，以后是不是要对妹妹好一些？

安德莉亚稚嫩的童音中透着无比的坚定："我的哥哥有我罩着，谁也不能欺负他！若是有下次，我绝不留情！"

看着妹妹小小的身影，阿诺突然有些感动，乌溜溜的眼珠子转了转，脸上露出狡黠的笑容。虽然没有弟弟帮忙，但是有这样一个战力强悍的妹妹，其实也挺好的，不是吗？

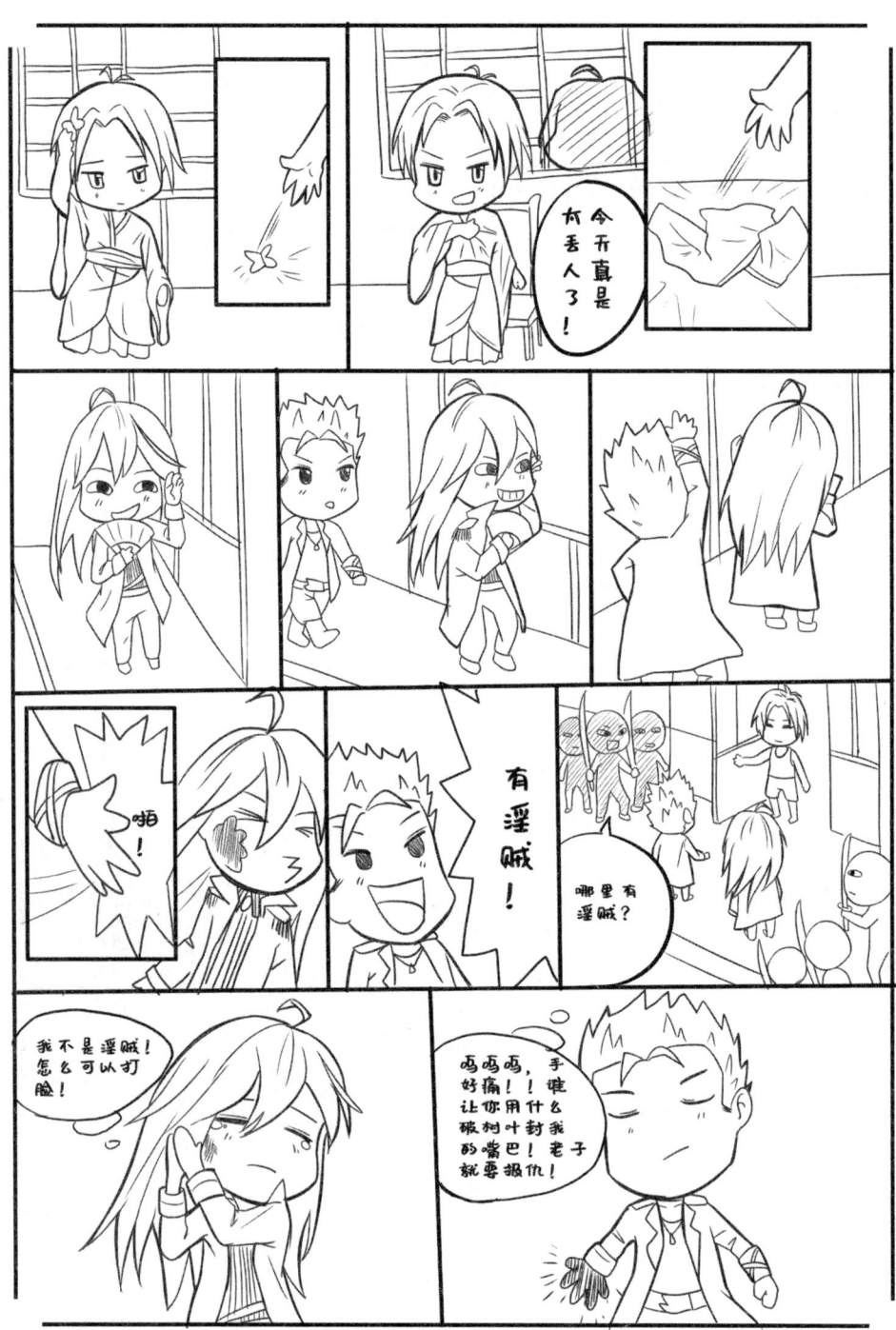

图书在版编目(CIP)数据

永夜君王. 卷三，山雨欲来风满楼 / 烟雨江南著.
—武汉：长江出版社，2020.10
ISBN 978-7-5492-6639-5

Ⅰ.①永… Ⅱ.①烟… Ⅲ.①长篇小说－中国－当代 Ⅳ.①I247.5
中国版本图书馆 CIP 数据核字(2019)第 155401 号

永夜君王. 卷三，山雨欲来风满楼 / 烟雨江南 著

出　　版	长江出版社
	（武汉市解放大道 1863 号）
选题策划	多乐图编辑部　汤　昱　杨　帆
市场发行	长江出版社发行部
网　　址	http://www.cjpress.com.cn
责任编辑	陈　辉
特约编辑	刘　敏　张　君
封面设计	青空工作室
装帧设计	彭　微　蔡　丹
印　　刷	中印南方印刷有限公司
版　　次	2020 年 10 月第 1 版
印　　次	2020 年 11 月第 1 次印刷
开　　本	710mm×1000mm　1/16
印　　张	16.5　4 页彩页
字　　数	300 千字
书　　号	ISBN 978-7-5492-6639-5
定　　价	39.80 元

版权所有　盗版必究（举报电话：027-82926804）
（如发现印装质量问题，请寄本社调换，电话 027-82926804）